10
18

12, AVENUE D'ITALIE. PARIS XIIIe

Sur l'auteur

Rabih Alameddine est peintre et romancier. Né à Amman en Jordanie de parents libanais, il partage aujourd'hui son temps entre San Francisco et Beyrouth. Son roman, *Les Vies de papier*, a été finaliste du National Book Award 2014 et du National Book Critics Circle Award 2015, et lauréat du California Book Award 2015 et du Prix Femina étranger 2016.

RABIH ALAMEDDINE

LES VIES DE PAPIER

Traduit de l'anglais
par Nicolas Richard

10
18

LES ESCALES

Titre original :
An Unnecessary Woman

ISBN 978-2-264-06996-2

Pour Éric,
avec toute ma reconnaissance.

De mon village je vois autant de terres qu'il peut s'en voir dans l'Univers…

C'est pourquoi mon village est aussi grand que toute autre terre

Et que je suis de la dimension de ce que je vois

Et non de la dimension de ma propre taille

– Fernando Pessoa en tant que Alberto Caeiro,
Le Gardeur de troupeaux[1] *

Peut-être lire et écrire des livres est-il une des ultimes défenses qui restent à la dignité humaine, parce qu'à la fin ils nous rappellent ce que Dieu nous a jadis rappelé avant de s'évaporer. Lui aussi dans cet âge d'humiliations incessantes – que nous sommes plus que nous-mêmes, que nous avons une âme. Et davantage, de surcroît.

Ou peut-être non.

– Richard Flanagan,
Le Livre de Gould. Roman en douze poissons[2]

Le remède à l'isolement est la solitude.

– Marianne Moore,
extrait de l'essai *Si j'avais seize ans aujourd'hui*

Le malheur de Don Quichotte ce n'est pas son imagination, mais Sancho Pança.

– Franz Kafka,
Lettre au père

* Toutes les notes sont référencées p. 355 (*N.d.T.*)

On pourrait dire que je pensais à autre chose quand je me suis retrouvée avec les cheveux bleus après mon shampooing, et les deux verres de vin n'ont pas aidé à ma concentration.

Que je vous explique.

D'abord, il faut que vous sachiez ceci à mon sujet : je n'ai qu'une seule glace chez moi, et encore, elle est sale. Je suis quelqu'un qui nettoie consciencieusement, on pourrait même dire compulsivement – l'évier est d'un blanc immaculé, ses robinets en bronze étincellent – mais il est rare que je songe à nettoyer la glace. Je ne pense pas qu'il nous faille consulter Freud ni l'un de ses nombreux sous-fifres pour savoir qu'il y a là un problème.

Je commence cette histoire par une réflexion mal éclairée. Une des deux ampoules de la salle de bains a rendu l'âme. Je suis en plein rituel du soir, en train de me laver les dents, face à ladite glace, lorsqu'une auréole m'entourant la tête attire mon attention. La brosse à dents dans la main droite, se déplaçant encore de haut en bas, d'un côté à l'autre, la main gauche se tend pour attraper mes lunettes de lecture posées sur la petite table à côté des toilettes. Une fois sur mon nez imposant, elles m'aident à voir que je ne suis ni une sainte ni un ange mais que je ressemble plutôt à la reine mère – enfin, à une image de la reine mère, barbouillée par une gomme d'écolière. Ce n'est pas une auréole, cette anomalie bleue, ce sont mes cheveux humides. Une bataille de pigments fait rage au sommet de ma tête, un combat entre adversaires mal assortis.

Je touche une boucle encore mouillée pour tester la permanence de la teinte bleue et voilà que j'y laisse une trace collante de dentifrice. Vous pouvez en conclure à juste titre que le multitâche n'est pas mon fort.

Je me penche au-dessus de la baignoire, m'empare du tube de shampooing Bel Argent acheté hier. Je lis les petits caractères, obligée de plisser les yeux malgré les lunettes de vue. Oui, j'ai utilisé dix fois la quantité préconisée pour me laver les cheveux. J'aime quand ça fait beaucoup de mousse. Il se trouve que lire les instructions n'est pas non plus mon fort.

C'est drôle. Les carreaux de ma salle de bains sont rectangulaires et blancs avec des tulipes bleu clair emboîtées, pratiquement du même coloris que ma nouvelle teinture. Heureusement, le bleu n'est pas celui du drapeau israélien. Vous imaginez ? Vous parlez d'une querelle entre adversaires mal assortis.

Habituellement, la vanité ne me préoccupe pas outre mesure, ne me déconcerte pas plus que ça. Il n'empêche, j'avais surpris la conversation des trois sorcières discutant de l'implacable blancheur de ma chevelure. Joumana, ma voisine du dessus, avait suggéré qu'avec un shampooing du type Bel Argent le blanc serait moins terne. Eh bien, voilà le résultat.

Si je comprends bien, et je pourrais me tromper, comme d'habitude, vous et moi, avec l'âge, avons tendance à perdre des cônes sensibles aux radiations de basses longueurs d'onde, nous sommes donc moins en mesure de distinguer la couleur bleue. Voilà pourquoi de nombreuses personnes d'un certain âge ont des reflets bleuâtres dans les cheveux. Sans cette teinte, ils perçoivent leurs cheveux jaune pâle, voire saumon. Un coiffeur expliquait à la radio qu'il avait fini par convaincre une vieille dame qu'elle avait des cheveux bien trop bleus. Mais sa cliente refusait tout de même de modifier sa couleur. Il était bien plus important que ses cheveux paraissent naturels à ses yeux plutôt qu'aux yeux du reste du monde.

Je serais sans doute tentée de partager le point de vue de la cliente.

Moi aussi je suis une vieille dame, mais je n'ai pas encore perdu mes cônes sensibles aux radiations de basses longueurs d'onde. À l'heure qu'il est, je distingue la couleur bleue avec un peu trop de clarté.

Permettez que je propose une modeste défense pour expliquer ma distraction. En fin d'année, avant d'entamer un nouveau projet, je relis la traduction que je viens d'achever. Je procède à d'ultimes corrections mineures, je mets les pages en ordre et les dispose dans le carton. Cela fait partie du rituel, lequel inclut l'absorption de deux verres de vin rouge. J'admettrai également que la dernière lecture m'autorise à me donner une tape dans le dos, pour me féliciter d'avoir achevé le projet. Cette année, j'ai traduit le superbe roman *Austerlitz*, ma deuxième traduction de W.G. Sebald. Je le lisais aujourd'hui, et je ne sais pourquoi, sans doute en raison du désespoir à sens unique du protagoniste, je n'ai pu m'empêcher de penser à Hannah, c'était plus fort que moi, comme si le roman, ou ma traduction en arabe du roman, était un mode d'entrée dans le monde de Hannah.

Me souvenir de Hannah, ma seule intime, n'est jamais facile. Je la vois encore devant moi, à la table de la cuisine, son assiette toute propre, sans nourriture, la joue droite posée sur la paume de sa main, la tête légèrement penchée, écoutant, offrant ce cadeau si rare : son attention pleine et totale. Avant elle, ma voix n'avait pas de patrie.

Durant mes soixante-douze années, elle a été la seule personne qui a compté pour moi, la seule à qui j'en ai trop dit – fanfaronnades, haines, joies, cruelles déconvenues, le tout pêle-mêle. Je ne pense plus à elle aussi souvent, mais elle apparaît dans mes pensées de temps à autre. Les traces que Hannah a laissées sur moi sont indélébiles.

Souvenirs au goutte-à-goutte, vin rouge et un shampooing pour vieille dame : mélangez bien et vous voilà avec des cheveux bleus.

Je me laverai les cheveux une fois de plus demain matin avec du shampooing pour bébé « ne-pique-pas-les-yeux ». Et le bleu, espérons-le, s'estompera. J'imagine bien ce que les voisines vont dire maintenant.

Pendant pratiquement toute ma vie d'adulte, depuis que j'ai vingt-deux ans, j'ai entamé une traduction le 1er janvier. Je sais bien que ce sont les vacances et que la plupart choisissent de faire la fête, que la plupart ne choisissent pas de travailler le jour de l'An. Une fois, en feuilletant les partitions des sonates de Beethoven, j'ai remarqué que seule l'avant-dernière, celle du splendide opus 110 en *la* bémol majeur, était datée dans le coin en haut à droite, comme si le compositeur avait voulu que nous sachions qu'il avait été occupé à travailler en ce jour de Noël 1821. Moi aussi je choisis de m'occuper pendant les vacances.

Au cours de ces cinquante dernières années, j'ai traduit moins de quarante livres – trente-sept, si je compte bien. Certains livres m'ont pris plus d'un an, d'autres ont refusé de se laisser traduire et un ou deux m'ont tant ennuyée que j'ai abandonné – non pas les livres eux-mêmes, mais la traduction que j'en faisais. Les livres en eux-mêmes sont rarement ennuyeux, à part les Mémoires de présidents américains (Non, Non, Nixon) – enfin, les Mémoires d'Américains en général. C'est le syndrome « Je vis dans le pays le plus riche au monde mais plaignez-moi parce que je suis née avec les pieds plats et un vagin malodorant mais je triomphe à la fin. » Tfeh !

Des livres dans des cartons – des cartons remplis de papier, des feuilles volantes de traduction. C'est ma vie.

Je me suis depuis bien longtemps abandonnée au plaisir aveugle de l'écrit. La littérature est mon bac à sable. J'y joue, j'y construis mes forts et mes châteaux, j'y passe un temps merveilleux. C'est le monde à l'extérieur de mon bac à sable qui me pose problème. Je me suis adaptée avec docilité, quoique de manière non conventionnelle, au monde visible, afin de pouvoir me retirer sans grands désagréments dans mon monde intérieur de livres. Pour filer cette métaphore sableuse, si la littérature est mon bac à sable, alors le monde réel est mon sablier – un sablier qui s'écoule grain par grain. La littérature m'apporte la vie, et la vie me tue.

Enfin, la vie tue tout le monde.

Mais c'est un sujet morose. Ce soir je me sens vivante – vivante avec cheveux bleus et vin rouge. La fin de l'année approche, le début d'une nouvelle année. L'année est morte. Vive l'année ! Je vais entamer mon projet suivant. C'est le moment qui m'excite le plus. Je ne prête nulle attention aux décorations de Noël qui éclatent avec exubérance dans divers quartiers de ma ville, ni aux lumières qui célèbrent le Nouvel An. Cette année, Achoura tombe presque en même temps, mais je m'en fiche.

Que les gens se flagellent pour entrer dans une frénésie du souvenir. Gémissements, fouets, sangs : la trahison de Hussein ne m'émeut guère.

Que les masses se parent d'or, d'encens et de Chanel pour honorer la naissance de leur Sauveur. Je n'ai que faire des futilités.

Les débuts sont gros de possibilités. Certes j'aime terminer une traduction, mais c'est cette période-ci qui me chatouille le plus la moelle. Le rituel de préparation : les deux versions du livre choisi côte à côte – une anglaise, l'autre française – les feuilles, le bloc-notes qui se remplira de véritables notes, les crayons à papier 2B avec le taille-crayon et la gomme Pearl, les stylos. Le nettoyage de la salle de lecture : l'époussetage de la desserte, le passage de l'aspirateur sur les rideaux et l'antique fauteuil, aux franges en tissu chenille bleu marine à nœuds pendant de ses accoudoirs. Le jour de la genèse, le 1er janvier, j'entame la matinée avec la cérémonie du bain, un rite de récurage et de nettoyage, après quoi j'allume deux bougies pour Walter Benjamin.

Que la lumière soit, dis-je.

Oui, je suis un brin obsessionnelle. En tant que femme non religieuse, ceci est ma profession de foi.

Cette année cependant, pour la première fois depuis un certain temps, je ne suis pas fixée quant au livre sur lequel je veux travailler. Cette année, pour la première fois de ma vie, il est possible que je sois obligée de commencer une traduction en ayant les cheveux bleus. Aïe.

J'ai opté pour *2666*, le roman inachevé de Roberto Bolaño, mais j'ai des doutes. Avec plus de neuf cents pages dans les deux versions, ce n'est pas une mince affaire. Cela me prendra au moins deux ans. Est-ce raisonnable d'entreprendre un projet de si longue haleine ? Devrais-je prévoir des aménagements, eu égard à mon grand âge ? Je ne parle pas de mourir. Je suis en bonne santé et les femmes dans ma famille vivent longtemps. Ma mère devient chaque jour un peu plus folle.

Présentons les choses ainsi : je n'hésite pas lorsqu'il s'agit d'acheter des bananes vertes, mais je ralentis. *2666* est un gros projet. Il m'a fallu dix-neuf mois pour *Les Détectives sauvages*, et je pense que mon rythme de travail n'est plus ce qu'il était à l'époque. Alors je regimbe.

Oui, je suis en bonne santé, il faut sans cesse que je me le rappelle. Lors de mon check-up bisannuel, en début de semaine, mon médecin a affirmé que j'étais robuste, que j'avais une santé de fer. Il a raison, bien sûr, et je m'en réjouis, mais c'est à un fer rouillé qu'il aurait dû me comparer. Je me sens oxydée. Que dit Yourcenar, par la bouche d'Hadrien, à propos des médecins ? « Il sait combien je hais ce genre d'imposture, mais on n'a pas impunément exercé la médecine pendant plus de trente ans. » Mon médecin exerce depuis plus longtemps que cela. Nous avons vieilli ensemble. Il m'a dit que mon cœur était en bon état, m'a parlé le visage caché derrière un tirage papier de mes résultats d'analyses. Même moi, une vraie luddite, je n'avais pas vu depuis des années un tirage informatique sur papier perforé aussi archaïque. Son téléphone portable, un BlackBerry, posé sur le bureau à côté de son coude gauche, était assurément le dernier modèle, ce qui doit bien vouloir dire quelque chose. Je n'en possède pas. Mais bon, je n'ai nul besoin d'un phone, et encore moins qu'il soit smart ; personne ne m'appelle.

De grâce, pas de pitié ni de compassion hypocrite. Je ne suggère pas que je suis dépitée parce que personne ne m'appelle ou, pire, que je devrais m'en désoler. Personne ne m'appelle. C'est un fait.

Je suis seule.

C'est mon choix, mais c'est aussi un choix qui tient compte du peu d'autres options disponibles. La société beyrouthine n'appréciait pas les femmes divorcées sans enfants en ce temps-là.

Il n'empêche, j'ai fait mon lit – un lit simple, confortable et convenable, pourrais-je ajouter.

J'avais quatorze ans quand j'ai commencé ma première traduction, vingt pages ennuyeuses d'un manuel de sciences. C'est l'année où je suis tombée amoureuse de l'arabe – pas le dialecte oral, vous ferais-je remarquer, mais la langue classique. Je l'avais étudiée depuis toute petite, évidemment, en même temps que j'apprenais l'anglais et le français. Et cependant, il n'y avait qu'en cours d'arabe qu'on nous répétait constamment que nous ne pourrions jamais maîtriser la plus difficile des langues, que nous aurions beau l'étudier et la pratiquer tant et plus, jamais nous ne pourrions espérer écrire aussi bien que al-Mutanabbi ou, grands dieux non, le summum de la langue, le Coran lui-même. Les enseignants endoctrinaient les élèves comme ils avaient eux-mêmes, plus jeunes, été endoctrinés. Aucun d'entre nous, en tant qu'Arabe, ne peut s'élever et éviter l'échec, c'est notre péché originel.

J'avais lu le Coran et appris par cœur de longs passages, mais le fait de l'avoir tant étudié ne m'a pas initiée à la magie de la langue – l'apprentissage forcé et la magie sont des adversaires congénitaux.

J'avais sept ans quand j'ai pris ma première leçon coranique. La professeure – une ample bègue à lunettes – cessait de bégayer lorsqu'elle récitait le Coran ; un véritable miracle, d'après les autres professeurs. Elle avait tout retenu par cœur, et lorsqu'elle récitait, ses yeux pétillaient, sa tête recouverte du voile oscillait sur une nuque tremblante, et sa baguette tournoyait devant elle. Au premier rang, nous nous protégions les yeux à chaque fois que la baguette s'approchait un peu trop – encore aujourd'hui, quand je m'assois sur le siège avant, en voiture, durant la saison des pluies, j'ai peur que les essuie-glaces viennent se planter dans mes yeux. La baguette de la maîtresse paraissait peut-être dangereuse, mais ce n'était pas avec cela qu'elle nous frappait. Si nous faisions une erreur en récitant, si une fille oubliait un mot ou avait du mal à se rappeler un vers, les joues de la maîtresse se contractaient et luisaient, ses lèvres se pinçaient et se crispaient ; elle demandait à l'élève de s'avancer, de tendre la main, et elle appliquait le châtiment en utilisant le plus inoffensif des instruments, la brosse du tableau noir. Cela faisait aussi mal que n'importe quel outil d'inquisiteur.

Comme si apprendre par cœur de force le Coran – apprendre par cœur de force n'importe quoi – n'était pas un châtiment suffisant.

— Écoutez les mots, écoutez la magie. Écoutez le rythme, écoutez la poésie, nous exhortait-elle.

Comment pouvais-je entendre quoi que ce soit alors que j'étais dans de terribles souffrances ou que je craignais de l'être incessamment ?

— La langue du Coran est un miracle, avait-elle coutume de dire.

Considérez ceci : afin d'élever le prophète Moïse au-dessus de tous les hommes, Dieu lui offrit le miracle qui aveuglerait les gens de son temps. À cette époque, les magiciens étaient omniprésents en Égypte, aussi tous les miracles de Moïse impliquaient-ils la plus inventive des magies : verge transformée en serpent, rivière en sang, mer Rouge scindée en deux. Au temps du prophète Jésus, la médecine était reine. Jésus soignait les lépreux et ressuscitait les morts. Au temps de notre prophète, la poésie était admirée, et Dieu offrit à Mahomet, un illettré, le miracle d'une langue sans pareille.

— Ceci est notre patrimoine, notre héritage – ceci est notre magie.

Je n'écoutais pas à l'époque. La maîtresse m'avait effrayée au point de chasser la foi de mon âme. Cela m'était égal que le Coran eût des douzaines de mots pour décrire les différents types d'eau, qu'il utilisât des rimes et des rythmes jusqu'alors inédits.

Comparés à la langue et au style du Coran, ceux des autres livres saints paraissaient infantiles. L'on dit qu'après un coup d'œil à la Bible la maréchale de Luxembourg s'exclama : « Quel ton ! Quel effroyable ton ! Ah, quel dommage que le Saint-Esprit eût aussi peu de goût[3] ! »

Non, je pourrais me moquer du Coran pour l'infantilité impérieuse de son contenu, mais pas pour son style.

C'est finalement la poésie qui m'a ouvert les yeux ; la poésie et non pas le Coran, qui a marqué au fer rouge l'arrière de mon cerveau – la poésie, le lapidaire. Je ne suis pas certaine que la découverte de l'amour soit nécessairement plus exquise que la découverte de la poésie, ni plus sensuelle, d'ailleurs.

Je me rappelle le poète qui a allumé la flamme, Antar, le poète-guerrier noir comme jais. Je me rappelle le choc d'une langue condamnée qui ressuscitait.

Et je me souvenais de toi alors que les lances étanchaient leur soif
En moi et que mon sang gouttait des épées blanches
Je me languissais alors d'embrasser les lames qui brillaient
Telle ta bouche souriante dans mon esprit[4]

Enfin bon, peut-être était-ce Imrou'l Qays. Lui et Antar sont mes préférés parmi les sept inclus dans les légendaires *Odes suspendues*.

Mais venez, mes amis, nous sommes ici en deuil, voyez-vous l'éclair ?
Voyez son scintillement, comme l'éclat de mains en mouvement parmi l'épais amoncellement des nuages.
Sa gloire brille telles les lanternes du moine lorsqu'il a enduit leurs mèches d'huile.
Je m'assis avec mes compagnons et j'observai l'éclair et l'orage approchant[5].

La langue – nous l'entendons tout le temps. Les présentateurs à la télévision parlent l'arabe classique, de même que certains politiciens, les profs d'arabe assurément, mais les bredouillements qui sortent de leur bouche paraissent bizarres et déplacés, comparés à notre langue libanaise organique, notre dialecte du terroir fait maison. Les présentateurs de la télévision et de la radio ont un accent étrange à mes oreilles. Ces premiers poèmes en revanche, c'est de l'alchimie, quelque chose de miraculeux. Ils m'ont ouvert les oreilles, m'ont ouvert l'esprit, comme les fleurs dans l'eau.

Ma première traduction toutefois ne fut pas un poème mais vingt pages ennuyeuses. Dans l'école que je fréquentais, les sciences étaient enseignées en français. Rarement l'arabe était utilisé pour la physique, la chimie ou les mathématiques, quelles que soient les écoles de Beyrouth, dont le programme principal a toujours été le conformisme de la communauté. Il semble que l'arabe ne soit pas considéré comme une langue pour la logique. Une plaisanterie circulait quand j'étais petite, et elle a encore sans doute cours aujourd'hui : quelle est la définition des droites parallèles dans les livres de géométrie d'Arabie saoudite ? Deux lignes droites qui ne se croisent jamais, sauf si Dieu dans toute Sa gloire le veut.

Les vingt pages étaient une curiosité ; je souhaitais me rendre compte par moi-même. Ma première traduction sonna bizarre et déplacée elle aussi.

Les traductions qui ont suivi se sont améliorées, je l'espère.

Quand je dis améliorées, je veux dire que, contrairement à la première fois, cela ne me gênait plus d'apposer mon nom sur ce que j'avais traduit.

Mon père m'a nommée Aaliya, l'élevée, celle au-dessus. Il adorait ce nom et, on me l'a dit constamment, m'adorait encore davantage. Je ne m'en souviens pas. Il est mort quand j'étais encore toute petite, quelques semaines avant mon deuxième anniversaire. Il devait être malade, car il est mort avant d'avoir à nouveau fécondé ma mère, comme il était censé le faire, ainsi qu'on l'attendait de lui, d'autant plus que j'étais une fille et l'aînée. Mon pays à la fin des années trente essayait encore de s'extraire du XIVe siècle. Je ne suis pas sûre qu'il y soit parvenu, à certains égards. Mon père avait à peine dix-neuf ans quand ils se sont mariés et vingt et un ans à sa mort, ma mère fut veuve à dix-huit ans. Ils étaient censés passer un temps infini ensemble. Cela n'arriva pas.

Que faire d'une jeune veuve ? Les familles se réunirent. Celle de ma mère croyait avoir une bouche de moins à nourrir, elle en avait désormais deux de plus. Il se dit que mon grand-père maternel laissa entendre qu'un modèle défectueux leur avait été donné. Les familles décidèrent que la jeune veuve serait mariée au frère de son mari pour une nouvelle tentative, mais elle ne recevrait pas de seconde dot, son cadeau de mariage. Trois mois après le décès de mon père – une période canonique de trois mois – ma mère s'agenouilla obséquieusement devant un cheikh et observa son père et son second mari signer les contrats.

Avec le temps, on me présenta cinq demi-frères et sœurs, je ne me sentis particulièrement proche d'aucun. Six enfants, une chambre, trois étroits matelas pleins de bosses par terre ; combats d'arts martiaux horizontaux durant la nuit, corps meurtris bâillant le matin.

Mon oncle-père était gentil, à défaut d'être véritablement aimant ou affable. Il accordait peu d'attention à ses enfants, encore moins à moi. Je suis incapable de me rappeler grand-chose de lui. Je n'ai pas de photos de lui, donc, dans ma mémoire, son visage est toujours indistinct. Dans toute évocation d'une scène de mon enfance, le visage de mon beau-père est le moins détaillé, le plus flou ; lorsque je pense à lui, les yeux de ma mémoire sont atteints de cataracte.

Son seul trait remarquable était les gaz qu'il lâchait avec constance et qu'il ne semblait nullement enclin à vouloir contrôler. Les déjeuners et les dîners, en famille, tous assis par terre autour de lui, étaient insupportables. Les garçons adoraient ça, mais moi j'arrivais à peine à manger quand il lâchait un vent. C'est probablement la raison pour laquelle j'ai été maigre toute ma vie. Aujourd'hui encore, certaines odeurs humaines me retournent l'estomac.

Sur son lit de mort, par une nuit ivre du chant des cigales, alors que la famille était rassemblée dans sa chambre, il appela chacun de ses enfants pour lui adresser une ultime parole de sagesse, mais il oublia d'appeler sa plus jeune fille, et moi. La plus jeune fut anéantie et tous tentèrent de la consoler. Ils l'entourèrent, la choyèrent, la couvrirent de maximes lénifiantes, lui passèrent leurs mouchoirs. Je n'étais pas affligée et personne ne vint me consoler. Personne ne me tendit de mouchoir, pas même un mouchoir en papier. Il n'avait nulle parole empreinte de sagesse à m'offrir ; personne dans ma famille n'en avait.

Je suis le membre superflu de ma famille, son inutile appendice.

Je fus mariée à seize ans, retirée prématurément de l'école, la seule maison que j'avais, et offerte au premier soupirant mal inspiré apparu à notre porte, un homme petit de stature et d'esprit. Le mariage est une institution des plus désagréables pour une adolescente. Nous nous installâmes dans cet appartement et il lui fallut moins de quatre ans pour qu'il se présente devant moi, ainsi que la loi l'imposait, et déclame la plus vivifiante des formules : « Je te répudie. » Rien dans notre mariage ne lui réussit davantage que lorsqu'il y mit un terme.

L'insecte impuissant prit la porte, et ces sols n'eurent plus jamais à subir à nouveau ses pieds. Jeune comme j'étais, je n'ai pas pleuré. J'ai fait ce que ma nature me commandait. J'ai nettoyé, récuré, passé la serpillière et désinfecté jusqu'à ce que plus une trace de lui ne subsiste, plus une odeur, plus un seul poil, plus rien. J'ai retiré les clous du mur où il avait coutume de suspendre son chapeau sale et ses pipes à l'odeur âcre qui lui conféraient, croyait-il, un air distingué. À l'aide d'une aiguille et d'une bobine de fil, j'ai recousu tous les trous dans les napperons, causés par les cendres de sa pipe. J'ai plongé la moustiquaire dans l'eau de Javel.

Je n'ai pas attendu que son odeur se dissipe. Je l'ai supprimée.

Avant de quitter ce monde, le moustique amolli à la trompe défaillante se remaria deux fois et demeura sans enfants.

« Femme, je te répudie. » Bien entendu, il aurait pu se marier sans divorcer et amener une deuxième épouse dans notre nid effrité. Avoir plus d'une femme n'était pas commun à Beyrouth, même à l'époque. Il aurait été le seul du quartier à avoir deux femmes, mais il aurait pu le faire.

Ma mère voulait que je sois reconnaissante. Il aurait pu me rejeter comme un gaspillage superflu, il aurait pu me traiter comme le produit dispensable de sa côte, mais je devais néanmoins m'estimer heureuse.

— Il t'a répudiée. Tu peux te remarier à un veuf bien né ou peut-être à un prétendant plus convenable ayant été éconduit quelques fois. Estime-toi heureuse.

Heureuse ? Pour ma mère, se faire pathétiquement courtiser était un cran au-dessus du statut de deuxième épouse négligée. Elle ne pouvait concevoir un monde dans lequel mon mari n'aurait pas en main toutes les cartes. Dans son monde, les maris étaient tout-puissants, jamais impuissants. Le mien considérait que j'étais la cause de son humiliation et continua probablement à en vouloir à ses autres épouses. Il ne pouvait pas prendre le risque que ses épouses parlent entre elles.

J'aurais adoré discuter avec sa deuxième femme, ou sa troisième. Avait-il continué à porter son chapeau ridiculement grand qui soulignait avec cruauté la petitesse de sa tête ? J'aurais pu demander : « Durant toutes ces années de mariage, avez-vous vu une fois son pénis ? Cet appendicule ratatiné s'est-il seulement une fois redressé jusqu'à mi-mât ? Quand a-t-il capitulé ? Quand a-t-il mis un terme à son humiliation tâtonnante dans le noir ? Au bout d'un an de vie commune, de six mois ? Je suppute que ce fut au bout d'à peine un mois. Avec moi il a poursuivi la comédie sept mois durant. »

Dans *Doctrine du droit*, Kant écrivit : « Il s'agit du mariage, c'est-à-dire de la liaison de deux personnes de sexes différents, qui veulent, pour toute leur vie, la possession réciproque de leurs facultés sexuelles[6]. »

Kant à l'évidence n'avait pas rencontré mon mari.

Bien sûr, comme Descartes, Newton, Locke, Pascal, Spinoza, Kierkegaard, Leibniz, Schopenhauer, Nietzsche et Wittgenstein, Kant n'a jamais eu d'attache intime ni fondé de famille.

Quand j'étais jeune femme, j'étais tellement frustrée de ne jamais avoir vu d'homme nu que j'avais pris l'habitude d'attendre que mon mari ronfle avant de soulever les couvertures, craquant une allumette à l'intérieur de la matrice enveloppante de la moustiquaire, pour examiner son corps sous son habit de coton boutonné. Ah, la déception de découvrir un asticot à la place du monstre. De cela j'étais censée avoir peur ? Ça, la source de fertilité ? Et pourtant je ne pouvais pas contenir ma curiosité. Ecce homo. Je regardais à chaque fois que j'en avais l'occasion, à la lumière d'une allumette, et non pas d'une bougie car, éteinte en vitesse, sa fumée était moins compromettante. Les ronflements réguliers, la respiration profonde, le monde perdu du sommeil. Pas une seule fois prise sur le fait, jamais découverte.

Il y a quinze ans, à l'âge de soixante et un ans, mon mari est mort, passager solitaire dans un bus municipal, la tête penchée en un angle bizarre contre la vitre crasseuse. Le bus acheva deux parcours complets, les passagers montant et descendant, avant que le chauffeur ne se rende compte qu'il tenait compagnie à un homme sans vie. Parfois la mort arrive en douceur.

Souhaitant l'amener au repos une fois de plus, je me présentai à ses funérailles, son ultime inhumation. Ni mélopée funèbre ni lamentation à ses obsèques. Dans le cercueil ouvert il était étendu mort. Quelqu'un l'avait peigné, ses cheveux étaient bizarrement aplatis, on aurait dit qu'il venait juste d'ôter son chapeau idiot. Assises tout autour de moi les femmes en deuil ne purent s'empêcher de glousser et de cancaner. Il était mort avec une érection persistante, du priapisme dans les affres ultimes, une ironie digne de Svevo.

Dans la mort, Éros triomphait, alors que dans la vie Thanatos avait triomphé. Mon mari était un dyslexique freudien.

La mort est le seul poste d'observation à l'aune duquel une vie peut véritablement être évaluée. De mon poste d'observation, en regardant des hommes que je ne reconnaissais pas emporter le cercueil de mon ex-mari, j'ai évalué sa vie et estimé qu'elle avait laissé à désirer.

Je me rends compte que je n'ai pas mentionné le nom de mon mari. Ce n'est pas intentionnel. C'est juste que je peux l'appeler « mon mari » et cela le définit.

Il y a de nombreuses raisons pour ne pas nommer un personnage ou quelqu'un sur qui l'on écrit. Ce peut être parce qu'on veut que le livre porte entièrement sur le narrateur principal, ou peut-être veut-on que le personnage demeure éphémère, moins consistant.

Je n'ai pas de telles raisons, je le crains. Il s'appelait Sobhi Saleh, un nom de plomb, peu maniable. Malheureusement, je porte encore son nom de famille comme une croix, j'y suis clouée, pourrait-on dire. Son prénom, vous pouvez l'oublier. Nous pouvons le jeter par-dessus bord, l'enfouir sous la houle, le faire disparaître sous le limon de la Méditerranée.

Sobhi. Tfeh !

Et pourtant, au début, quand je me suis mariée, la vie offrait des perspectives. Beyrouth et cet immeuble avaient une autre allure dans les années cinquante. Un frangipanier, ayant depuis longtemps disparu, gazouillait malicieusement devant le bâtiment, répandant senteurs et fleurs quand j'entrais. De l'autre côté de la rue se trouvait un caroubier, disparu lui aussi, déraciné. En début de soirée, le bavardage des étourneaux du quartier ne s'était pas encore dissipé. Parmi les nombreuses définitions du progrès, « ennemi des arbres » et « tueur d'oiseaux » me semblent les plus pertinentes.

Lorsque nous avons emménagé, le propriétaire de l'immeuble, Hajj Wardeh, dont le visage pâle arborait des lunettes de soleil, une moustache hérissée et au moins trois verrues dignes de ce nom, s'est présenté avec sa famille pour nous souhaiter la bienvenue, à mon mari et à moi, en nous apportant du riz au lait et de l'eau de rose – une double dose inopportune, ai-je songé, dans la mesure où il y avait déjà plus d'eau de rose que nécessaire dans le riz au lait, et maintes roses avaient été décapitées pour ce dessert. Je me rappelle ses ongles parfaitement dessinés. Je me rappelle les premiers mots sortis de la bouche de sa fillette : « Mais elle est bien plus grande que lui et bien plus maigre. » Fadia, à l'éternelle langue bien pendue, avait alors six ans. Je me souviens de la gêne de son père, de sa mère mettant la main devant la bouche de Fadia.

Hajj Wardeh a dit : « Bienvenue, chère famille. »

Son titre avait été récemment et fièrement acquis : il revenait tout juste de La Mecque.

Mes souliers noirs avaient été teints en rouge par la poussière. J'avais traîné deux valises et plusieurs ballots, tout ce que je possédais, d'un bout à l'autre de la ville, traversant un bosquet de pins parasols. Tout ce que je possédais, y compris mon trousseau :

trois robes, une paire de chaussures, trois paires de chaussettes (pas des collants), des sous-vêtements, deux foulards, une chaîne en or, un bracelet, une broche incrustée d'un motif de cerises au crochet, deux marmites, un plat légèrement fendu, cinq assiettes, une soupière en cuivre et étain avec sa louche, un assortiment complet de couverts pour trois personnes, les quelques objets de mon père, et deux manuels scolaires de cette année-là, dont je savais que je ne me resservirais pas.

Je me sentais alors si riche. L'appartement semblait si vaste et spacieux. J'y repense maintenant avec nostalgie.

De Pessoa : « Ah ! c'est la nostalgie de cet autre que j'aurais pu être qui me désagrège et qui m'angoisse[7] ! »

Aaliya, au-dessus de tout, séparée, libérée de ses liens.

Nombre de hadjis musulmans et chrétiens sont des maîtres de la pieuse dissimulation qui convoitent le titre mais pas le chemin. Pas Hajj Wardeh ; il méritait son titre. Il vivait dans l'observation des principes javertiens. Il fut tout d'abord généreux et bon voisin, mais une fois mon mari parti, il ne voulut plus rien avoir à faire avec moi. J'aurais aussi bien pu arborer une lettre écarlate. Il interdisait à ses enfants la moindre interaction avec moi. Fadia, qui avait eu coutume de passer tout son temps dans mon appartement, commença à m'éviter, me tournant le dos quand je passais. Lorsqu'elle devait me parler, elle employait un ton hautain et autoritaire, comme si elle s'adressait à une domestique. Elle n'avait que dix, onze ans, mais c'était déjà une autocrate. Une partie seulement du despotisme belligérant de son enfance a subsisté à l'âge adulte – enfin, peut-être un peu plus qu'une partie.

Hajj Wardeh avait beau refuser de reconnaître mon existence en tant que personne, il prenait néanmoins mon parti lorsqu'il était question de l'appartement. La famille de mon mari le convoitait, clamant que je n'y avais pas droit. Ma propre famille l'exigeait, suggérant que n'importe lequel de mes frères le méritait davantage. Hajj Wardeh ne voulait rien entendre de tout cela. L'appartement appartenait à mon mari, et à moins que mon mari en personne vienne le réclamer, ou éventuellement ses futurs fils, il ne le céderait à personne d'autre. Mon mari, bien sûr, ne pouvait prendre un tel risque. Tant que je payais mon loyer, Hajj me considérait comme sa locataire.

Mon foyer, mon appartement ; j'y vis, je m'y déplace, j'y ai mon existence.

La famille de mon mari oublia cette histoire d'appartement, mais pas la mienne. Ma mère ne pouvait me regarder sans essayer de me convaincre de partir. Mes demi-frères avaient des familles nombreuses et vivaient dans de petits appartements. Ils avaient besoin de plus d'espace que moi. Ils avaient des vies plus difficiles, ils le méritaient. C'était mon devoir familial. J'étais égoïste, insensible et arrogante. Ne savais-je donc pas ce que les gens disaient de ma vie solitaire ? Ma mère était les jeunes Nations unies : abandonne ton foyer, tes frères ont souffert, tu peux aller ailleurs, pas eux, fiche le camp.

Plus d'une fois, mes demi-frères m'ont maudite. Plus d'une fois, chacun est venu cogner à ma porte, pour tenter de me terroriser. Terrorisée, je l'étais, surtout au début, quand je me sentais particulièrement vulnérable et que la crainte de perdre mon foyer me minait. J'étais à l'appartement, je mangeais ou je lisais, lorsque des coups frappés et des insultes retentissaient soudain de l'autre côté de la porte. Mon cœur battait la chamade, mon corps se mettait à trembler. Parfois, au cours des premières années de ma vie seule, j'avais l'impression que mon âme se flétrissait, comme une châtaigne se desséchant dans sa bogue.

Tout cela – les coups à la porte, le harcèlement, les exigences de mes frères – a cessé des années plus tard, en 1982, durant le siège de Beyrouth par les Israéliens. De nombreux habitants avaient fui la ville et des squatteurs ne tardèrent pas à s'installer dans les logements vides. Ceux d'entre nous qui restèrent, ceux qui n'avaient nul autre endroit où aller, étaient émotionnellement épuisés, alimentés mais guère nourris par la peur et l'adrénaline. Pensant qu'il n'y avait personne à la maison, trois hommes entrèrent par effraction dans mon appartement aux aurores. Je bondis du lit, encore en chemise de nuit. Cela faisait des semaines qu'il n'y avait plus d'eau ; ni mes cheveux ni ma chemise n'avaient été lavés depuis des lustres. J'ai pris l'AK-47 posé à côté de moi, à droite, là où mon mari avait jadis dormi toutes ces années. Il m'a tenu compagnie au lit durant toute la guerre civile. Pieds nus, je suis sortie d'un pas précipité, brandissant le fusil d'assaut. Les hommes en treillis aperçurent la folle qui les attaquait et prirent leurs jambes à leur cou – et pas silencieusement, ajouterais-je. Je les ai pourchassés, mais seulement jusqu'au palier, car ils étaient déjà au rez-de-chaussée, courant de manière peu athlétique – douze membres indépendants battant l'air de manière saccadée et désordonnée –, une débandade de vaches de dessin animé.

Un coup de feu tiré du quatrième étage me fit peur au point de me faire sortir de mon hystérie. Fadia avait visé un des sacs de sable au bout de la rue. Comme moi, elle avait uniquement l'intention de les effrayer, mais elle avait vraiment tiré un coup de feu.

— Que je ne vous revoie pas ici ! s'écria-t-elle. Celle-là, c'est la plus petite de mes armes.

Puis, à ses enfants :

— Retournez à l'intérieur. Il n'y a rien à voir ici.

Elle non plus n'avait lavé ni ses cheveux de Méduse ni sa chemise de nuit depuis un certain temps. Elle était sans doute aussi effrayante que moi mais, comme d'habitude, ses ongles étaient impeccablement faits. Deux étages au-dessus, j'avais pu remarquer l'ongle écarlate finement dessiné de son index appuyé sur la détente. De l'intérieur de l'appartement, son mari lui hurla qu'elle était folle. Elle cligna de ses paupières rouges en observant le ciel bleu limpide. Je lui ai demandé de ne pas tirer d'autre coup de feu, sinon les Israéliens bombarderaient l'immeuble. Il lui fallut un moment pour me reconnaître.

— C'est une arme drôlement grosse que tu as là, a-t-elle dit.

À partir du moment où l'histoire des folles commença à circuler, les ménades et leurs thyrses semi-automatiques, mes demi-frères cessèrent de réclamer l'appartement.

Aaliya, celle du dessus, la folle.

J'allume la lampe de la salle de lecture. Il n'a beau être que sept heures et demie, l'obscurité à l'extérieur est oppressante. L'appel de l'hiver.

Depuis que j'ai pris ma retraite, l'heure de mon dîner évolue au rythme des saisons. Quand je travaillais à la librairie, je mangeais en rentrant à la maison, toujours à heure fixe. Mais depuis, je ne sais trop pourquoi, j'ai faim dès le coucher du soleil, quand le soir commence à tomber. Mon estomac a son propre rythme circadien.

Je me sens fatiguée, mais il est trop tôt pour aller au lit.

Je décide de ne pas me faire de tasse de thé. La caféine le soir me détraque l'organisme et je ne supporte pas les tisanes ni le goût insipide des préparations décaféinées. Je dis cela comme si mon organisme était sinon parfaitement équilibré.

De tous les plaisirs délicieux que mon corps a commencé à me refuser, le sommeil est le plus précieux, le don sacré qui me manque le plus. Le sommeil sans repos m'a laissé sa suie. Je dors par fragments, quand j'arrive à dormir. Lorsque j'envisageais la fin de ma vie, je ne m'attendais pas à passer chaque nuit dans l'obscurité de ma chambre, les paupières à demi ouvertes, calée sur des coussins ratatinés, à tenir salon avec mes souvenirs.

Le sommeil, seigneur de tous les dieux et de tous les hommes. Ah, être le flux et le reflux de la vaste mer. Quand j'étais plus jeune, je pouvais dormir n'importe où. Je pouvais m'étaler sur un canapé, m'y enfoncer, l'obligeant à m'accueillir en son sein, et disparaître dans les enfers somnolents. Dans un océan luxurieux je plongeais, dans ses profondeurs je m'abîmais.

Virgile appelait le sommeil frère de la mort, et Isocrate avant lui. Hypnos et Thanatos, fils de Nyx. Cette façon de minimiser la mort est peu imaginative.

« Il est tout aussi indigne, de la part d'un homme pensant, de croire que la mort est un sommeil[8] », a écrit Pessoa. La règle de base du sommeil est que l'on s'en éveille. Le réveil est-il alors une résurrection ?

Sur un canapé, sur un lit, sur une chaise, je dormais. Les rides s'évanouissaient de mon visage. Chaque silencieux tic-tac de l'horloge me rajeunissait. Pourquoi donc est-ce à l'âge où l'on a le plus besoin des vertus curatives d'un sommeil profond qu'on y accède avec le plus de mal ? Hypnos dépérit tandis que Thanatos approche.

Quand je songeais à la fin de ma vie, je n'envisageais pas que je passerais des nuits sans sommeil à revivre mes années antérieures. Je n'avais pas imaginé que je regretterais autant la librairie.

Je me demande parfois à quel point ma vie aurait été différente si je n'avais pas été embauchée ce jour-là.

J'adore l'œuvre de Javier Marías. J'ai traduit deux de ses romans : *Un cœur si blanc* et *Demain dans la bataille pense à moi*. J'en envisagerai un troisième, une fois que j'aurai lu la traduction française du volume final de *Ton visage demain*, même si, face aux mille trois cents pages de l'œuvre entière, il est possible que je me désiste également.

Mais je digresse, comme de coutume.

Dans un de ses essais, Marías suggère que son œuvre traite autant de ce qui ne s'est pas passé que de ce qui s'est passé. En d'autres termes, la plupart d'entre nous pensons que nous sommes ce que nous sommes en raison des décisions que nous avons prises, en raison des événements qui nous ont façonnés, des choix de ceux de notre entourage. Nous considérons rarement que nous sommes aussi façonnés par les décisions que nous n'avons pas prises, par les événements qui auraient pu avoir lieu mais n'ont pas eu lieu, ou par les choix que nous n'avons pas faits, d'ailleurs.

Il y a plus de cinquante ans, par une journée morose où l'espoir prit la porte à la suite de la crevette qu'était mon ex-mari, du moins l'ai-je cru sur le coup, mon amie Hannah m'a prise par la main et m'a conduite à une librairie que possédait un des membres de sa famille. Lequel, petit-cousin vaguement issu de germain, avait ouvert la librairie pour rigoler, une boutique en rez-de-chaussée avec une fenêtre panoramique inadaptée, dans un bâtiment mal en point donnant sur une grande artère, sans circulation piétonne. Il y avait plus de peluches idiotes que de livres, et tout était couvert de poussière. La librairie avait autant de chances de réussir que moi.

Et pourtant, allez savoir, l'étincelle qui fit naître une flamme en mon âme fut le gigantesque bureau en chêne verni foncé derrière lequel était assis le propriétaire. Pour une divorcée de vingt-deux ans pratiquement sans le sou, s'asseoir derrière un bureau pareil paraissait tellement grandiose, tellement somptueux – un objectif à atteindre. J'avais besoin de grandeur dans ma vie.

Hannah annonça au membre de sa famille qu'il fallait qu'il m'embauche, et celui-ci lui fit savoir qu'il voulait embaucher quelqu'un ayant plus d'expérience et – tout aussi important – plus de classe. Il parla comme si je n'étais pas là, comme si j'étais invisible, comme s'il avait le visage caché derrière une feuille d'ordinateur imprimée. Hannah, ma championne, n'allait pas baisser les bras si facilement. Elle expliqua que j'adorais les livres, que je lisais constamment, que j'en savais plus en la matière qu'il n'en saurait jamais, et – tout aussi important – que je pourrais faire la poussière, briquer et passer la serpillière. Il aurait la librairie la plus propre de toute la ville, intervins-je, la plus étincelante, un diamant. Je ferais disparaître cette odeur âcre de renfermé. Il fit mine de réfléchir à mon offre avant de décider de m'embaucher provisoirement (continuant de s'adresser à Hannah et non pas à moi), en attendant de pouvoir prendre quelqu'un d'autre pour être le visage de la librairie.

Ce que j'ignorais à l'époque, c'est que le premier visage à qui il proposa le poste était celui d'une jolie jeune fille dont la famille était tellement chic qu'elle émigra au Brésil, et que l'un de ses descendants est récemment devenu gouverneur de São Paulo. La fille partit sans même montrer son minois à la librairie. La seconde ne se présenta pas non plus ; elle convola et n'eut plus besoin d'être embauchée, ni ne le souhaita.

L'une de ces deux femmes se serait présentée, ma vie en eût été radicalement changée. Je ne réalisais pas combien le destin de ces deux-là avait influencé le mien jusqu'à dernièrement, il y a quelques années, quand le propriétaire y fit allusion en passant. Il n'avait pas envisagé un seul instant que je ferais l'affaire. Il mettait mon succès au compte de la formation qu'il m'avait dispensée avec zèle.

J'ai travaillé pour le dilettante des livres de poche pendant cinquante ans, et l'unique visage que l'on associa à la librairie fut le mien.

Ce gigantesque bureau en chêne verni foncé que j'ai jadis désiré trône désormais confortablement dans ma pièce de lecture ; derrière, une fenêtre laisse pénétrer l'obscurité du début de soirée et, à côté, ma bibliothèque déborde de toutes parts. Lorsque le propriétaire, mon patron, est mort il y a quatre ans, sa famille a fermé la librairie, vendu les livres et le stock pour une bouchée de pain. Je me suis retrouvée avec mon bureau.

Comme je me sentirai à l'abri une fois que j'aurai commencé ma traduction, comme je me sentirai à l'abri, assise à ce bureau dans la nuit noire, que Sebald, via Jacques Austerlitz, décrit assis à son bureau, « à ne voir pour ainsi dire que la pointe du crayon courant d'elle-même en absolue fidélité après son ombre, qui glissait régulièrement de gauche à droite » – de droite à gauche dans mon cas –, « ligne après ligne, sur le papier réglé[9] ».

Sur cette splendeur de chêne, je dispose le carnet neuf à côté des crayons à papier, à côté des stylos. J'enlève le capuchon du stylo-plume principal, un vieux Parker, et j'inspecte l'encre. L'encrier en forme de noix, une fausse antiquité de porcelaine et de cuivre, est copieusement rempli. C'est toujours délicieusement excitant quand je me prépare pour un nouveau projet. Je me sens en territoire familier avec mes rituels.

La véritable antiquité sur le bureau est une bande dessinée, *Un conte de deux villes* illustré, en arabe, sous cellophane rouge. Sa valeur est uniquement sentimentale. Il était terriblement endommagé – quatre pages manquantes, deux déchirées, d'autres tachées d'eau – lorsqu'on me l'a offert, il y a une soixantaine d'années.

C'était l'été, j'avais dix ans. Ma mère emmenait ses enfants au jardin public de Beyrouth. Je n'avais à l'époque que trois demi-frères, me semble-t-il, le plus jeune encore dans le landau. Je ne me rappelle peut-être certes pas clairement mes frères et sœur, en revanche, je me souviens du jour et de la robe que je portais, ma plus belle, un taffetas bleu passepoilé de blanc. Elle allait avec un sac à main en plastique blanc qui ne s'ouvrait pas et était, de toute façon, trop petit pour contenir autre chose qu'une unique tablette de chewing-gum. Je me souviens de l'avoir constamment tenu serré contre ma hanche droite. Je revois un ciel limpide et venteux, le soleil blanchâtre, fainéant et indifférent, ni trop chaud ni trop lumineux. Ma mère – voûtée, les genoux collés l'un à l'autre, les deux pieds au sol – était assise sur un banc de bois peint de bruns surchargés et au dossier duquel manquait une latte. Mes demi-frères et moi étions assemblés autour d'elle, planètes en orbite autour de notre étoile fatiguée. *Ouste, ouste.* Elle voulait que nous allions plus loin. Nous n'avions pas l'habitude d'être en présence d'inconnus.

À pas timides, de mes pieds minuscules, je m'éloignai, m'écartai du groupe, lentement, hésitante, mais je m'éloignai.

Un garçon à la chevelure châtaine, potelé et pâle, aux yeux couleur huile d'olive fraîchement pressée, était assis, triste et délaissé, tout seul sur un banc, regardant avec envie les meutes d'enfants vertigineusement bruyants qui fonçaient à bicyclette, tricycle et dans ces voitures miniatures rouges sans plancher ni toit. Le garçon solitaire semblait avoir quelques années de moins que moi. Enroulé dans sa main se trouvait l'illustré à présent posé sur mon bureau.

J'étais envieuse. Je voulais cet illustré plus que tout ce que j'avais pu désirer.

Je lui ai demandé s'il avait envie de jouer. J'ai utilisé le mot « jouer », je me souviens de cela, lui laissant l'option de choisir quel jeu. Il s'est illuminé, a piqué un fard comme s'il avait bu un verre de bordeaux. Il avait envie de jouer, assurément. Il a fait oui de la tête, l'a hochée et hochée de nouveau. Je lui ai demandé s'il voulait bien partager son illustré. Il n'y voyait absolument aucune objection, il a bien voulu que je le prenne. Ma robe n'avait pas de poches car elle allait avec ce sac à main qui ne s'ouvrait pas. Je le lui ai donné, mon sac à main. Un échange honnête, non ? Il l'a posé sur le banc et aucun de nous deux ne s'est rendu compte qu'à un moment il avait disparu, ni ne s'en est soucié. Nous avons joué à chat. Mes demi-frères nous ont rejoints, et d'autres aussi. Il s'est bien amusé. Puis il est parti, agrippant la main de sa mère, faisant de vifs au revoir, un ample sourire transformait son double menton en un triple. Je vois encore aujourd'hui son visage jovial, sa joie et son sourire mignon. Il doit y avoir une raison pour que ceci survive avec tant de clarté dans mon imagination.

Je suis rentrée à la maison avec mon illustré, ma mère m'a remonté les bretelles pour avoir perdu le sac à main en plastique.

Allais-je un jour grandir et devenir une dame comme il faut ?

Il y a une autre relique sur le bureau, mais pas aussi ancienne, un souvenir des années de guerre à Beyrouth : un exemplaire des *Villes invisibles* de Calvino, brûlé dans le coin inférieur droit, mais uniquement la quatrième de couverture et les vingt-deux pages qui la précèdent. Le devant n'est pas abîmé. Je lisais ce livre à la lueur d'une bougie tandis que des gens se tuaient à l'extérieur, de l'autre côté de ma fenêtre. Tandis que ma ville brûlait, j'eus un petit ennui avec le feu, chose qui, semble-t-il, arriva régulièrement à Joseph Conrad – je parle des petits ennuis avec le feu, pas des villes en feu.

La ville en feu, quelle époque. Je dois signaler à présent que le fait de dormir avec un AK-47 à la place d'un mari durant la guerre ne fait pas de moi une folle. Posséder un fusil d'assaut n'était pas un indicateur de folie. Il faut prendre la mesure de la situation d'alors. Aux débuts de la guerre civile, j'avais pour habitude de descendre au garage sous l'immeuble d'à côté quand les bombardements commençaient ; notre bâtiment, d'une décennie plus ancien, n'en était pas pourvu. Je détestais ces nuits. Les habitants du quartier, anxieux et arrachés à leur sommeil, s'installaient dans le garage grouillant de rongeurs en tenues indécentes : chemises de nuit, caleçons et sous-vêtements, chaussettes trouées. J'y ai passé maintes nuits au début de la guerre, jusqu'au jour de 1977 où, tandis que j'étais au sous-sol, un groupe de soldats palestiniens est entré dans mon appartement, a farfouillé dans mes affaires, et l'un d'eux a déféqué par terre, dans la salle de bains de bonne. Ce fut la première entrée par effraction.

On pourrait penser que le Palestinien avait choisi de ne pas utiliser les toilettes parce que je n'avais pas d'eau courante. Il avait pu estimer qu'il était pour lui indigne d'utiliser le seau rempli d'eau bleue – j'avais accroché du désinfectant pour W-C à l'intérieur – et de nettoyer à grande eau. Que nenni ; il n'était pas rare pour les hommes de faire des choses pareilles. Les Israéliens laissaient leur merde dans les maisons dans lesquelles ils entraient par effraction ; les Palestiniens laissaient leur merde ; les Libanais, les Iraniens, les Syriens ; chrétiens, juifs, musulmans. Pour l'homme, ce besoin, qui avait été inscrit dans ses gènes à la Création, se libérait toujours bestialement en temps de guerre. Il signifiait : *J'ai été ici, que ça te plaise ou non.* On me dit que les tout-petits en Chine ne portent pas de couches ; leurs pantalons sont percés d'ouvertures verticales dans le fond de culotte, ce qui leur facilite la tâche lorsqu'ils ont besoin de s'accroupir pour déféquer. Tous les soldats devraient porter des pantalons ainsi fendus.

Quelqu'un a chié dans ma maison. Je me suis procuré une kalachnikov.

J'ai attendu une accalmie. Après l'incident, j'ai été incapable de dormir pendant trois jours et je ne suis plus descendue dans les boyaux de l'immeuble voisin lorsque les bombardements s'intensifiaient. Je choisissais de mourir avec mon appartement plutôt que de vivre sans. Dans les marges du matin, je m'accroupissais derrière ma fenêtre et observais les thanatophiles adolescents avec des semi-automatiques qui, tels des cafards, couraient en zigzags. Le clair de lune sur le canon des fusils de seconde main. Tandis que les nébuleuses des bombes éclairantes coloraient les cieux en indigo, je voyais les étoiles cligner avec incrédulité face à l'orgueil démesuré qui faisait rage en bas, sur la terre ferme. Réglée sur minimum, ma lampe à kérosène murmurait toute la nuit, agissant comme du bruit blanc. J'attendais interminablement, le tic-tac d'une horloge me tenait compagnie, ses cadrans luisaient d'un vert citron phosphorescent dans l'obscurité. Je restais assise près de la fenêtre, les tâches ménagères en attente. Sur mon canapé volumineux, à côté du téléviseur plus volumineux encore, j'observais ma ville, ma nécropole, qui brûlait et se désagrégeait.

Au matin du cessez-le-feu numéro 53 274 (le précédent avait duré trente longues secondes, celui d'avant probablement moins – d'accord, d'accord, j'exagère, mais en 1977, au bout de deux années de guerre, il y avait déjà certainement eu plus de cent cessez-le-feu), j'ai enlevé ma chemise de nuit pour enfiler un survêtement rose et des espadrilles. De l'autre côté de la rue, les thanatophiles sous Dexedrine jouaient au poker avec des allumettes en guise de jetons sur une table pliante aux pieds minces, recouverte de feutre vert, devant l'épicerie de M. Azari, le véritable test décisif pour savoir si un cessez-le-feu tiendrait – la boutique, pas la partie de cartes, car M. Azari était intimement lié à divers chefs de milice. La boutique était la girouette de la guerre. Si ses volets vert poison étaient fermés, personne ne s'aventurait dehors. S'ils étaient ouverts, le quartier n'était pas exposé à un danger imminent. Selon mon décompte, il y avait cinq impacts de balle disséminés sur les volets de métal. M. Azari m'a saluée d'un geste de la main, à l'évidence il avait envie de parler, mais je me suis contentée de hocher la tête dans sa direction et je suis passée d'un pas pressé. Je m'en suis voulu de n'être pas plus sympathique, de ne pas faire davantage d'efforts pour qu'il m'apprécie, car il avait dans sa modeste réserve des stocks de vivres et d'eau, qu'il offrait à ses clients préférés. Je me disais que jamais je n'en ferais partie. Ses chouchous lui offraient des plats faits maison, or j'étais une piètre cuisinière. J'avais cependant de la chance ; la Fortune gardait un œil sur moi. Fadia était de loin la meilleure cuisinière du quartier et lui donnait constamment à manger. Depuis que la guerre avait commencé, il avait pris quinze kilos. Je n'étais peut-être pas la favorite de Fadia, mais j'étais sa voisine et sa locataire (elle avait hérité de l'immeuble à la mort de ses parents).

Plusieurs matins par semaine, je trouvais au réveil, sur le pas de ma porte, deux bouteilles d'eau, parfois un sac de riz, des tomates fraîches ou quelques oranges. Après les nuits où les affrontements avaient été plus rudes qu'à l'accoutumée, elle laissait une part du repas qu'elle avait offert à M. Azari. À la première bouchée je virais dévote et priais pour qu'elle soit accueillie au paradis, auprès de Dieu ou dans n'importe quel institut de beauté dans la station thermale de son choix.

Au lieu d'aller ouvrir la librairie, je pris un de ces taxis officieux déglingués qui, pour un prix modique, me déposa à Sabra. À partir du moment où la guerre civile éclata, aucune voiture libanaise n'aurait pénétré dans le labyrinthe du camp palestinien, alors je descendis à l'entrée. J'avais le besoin de Thésée et la connaissance d'Ariane, pas de bobine de fil pour moi, alors je recherchais le Minotaure, non pas pour le tuer, mais pour lui demander de l'aide. Je cherchais Ahmad.

La mère d'Ahmad habitait dans une cahute, ou, pour être plus précise, dans une structure de fortune consistant en un mur de béton sur lequel venaient s'appuyer trois parois d'amiante et de tôle ondulée, le tout recouvert d'une toiture en fer-blanc. La porte, elle aussi constituée de plaques bitumées, n'était pas montée sur gonds ; on se contentait de la déplacer pour entrer ou pour sortir, et de la remettre ensuite à sa place. Pas besoin de serrure car les voisins étaient les uns sur les autres ; s'il manquait quelque chose, tous savaient quel voisin avait emprunté quoi. J'étais déjà venue là, une fois, des années auparavant, à l'époque où six personnes habitaient dans la structure. J'apportais juste un livre, un cadeau pour le dix-septième anniversaire d'Ahmad, et je n'étais pas entrée, bien que sa mère, douce et gentille alors, n'eût cessé d'insister pour que je l'honore de ma présence en son foyer.

Ce qui avait déjà été difficile avant la guerre, la circulation dans le dédale de ruelles, était désormais devenu un calvaire. Les flaques, qui jusqu'alors ne se formaient qu'après les chutes de pluie, étaient devenues des étangs permanents d'un marron dégoûtant, à l'odeur pestilentielle. Mes cuisses étaient douloureuses à force d'être sollicitée de manière inconsidérée à chaque pas pour éviter un étang. J'étais obligée de me frayer un chemin parmi les tas de meubles au rebut, les poutres pourries, les assiettes cassées et les couverts tordus. Un eucalyptus géant, apparemment la seule chose vivante en vue, ajoutait à la confusion des arômes (merde et Vicks) ; il s'épanouissait dans son environnement exotique, faisant paraître toutes petites les cahutes alentour de brique et de ciment aux parois d'aluminium, voire de carton. Immigrant heureux et satisfait, fier de sa réussite et de sa splendeur, l'arbre aurait probablement discrédité d'un rire toute proposition de retour en Australie. Sa triste teinte verte semblait bien vive comparée à la pauvreté des coloris qui l'entouraient, tout en gris passés et blancs sales. Si seulement quelqu'un avait planté un bougainvillier ; il aurait fleuri en ces fissures fécondes.

Quand la mère d'Ahmad, qui s'était métamorphosée en un petit sac de gestes saccadés et d'imprécations, vint à la porte en bardeaux bituminés, ce fut pour dire que son ingrat de fils n'habitait plus ici depuis des années. Que je dise donc à ce type au cœur de pierre, qui détestait sa mère, que la femme qui l'avait conçu, la femme qui l'avait porté durant neuf douloureux mois et avait été aux petits soins pour lui, avait besoin de pain.

Ahmad avait gravi les échelons en ce monde, il avait quitté Sabra.

Que l'on me pardonne ici une brève digression. Il s'agit seulement de vous offrir une idée plus complète de Sabra.

Des années plus tard, après la guerre, au milieu des années quatre-vingt-dix, un artiste local m'a demandé de l'aider à vendre des gravures d'une carte de Beyrouth et de sa banlieue qu'il avait amoureusement peinte à la main. Il était à l'évidence subjugué par notre ville. Il avait peint Beyrouth comme s'il s'agissait du monde entier, dans sa totalité, chaque quartier présenté comme un pays différent ayant sa propre couleur, les rues jouant le rôle de frontières, la plus petite route reproduite, chaque ruelle, chaque coin de rue. Il avait même dessiné de petits symboles hydrauliques (fleurs de lys) censés correspondre à tous les points d'eau – Beyrouth signifiant « puits » dans la plupart des langues sémitiques en raison de l'abondance de ses nappes d'eau souterraines.

Une mappemonde complète, Beyrouth comme univers total, le monde entier. Le peintre avait même créé un effet Groenland, étirant les lignes de longitude au sommet et à la base, avec une distorsion croissante de taille au fur et à mesure que l'on se déplaçait au nord ou au sud de la ville. Sur la carte, Beyrouth existait en dehors du Liban, un monde à part, ne faisant pas partie du Moyen-Orient. C'était un tout.

En tant que beyrouthine jusqu'au bout des ongles qui, de sa longue vie, a passé seulement dix nuits loin des seins nourriciers de sa ville (Grünbein :

« Le voyage est un avant-goût de l'Enfer »), je considérais la carte comme un chef-d'œuvre, une peinture inspirée, splendide et stupéfiante. Plus j'en chantais les louanges, plus son sourire s'épanouissait. Nous nous tenions côte à côte dans ma librairie, nous admirions la carte que j'avais accrochée au mur. Il essaya d'allumer une cigarette, mais sa main tremblait trop. Je lui dis qu'il ne pouvait pas fumer à l'intérieur. Il avoua une certaine nervosité. Tenant la carte, je le conduisis à l'extérieur.

— Voyons cela à la lumière du jour beyrouthin.

Devant la vitrine du magasin, il chassa son malaise d'un haussement d'épaules et reprit confiance. Je notai que les rues de Sabra n'étaient pas nommées, représentées d'un trait moins net que les autres rues.

— J'ai essayé, dit-il, mais tout s'est ligué contre moi. Les rues étaient mouvantes, elles se métamorphosaient la nuit, comme pour me piéger.

Les livres de l'autre côté de la vitrine furent témoins de ce qu'il déclara ensuite :

— Les rues et les ruelles de Sabra se multiplient la nuit comme des rats – comme des rats, vous dis-je.

Il avait peint le camp de Sabra d'un bleu très clair, comme la toundra sibérienne de certaines cartes. Le cartographe avait dû répugner à inclure le camp à sa carte. J'envisageais de lui offrir le livre de Bruno Schulz, qui négociait une situation similaire. Schulz a écrit : « Or, sur cette carte… les environs de la rue des Crocodiles faisaient une tache blanche comparable à celle qui, dans les géographies, signale les régions polaires, les pays incertains ou inexplorés[10]. »

Ah, *Les Boutiques de cannelle* demeure un de mes livres préférés. Cette carte de Beyrouth est toujours accrochée au mur de ma chambre.

Sabra ? Je n'y suis pas retournée.

Revenons à Ahmad. Lorsque je l'ai rencontré, en 1967, c'était un adolescent timide, un grand gars dégingandé, un personnage d'une nouvelle de Tchekhov, fin duvet de pêche et keffieh, essayant d'imiter son héros Yasser (George Habache et le Front populaire, qui commençait à se former cette même année, n'entreraient pas dans sa vie avant un certain temps). Il portait des lunettes à monture couleur os trop grandes pour son visage. Je n'ai remarqué qu'il se tenait devant mon bureau que lorsqu'il s'est raclé la gorge. Je me trouvais confrontée à une odeur de réglisse et d'anis, ses pastilles qui lui ruinaient les dents. Il venait de la part d'une autre librairie en ville, on lui avait dit que personne d'autre ne pourrait l'aider. Il cherchait un livre d'un Italien, mais ne se rappelait ni le titre ni le nom de l'auteur. Il fallait qu'il m'en dise un tout petit peu plus, lui ai-je répondu. Cela faisait des centaines d'années que les Italiens écrivaient des livres.

Il a dit :

— Le héros du livre n'était pas un héros, il tuait plein de lézards.

Je n'ai pas ri, mais mes yeux ont dû me trahir. Il a rougi et reculé d'un pas. Je l'ai conduit jusqu'à une pile de livres et lui ai tendu *Le Conformiste*.

— Les lézards sont dans les premières pages du livre, ai-je dit.

Il le tenait entre ses mains comme s'il s'agissait du Coran. L'avais-je en arabe ? Je ne pensais pas qu'il eût été traduit (je ne voulais pas le traduire car je le trouvais médiocre au plan didactique ; je ne lui aurais d'ailleurs pas montré ma traduction si j'en avais fait une). Son anglais n'était pas très bon.

— Je ne suis pas enseignante, ai-je dit. Mais lire un livre te ferait progresser en anglais, c'est sûr.

Étais-je d'accord pour qu'il l'examine afin de voir s'il pouvait le lire ?

Je suis retournée à mon bureau. Il s'est assis par terre, le dos contre une étagère, les jambes étirées devant lui, les semelles en caoutchouc exposées, ostensiblement visibles. Trois livres étaient également exposés, *Tandis que j'agonise*, *Goodbye Columbus* et *Paris est une fête*, les deux derniers étant récemment arrivés à Beyrouth. Séparés par les dos d'autres livres, ils formaient un triangle qui flottait au-dessus de sa tête. C'est alors seulement que j'ai compris qu'il n'avait pas les moyens de se payer un livre, quel que soit le livre. Le pantalon de l'armée qu'il portait n'était ni un effet de mode ni un acte politique – il était bon marché.

Je lui ai demandé s'il avait tué des lézards étant petit. Il m'a demandé le sens du mot « pie », du mot « austérité », et du mot « convoiter ».

Il me plaisait.

Il a adoré le livre, l'a terminé en vingt-trois jours (la librairie n'était pas ouverte les dimanches). Il se présentait chaque après-midi, s'asseyait au même endroit. Les rares fois où j'avais un client lorsqu'il arrivait, il m'adressait un signe penaud de la main et se dirigeait sur la pointe des pieds vers le livre de Moravia, qu'il avait rangé à sa place la veille. Dès la deuxième semaine, il commença à faire des petites choses à la librairie ; à la quatrième il signait pour les livraisons. Je tâchai de le faire embaucher, mais le propriétaire refusa. J'avais besoin d'aide. J'étais la seule employée. Si je tombais malade, la librairie n'ouvrait pas.

— Donne-lui une partie de ton salaire. La librairie n'est pas une entreprise rentable. C'est un travail de passionné, répliqua le propriétaire.

Pas tout à fait. Je fournissais le labeur, je fournissais l'amour, et il jouissait du cachet fugace associé à la possession d'une librairie. Ahmad a travaillé à la boutique sans être payé pendant quatre ans. Cela semblait lui être égal. Il m'aidait à chaque fois qu'il le pouvait, s'asseyait à son endroit et lisait lentement durant de longues périodes. Il allait et venait à sa guise, certes peut-être pas ponctuel, cependant dévoué à la librairie, à ses lectures, soucieux de s'instruire. Lorsque je lui demandais de m'excuser de le faire travailler sans le payer, il répliquait que les fils travaillaient toujours sans contrepartie.

Un jour il décida de repeindre l'intérieur de la librairie. Il avait récupéré gratuitement des pots de peinture bleu lavande. Apparemment, quelqu'un au camp de réfugiés les avait achetés pour une bouchée de pain avant de se rendre compte que personne n'avait envie de murs de cette couleur. Ahmad laissa des espaces non peints derrière les piles de livres car nous n'avions pas assez de pots. J'adorais cette couleur et je l'ai conservée jusqu'à ce que la librairie ferme et que je prenne ma retraite.

Je comptais sur lui. Quelques jeunes hommes avaient pour habitude de s'introduire dans le magasin avant son arrivée, solitaires ou en groupe, sans la moindre intention d'acheter des livres. Avec une femme seule travaillant à la boutique, un garçon pouvait s'entraîner à la drague, tenter sa chance.

Ma réaction consistait à les ignorer. Ils étaient inoffensifs, mais je les trouvais irritants. Mon amie Hannah, qui me rendait souvent visite à la librairie, les trouvait amusants. Elle évitait toute interaction avec eux, mais son visage s'éclairait à chaque fois qu'un des lascars entrait. Ahmad, en revanche, s'indignait de leur comportement. Il leur lançait un regard furieux, les suivait dans toute la boutique jusqu'à ce que les malotrus s'en aillent. Une fois, après avoir chassé deux adolescents, Hannah lui demanda s'il était sûr qu'ils n'avaient pas eu l'intention d'acheter quelque chose.

— Leur seul but est de harceler des dames respectables, dit-il.

— Es-tu sûr que les dames respectables n'ont pas envie d'être harcelées ? a-t-elle dit. Aaliya ici présente, je ne sais pas, mais peut-être que moi j'ai envie de parler à un beau jeune homme, juste quelques mots de temps en temps.

Il a levé la tête, nous a dévisagées et a souri pour la première fois ce jour-là, et ses lunettes ont glissé un peu sur son nez.

— Si vous parlez à l'un d'entre eux, a-t-il dit, vous ne pourrez plus jamais vous débarrasser de lui. Il ne s'en ira plus jamais.

Il m'a quittée à un moment donné en 1971 à cause des événements traumatisants de Septembre noir, au printemps précédent. Les tueries en Jordanie l'ont sans doute convaincu que les livres n'ouvriraient pas les portes de sa cellule. En ce monde, une cause le pouvait – une cause pouvait ouvrir en grand les portes de prison. J'ai pleuré son départ.

J'ai beau considérer que le choix d'un premier livre, du livre qui vous ouvrira les yeux et stimulera votre âme, est aussi involontaire qu'un premier béguin, je continue de regretter qu'il n'en ait pas choisi un autre. Il adorait *Le Conformiste*, il se voyait complètement différent de son protagoniste, mais à la lumière de ce qu'il allait devenir en mûrissant, dans les années à venir, le choix semble à présent pathétiquement prévisible, presque un cliché. Le Front populaire pour la libération de la Palestine, aussi marxiste-léniniste qu'il ait pu se considérer, était le reflet des Faisceaux italiens de combat de Mussolini. Les partis politiques peuvent bien argumenter, crier et insulter, se rouer de coups de poing et de coups de pied, lancer des grenades et des missiles ; ce ne sont que les gesticulations idiotes de Narcisse devant son reflet dans l'eau.

Ahmad était sûr d'être différent de Marcello, le protagoniste du *Conformiste*, dépourvu de conviction morale, un suiveur sans personnalité. Ahmad se prétendait individualiste.

Il n'y a pas plus conformiste que celui qui affiche son individualisme.

Permettez que je revisite les événements de Septembre noir, pas tant pour dépeindre le paysage politique ou historique, si important fût-il dans les changements et les abîmes de la guerre civile que connut le Liban, que pour montrer les changements chez Ahmad. Je souhaite dépeindre la transformation de son visage.

Je ne connais que les grandes lignes de l'histoire d'Ahmad. Sa famille était originaire d'un petit village à l'est de Haïfa, chassée par les Yishuv durant la Nabka de 1948 (ce sont ses termes, pas les miens). Le village fut rasé et rayé de la carte, hormis dans la mémoire des villageois. Il était né à Sabra. Sa famille, oncles et tantes, fut dispersée dans divers camps de réfugiés au sud du Liban, en Jordanie et en Cisjordanie.

En septembre 1970, la Jordanie était en pleins bouleversements. Les fedayin palestiniens lançaient des opérations depuis ce pays, et Israël usait de représailles – de manière excessive, comme toujours – en bombardant la Jordanie. Les Palestiniens géraient pratiquement le pays, un État dans l'État. Se sentant menacé, le roi Hussein de Jordanie leur déclara la guerre. Des dizaines et des dizaines périrent. Le conflit, la mort et l'agonie durèrent jusqu'à juillet 1971 avec l'expulsion de l'OLP et des milliers de combattants palestiniens au Liban.

Nous eûmes de la chance.

Durant ces mois, Ahmad changea. Il vit alors le roi comme un agent israélien, un laquais de l'Amérique. Si des frères pouvaient se tuer entre eux, alors tout le monde était suspect, quiconque et tout un chacun. Il en était anéanti. Déjà taciturne, il devint pratiquement muet. Adolescent, il n'avait pas été maussade, mais il le devint. Il se replia sur lui-même. Ses cieux se peuplèrent de nuages noirs.

Mais son visage.

Son visage.

Joseph Roth écrivit : « Il faut du temps pour que les hommes trouvent leur visage. C'est comme s'ils n'étaient pas nés avec leurs figures, avec leurs fronts, avec leurs nez, avec leurs yeux. Ils acquièrent tout cela dans le courant du temps, et c'est long. Il faut du temps pour qu'ils assemblent ce qui leur convient[11]. »

Ahmad acquit son visage pendant Septembre noir. Ses sourcils se rejoignirent, pour ne faire presque plus qu'un, lui conférant une expression d'austérité permanente. Inutile de patienter avant que tout soit assemblé. Une fois la transformation engagée, elle fut rapide et hâtive. Je pus presque voir chaque sourcil traverser l'arête de son nez.

La déception se cacha dans les rides minuscules de son front, la fureur aux commissures de ses lèvres. Les yeux s'assombrirent, la peau se tendit ; il perdit le peu de gras enfantin qu'il avait encore, et les os de son visage prirent des formes plus précises. Le duvet de pêche devint barbe.

Pendant un certain temps, il continua à se présenter à la librairie, mais il n'était plus accessible. C'était comme si je faisais maintenant partie du problème, que j'étais quelqu'un dont il fallait se méfier, l'autre. Nous partagions le même espace, mais plus la prévenance, la compassion ni la camaraderie. Nous étions comme un couple marié. Je ne comprenais pas pourquoi il continuait à revenir pendant ces quelques mois après Septembre noir, cependant je souhaitais qu'il continue à venir. J'avais l'impression que, d'une inexplicable manière, il avait besoin que je sois là.

Un jour, il est entré dans la librairie particulièrement maussade, et j'ai remarqué que la transformation était terminée. Il empestait la testostérone. J'ai également remarqué que le pantalon de l'armée n'était plus du genre bon marché. Je me suis sentie anéantie.

Je l'ai regardé des pieds à la tête, de ses grosses chaussures au keffieh. Il a eu un petit sourire narquois, a pivoté sur ses talons, me montrant son dos, avant de sortir de la librairie.

Il me quittait.

Quelques années plus tard, je me mis à sa recherche.

Oui, Ahmad avait fait son chemin dans le monde, il avait quitté Sabra, était parti de Sibérie. En 1977, quand je frappai à sa porte, il habitait un quartier vivant de Beyrouth, loin du camp. Il était encore une image vivace de la jeunesse, mais plus rien chez lui n'évoquait le duvet de pêche. Il fallut que je me rappelle que le duvet de pêche avait déjà disparu la dernière fois que je l'avais vu. À vingt-six ou vingt-sept ans, il était dans la fleur de l'âge, et au cœur de la frénésie de la guerre civile, il était dans son élément : le pantalon repassé et sur mesure, la chemise blanche seyante et coûteuse, le visage souriant, rasé de près. Une peau de zèbre au sol de l'entrée m'accueillit et j'eus le sentiment qu'Ahmad avait lui-même dépecé la proie avant de rompre son jeûne, le matin même. Le vestibule était plus spacieux que la cahute de sa maman.

Je mis du temps à comprendre, cela prit quelques minutes, qu'il savourait ce qu'il considérait comme un inversement des rôles. Bien sûr qu'il m'aiderait. Tout ce que je voulais. J'avais toujours été gentille avec lui. Prenez place, prenez place dans la majestueuse salle de séjour, fauteuils somptueux. Je me suis installée dans une pièce aux ornements balzaciens – une feuille de trèfle de petits cendriers Lalique, des figurines Lladró et Hummel rappelant vaguement une scène moderniste de la Nativité, une horloge de grand-père, un tapis qui pouvait bien avoir le double de mon âge à l'époque.

Il m'a demandé si j'avais pris mon petit déjeuner.

— Oui, ai-je répondu. J'ai mangé il y a deux jours.

— Formidable, a-t-il dit gaiement, formidable.

Avais-je envie d'un café ?

Une domestique des Philippines nous a apporté le café. Je n'ai pas pu déguiser ma surprise.

— Ce doit être pire dans son pays, a-t-il expliqué. Ils ont leurs propres guerres.

Une gorgée et j'en suis venue aux faits. Je lui ai dit que je voulais me protéger. Des inconnus étaient entrés chez moi par effraction. Son visage s'est éclairé, il était content de pouvoir m'aider. Il a suggéré l'AK-47 : pas cher, fiable, ne s'enraye jamais, facile à utiliser, léger. Ils inondaient le marché ; il en avait trois dans son appartement. J'ai voulu lui en acheter un. Il a refusé mon argent, mais je pouvais lui donner ce qu'il avait toujours voulu.

Que voulait-il ?

— Vous savez ce que je veux, n'a-t-il cessé de répéter, vous savez ce que je veux.

C'était comme si soudain les deux Ahmad, le jeune timide et le plus âgé, plus rude, livraient bataille, une lutte de l'âme. Il avait gagné en confiance en lui tout en étant devenu plus timide. Il ne m'a adressé qu'un bref coup d'œil avant que son regard ne se pose sur ses mocassins. Lorsque la timidité le tourmentait, des années auparavant, son regard se posait sur mes chaussures, pas sur les siennes.

— Vous savez ce que je veux.

Je l'ignorais. Je me suis trituré les méninges. De quoi parlait-il ? Auparavant, il voulait toujours des livres, mais plus depuis un certain temps. Il ne pouvait pas prononcer ce qu'il voulait de moi, ne pouvait pas formuler son désir. Je l'ai regardé droit dans les yeux, j'ai réfléchi, je me suis vraiment gratté la tête. Finalement, comme si l'inspiration m'était venue du ciel, je lui ai posé la plus inconcevable des questions :

— Tu veux faire l'amour ?

C'est ce qu'Ahmad voulait.

— Avec moi ?

Ce fut mon tour de répéter – « Avec moi ? Avec moi ? » – comme un coucou suisse idiot.

Pourquoi ? Je n'étais pas présentable. Je dégageais une odeur d'égouts. Je ressemblais à la sorcière de Hansel et Gretel. J'avais quarante ans. Je portais un survêtement rose avec volutes à paillettes, pas moins. Je ne m'étais même pas mis de rouge à lèvres.

Il avait une douche.

— Une douche ?

Il a hoché la tête.

— Eau chaude ?

Ahmad avait dû tuer maints lézards. Durant la guerre à Beyrouth, les puissants avaient le pouvoir et du courant, mais le véritable pouvoir, c'était d'avoir l'eau courante.

J'ai ri, un peu nerveusement, chassant de l'air et de l'appréhension des recoins de mes poumons – un rire d'acquiescement. Son regard a croisé le mien, plus confiant, il était ravi, il venait de lire les signes de ma capitulation. On dit que le rire est ce qui, en dernier recours, unit.

Je savais qui était devenu Ahmad. J'avais entendu des rumeurs, des histoires mystérieuses, bien trop étranges pour être crues. C'était un des tortionnaires de guerre les plus en vue, il se faisait appeler Mutanabbi (il était capable de faire parler un muet, une variation sur la strophe la plus célèbre du poète), un nom de guerre littéraire fort à propos, tandis que les autres tortionnaires avaient pris des noms génériques comme Kojak, John Wayne, Belmondo, Dents de la Mer ou Cowboy. J'ai su que les rumeurs étaient vraies à l'instant où j'ai vu l'appartement et, à défaut de l'appartement, toutes les rumeurs auraient été confirmées par la salle de bains – marbre, acier inoxydable, lignes dures (pour utiliser des descriptions nabokoviennes et non pas balzaciennes).

Je savais ce qu'il voulait et j'y consentais. C'était sans doute moi, et non pas ni Marcello ni Ahmad, qui étais dépourvue de code moral.

Il me fallait une arme à feu. J'avais besoin de me doucher. J'ai fait un choix. Cela pouvait poser problème, de partager mon intimité avec quelqu'un qui était presque un intime, mais j'ai décidé que c'est lui qui serait face à ce cas de conscience, que ce serait à lui de se poser la question, s'il choisissait d'agir ainsi. Lui, pas moi. Je refusais d'être gênée. L'eau chaude m'appelait.

La douche fut comme une mousson : bouillante, succulente et baptismale. Comme la crasse se dissolvait et se décollait de ma peau, comme la saleté émigrait, je me sentais rajeunir, je renaissais. L'eau, à la limite de m'ébouillanter, assouplissait mon corps rigide, colorait ma peau couleur pivoine. Mes sens s'aiguisaient. Je me servis du rasoir d'Ahmad pour me raser.

Me sécher avec la luxueuse serviette fut l'expérience la plus religieuse qu'il me serait probablement donné d'avoir. Il m'attendait dans la chambre à coucher ; lui tout habillé, moi seulement enveloppée dans le luxe. Lumière excessive. Les Lladró sur la table de nuit baignaient dans l'or en fusion du soleil. D'un hochement de tête j'ai indiqué les rideaux translucides. Ahmad s'est empressé de les tirer, plongeant la pièce dans une semi-obscurité. Le Ahmad que je connaissais était momentanément revenu, étonnamment sensible, servile et docile, satisfait et optimiste. Vers le lit je me suis dirigée sur la pointe des pieds, telle une voleuse souhaitant qu'on ne la découvrît point, souhaitant ne provoquer ni bruit ni écho. Avant de retirer la serviette, j'ai retourné les Lladró. Il a dû croire que c'était de la timidité excessive. Ce n'en était pas. Je préférais que la laideur ne regarde pas.

Il a dit que j'étais magnifique. Je lui ai dit que les figurines ne l'étaient pas. Il a fait le tour du lit et les a toutes ramassées pour les mettre dans la corbeille. Une fois de plus il a menti en disant que j'étais magnifique. Je lui ai répondu que j'étais vivante.

De Donne :

Dans l'âme ses mystères croissent
Mais c'est le corps qui est son livre[12].

Ahmad n'était pas le premier et ne serait pas le dernier. Il fut étonné que je ne m'allonge pas comme un cadavre. Je voulais lui dire que, bien que n'étant nullement une amante expérimentée, j'avais néanmoins eu quelques relations intimes. J'avais étudié Georges Bataille et Henry Miller, je m'étais soumise au Marquis, j'avais dévoré le raciste *Complexe d'Icare*, je m'étais ébattue avec des auteurs arabes obscènes de l'âge d'or qui constamment remerciaient Dieu pour la bénédiction de baiser, al-Tifachi, al-Tijani et al-Tusi, ibn Nasr, ibn Yahya et ibn Sulayman ; j'avais eu pléthore de professeurs. Je voulais dire à Ahmad qu'il n'aurait pas dû interrompre ses études. Je voulais lui dire que c'était Moravia, son dépuceleur, qui avait écrit sur la promiscuité naturelle des femmes. Je ne lui ai pas dit, je ne lui ai rien dit.

Comment peut-on décrire les qualités éphémères de l'acte charnel au-delà des pénétrations, des tâtonnements et des halètements ? Comment peut-on user des mots adéquats pour décrire l'ineffable, l'au-delà des mots ?

Ces Arabes lubriques et leurs homologues occidentaux étaient capables d'expliquer les aspects techniques, ce qui est utile, bien sûr, et délicieux. Certains atteignaient au spirituel, au psychologique et la métaphore était aimée de tous. Nonobstant, croire que les mots peuvent de quelque façon que ce soit refléter ou, hélas, expliquer le mystère infini de l'acte charnel revient à croire que lire des notes noires sur papier peut illuminer une partita de Bach, ou qu'en étudiant la composition ou la couleur on peut comprendre les autoportraits de Rembrandt à la fin de sa vie. L'acte amoureux, comme l'art, peut perturber une âme, peut concasser un cœur au mortier. Le sexe, comme la littérature peut faire entrer l'autre en vos murs, même si ce n'est que pour un moment, un moment avant lequel à nouveau on s'emmure.

J'étais suffisamment intriguée par l'étrangeté de la situation pour que ma mémoire retienne quelques palimpsestes de l'amour charnel, les premières images, lorsque tout était technique ou mécanique. La mémoire choisit de conserver ce que le désir ne peut espérer prolonger. Les images que je retiens cependant n'auraient pas pu se produire. Dans mon souvenir, je me vois avec Ahmad, comme si une partie de moi participait à l'acte tandis qu'une autre flottait en l'air, près du plafond, et observait la scène avec désintérêt.

Aaliya, la très haute – Aaliya admirant d'en haut la boue, la fange et les marécages de la vie.

Ce qui a filtré à travers le mortier de mes murs ne fut pas sa technique (convenable) ni son ardeur (plus que convenable). J'étais à genoux, lui tournant le dos, lui derrière moi, sentant la réglisse et l'anis, engagé dans un rythme vieux comme le monde. Il ralentit et ses doigts explorèrent la topographie du bas de mon dos. Je sentis son visage descendre, examiner une ville infime sur une carte. Ses doigts ont délicatement pincé avant qu'il ne les enlève. Tout d'abord, j'ai essayé de faire abstraction de cette interruption, de la considérer comme une possible bizarrerie sexuelle, mais ses doigts ont repris leur exploration de la région, le bas du dos et la partie supérieure du derrière. Ses doigts ont pincé à nouveau et cette fois-ci j'ai compris ce qu'il était en train de faire, j'ai reconnu la sensation caractéristique d'un point noir que l'on presse. Lorsqu'il est arrivé au troisième, je me suis retournée pour regarder, sur le point de fondre comme du beurre plutôt que de me transformer en statue de sel. Il m'a présenté des excuses, a imploré mon pardon. Il ne l'avait pas fait consciemment. Il ne pouvait pas voir un point noir sur sa peau à lui sans le vider et il ne s'était pas rendu compte qu'il faisait la même chose avec moi.

Je lui ai demandé de ne pas s'arrêter. J'adorais ça.

Ses doigts allègrement partirent en reconnaissance dans tout mon dos, délicatement, avec douceur, et très lentement transformèrent ma peau en un smorgasbord de sensations délicieuses. J'étais touchée. J'enfouis mon visage dans l'oreiller pour dissimuler mon extase et mes larmes.

Mon cœur avait momentanément trouvé son pilon.

L'extase et l'intimité sont également ineffables, éphémères et fugaces. Ahmad et moi n'avons jamais réitéré notre interlude, jamais repris l'exploration. Il avait obtenu ce qu'il voulait, et moi aussi.

Yeats déclara : « La tragédie de l'acte sexuel, c'est la virginité perpétuelle de l'âme. »

Nous nous étendons avec espoir et nous réveillons avec des mensonges.

Quand les seigneurs de guerre ont achevé leur interlude quelques jours plus tard, je me suis sentie protégée entre les quatre murs de mon appartement, veillant avec ma kalachnikov proche de ma poitrine.

Aaliya l'élevée, la séparée.

Moi, Aaliya, la femme âgée, je devrais aller au lit – m'étendre dans mon lit, invoquer les dieux du repos, au lieu de rester assise à mon bureau à me souvenir.

La perspective de mon passé qui s'éloigne amortit mon présent.

Le processus du souvenir est la malignité qui festoie sur mon présent.

Je suis fatiguée, je me lasse, l'esprit plombé, les cheveux toujours bleus.

Et ainsi passe le jour.

Ma chambre à coucher est calme, à l'exception du linge qui claque dans la brise, voiles de menus esquifs au gré des douces bourrasques ; l'immeuble derrière moi a des vérandas à chaque étage (le nôtre n'en a pas) et chacune est occupée par de multiples fils à linge. Ces sons nocturnes ne me dérangent pas ; je les nomme bruits blancs organiques. Ma chambre à coucher est devenue plus silencieuse avec les ans, au fur et à mesure que les familles de Joumana en haut et de Marie-Thérèse en bas grandissaient et que les enfants tapageurs s'en allaient. Car aussi longtemps qu'ils vécurent à l'étage en dessous, M. Hayek se livra à des sessions de hurlements unidirectionnelles contre Marie-Thérèse, au moins une fois par semaine, durant tout leur mariage, jusqu'à ce qu'il meure, l'année dernière. J'ai entendu une fois Fadia dire que pour mesurer le bon fonctionnement d'un mariage il suffisait de compter le nombre de marques de morsure sur la langue de chaque conjoint. M. Hayek n'en avait pas une seule. Il ne gardait rien pour lui. Tu ne sais rien faire correctement. Tu dis toujours ce qu'il ne faut pas. Tu ne peux pas faire ce que je te dis ? Tu es tellement frustrante. C'était comme écouter *Qui a peur de Virginia Woolf ?*, en moins spirituel avec une actrice effacée, muette, dans le rôle de Martha.

C'est beaucoup plus calme maintenant.

Il est bien plus facile de dormir maintenant, si seulement j'y arrivais.

J'ai passé une nuit inquiétante. J'ai dû perdre connaissance brièvement, car au petit matin mon cœur a été perturbé par un court rêve intranquille – non pas un rêve avec ma mère, la protagoniste de mes rêves les plus dérangeants, mais avec Hannah, la femme à qui ma mère a sans doute le plus manqué de respect dans la vie et dans la mort.

Comment cette mémoire qui est la mienne fonctionne-t-elle ? Comme elle me trahit. Que de tumultueuses mini-tempêtes de neurones n'ont-elles éclaté dans mon esprit dans l'obscurité du petit matin, que de fantômes !

Tandis que je m'étais assoupie, Hannah s'est matérialisée – en bonne santé, jeune, approchant la quarantaine – et je n'ai tout d'abord pas accordé d'importance au fait qu'elle était bien plus jeune que moi. Ma presque belle-sœur apparaissait physiquement, robuste, cependant quelque peu de guingois, ressemblant davantage à un portrait à l'huile posthume qu'à elle-même. Elle portait une de ses habituelles robes informes, de lin fin, pourpre. Il y avait une sorte de formalité affectueuse dans la manière dont les manches de son pull noir se croisaient autour des épaules, dans le soin apporté au placement et à la position du nœud de laine. Ses chaussures, et non pas son visage, étaient creusées de rides. Son regard était bienveillant, ouvert et amusé.

— Ma chérie, ai-je dit doucement en tendant la main vers sa joue. Plus personne ne se coiffe ainsi.

Elle faisait un grand rictus et j'y répondais par mon sourire habituel qui implorait le pardon. Elle faisait une apparition pour me donner du courage et je m'inquiétais de son apparence. Honte. Il faut toujours que je m'inquiète. Je loupe les miracles qui s'épanouissent sous mes yeux : je me concentre sur l'étoile qui s'évanouit et je manque la constellation. Je ne fais pas attention aux orages éblouissants, occupée que je suis à me demander si j'ai du linge suspendu dehors.

L'archipel de taches de vieillesse sur le dos de ma main ne cessait de me détourner de son visage. Je l'ai ramenée à moi d'un geste vif, l'ai placée sous la main gauche et les ai tenues toutes deux comme un bouquet de prières devant mon cœur. Elle m'ignorait et marchait vers le lieutenant, celui censé devenir son mari, et qui jamais ne le fut. Il était bien plus jeune qu'elle dans mon rêve. Elle l'embrassait, ce qui n'avait pas pu arriver de son vivant, et il lui rendait son baiser, avec une passion égale. Elle le déshabillait avec une intensité rare, ses baisers se faisaient plus profonds, son désir plus effronté.

Un observateur recevrait une mauvaise impression de ce tableau lubrique. Leurs âges ne collaient pas, me dis-je. Incompatibles. L'insidieux Nabokov s'insinuait une fois de plus dans mes rêves, ne m'autorisant pas à me perdre dans l'observation de ce qui se passait devant moi, ne m'autorisant pas à suivre le flux de la vie. Hannah était Humbert, le lieutenant, l'ingénue. Feu de mes reins. Ils baisaient. On ne peut guère utiliser d'autre terme. Hannah et son lieutenant baisaient et baisaient.

Pourquoi Hannah ? Pourquoi maintenant ?

Il y eut un temps où pas une minute ne passait sans que je pense à elle, sans que je m'interroge sur ses derniers jours, sur sa solitude consommée et sur le brio avec lequel elle la masquait, sa nostalgie insatiable. Elle s'immisçait dans mes pensées sans me demander mon avis, sans y être invitée. Peut-être que Hannah et son fantôme étaient restés à distance avant le rêve de ce matin parce qu'ils me plaignaient dans mon grand âge, parce qu'ils me plaignaient, moi et mes souvenirs las, peut-être les estimaient-ils nécessaires, ne fût-ce que pour me soulager de mes grotesques obsessions. Il faut aller de l'avant, tâcher de vivre.

Mais la vie n'est pas nécessairement aussi prévenante que ses fantômes, ni aussi compatissante.

Équitable, elle ne l'est pas non plus.

« Le matin, elle était Lo, simplement Lo, avec son mètre quarante-six et son unique chaussette. Elle était Lola en pantalon. Elle était Dolly à l'école. Elle était Dolorès sur les pointillés[13]. » Je ne traduirai pas *Lolita*, quand bien même j'en aie toujours eu envie. C'est contraire au règlement. Les œuvres antérieures de Nabokov en russe chahuteur, je pourrais. « Mais dans mes bras elle était toujours Lolita. »

« Lo. Lii. Ta. »

Ma mémoire en vieillissant est devenue un enfant turbulent mais néanmoins encore assez précoce.

C'est la solitude, le lamentable isolement. Hannah réapparaît dans mes souvenirs pour me rappeler combien je suis seule, à quel point ma vie est devenue fondamentalement dénuée d'importance, si triste.

J'ai atteint l'âge où la vie est devenue une série de défaites acceptées – l'âge et la défaite, frères de sang fidèles jusqu'à la fin. Je peine à sortir du lit, comme chaque matin. Il fait encore nuit dehors, pas un filet de lumière ne filtre à travers les courtes lattes des volets en bois de la chambre. Je suis réveillée depuis plus d'une heure, sans doute davantage. J'avance les pieds vers le bord du lit et les abaisse vers le tapis, ce qui m'aide à me mettre en position assise en faisant moins d'efforts. Aïe. Je tends un bras endormi et j'allume la lampe de chevet, une relique vieille de cinquante ans tout juste en état de marche, une des premières choses que je me sois achetée avec mes propres sous.

Tout juste en état de marche, comme moi : membres enflés, arthrite, insomnie, à la fois constipation et incontinence, les hautes et basses marées des enfers du vieillissement. Dans mes veines du matin, le sang s'écoule avec une lenteur de mélasse. Mon corps me fait défaut, mon esprit aussi. Lorsque mon corps fonctionne, on dirait que c'est indépendamment de mes désirs, et mon esprit oublie régulièrement ce que sont ces désirs, sans parler de savoir où j'ai posé mes clefs ou mes lunettes de lecture. On pourrait dire que chaque jour est une aventure.

D'un mouvement hésitant je me redresse en position assise, je pose les pieds sur la descente de lit, une des nombreuses offrandes de Hannah. C'est un tapis de prière particulier, petit et tissé à la main, persan ou afghan, avec en haut une boussole qui indique la direction de la Qiblah, afin que je puisse l'étaler vers l'orient. la boussole indique toujours l'orient, mais pas le tapis. Il évite à mes pieds d'affronter le sol froid chaque matin d'hiver.

Je me relève prudemment, me penche et pivote pour m'étirer le dos. La douleur en bas du dos n'est pas nécessairement liée à l'âge – j'ai vécu avec un mal de dos supportable pendant des années. Ce qui a changé, ce sont les complexités des nœuds : dans mes jeunes années, les muscles dorsaux me tiraient comme un simple nœud de chaise, tandis que ce matin j'ai plus l'impression d'avoir deux nœuds de pêcheur et une jambe de chien. Je peux nommer quelques nœuds de marin, mais je n'ai jamais mis les pieds sur un bateau. Les romans de Joseph Conrad ont planté les graines de l'amour pour les histoires marines. *Nœuds et dénouement* d'Annie Proulx m'a amenée à la lecture du *Grand Livre des nœuds*.

Je suis une lectrice. Oui, je suis cela, une lectrice avec des douleurs dorsales tenaces.

Lorsque j'ai mal aux os ou que mon dos fait des siennes, je considère la douleur comme un châtiment pour les années où j'ai aliéné mon corps, où je l'ai même, avec quelque dédain, déconsidéré. Lorsque j'étais plus jeune, je déplorais mon être physique, et maintenant mon être physique me le fait payer. Au fur et à mesure que je vieillis mon corps exige que lui soit accordée la place qui lui est due dans le schéma de mes attentions. Il revendique ce qui lui revient de droit.

L'esprit au-dessus du corps jadis, mais plus maintenant.

Aaliya, au-dessus de tout. Aaliya, la séparée.

Aaliya, Aaliya, *über alles*.

Triste, triste, triste.

Je marche avec précaution vers la porte, ressemblant certainement à un gnome qui se dandine.

Ma chambre à coucher est un des endroits hors de danger de l'appartement, duquel j'ai banni les miroirs. Dans un de ses livres, Helen Garner dit que toutes les femmes au-delà de soixante ans apprennent instinctivement à passer devant les miroirs sans regarder. À quoi bon prendre le risque, voilà ce que j'en dis.

Bien entendu, en évitant mon reflet, je finis par ignorer la remontrance exquise de Rilke :

Le mirage dans l'étang
a beau parfois se troubler ;
connais l'image[14].

Comme c'est charmant !

Je me déplacerai plus gracieusement, ou de manière moins gauche, d'ici quelques minutes, une fois que mes muscles et mes jointures seront échauffés.

J'allume le plafonnier de la cuisine, fais bouillir de l'eau pour mon thé. Tandis que la flamme de la gazinière tremblote, violette et bleue, les ampoules du plafond hoquètent une fois, deux fois, et meurent, de même que l'unique lampadaire à l'extérieur. Panne d'électricité municipale, une nouvelle fois. Le groupe électrogène de l'immeuble ne sera pas allumé avant six heures du matin au plus tôt, quand quelqu'un d'autre sera réveillé, très probablement Marie-Thérèse, qui appelle chaque matin un de ses chats errants, ce qui réveille Fadia, qui met en marche le groupe électrogène.

J'attendrai dans le noir que les lumières s'allument. J'ai l'habitude.

Sans électricité, la nuit est nuit de nouveau, et non pas l'imitation de pacotille qui se fait passer pour la nuit dans les villes modernes. Sans électricité, la nuit est une fois encore le monde profond de l'obscurité, le mystère que nous redoutons.

L'obscurité visible.

Ma ville semble régresser à un âge antérieur. Elle fonctionne à peine.

Un hôpital en ville a récemment réaménagé une de ses ailes désormais qualifiée de « super ultra de luxe », ce qui signifie qu'il faut mettre ses bijoux au clou uniquement pour pouvoir humer l'air à l'intérieur. Il y a du parquet au sol, les oreillers sont en duvet et toute la technologie est ce qui se fait de plus moderne, y compris des toilettes avec détecteur de mouvement pour le déclenchement de la chasse d'eau. Ce dont personne n'a tenu compte, c'est que les détecteurs se détraquent et doivent être à nouveau réglés à chaque coupure d'électricité, lorsque les groupes électrogènes prennent le relais. Comme c'est Beyrouth, cela doit être effectué deux fois par jour, voire plus. L'hôpital a été obligé d'embaucher un régleur maison pour les toilettes.

L'obscurité risible.

Assise dans le noir de la cuisine, à siroter du thé plus noir encore, je repense en un éclair à une soirée, il y a bien longtemps, quand j'étais encore enfant – ce devait être l'hiver, comme à présent ; la nuit était tombée tôt. Le repas, simple, tout juste suffisant pour nourrir la famille, attendait avec impatience sur un grand plateau de cuivre posé sur une ottomane ronde en toile de sac. L'appartement n'était pas assez spacieux pour une table de salle à manger et six enfants. Ma mère refusait de nous nourrir avant le retour de son mari, qui travaillait pour le compte d'un tailleur dans une boutique du centre-ville, emploi qu'il conserva jusqu'à son décès. À l'instant où ma mère l'entendit tourner la clef dans la porte, elle se leva. Il y eut à cet instant une coupure d'électricité, qui plongea la maison dans l'obscurité, causant chez ma mère une indicible détresse, car son mari risquait de se blesser en entrant dans une pièce obscure. Courant pour l'accueillir, pour le prévenir et le guider dans le noir, elle heurta de la jambe le plateau, qui se renversa et vint cogner sur la tête mon demi-frère l'aîné ; il avait profité de cet instant d'obscurité pour chiper une tranche de fromage. Le repas nous retomba dessus en pluie comme des éclats d'obus.

— Ne bougez pas, nous avertit notre mère, vous n'avez pas intérêt à bouger.

Elle se dirigea à l'aveuglette vers la cuisine, revint avec une lampe à kérosène qui se balançait. Nous demeurâmes parfaitement immobiles, mais en entrant dans l'appartement son mari marcha dans l'huile d'olive répandue.

Lorsqu'il déplaça sa chaussure, nous vîmes une trace de pied sur le tapis. Nous nous mîmes à genoux et commençâmes à ramasser la nourriture – le fromage, les olives noires, les radis, les tranches de tomate, les oignons blancs –, seule l'huile d'olive était irrécupérable. Nous nous installâmes autour du plateau et mangeâmes en silence. Toute la soirée, les joues de ma mère étincelèrent d'un rouge vif qui se remarquait même dans la faible clarté de la lampe.

Mes livres me racontent ce que c'est de vivre dans un pays fiable où, lorsqu'on appuie sur l'interrupteur, une ampoule s'allume et reste allumée, où l'on sait que les voitures s'arrêteront aux feux rouges et que les feux tricolores ne cesseront pas de fonctionner deux fois par jour. Qu'est-ce que ça fait lorsqu'un plombier se présente à l'heure convenue, lorsqu'il se présente tout court ? Qu'est-ce que ça fait de savoir que quand une personne dit qu'elle fera quelque chose à une date donnée, elle le fera effectivement ?

Comparé au Moyen-Orient, le monde de William Burroughs ou le Macondo de Gabriel García Márquez sont plus prévisibles. Les Londoniens de Dickens sont plus fiables que les Libanais. Beyrouth et ses habitants sont joyeusement et tristement célèbres pour leur imprévisibilité. Chaque jour est une aventure. Ce manque de stabilité nous fait éprouver un frisson d'excitation, de danger ainsi qu'un poids mort de frustration. Les sangs se glacent momentanément et le cœur se serre.

Lorsque les trains sont à l'heure (lorsque les trains circulent, tout simplement), lorsqu'on a la tonalité en décrochant un téléphone, la vie devient-elle trop prévisible ? Jouissant de cette prévisibilité essentielle, les Allemands s'ennuient-ils ? Cela explique-t-il *La Montagne magique* ?

La vie est-elle moins excitante si vos voisins sont rationnels, s'ils ne bombardent pas vos centrales électriques à chaque fois qu'ils estiment que vous devez être rappelés à l'ordre ? Est-elle moins enthousiasmante s'ils ne font pas trembler vos fenêtres et vos nerfs avec des explosions soniques en tous genres, tout simplement parce qu'ils le peuvent ?

Quand les choses se passent un peu trop souvent comme prévu, a-t-on l'impression de mieux maîtriser son destin ? Assume-t-on plus ses responsabilités dans la vie ? Si c'est le cas, pourquoi les Américains se comportent-ils toujours comme s'ils étaient des victimes ?

Écoutez-moi un instant à ce propos. Je me réveille chaque matin sans savoir si la lumière s'allumera quand j'appuierai sur l'interrupteur. Lorsque j'ai eu une panne de W-C, l'année dernière, j'ai dû fixer trois rendez-vous avec trois plombiers, parce que les deux premiers ne sont pas venus, et le troisième est arrivé avec quatre heures de retard. Il est rare que je puisse parcourir le même trajet d'un point A à un point B, disons de chez moi au supermarché, plus d'un mois de suite. Je dois constamment modifier ma carte des trajets à pied ; n'importe quel politicien de troisième ordre bloque des quartiers entiers parce qu'un beau jour il se jugera suffisamment important pour se sentir menacé. La vie à Beyrouth est bien trop aléatoire. Je ne peux pas m'obliger à croire que je suis responsable d'une bonne partie de ma vie.

La fiabilité renforce-t-elle notre illusion de contrôle ? Si c'est le cas, je me demande si dans les pays développés (je n'utiliserai pas le terme détestable de « civilisés »), le processus de vieillissement, perfide et briseur d'illusions, n'est pas plus difficile à supporter.

Ai-je la vie plus facile que les femmes de mon âge à Londres ?

Marie-Thérèse appelle son chat pour qu'il rentre à la maison, l'aubade quotidienne. Le monde insensible et complexe commence à s'ébrouer. Petit à petit, la lisière des rideaux s'irisera de lumière.

— Maysoura !

La voix de Marie-Thérèse a gagné en volume depuis le décès de son mari.

– Maysoura !

Je ne comprends pas pourquoi elle autorise ses deux chats à errer dans les rues de notre quartier.

Beyrouth n'est pas une ville adaptée aux animaux domestiques. Comme ma mère, Marie-Thérèse adore les chats. Cependant ma mère n'a jamais eu de chat à elle ; elle faisait pleuvoir son amour sur les félins de la ville.

Le groupe électrogène se met en branle dans un doux bourdonnement. Fadia a dû se réveiller. Je n'allume pas la lumière, demeure dans la pénombre-qui-n'est-plus-tout-à-fait-nuit.

Je pense à Brodsky :

> *Je suis assis à la fenêtre. La vaisselle est faite.*
> *J'étais heureux ici. Mais je ne le serai plus à nouveau.*

Le soleil se lève, et la cuisine prend forme, dévoilant ses détails. Le réveil de ma ville est plus beau à mes yeux, et à mes oreilles, que l'aube naissante dans quelque vallée bucolique ou quelque île paradisiaque isolée. Dans ma ville, le soleil multiplie ses effets sur la myriade de fenêtres et de vitres en reflets bigarrés qui font que chaque matin est unique. La pâle lumière s'insinue par la fenêtre, curieuse de savoir ce qui se passe dans ma cuisine. Elle tombe sur mon visage et ondoie. Je m'oblige à me lever. Je tangue un peu, m'appuie sur l'abominable table du petit déjeuner rouge vin et jaune urine que mon mari apporta lorsque nous nous mariâmes et qu'il abandonna ici quand il abandonna ce monde. Je secoue les plis de ma robe de chambre. Des grains de poussière restent paresseusement en suspension dans l'air. Il y a dans la cuisine deux fenêtres sur deux murs adjacents. Une araignée aux pattes avant incroyablement longues s'active sur une proie prise dans sa toile. Il ne reste plus qu'une mèche de gaze aux veines striées. L'araignée a choisi la mauvaise fenêtre ; son domicile sera emporté aux premières pluies. Je me hisse sur la pointe des pieds, tire les courts rideaux de la deuxième fenêtre et dévoile davantage de la lumière matinale. Je laisse la lumière entrant des deux côtés envahir la cuisine. J'ouvre la vitre en la faisant glisser pour la première fois depuis deux jours. Cette fenêtre donne sur la cage d'escalier extérieure, et mes voisines peuvent étancher leur soif de curiosité quand elles montent ou descendent, *clic-clac*. Un léger souffle d'air fait trembloter les grains de poussière stagnants ; le peu de soleil les embrase d'une luminescence dorée.

Apollon, l'éternel alchimiste, fait toujours voguer son char dans les cieux de Beyrouth, brandissant une pierre philosophale. En or je transmue l'air.

Il faut que tu changes de vie.

Le son étonnant des sandales de Marie-Thérèse me parvient à travers la fenêtre – étonnant dans la mesure où ma voisine du dessous n'a pas effectué le périple vers le haut depuis bien longtemps. Une fois qu'elle a passé la fenêtre, je me penche en avant pour regarder. Elle ne semble pas traîner son ombre et n'est pas en habits de deuil. Il me faut un certain temps pour me souvenir que cela fait aujourd'hui un an et un jour que son mari est mort. Mes talons se reposent au sol et je me rends compte que ma nuque s'est raidie.

La voix de Fadia arrive d'en haut.

— Bien joué, trésor, bien joué. Je suis fière de toi.

La voix semble revigorée, comme si sa propriétaire avait été plongée dans une fontaine de joie italienne.

La petite bande du café se réunit ce matin. Tant mieux pour ces dames.

Les trois sorcières prennent leur café sirupeux ensemble chaque matin depuis presque trente ans. Sur le palier du troisième étage, devant l'appartement de Joumana, mes voisines se retrouvent autour du plateau de cuivre rond, à fumer, à papoter, à se préparer pour la journée. Marie-Thérèse ne s'est pas assise une seule fois sur son tabouret de toute l'année dernière – un deuil un peu trop long, si vous voulez mon avis, mais compréhensible. Le fait qu'elle effectue le périple à l'étage est une grande occasion.

— Tu illumines la journée, lance Joumana d'en haut.

Sa voix retentit dans la cage d'escalier et tombe directement dans ma cuisine.

C'est un matin levantin glorieux et doré.

L'acoustique dans l'immeuble est telle que, de ma cuisine, j'entends chaque mot prononcé sur le palier. Chaque matin, je rôde dans l'intimité de mes voisines. J'entends le tintement des tasses sur les soucoupes, le cliquetis des soucoupes sur le plateau de cuivre, le glouglou du café que l'on verse, leur rituel sacré – « l'irrigation du Jardin », comme dit Joumana. Je les entends bavarder et cancaner. Vous avez entendu la dernière ? Vous y croyez, vous ? Elles maudissent les ennemis et louent les amis. J'entends chaque soupir, chaque ricanement. Je les écoute tirer des plans sur la comète, exprimer leurs opinions, s'échanger des recettes et présenter tout article superflu récemment acheté.

Des années de conversation.

Tant de matins : Fadia libérant son fameux rire effrayant, une crépitante exhalation de fausset qui gonfle et fait onduler son cou allongé comme le soufflet d'un boulanger, un rire débridé et contagieux dont elle n'est pas avare. Le mari de Joumana passant la tête à la porte ; il souhaite le bonjour aux femmes, plaisante avec elles et hurle à l'attention de M. Hayek, époux et persécuteur de Marie-Thérèse, dans l'appartement en dessous du mien, d'être à l'heure pour leur promenade jusqu'à l'université américaine où tous deux enseignent. Joumana est également professeure à l'université, mais elle y va en voiture et refuse d'être pressée au moment du café. Elle se moque des hommes qui, la plupart du temps, baguenaudent et lambinent et qu'elle fait monter dans sa voiture sur le chemin.

— Ils veulent faire de l'exercice, dit-elle, mais pas transpirer.

Le pauvre M. Hayek ne fait plus cette promenade.

Je prends une mandarine odorante dans la corbeille, perce à sa base un trou du bout du doigt, et commence à l'éplucher. Je me sers une deuxième tasse de thé.

— Je suis si contente que tu aies mis fin à ton deuil, dit Fadia. Un an, c'est trop.

Je suis d'accord, bien entendu. Un an, c'est trop si on aimait son mari. C'est beaucoup trop dans le cas de M. Hayek.

— Je comprends pourquoi tu as choisi de faire ça, poursuit Fadia. Je te soutiens, trésor. Mais je dis six mois – six mois c'est plus que suffisant. J'aimais mon mari, tout le monde te le confirmera, mais je n'ai pas pu continuer à m'habiller en noir.

— Le noir ne me gênait pas, dit Marie-Thérèse.

Un coup de klaxon bruyant en provenance de la rue couvre sa phrase suivante.

— C'est mieux que tu aies arrêté, dit Joumana. C'est ce qu'il aurait voulu. Ton mari détestait le noir.

— Et ne mets plus ces bas en nylon, dit Fadia.

Nul coup de klaxon, nul camion qui pétarade, nul fracas de moto ne peut recouvrir sa voix.

— Même si effectivement ils cachent bien des choses, ajoute-t-elle.

— Fadia ! s'exclame Joumana sur le ton de la réprimande.

— Quoi ? Ne me regarde pas comme ça. Fadia dit la vérité. Tu le sais ça. Je pense que nous pourrions toutes aller nous faire épiler, ça ne ferait pas de mal. Je ne dis rien d'autre. Est-ce que je mens ? Dites-moi. Non, certainement pas. Nous avons toutes également besoin d'une bonne séance chez la pédicure. N'ai-je pas raison ? N'ai-je pas raison ? Ce soir nous irons toutes au salon. Uniquement l'essentiel, c'est tout. De haut en bas. Et tu sais, ma chérie, les jambes pas rasées sont contagieuses. Si on ne fait rien pour les tiennes, qui sait ce qui arrivera aux miennes ? C'est encore pire avec les ongles d'orteil négligés. Regardez, regardez.

La voix de Fadia se fait perçante et aiguë :

— Pendant qu'on discute, la couleur s'écaille. Il nous faut une intervention d'urgence, rit Fadia – qui apprécie toujours ses propres plaisanteries – de sa crépitante voix de fausset.

— Sortie entre filles, dit Joumana.

— Redevenons jeunes ! ajoute Fadia.

À soixante-deux ans, Fadia est la plus âgée des trois. Bien évidemment, je suis quant à moi plus avancée sur ce chemin. Elle ne vieillit pas avec grâce ; elle lutte contre le moindre signe de décrépitude avec vigueur et amertume. Son maquillage s'épaissit, les modes qu'elle adopte se font plus adolescentes, ultime tentative désespérée de s'accrocher à une jeunesse dont elle conserve de tendres souvenirs. Et cependant elle paraît plus jeune et plus fraîche que Marie-Thérèse, de dix ans sa benjamine, qui vieillit sans amertume et avec une évidente résignation. Ses coudes ont accumulé autant de rides qu'une noix, autant de rides que les miens. Elle est devenue une piètre réplique de celle qu'elle fut jadis. Son regard plonge dans l'incuriosité depuis belle lurette.

Marie-Thérèse a un visage impénétrable, un regard du genre la-vie-n'est-qu'un-rêve qui donne l'impression qu'elle souhaite ne pas être dérangée par la réalité dérangeante – un masque, en fait, car l'impression est un leurre, la façade ne correspond pas à la maison qu'elle dissimule. Pour je ne sais quelle raison, elle me fait penser à une jeune fille avec qui Fernando Pessoa essaya de se lier d'amitié, l'unique liaison romantique de sa vie. Je ne peux vous dire pourquoi. J'ignore comment était cette jeune fille. Je ne suis pas certaine que qui que ce soit l'ait su. Je ne me rappelle même pas son nom – Blanca, Maria, Francesca ? Ma mémoire a décidé de me frustrer ce matin. La jeune fille travaillait dans le même bureau d'import-export que mon poète, et il envisageait de l'inviter à sortir, ou je ne sais ce que les hypothétiques futurs couples faisaient en 1929 à Lisbonne.

Je dois dire que j'imagine que Marie-Thérèse ressemble à cette jeune fille quand elle a vieilli, et non pas à l'âge qu'elle avait quand le génie eut des vues sur elle.

Bien entendu Pessoa ne sortit pas avec cette jeune fille, ne fit pas ce qui se faisait en 1929 à Lisbonne. Elle s'appelait Ophelia Queiroz. Je deviens sénile.

Oublier une Ophélie ? La brièveté de la liaison fut due, je vous le donne en mille, à Álvaro de Campos lui-même, la création de Pessoa, une des soixante-douze identités littéraires dont il usa, le dandy bisexuel qui détestait Ophelia et estimait qu'elle serait une distraction à l'ambition littéraire de Pessoa. Il écrivit à la pauvre jeune fille et lui dit de tirer un trait sur toute idée de relation amoureuse qu'elle pourrait avoir avec Fernando.

Il n'existe pas de preuve, du moins pas à ma connaissance, qu'Ophelia ait le moins du monde su qui était Fernando, ni même qu'il passait son temps à inventer des personnages qui écrivaient certains chefs-d'œuvre du XXe siècle. Elle travaillait dans le même bureau, mais je ne pense pas qu'ils aient jamais échangé un mot. Je ne le vois pas échanger un mot avec qui que ce soit.

Fernando est mort dans une relative obscurité, puceau et reclus.

Je pensais lire un nouveau livre aujourd'hui, mais cela ne me semble pas judicieux, ou je n'en ai pas envie. Certains jours ne sont pas des jours à nouveau livre.

Après avoir lu Sebald hier, je me suis rendu compte que traduire *Austerlitz* était un projet plus facile que *Les Émigrants*, peut-être parce que ce dernier posait les jalons, lissait le parcours, pour *Austerlitz*. Une question problématique se pose pour la traduction de Sebald en arabe. Son style, des phrases qui s'étirent et s'allongent, s'enroulent autour de la page et de leur lecteur, semble à première vue idéal pour l'arabe, où l'usage de la ponctuation est moins formel. (La traduction de *L'Année de la mort de Ricardo Reis*, de Saramago, fut relativement facile.) Quoi qu'il en soit, l'insertion omniprésente de la langue de Jacques Austerlitz dans le récit à la première personne du narrateur jamais nommé fut difficile à retranscrire avec précision, car l'arabe, comme l'espagnol, laisse tomber les pronoms plus souvent que l'anglais ou l'allemand. Le *je* de Sebald se rapportait à deux personnes au moins.

Le problème ci-dessus envahit mes pensées comme des algues ce matin. Je relirai ma traduction des *Émigrants*, que je n'ai pas regardée depuis des années. Il me faut étudier la manière avec laquelle j'ai résolu le problème à l'époque. Mais il faut tout d'abord que je le sorte de la réserve.

Je n'attends pas de finir mon thé pour aller chercher une lampe de poche – de l'obscurité je viens et à l'obscurité je retourne. J'ai deux lampes de poche mais je ne retrouve ni l'une ni l'autre. Les deux sont dans la cuisine, j'en suis certaine. Je compte jusqu'à dix avant de chercher à nouveau, revenant sur chaque pas, au cas où j'aurais manqué quelque chose la première fois, repassant aux mêmes endroits qu'à l'instant. En vain. Je termine mon thé, place la tasse dans l'évier, fais couler sur la soucoupe quelques gouttes de cire avec lesquelles je fixe deux bougies. Le bord de la partie basse de la soucoupe est légèrement décoloré – un saupoudrage de rouille, de rouge et de brun, des restes de thés écoulés, qui ne souhaitaient pas partir au lavage, refusaient d'être oubliés, les anneaux indiquant l'âge de la petite assiette. La chambre de bonne, à pleine plus vaste que les boîtes qui y sont accumulées, se situe au fond de la cuisine, derrière la salle d'eau attenante. J'habite un bâtiment majestueux : les quatre appartements sont agencés de manière identique, avec un logement minuscule prévu pour la bonne, même si aucun résident n'a jamais eu, à ma connaissance, de bonne à demeure. Il n'y a pas d'éclairage dans la pièce ; l'ampoule a rendu l'âme il y a des années. Je suis grande, mais j'ai vite le vertige. Il me faut un homme à tout faire pour changer les ampoules au plafond, d'où la nécessité d'une lampe de poche ou de bougies.

J'entame ma marche vers la pièce, soucoupe et bougies à la main, un souffle de fumée et de sulfure dans les narines.

La salle d'eau pour la bonne déborde de cageots. Pas besoin de bougies ici. Pas de douche, pas de baignoire, juste un robinet bas en métal et un siphon vers lequel le sol carrelé penche légèrement. Une haute fenêtre donnant sur la rue, un coin de premières lueurs matinales du nord illumine les cartons de manuscrits. Dans les toilettes, trois boîtes empilées les unes sur les autres. Ce ne sont pas celles-ci que je cherche ; celles-ci sont des boîtes des dix dernières années, qui débordent de la chambre de bonne.

La chambre de bonne, dépourvue de fenêtre, dévore la lumière et perturbe mon mode de circulation. Cela fait plusieurs années que je n'ai pas ouvert la porte – depuis que la pièce s'est mise à empiéter sur la salle de bains, je n'y entre plus si souvent. La pièce induit un cœur irrationnel. Parfois, quand j'entre, mon cœur bat si fort que je frôle l'attaque. D'autres fois, c'est une telle chamade joyeuse qu'il approche le point d'explosion. En d'autres occasions encore, il ralentit jusqu'à la torpeur et disparaît. Ce matin, les veines de mes tempes palpitent en une formidable confusion bourdonnante.

« Cœur irrationnel » – j'adore cette formule, je l'ai lue dans *Murphy* il y a des années et elle s'est taillé une place de choix dans ma mémoire. J'aurais aussi pu écrire que mon cœur se comportait « telle une fusée qui décolle », comme dans « Mort d'un voyageur de commerce » de Welty.

Je suis incapable de traduire Beckett parce qu'il a écrit dans les deux langues à partir desquelles je ne m'autorise pas à travailler.

Assez tôt, j'ai décidé que, dans la mesure où certains Libanais lisent l'anglais ou le français, je ne traduirais pas d'auteurs écrivant dans ces langues ; décision peut-être quelque peu arbitraire, mais nécessaire, me semblait-il. Restreindre les choix n'est pas toujours une mauvaise chose. Je n'ai jamais traduit d'auteur français, anglais ou américain. Ni Camus ni Duras, ni Faulkner, ni Welty, ni Hemingway (merci, Seigneur), ni les jeunes auteurs que j'admire, Junot Díaz (langue merveilleusement macaronique) ou Aleksandar Hemon (macaronique en une seule langue). La règle que je m'impose à moi-même implique que je ne traduirai pas certains auteurs africains, disons J.M. Coetzee, Nadine Gordimer ou Nuruddin Farah, puisqu'ils écrivaient – écrivent – en anglais. Pas d'Australiens, ni Patrick White, que j'adore, ni David Malouf. Je ne peux pas traduire Milan Kundera, le Tchèque, car il a écrit et réécrit la version française de ses livres, je ne peux pas non plus travailler sur Ismail Kadaré, car les versions anglaises de ses romans ont été traduites à partir du français et non pas de l'albanais originel.

De toute façon, je ne parle couramment que trois langues : l'arabe, l'anglais et le français. Alors j'ai inventé mon propre système : pour accomplir l'interprétation la plus pertinente d'un travail, je pars d'une traduction française et d'une traduction anglaise pour aboutir à une version arabe. C'est un système fonctionnel et bien conçu qui me permet d'apprécier ce que je fais. Je sais que, du coup, ma traduction est éloignée d'un cran supplémentaire de l'original, comme les romans anglais de Kadaré, mais c'est la méthode que je continue d'utiliser. Ce sont les règles que je me suis fixées. Je suis devenue l'esclave, certes volontaire, d'une discipline, d'un rituel particulier. Je suis mon système et mon système est moi.

Je ne traduirais pas le *Murphy* de Beckett même s'il était écrit dans une autre langue, disons en serbo-croate, car le roman me déplaît. J'ai lu *En attendant Godot* trois fois et je ne peux toujours pas dire de quoi ça parle. Si, comme certains critiques le prétendent, cela traite de l'ennui ressenti en attendant le retour de Dieu, alors c'est encore plus insignifiant que je le pensais.

Des cageots, des cartons, des boîtes et encore des boîtes. Les manuscrits traduits sont accompagnés des deux livres, le français et l'anglais, collés sur le côté de la boîte, pour identification. Tolstoï, Gogol et Hamsun ; Calvino, Borges, Schulz, Nádas, Nooteboom ; Kiš, Karasu et Kafka ; des livres du souvenir, d'intranquillité, mais pas du rire et de l'oubli. Des années de livres, des livres où coulent les ans. Du temps perdu, une vie perdue.

Le carton de Sebald se trouve sur celui de Nooteboom, sous trois autres traductions. Je place la soucoupe aux bougies sur une pile. Je prends les boîtes sur moi et les pose, en faisant attention qu'elles ne tombent pas dessus. Sebald fait son poids, comme si sa masse avait augmenté au cours de sa vie parfaitement sédentaire, toutes ces années. J'arrive à peine à la porter, alors, la soucoupe, n'en parlons pas. Je souffle les bougies, plonge la chambre de bonne dans l'obscurité, il n'y a plus que l'odeur de fumée, de moisi et de poussière.

Après qu'un des combattants palestiniens a déféqué par terre dans cette salle de bains, à une main au sud du siphon, j'ai passé des heures à genoux à frotter la souillure du soldat, le limon et la lie. J'ai utilisé une brosse à récurer en fer dur, comme une brosse de tableau noir, le plus inoffensif des instruments. Effacer, effacer. Même s'il ne reste plus aucune trace, je marche toujours à cet endroit comme si c'était une bombe terrestre israélienne – *et franchir d'une aile infatigable le vaste précipice*. La troupe de Palestiniens n'a pas volé grand-chose, il n'y avait pas grand-chose à voler – il n'y a jamais eu de véritable marché pour les livres.

Je dispose la lourde boîte au sol, à côté du fauteuil où je lis. À l'aide d'un chiffon légèrement humide, j'essuie la poussière. Je déchire le scotch. Les rames de papier sont là, évidemment, telles que je les ai laissées il y a tant d'années. J'enlève un petit paquet de feuilles sur le dessus. Sur la première page, le titre du livre en arabe écrit à l'encre indélébile, le nom complet de Sebald, et le mien, Aaliya Saleh, en dessous, en un peu plus petit. La feuille est un peu desséchée sur le bord, pas de quoi s'inquiéter. Je m'étire le dos en hésitant à prendre une autre tasse de thé avant de plonger dans le monde mélancolique de Sebald.

Je n'aurais pas dû ouvrir la porte, j'aurais dû regarder par le judas, mais je ne m'attendais certainement pas à voir mon demi-frère l'aîné. Cela fait des années que je n'ai vu aucun seul de mes demi-frères ; aucun n'est venu chez moi depuis au moins une décennie. Pourtant j'aurais dû me douter que c'était lui. J'avais entendu la voix de Fadia dire « Aïe » quand ma sonnette avait retenti. Du palier, elle a une vue imprenable sur ma porte, sur mes allées et venues. Il a appuyé sur la sonnette, et, comme mes mouvements sont désormais plus lents et que j'ai mis quelques secondes de plus à arriver à ma porte, il a appuyé une deuxième fois, plus longtemps, un coup de sonnette plus insistant. Mes demi-frères, comme beaucoup d'hommes et de garçons, ont l'impatience de ceux à qui l'on ne refuse jamais rien.

Il fulmine sur le pas de la porte, il tient à bout de bras deux valises démodées, vieilles mais pas usées. Son visage ridé est déformé par une émotion non réprimée et par la graisse, son corps par le poids des valises. Il souffle et souffle, il affiche la colère d'Achille et la mine du petit cochon. Sa tête carrée, son visage et son cou se barbouillent de rougeurs – une figure cubiste bouffie, aux couleurs saturées. Il entre comme un ouragan, lâche les valises, les fait claquer sur mon sol.

Même en des circonstances non hostiles, chacun de mes demi-frères a l'art de déclencher en moi une montée de frousse. Or là, c'est plus que de l'hostilité. Je sens monter la température dans la pièce. J'ai un goût de cuivre sur la langue, ce qui veut dire que je suis en hyperventilation, je m'apprête à me battre ou à fuir, prête à charger sabre au clair ou à sauter sur mon cheval. Je ralentis mes inspirations. Je m'oblige à me calmer.

Je lui demande gentiment ce qu'il fait.

— Je te dépose ta mère. C'est ton tour. Nous, on devrait pas s'occuper d'elle. C'est toi la responsable. Tu es sa fille et tu as pas de famille. Tu aurais dû t'occuper d'elle pendant toutes ces années. Maintenant c'est à toi. Nous, on peut plus, réplique-t-il.

Il ne crie pas, mais attend que je le contredise. Il cherche une raison de se mettre à hurler.

Je ne lui en donne pas.

Il tire une cigarette d'un paquet dans sa poche de chemise, la cale entre ses lèvres sèches, elle pendouille faiblement, mais il ne l'allume pas. Lui, un homme jadis robuste, n'est désormais plus que fruste et vulgaire : cou pâteux, épaules larges, menton fuyant, yeux cernés par l'épuisement, mèche distraitement rabattue sur le crâne chauve. Son pantalon en polyester, qui n'est pas assorti à son gilet et à son veston, claque et crisse tandis qu'il fait les cent pas dans l'entrée. Il m'adresse un regard autoritaire, attend que je me recroqueville sur moi-même. Ce que je fais.

Je me recroqueville sur moi-même parce qu'il a beau ressembler à une parodie de dur à cuir – comme depuis toujours –, je l'ai connu dangereux et menaçant en son temps. Au début de la guerre civile, en 1975, il a enfilé la tenue de camouflage bon marché de l'une des milices, une répétition générale tragicomique. Ne me demandez pas quelle milice. Je m'en fichais à l'époque et je m'en fiche aujourd'hui. Il ressemblait à une caricature, son torse grêle (pas gras à l'époque, juste légèrement convexe) décoré de médailles et ses épaules ornées d'épaulettes à pompons, imitation triomphante de Napoléon, la Comète corse.

Fanfaronnade et orgueil démesuré, voilà ce qu'il était, ce qu'il est, mais c'est ce qui le rend plus dangereux, d'une certaine manière.

Pensez à Bush – cet amalgame indécent de banalité et de perdition.

Comme sombrent les nations...
Quand la Vengeance écoute la requête du Fou.

Une pensée bien déplaisante.

À chaque fois que je pense à Bush une image me vient à l'esprit : un visage brisé dans le sable du désert.

Mon nom est Ozymandias, Roi des Rois
Contemplez mes Œuvres, Ô Puissants, et désespérez !

Une pensée plus plaisante.

Mon demi-frère l'aîné me fait peur. Ce n'était pas le cas lorsque nous étions petits ; il ne faisait que m'irriter. Nous partagions un matelas et je le considérais comme rien d'autre qu'un mangeur d'espace. Il était obtus, négligent et, d'après ma mère, infaillible. Il prenait un plaisir démesuré à faire des farces et déclencher toutes sortes de chahuts. Il cultivait une satisfaction obscène en martyrisant ses petits frères et sœurs.

Après le départ de mon mari, ma mère a tout fait pour me convaincre de prendre la porte à mon tour et de quitter mon foyer. Elle a proposé que j'échange mon appartement avec celui de mon demi-frère l'aîné – le sien était petit, pour une personne seule ; le mien était plus grand, plus adapté à une famille qui continuait d'augmenter, elle s'incluant dedans, évidemment.

— Regarde toutes les pièces que tu as, avait-elle coutume de dire. Ce que tu peux être cupide ! Quelle égoïste !

Au début, je parlementais avec elle, mais avec le temps je me suis rendu compte qu'il était plus efficace de l'ignorer, d'autoriser à sa langue une gesticulation illimitée jusqu'à ce qu'elle s'épuise.

Lorsqu'il devint évident que ses paroles n'avaient pas l'effet désiré, mes demi-frères se mêlèrent à la conversation. Chacun commença à s'impliquer quand sa famille augmenta en effectifs – la reproduction irresponsable étant l'annihilateur d'ennui familial.

Mon demi-frère l'aîné apparut pour la première fois sur le pas de ma porte après la naissance de son enfant numéro deux ou trois – je devrais le savoir, puisque j'étais présente à l'hôpital pour la naissance (à l'époque je n'étais pas encore prête à abandonner la famille complètement). Fanfaronnade et orgueil démesuré. Il était incapable de parler en ce temps-là, de discuter ou de négocier, il se mit tout simplement à hurler, exigeant que je fasse ce qui s'imposait. J'ai cessé d'ouvrir ma porte quand je savais que c'était lui. Mon demi-frère l'aîné frappait son torse simien et, de l'autre côté, sur le palier, proférait des injures. Il me terrifiait, me poussait aux confins de l'incontinence.

Il revint et revint sans cesse, le grand méchant loup et ses menaces tapageuses, mais savez-vous, cela jouait contre lui. Non seulement on s'habitue à la peur, mais on la trouve plus supportable au bout d'un moment, on la met à distance, on l'absorbe. Je l'ai absorbée. Elle m'appartenait et je lui appartenais ; fidèles compagnes, nous sommes sœurs, ma peur et moi.

J'avais encore peur, mais je n'étais plus terrorisée. Ce sont les enfants que l'on terrorise. À chacun de ses retours, à chaque coup frappé sur ma porte, ma peur et moi mûrissions un peu.

Avant l'AK-47, j'attendais avec un couteau de cuisine aiguisé à mes côtés (je n'étais pas vraiment une cuisinière, mais je trouvais qu'un couteau de cuisine était des plus utiles). J'attendais, je tournais en rond, en ovale, en carré, je passais d'une pièce à l'autre dans mon appartement spacieux, le couteau à la main. Au cas où. Je ne doute pas que, s'il était entré chez moi par effraction, je l'aurais poignardé. C'est dire si j'avais peur. L'imbécile.

Le premier boulot de mon demi-frère l'aîné fut portier dans un hôtel trois étoiles. Ça lui plaisait beaucoup en raison de l'uniforme, il avait le sentiment d'avoir la classe, un certain cachet. La paysannerie, lorsqu'elle souhaite échapper à son milieu, s'est toujours, depuis des siècles, au-delà de toutes frontières, échappée en enfilant un uniforme. C'est l'unique métier rémunéré qu'il ait jamais eu, autant dire qu'il l'aimait drôlement, mais au début, il eut pas mal de problèmes avec un des managers, qui le maltraitait, estimait-il. Malheureusement, il est possible que j'aie involontairement aggravé la situation. Apparemment le manager se méfiait de certains de ses employés, de mon demi-frère en particulier. Il se postait à la sortie du local réservé au personnel et fouillait certaines personnes au moment où elles s'en allaient, probablement à la recherche de serviettes de bain, de linge de maison ou d'articles de toilette miniatures. Mon demi-frère l'aîné trouvait cela humiliant et, à sa plus grande horreur, un jour que je rentrais à la maison de la librairie, je le vis debout devant la sortie de derrière de l'hôtel, jambes et bras écartés, le manager de l'hôtel agenouillé devant lui, en train de le fouiller.

La rage nervura son visage quand il m'aperçut.

Triste, car sur l'instant j'éprouvai de la sympathie pour lui, voire de la compassion ; dans sa vulnérabilité, je m'identifiai à lui, je le vis comme un membre de ma famille.

Lorsque la guerre s'acheva en 1975, j'avais cessé d'inviter ma mère à mon appartement. Je l'appelais et elle me retrouvait dans un des cafés de la rue Hamra. Un jour, son fils et un groupe de ses amis la déposèrent. Ils portaient des simili-tenues militaires, conduisaient une décapotable déglinguée et non pas une Jeep. Quand la voiture s'arrêta, mon demi-frère l'aîné regarda dans ma direction et chuchota quelque chose à l'intention de ses amis, qui ricanèrent. Ils ressemblaient moins à des miliciens qu'aux membres d'une confrérie en goguette dans le centre-ville, des hooligans naïfs, des garçons mal élevés qui essayaient de paraître dans le coup. Je les aurais bien vus en coupe-vent de daim rouge vif et chemises en soie à motifs fleuris et cols pelle à tarte. Mon demi-frère semblait être le plus âgé du groupe, un homme jouant à être un garçon. Il avait déjà commencé à collectionner les médailles.

— Il les garde sur lui quand il dort, me confia ma mère tandis que nous commandions notre café.

Je ne pouvais pas savoir, vu le ton sans détour qu'elle avait adopté, si elle était fière ou consternée que son fils dorme en compagnie intime de fausses médailles.

Le fait qu'il dormît avec des médailles ne fut pas ce qui m'horrifia. Elle m'informa qu'il avait capturé un espion israélien et qu'ils s'étaient occupés de lui. Elle utilisa le terme inoffensif « occupés ». J'essayai de lui soutirer davantage d'informations, mais elle ne savait rien. Les rêves des garçons sont les cauchemars des mères, mais dans le cas de ma mère, les rêves de son garçon ne retenaient guère son attention. Je n'imaginais pas mon demi-frère capable de s'occuper de quelque chose de plus compliqué que l'ouverture des portières pour des gens au-dessus de son rang.

Dans le journal, quelques jours plus tard, il y avait un entrefilet annonçant que le manager de l'hôtel avait été retrouvé mort dans une ruelle, ligoté et torturé. Je ne pouvais pas imaginer que mon demi-frère ait tué un homme. Il était bien trop lâche. Je pouvais cependant imaginer qu'il ait menti, qu'il ait livré aux autres l'identité de son pire ennemi, qu'il ait déversé des monceaux d'insanités aux oreilles d'un futur politicien, qu'il ait assisté à l'élimination de celui qui l'avait humilié.

Ne cause pas de tort à ton prochain, sauf si c'est ton patron.

J'ai essayé d'imaginer que je me trompais, ou, à défaut, de justifier mentalement ses actes. C'était pendant une guerre civile alors que d'innombrables crimes étaient commis – des crimes à côté desquels ceux de mon frère l'aîné passaient pour des farces de récréation. Il y avait de la vengeance dans l'air en ce temps-là. Pour citer le poète Czeslaw Milosz, durant la guerre civile libanaise, « causer la mort de quelqu'un était dissocié des relents de démonisme, des accès de mauvaise conscience et autres accessoires similaires du drame shakespearien ». Des jeunes hommes en uniformes impeccables étaient capables de tuer des gens tout en grignotant un kebab et en sirotant du Pepsi.

J'essayais de justifier mais je n'y arrivais pas.

Je ne sais que penser.

Il a beau être mon demi-frère, nous ne sommes pas de la même famille. Il y a entre nous un gouffre d'incommunicabilité.

Lorsque mon beau-père est mort, mon demi-frère l'aîné s'est comme par magie métamorphosé pour devenir l'homme de la maison dont il n'était jamais parti. Ma mère continua d'habiter avec lui. Elle n'aurait pas envisagé habiter avec moi, et moi-même je ne l'aurais pas souhaité. Ma mère aime uniquement ses fils et ne s'est jamais donné la peine d'être discrète à ce sujet. Elle traite sa plus jeune fille comme une citoyenne de seconde classe, une progéniture du sexe faible. Moi, son aînée, je ne laisse quasiment pas de trace dans sa conscience. À partir du moment où j'ai arrêté d'essayer d'imprimer ma marque dans sa vie, elle m'a oubliée. Si, pour elle, sa seconde fille est Fanny Price, alors je suis son Quasimodo, à confiner dans le clocher.

Pour mon demi-frère l'aîné, le fait qu'il la ramène chez moi signifie que tous ses frères ont résolument refusé de le débarrasser d'elle.

Je lui dis, calmement, que je ne pense pas que cela soit faisable. Je suis sur le point de suggérer qu'elle ne sera pas contente quand je la vois, debout sur le pas de ma porte, ne tenant sur ses jambes que grâce à ma belle-sœur. Ma mère, d'une fragilité alarmante, tout en noir, est toute voûtée, on la dirait tout droit sortie du *Pèlerinage de San Isidro* de Goya. Son visage a la pâleur que l'on voit sur les peaux longtemps cachées du soleil. Les cheveux sont encore teints en un noir qui s'estompe, avec une veine blanche d'un pouce de large aux racines. Elle tient à peine sa tête ; respirer est un effort, comme vivre. Les lignes de son corps, de sa forme, semblent avoir fondu ; l'espace d'un instant, de manière incongrue, comme la lumière s'insinue à travers la porte derrière elle, j'ai l'impression d'arriver à la voir simultanément par-devant et par-derrière. J'en ai la mâchoire qui tombe, les épaules qui s'affaissent. Mon esprit se congestionne, s'encombre de sentiments et de pensées que je ne peux pas formuler assez lestement. Cela fait si longtemps que je n'ai pas été en sa présence. J'avais oublié combien mon esprit s'embrouille lorsqu'elle est là. Ma belle-sœur accompagne ma mère jusque dans l'entrée, la tient fermement, comme un marin passé par-dessus bord se cramponnant à un morceau de bois flotté, mais néanmoins délicatement, comme si elle était en tulle. L'alliance de ma belle-sœur étincelle au moment où ses doigts enveloppent le coude de ma mère.

Je reçois une bouffée de l'odeur aigre de renfermé que dégage la vieillesse de ma mère.

— Maintenant elle t'appartient, déclare mon demi-frère.

La veine semblable à un asticot sur sa tempe palpite et s'épaissit.

— Elle est à toi maintenant, dit ma belle-sœur.

Elle crache ces mots à travers ses lèvres serrées, cramoisies par endroits. Sa face de souris est rougeaude, comme une chemise mouillée dont la teinte s'éclaircit sur le fil à linge.

Ma mère, succube des temps modernes, a l'art de me vider de mon âme et de ma voix sans même avoir à recourir à quelque chose d'aussi rudimentaire qu'un baiser. Mais je ne peux pas autoriser que cette farce dure beaucoup plus longtemps. Je prends une longue inspiration pour me donner du cœur à l'ouvrage.

— Non, dis-je d'une voix basse et poisseuse. Elle n'est pas à moi.

Ma mère relève sa tête de spectre et me regarde. Son visage creusé se contorsionne, comprime les rides en les multipliant par dix. Sa bouche s'ouvre en une épouvante édentée. Elle brandit ses mains noueuses, paumes vers moi, repoussant le mal. Ma mère essaye de s'extirper des bras de sa belle-fille. Le châle noir glisse de son épaule gauche osseuse, mais ne tombe pas complètement. Ses yeux trahissent une horreur stridente indicible. Elle hurle, pousse un cri étonnamment fort et perçant. D'un corps si frêle, un hululement de terreur qui ne décroît ni en durée ni en intensité.

Aucun de nous ne bouge ; dans ce vestibule bien éclairé des années cinquante, nous nous tenons telles des sculptures italiennes en terre cuite, Renaissance, tous terrifiés, tandis que hurle ma mère. La poussière normalement invisible de l'entrée danse et se pavane dans la lumière, se moquant de l'immobilité des humains.

Le corps de ma mère exsude les hivers de jadis. Le froid glacial monte depuis mes pieds. Je frissonne et tremble.

Mon demi-frère l'aîné se tourne finalement vers moi, la paume de sa main enrobant son menton du côté droit ; son corps, son visage, la pose séculaire, universelle de l'individu glacé d'horreur.

— Qu'est-ce que tu as fait ? demande-t-il, tandis que ma mère continue de hurler.

Rien. Je suis encore en chemise de nuit et robe de chambre, nom d'un chien.

Rien. Je n'ai rien fait.

Fadia arrive au pas de charge dans l'entrée, ses sabots assez bruyants pour être entendus en même temps que le cri, mais c'est seulement au moment où elle est presque sur moi qu'elle demande :

— Qu'est-ce qui se passe ici ?

Son regard est interrogateur, plus étonné qu'autre chose. Les paupières déjà colorées de bleu pour les yeux, azur – pas tout à fait terminé, mais pas loin. Elle a souligné le contour des lèvres au crayon à sourcils noir, mais n'a pas encore coloré l'intérieur. Des cerceaux dorés de fillette ornent ses oreilles.

— Elle te reconnaît pas ! s'écrie ma belle-sœur, tenant toujours ma mère. C'est tout. La plupart du temps elle me reconnaît pas non plus. C'est rien. Elle s'habituera à toi. Je sais qu'elle s'habituera. Il faudra bien.

— Est-ce que quelqu'un peut la faire taire ? Mes nerfs ne vont pas pouvoir supporter ça ! hurle Fadia, sa bouche ouverte découvrant des dents tachées de nicotine.

Je ne sais si Fadia parle de celle qui hurle ou de celle qui parle. Personne ne s'enquiert de mes nerfs à moi.

Je remarque que ma voisine du dessus, Joumana, est entrée elle aussi dans mon appartement. Marie-Thérèse reste sur le seuil, curieuse mais attentionnée, il y a déjà trop de monde dans ma petite entrée. Joumana, en robe d'hiver avec une encolure festonnée, se positionne à côté de Fadia, tenant un balai à manche long, la partie brosse en l'air, l'autre main sur la hanche, ressemblant moins à une sentinelle menaçante qu'à une parodie de tableau de Pontormo. Pourquoi a-t-elle accouru avec un balai ? S'attendait-elle à un combat d'épées ? Dumas, Marías, Conan le Barbare ?

Joumana et un balai, une professeure d'université et un ustensile de ménage, vision incongrue.

Ma mère fatigue soudain, paraît désespérée et épuisée. Les décibels diminuent ; ses cris se réduisent à des vagissements et des gémissements.

— Dis-lui qu'il faut qu'elle garde sa mère.

Ma belle-sœur donne un coup de coude à son mari, qui semble être le plus choqué. Ses cheveux blancs clairsemés censés masquer sa calvitie sont dressés sur sa tête.

— C'est obligé. Je la reprends pas. Je peux pas supporter. Tu lui dis.

— Je ne ferai rien de tel, dis-je.

— Tu lui dis, tonne ma belle-sœur.

Ma mère commence à s'affaisser lentement, telle une vache malade. Elle laisse tomber sa tête comme si elle voulait se replier en elle-même. Elle est minuscule, si bien qu'il est difficile d'imaginer que moi, la plus grande de la pièce, sois de la même famille qu'elle, et, plus encore, que je sois sa progéniture.

— Vous voulez la laisser ici ? demande Fadia. Vous êtes folle ?

— Ça vous concerne pas, dit ma belle-sœur.

Ses dents se bousculent, comme pour essayer de sauter hors de sa bouche.

— Bien sûr que si.

Les sourcils de Fadia s'envolent vers la naissance de ses cheveux.

— Tout ce qui concerne mon bâtiment me concerne. Maintenant fichez le camp. En cinquante ans, votre famille m'aura tout fait. Fini. Sortez.

Ma belle-sœur essaye de pousser en avant ma mère qui est en train de s'affaisser, et le cri revient. Je me bouche les oreilles.

— Reprenez-la ! s'écrie Fadia. Partez et emmenez-la avec vous. Reprenez-la.

Je me penche contre la porte vitrée séparant l'entrée bondée du reste de mon appartement. J'aimerais être transportée dans une autre dimension.

Tout cela ne rime à rien. J'observe le déroulement des événements comme si j'étais à la projection d'un film d'Antonioni sans sous-titres. Mes mains, habituellement calmes, tremblent légèrement, et mon œil gauche est pris d'un tressaillement indépendant. Dans ma tête, et uniquement dans ma tête, j'entends une interprétation rapide d'une des études transcendantales de Liszt jouée par Sviatoslav Richter en 78 tours.

L'air autour de moi paraît se raréfier. Je perds l'équilibre.

Reprenez-la.

Je commence lentement à me ressaisir, à rassembler les éclats disséminés, lorsque je me rends compte que mes voisines et moi-même forçons catégoriquement ma mère à décamper – ma propre mère. Quelle brutalité.

Flanquer sa mère à la porte – sa mère mourante.

Certes, dire de ma mère qu'elle est mourante ne signifie pas grand-chose, cela n'a pratiquement aucun sens. Nous sommes tous mourants ; nos jours à tous sont comptés. Ma mère est à l'article de la mort depuis maintenant un certain temps, cependant elle s'obstine à ce que cet article reste en l'occurrence tout à fait indéfini. Et pourtant ce corps, ce vaisseau ne pourra pas retenir la vie encore très longtemps.

Au-dessus de sa tête devrait flotter un réveil qui fait tic-tac, un de ces vieux réveils coiffés d'un dôme en métal.

À la fin de chaque été, ma mère cuisinait de la graisse d'agneau au sel, à stocker pour l'hiver, et elle a continué ce rituel malgré l'avènement de la réfrigération et la possibilité de se procurer de la viande toute l'année. Elle ne devrait pas cuisiner de graisse d'agneau cette année. Pas de bananes vertes. Elle va bientôt quitter ce bâtiment, ma vie et ce monde. Mais pas suffisamment tôt.

— Reprenez-la, reprenez-la.

Fadia ne cesse de le répéter sur un ton implacable qui ne souffre aucune discussion, aucun désaccord, un ton qui devient plus fort et plus insistant à chaque répétition.

— Reprenez-la.

Laissez-moi partir ; reprenez votre cadeau.

De toutes les formules et images charmantes, des joyaux radieux incrustés dans « Tithonus » de Tennyson, cette phrase, « reprenez votre cadeau », est ma préférée. Logée dans ma mémoire depuis le jour où je l'ai lue pour la première fois, elle m'émeut au plus profond.

Je me flétris lentement dans vos bras,
Ici en silence à la limite du monde.

Joumana et son balai demeurent silencieux tandis que Fadia parle sans interruption. Comment elle, professeure d'université, peut être si proche de Fadia, qui fut incapable de décrocher son baccalauréat, voilà qui est difficile à comprendre. Un couple des plus improbables. Elles sont unies l'une à l'autre comme deux quartiers d'une même orange.

Fadia, les bras étendus comme des ailes, guide les envahisseurs vers la sortie. Sa robe d'intérieur aux coloris vifs outrageants, *Yellow Submarine*, est assez longue pour balayer le sol quand elle se déplace. Ma belle-sœur semble abattue, telle une actrice lasse dans une pièce ratée.

Reprenez-la.

Ici, en silence à la limite du monde, ce n'est pas si silencieux.

Démêler mes sentiments vis-à-vis de Fadia est un défi à la hauteur des travaux de Psyché, et il est plus difficile encore de comprendre ceux qu'elle nourrit à mon endroit. Quand elle était enfant, je fus pour elle un exemple en tant que jeune mariée ; elle me méprisa lorsque je devins une divorcée. Cependant, tandis que nous prenions de l'âge, après qu'elle se fut mariée et eut fondé sa propre famille, elle parut s'adoucir. Elle est devenue aimable ; elle ne m'aime peut-être pas, mais elle ne me déteste pas non plus, et de temps à autre, elle fait preuve d'une tendresse et d'une générosité si profondes que j'en suis déconcertée.

La guerre nous a forcées à ne plus être étrangères l'une à l'autre. Nous nous sommes secourues et soutenues mutuellement pendant les combats, et pourtant cela n'a pas transformé notre relation en aucune sorte reconnaissable d'amitié. Hormis prononcer quelques mots polis dénués de sens, nous nous parlions rarement. Un mot ici, une formule là.

Le plus long échange que nous ayons eu fut par un matin froid de 1995, alors que je partais au travail. En sortant de chez moi, je la surpris, les joues rougies par le froid et la bonne santé, alors qu'elle montait l'escalier pour la réunion quotidienne des sorcières, elle avait acheté un plat chaud de knafeh, dont l'odeur donnait l'eau à la bouche, malgré le papier cireux dans lequel il était enveloppé. Bonjour, bonjour, et Fadia suggéra que je mette un manteau car il faisait très froid dehors. Je lui répondis que j'avais le sang chaud, mais elle insista en disant que dans la rue le vent était glacial.

— Une fois que tu seras dehors, dit-elle, caressant de ses mains le manteau en poil de chameau, tu remercieras Fadia.

Elle avait raison ce jour-là.

Je cessai assez tôt de la juger inconséquente. Enfant, Fadia était outrageusement futile et, adulte, elle l'est toujours, cependant elle a un courage, un bon sens, que peu de gens de sa génération possèdent. Un soir, il y a de cela des années – elle avait dix-neuf ans, peut-être vingt –, assurément elle n'était plus lycéenne, le ciel était d'encre, encre de Chine, et elle était devant sa porte, à pester de manière bien trop bruyante. Sartre écrivit : « L'enfer, c'est les autres », ce avec quoi je suis d'accord, bien entendu, mais je suis également d'accord avec Fernando Vallejo : « Le tourment de l'Enfer, c'est le bruit. » Ce soir-là Fadia fut l'enfer de mon âme.

À cette époque, Fadia causait grande inquiétude à son père, Hajj Wardeh, et il s'avéra qu'il y avait de quoi s'inquiéter. Elle était sa préférée et la plus jeune, c'était aussi la seule des trois sœurs à ne pas être encore mariée. Pire encore, le goût immodéré de la fillette pour les films romantiques égyptiens, son obsession pour ces films, bannissait le sommeil des nuits du père. Il avait raison de s'inquiéter, car non seulement elle allait les voir avec ses copines mais elle se faufilait aussi toute seule dans les cinémas à la moindre occasion. Ayant lui-même vu quelques-uns de ces films, il comprenait qu'ils constituaient un terrain fertile aux illusions, plantant de malencontreuses graines dans l'esprit des jeunes filles arabes impressionnables, semant le malheur et le mécontentement quand la vie se révélait moins idéale qu'elle n'apparaissait sur ces maudits écrans.

Il essaya de lui interdire d'y aller avec ses copines, mais la vérité, il en était pleinement conscient, c'est que sa famille en était au point où c'était sa fille qui gouvernait le royaume. Elle pouvait faire en sorte que son père dise oui à tout ce qu'elle voulait, dans la mesure du raisonnable. Elle considérait les exigences de son père comme de simples suggestions. Elle possédait une arme puissante : sa moue. Il aimait sa fille si tendrement qu'elle n'avait qu'à retrousser les lèvres, les avancer, lui adresser son regard de chien battu en le fixant, pour qu'il abroge en toute hâte ce qu'il n'avait fait que suggérer.

Hajj Wardeh en arriva à la plus attendue des solutions : il était grand temps qu'elle convole. Il trouva le prétendant idéal, le fils d'un bon ami à lui. Le promis se prénommait Abdallah, un splendide jeune homme de vingt-six ans, beau de sa personne, instruit, bon musulman, intelligent, honnête, ingénieur diplômé avec mention de l'Université américaine de Beyrouth. Quand Hajj Wardeh invita à dîner la famille de son bon ami, il remarqua avec jubilation qu'Abdallah manquait quasiment de perdre l'équilibre à chaque fois que Fadia le regardait. Il s'attendait à ce que les yeux du pauvre jeune homme jaillissent de leurs orbites, comme dans les dessins animés populaires. Rien ne fut dit pendant le dîner, bien sûr, mais il pressentit qu'une proposition en bonne et due forme serait formulée dès le lendemain.

La joie caressa son cœur, mais seulement brièvement.

Ce soir-là, après qu'elle eut compris dans quel but le dîner avait été organisé, Fadia-la-turbulente piqua une de ces fameuses colères que tout le quartier entier entendit. Il n'était pas question qu'elle épouse n'importe qui, et surtout pas ce fils du bon ami de son père. Elle ferait un mariage d'amour, et uniquement d'amour. Elle ne remettrait pas les pieds dans la maison tant que son père ne lui aurait pas promis qu'il ne la donnerait pas à cet homme. Elle se moquait bien de savoir qui entendait ses cris nocturnes. Elle dormirait sur le palier. Tout Beyrouth saurait l'indécence de son père qui voulait ainsi la jeter dans les bras d'un homme qu'elle n'aimait pas. Cela lui était égal de savoir comment il dirait à son meilleur ami qu'elle n'était pas intéressée. Elle ne remettrait pas les pieds chez elle tant que son père ne serait pas revenu sur sa décision. Ce que le pauvre homme fit, et Fadia, à nouveau soudain docile, eut l'intelligence d'avoir le triomphe modeste.

Ce que Hajj Wardeh ignorait à l'époque, même s'il fut assez sage pour le comprendre par la suite, c'est que Fadia avait déjà repéré un futur mari. Oui, elle se marierait par amour. Elle et ses copines avaient remarqué dans les cinémas un jeune homme qui allait voir les mêmes films qu'elles. Elles l'approchèrent la troisième ou quatrième fois qu'elles le virent. Elles le trouvèrent charmant et exquis, aussi épris des films égyptiens qu'elles l'étaient. C'était un gentleman de bonne famille, qui les traita avec le plus grand respect. Toutes les copines de Fadia le voulaient pour mari, cet homme aux bonnes manières, attentionné, avec un bon métier, qui avait les mêmes intérêts qu'elles. Qu'est-ce qu'une jeune fille aurait pu souhaiter de plus ?

J'aurais dû leur faire passer un exemplaire de *La Chambre de Giovanni*, ou, eussent-elles été plus futées, de *Corydon*.

Fadia l'entreprit pendant deux ans avant qu'il comprenne qu'il devait la demander en mariage, et c'est effectivement ce qu'il fit, il demanda officiellement sa main à son père. Le mariage fonctionna à sa manière. Avec le temps, elle perdit de son engouement pour les films égyptiens, mais pas lui. Il était gentil avec sa propre famille et l'aidait financièrement. Il était aimable avec moi, ce dont je lui savais gré. Il décéda sans que personne eût jamais rien de mal à dire à son sujet. En même temps, il décéda sans que personne en dehors de sa famille immédiate pût se rappeler grand-chose de lui. La plupart des gens étaient incapables de se souvenir de lui d'une fois sur l'autre ; il était constamment obligé de se présenter à nouveau. Puis il mourut.

Moi-même je ne me rappelle pas son visage – la cataracte métaphorique, une fois encore.

C'était un mari dévoué qui jamais ne trompa Fadia ni ne regarda d'autres femmes. Elle, bien sûr, le trompa, comme je m'y étais attendue. Ce à quoi je ne m'étais pas attendue, et Fadia non plus, fut le choix de celui sur qui elle jeta son dévolu. Elle rencontra Abdallah à une soirée et, apparemment, en tant que femme mariée, trouva l'intérêt qu'il lui portait plus intriguant. Elle prétendit qu'il la séduisit tout en restant assis à côté de sa femme ; il retira la rose rouge de sa boutonnière, la tint entre ses doigts et, de manière tout à fait discrète, fit tomber les pétales de sa main sur les pas de Fadia tandis qu'elle le croisait. Elle fut sa fidèle maîtresse pendant vingt-trois ans. Ils se montrèrent quelque peu discrets, afin de ne pas blesser leurs familles, mais toute la ville était au courant de leur relation – en toute discrétion, bien entendu. Je l'entendais parler de lui régulièrement à Joumana et Marie-Thérèse, là-haut, sur le palier. Il convient de noter que seul l'aîné de Fadia ressemble à son mari. Les autres ne ressemblent pas à Abdallah, mais ils ne ressemblent assurément pas à leur père, quels que soient les traits qu'il ait pu avoir.

Sans le décès prématuré d'Abdallah, d'un arrêt cardiaque, alors qu'il était en état d'ébriété, les amants seraient sans doute encore ensemble. Elle observa une période de deuil plus longue que quiconque de sa famille à lui ; elle le pleura plus qu'elle ne pleura son mari, bien sûr. Après la mort de son amant, elle accepta discrètement les condoléances. Elle fut suffisamment prévenante pour ne pas assister aux funérailles d'Abdallah. Nonobstant, elle fut infiniment ravie d'apprendre qu'aux obsèques une vieille dame avait commis la bourde énorme d'appeler Fadia la femme de son amant.

Elle fut assurément jolie il y a bien longtemps, et tandis qu'elle chasse ma mère, mon demi-frère et ma belle-sœur de l'appartement, je vois encore celle qu'elle était jadis, comment elle était. Encadré par la lumière qui traverse le seuil, le vieux visage de Fadia semble être en train de se démonter, et le visage dont je me souviens apparaît par en dessous, comme un poussin brisant sa coquille. Je la vois parfois imperméable au temps.

— Dehors, dehors ! dit Fadia quand bien même les membres intrusifs de ma famille ont déjà quitté l'appartement.

— Ne m'obligez pas à appeler les gendarmes. Je ne veux plus jamais vous revoir ici, vous ne me plaisez pas, poursuit-elle tandis que lentement ils font redescendre l'escalier à ma mère.

J'ai l'impression que mes pieds gonflent dans leurs pantoufles, que mes genoux sont incapables de supporter mon poids. Ma robe de chambre pèse lourdement sur mes épaules. Je me demande si je peux simplement refermer la porte à clef derrière Fadia, mais Joumana est encore dans l'entrée, rejointe par Marie-Thérèse, toutes les deux me regardent d'un air interrogateur, elles veulent savoir ; on dirait des personnages d'un mauvais soap opera libanais.

— Il faut que je m'assoie, j'annonce en marchant à pas lents sur le kilim élimé, et je me retire dans ma pièce de lecture. Il faut que je m'assoie.

En retombant dans mon fidèle fauteuil, je me rends compte que c'est une erreur, une grave erreur. Ma gorge se resserre. Je ferme les yeux. Cela fait des décennies que je n'ai pas permis à qui que ce soit d'entrer dans cette pièce.

Ma respiration frémit à l'intérieur des limites rigides de mon corps, j'ai la sensation que mon cœur se balade à l'intérieur.

Joumana et Marie-Thérèse, mes voisines du dessus et du dessous, me suivent dans mon sanctuaire. Joumana s'accroupit devant le fauteuil. Elle veut savoir si je vais bien. Cela a dû être traumatisant. Est-ce que ça va ? Y a-t-il quelque chose qu'elles puissent faire ? Joumana a un visage dur, aux traits plus slaves que sémites, plus israéliens que libanais, légèrement rude mais non point dépourvu de charme, un front large au-dessus d'yeux perspicaces qui me mettent mal à l'aise. Est-ce que je sais pourquoi ma mère a crié ?

Non, cela m'a fait l'effet d'une aberration. Je ne sais pas du tout ce qui a effrayé ma mère. Je ne le saurai jamais. Qu'est-ce donc qui a été libéré des cavités de son souvenir ? Comment puis-je savoir ?

Délicatement et discrètement, Joumana examine mes cheveux, puis secoue la tête. Cela signifie-t-il qu'elle ne pense pas que ce soit la teinte bleue qui ait provoqué les hurlements ? Je ne dis rien.

Une erreur, une défaillance. Elles ne devraient pas être dans cette pièce. J'essaye de reprendre ma respiration, j'essaye de me concentrer sur le vase de fleurs de serre, posé sur le guéridon à côté de moi : dahlias rouges, pieds-d'alouette, un vase en verre, une odeur douceâtre. Des fleurs périssables, elles étaient trop chères pour mes modestes moyens, mais dès l'instant où je les ai vues dans le magasin, il m'a été impossible de rentrer à la maison sans elles.

Comme la plupart des Libanais, Joumana parle rapidement, une phrase emboîtée dans l'autre, produisant des expressions et des mots gutturaux, comme si elle se gargarisait avec un bain de bouche. Je préfère les conversations lentes où les mots sont comptés comme des perles, les conversations aux pauses multiples, les pauses remplaçant les mots. Je préférerais que mes visiteuses soient ailleurs. Elle regarde légèrement au-dessus de mon fauteuil. Ses yeux, couleur confiture de coing, renforcent son aisance, sa volubilité.

— J'ai besoin de me reposer, dis-je. L'air paraît humide.

Pause.

— Je vais sans doute avoir une migraine.

Joumana jette des coups d'œil furtifs de part et d'autre, glanant des informations à toute vitesse. Les pattes d'oies autour de ses yeux se plissent. Je ferme les miens, de désespoir.

— Oh, Seigneur, qu'est-ce que c'est que tout ça ? s'exclame Joumana.

Elle tournoie sur elle-même, sans hâte, regarde de haut en bas. Son visage s'éclaire et rayonne.

— Qu'est-ce que tu as caché là-dedans ?

— Ce ne sont que des livres, dis-je. Juste des livres.

Je m'imagine contemplant la pièce avec les yeux d'un inconnu. Des livres partout, des piles et des piles, des rayonnages, des caisses de livres, des tas les uns sur les autres, moi dans le fauteuil vieillot qui n'a pas été rembourré depuis que je l'ai acheté, au début des années soixante. Je n'ai toujours été que son unique occupante ; il y a des années de cela, la mousse a épousé la forme de mon postérieur. L'ottomane qui va avec est recouverte de deux piles de livres qui n'ont pas été dérangées depuis des années, hormis pour le dépoussiérage bihebdomadaire. Combien d'heures ai-je passées à me déplacer dans cette pièce, d'un coin à l'autre, m'assurant que chaque chose est à sa place, chaque livre dans la bonne pile, chaque grain de poussière anéanti ? Un miroir circulaire dépourvu de cadre – quand l'avais-je mis là et pourquoi l'avais-je gardé ? – est accroché par un clou à la porte. Je l'avais complètement oublié. Chaque surface de la pièce brille d'une propreté immaculée, à l'exception du miroir, bien sûr. J'ai si admirablement entraîné mes yeux à éviter mon reflet que j'en ai oublié son existence. Helen Garner a raison. Le tapis kazakh à la coloration végétale, aux accrocs visibles, fut jadis d'un éclatant coloris grenade, mais l'aspirateur, après des centaines de passages, en a gommé la fraîcheur. J'ai trouvé la lampe à pied écaille de tortue pendant la guerre, seule et abandonnée devant un bâtiment qui venait d'être pillé – les chapardeurs n'avaient que faire d'une lampe de lecture. J'ai passé une semaine entière à en restaurer l'éclat. À l'une de ses élégantes boucles de métal, je suspends une paire de lunettes de lecture facilement accessible. Le vase est posé sur sept livres de poche du Mu'allaqât, maculés de taches brunes ; chacun contient un des poèmes, agrémenté d'annotations et de commentaires. Mes poèmes préférés, dans quatre versions, éparpillés, mais pas n'importe comment, dans la pièce.

Les Odes suspendues, *Les Poèmes accrochés*, sept poèmes de sept poètes d'avant l'islam. Le mythe nous dit que ces poèmes furent jadis brodés en lettres d'or sur du lin copte et accrochés à la Ka'ba, au VIe siècle. De manière erronée, bien sûr, puisque les poèmes étaient mémorisés, rarement écrits, ce qui n'empêche pas que ce soit néanmoins une bien belle histoire. J'adore l'idée d'un lieu de culte avec des poèmes suspendus, en lettres d'or qui plus est.

Dans l'appartement de Joumana, à l'étage, ce qui correspond à ma pièce de lecture, cette pièce-ci était la chambre à coucher de sa fille. Je le sais parce que j'ai entendu sa musique des années durant, je l'ai entendue danser avec son petit ami, marcher, taper des pieds, et de temps à autre crier et claquer la porte. Elle fait à présent des études d'histoire de l'art en France – calmement, peut-on espérer. En bas, dans l'appartement de Marie-Thérèse, c'était la chambre de son fils, le garçon qui n'est plus là. Il était bien plus calme. Je ne sais pas du tout l'usage que Fadia fait de sa pièce à elle. Je n'ai jamais mis les pieds dans leurs chambres. Pourquoi estiment-elles qu'il est de leur droit d'entrer dans la mienne ?

Un courant d'air venant de la porte d'entrée encore ouverte, une brise inconvenante, ébouriffe les poils de ma nuque et s'immisce furtivement dans un tas de papiers sur le bureau.

— Je savais que tu avais travaillé dans une librairie, mais j'ignorais que tu avais tant… tant de… c'est une vraie réserve de livres que tu as là, dit Joumana.

Elle se déplace avec prudence et déférence, presque sur la pointe des pieds, elle tend le cou de temps à autre pour lire les titres.

Je veux lui dire d'arrêter, de me laisser tranquille ; non, je veux qu'elle arrête, il faut qu'elle arrête. J'ouvre la bouche, mais aucun son n'en sort. Ses doigts, ses doigts sacrilèges, tapotent – l'index, le majeur et l'annulaire de sa main droite font tout un boucan, ils tapotent sur le dossier de ma chaise, sur une étagère, sur les dos de mes livres, l'abominable tap-tap-top retentit sur tout.

Un vacarme plus grand fait irruption.

— Ils sont partis, annonce Fadia. J'ai attendu de voir leur voiture disparaître. Ils n'ont pas intérêt à revenir, s'ils veulent s'éviter des ennuis.

Son front est humide, constellé de perles de sueur, les cheveux du dessus sont aplatis sur son crâne. Le rouge de ses joues est exagéré et la méchanceté brille dans ses yeux. Elle aussi est étonnée à la vue de tant de livres.

— C'est donc ça que tu fais quand tu es chez toi ! s'exclame Fadia.

Une cigarette allumée grésille à proximité du bout de ses doigts. Le rayon de soleil qui filtre à travers les carreaux de la fenêtre couronne sa main droite d'une fumée bleutée.

— Je me suis toujours demandé comment tu avais pu passer tout ce temps toute seule pendant la guerre. Oh, attends. Alors que les Libanais étaient ivres de sang, toi, tu étais livre de sang.

Elle laisse échapper un rire pétillant. Se rendant compte que je ne ris pas, elle ajoute :

— Tu peux reconnaître que c'était bien trouvé.

— Oui, dis-je en hochant la tête patiemment.

— Et amusant, pas vrai ?

— Merci de ton aide. Cela a été très gentil de ta part. Je ne sais pas trop comment j'aurais géré la situation si tu n'étais pas arrivée au moment où tu es arrivée, dis-je.

— Mais je t'en prie, réplique Fadia. Un jour il faudra que tu montes voir ma bibliothèque.

— Ta bibliothèque ? s'étonne Marie-Thérèse.

Joumana secoue la tête, comme pour dire : « Je n'y crois pas que tu ne l'aies pas vue venir, celle-ci. »

— Il y a deux livres dans ma bibliothèque, dit Fadia, et je n'ai pas encore fini de colorier le second.

Elle s'illumine et son rire devient plus sonore quand elle se rend compte que j'ai laissé filtrer un sourire.

— Fadia peut être drôle, parfois.

Je me passe la main dans mes cheveux bleus et j'attends qu'elles s'en aillent.

Quelle fichue matinée. Il faut que je sorte de chez moi, que j'y voie clair dans la fourmilière qui grouille dans ma tête. J'ai l'intention de humer un peu des vapeurs de la ville. Ma chemise de nuit, froncée et plissée par la transpiration séchée, je la pose sur le lit impeccable. Du talc frais sous mes bras, dessous propres. J'enfile ma robe grise, qui a été à la mode et a passé de mode un certain nombre de fois sans que j'y prête attention, et un gilet de laine bleu. Mon époque bracelets, parfums et parures frivoles est depuis longtemps révolue. Je rassemble mes boucles en un chignon de fortune et me couvre la tête d'un foulard, tout en m'assurant de laisser visible suffisamment de peau de mon cou. Je ne veux pas que quiconque pense que je mets un foulard pour quelque sotte raison religieuse.

Je ferme la porte à clef et tâche de descendre les marches en vitesse, de peur que les sorcières ne reviennent. En passant devant l'appartement de Marie-Thérèse, j'oublie la dalle branlante de la troisième marche en partant du haut. Je pose le pied dessus. Le son creux qu'elle émet sous ma semelle me rappelle qu'il faut que je ralentisse. Je peux me détendre un peu.

La cage d'escalier n'est plus exposée aux regards ni accueillante. Il y a quinze ans, en 1995, des murets à mi-hauteur ont été construits afin de protéger le bâtiment des balles sifflantes qui ne sifflaient plus. Ils sont moches, d'aspect artificiel. C'était dans le cadre de la rénovation d'après la guerre civile, ils étaient censés servir des objectifs de défense tout en conservant le caractère « Vieux Beyrouth » du bâtiment, avec l'escalier commun relativement à découvert. Comme presque tout ce qui est libanais, ils sont arrivés une fois passée la période où on en avait le plus besoin.

À peine ai-je posé le pied dans la rue et manifesté l'envie de la traverser que des taxis cabossés font retentir leurs klaxons aigus, s'enquérant maladroitement de mon envie de faire appel à eux. Les voitures bêlantes me rassurent. Mon pas est plus rapide qu'il ne devrait l'être.

Aucune voiture ne ralentira pour me laisser traverser – cela ne s'est encore jamais produit, cela ne se produira jamais. Je me faufile entre les véhicules, je danse la disco beyrouthine pour atteindre l'autre côté. Que se passera-t-il quand je serai trop lente pour le faire ? Viendra-t-il un jour où je n'arriverai pas à traverser la rue avant que le feu ne repasse au vert ?

Vivrai-je assez longtemps pour voir un feu tricolore fonctionnant parfaitement à Beyrouth ?

Je passe devant ce qui fut naguère l'épicerie de M. Azari, maintenant une étrange boutique qui vend d'inutiles bidules électriques : des fers à repasser démodés, des tubes au néon, des ustensiles électriques qui ressemblent à des bougies, dont les pieds s'égouttent en une cire plastique figée, des filaments vibrant à l'intérieur d'ampoules effilées en forme de flamme. Le magasin se trouve à côté d'un Starbucks rempli de jeunes gens, des futurs couples mariés, pomponnés qui bavardent et flirtent, tous langoureusement allongés dans des positions apparemment inconfortables et intenables, sirotant une sorte de lavasse lactée. Un balayeur en combinaison verte ramasse un mégot de cigarette sur le trottoir. Il y en a un autre de l'autre côté de la rue. Ces balayeurs de Beyrouth : les Sisyphe d'aujourd'hui ; celui devant moi vient d'Afrique orientale, un jeune homme au comportement ancien.

La ville appartient aux jeunes et à leur apathie. Ce n'est pas un pays pour les vieux. Ni pour les vieilles, d'ailleurs. Byzance paraît si loin.

Beyrouth est l'Elizabeth Taylor des villes : démente, magnifique, vulgaire, croulante, vieillissante et toujours en plein drame. Elle épousera n'importe quel prétendant enamouré lui promettant une vie plus confortable, si mal choisi soit-il.

Dans les premières pages de son somptueux roman *Séfarade*, Antonio Muñoz Molina écrit : « Seuls nous qui sommes partis savons comment était notre ville et réalisons à quel point elle a changé : ce sont ceux qui sont restés qui ne se la rappellent pas, ceux qui, de la voir au jour le jour l'ont perdue et laissée se défigurer, même s'ils pensent que ce sont eux qui sont restés fidèles et que nous, dans une certaine mesure, sommes les déserteurs[15]. »

Une phrase magnifique assurément, et un sentiment charmant ; toutefois, respectueusement, mais vigoureusement, je m'inscris en faux. Il y a peut-être une part énorme que je ne me rappelle pas, et ma mémoire a pu se déformer chemin faisant, il n'empêche, Beyrouth telle qu'elle fut, telle qu'elle a changé au fil des ans – elle, je ne l'ai jamais oubliée. Je ne l'oublie jamais et je ne l'ai jamais quittée.

Pourquoi ma mère a-t-elle hurlé ? Pourquoi a-t-elle fait ça ?

Je ne peux me permettre de m'attarder sur ce sujet. La libre déambulation n'est pas autorisée dans la fourmilière aujourd'hui.

Je me sens un peu prise de vertige. J'appuie la main sur la vitrine du Starbucks pour ne pas perdre l'équilibre. Des points blancs et des stries grises frémissent et tremblotent sous mes yeux, alors je colle le front contre la vitre, comme je faisais quand j'étais petite, je posais le crâne contre le mur quand mes demi-frères turbulents devenaient trop pénibles, à chaque fois que ma mère me rappelait pour la énième fois de m'arrêter à la boulangerie en sortant de l'école. « N'oublie pas le pain, avait-elle coutume de rabâcher. Pense au pain, au pain. » et ma tête avait besoin de repos.

Un chauffeur de taxi se penche en avant et me lance :

— Taxi ?

Je prends une profonde inspiration, je penche la tête en arrière. Sisyphe fait mine de ne pas me remarquer, occupé à ramasser des mégots avec une paire de pinces extra-longues. Deux jeunes gens derrière la vitrine impeccable, un garçon et une fille aux cuisses bakélite, interrompent leur duel de salive pour m'observer d'un air interrogateur, soupçonneux.

Leurs mains et leurs corps se touchent en de nombreux points, un contact langoureux qui dit le désespoir.

Touchants, si vivants, si lumineux, ces adolescents. Devant eux, sur le verre, mon reflet pâle, argenté, se superpose. Le vieil âge immortel à côté de la jeunesse immortelle.

Mais tes dures Heures indignées imposaient leurs volontés
Et me rossaient et me ruinaient et me désolaient.

Une femme en Dior, cheveux remarquablement relevés et lèvres enflées façon piqûre de guêpe, hésite à côté de moi, relève ses lunettes de soleil, l'inquiétude lisible sur son visage. Je souris, grimace plutôt, mon réflexe systématique quand je suis tendue. Je fais non de la tête, pour indiquer que je vais bien. Trouble gériatrique sans gravité, voilà de quoi il s'agit, rien de plus. Inutile que qui que ce soit s'arrête. Elle me fait comprendre qu'elle a saisi mon message silencieux et poursuit son chemin. Je fais de même dans la direction opposée. L'air soulève l'arrière de mon foulard. Devant un immeuble pousse – non, pas pousse, se tient – un buisson taillé couleur rouille aux feuilles indéchiffrables, dont quelques-unes seulement conservent un semblant de vert. Mais bien sûr, il n'y a que moi pour remarquer une chose pareille.

Les bois pourrissent, les bois pourrissent et tombent.

Suis-je désormais trop vieille pour Beyrouth ? Beyrouth, ma Beyrouth.

Au coin de l'immeuble où j'habite se trouve un Pizza Hut qui proclame fièrement LIVRAISONS UNIQUEMENT. S'il vous vient à l'idée d'entrer, ou éventuellement de vous enquérir de ce qu'est devenu le propriétaire du magasin qu'ils ont remplacé, les jeunes hommes vous dévisagent avec condescendance avant de vous signifier qu'ils ne prennent que les commandes par téléphone.

Le magasin que ces garçons hautains et mal élevés ont remplacé était un magasin de disques singulier, qui ouvrit ses portes deux jours avant que n'éclate la guerre civile et, étonnamment, resta ouvert durant les affrontements. Le propriétaire – un Beyrouthin corpulent et moustachu, d'âge et de confession indéterminés – se donnait rarement la peine de bouger son ample postérieur de son siège. Il semblait toujours oublieux de tout ce qui pouvait se passer à l'extérieur du vaste monde de son magasin. Maintenant que j'y pense, il ne remarquait pas grand-chose extérieur à son propre esprit, tant il était satisfait, autosuffisant et accompli. Les Beyrouthins non loquaces sont aussi rares que les couleurs primaires vives dans l'Arctique enneigé, et pourtant nous étions là, lui et moi, patients souffrant de sclérose verbale, à pas plus de cent mètres l'un de l'autre.

Moi, l'éternelle autodidacte, je me servis de ce magasin pour apprendre. Lorsqu'il ouvrit, je n'y connaissais pas grand-chose en musique. Je notais les références musicales dans les romans que je lisais. Par exemple, la première fois que j'ai entendu parler de la *Symphonie concertante* de Mozart, c'était dans *Le Choix de Sophie*, de Styron – un roman splendide quoiqu'un peu à l'eau de rose et un film insupportable. J'ai appris l'existence de Kathleen Ferrier quand Thomas Bernhard a mentionné son interprétation du *Lied von der Erde* de Mahler, dans *Maîtres anciens*.

Entre trente et quarante ans, je ne jurais que par Chopin, Frédéric le Glorieux. Pour me remercier d'avoir trouvé un livre rare, un étudiant de l'université me fit un cadeau d'une valeur inestimable, un double album d'Arthur Rubinstein jouant Chopin. Je n'avais pas de tourne-disques et je dus faire des économies avant de pouvoir l'écouter. À partir du moment où j'ai pu l'écouter, l'esprit d'Arthur a soufflé dans mon appartement. J'ai écouté et réécouté mon disque à l'infini. Je me suis acheté un kit de nettoyage et d'entretien pour les albums. Une fois par semaine, j'appliquais délicatement le chiffon humide sur le vinyle afin d'être sûre de pouvoir l'écouter pour l'éternité. C'est le seul album que j'ai possédé pendant des années, et la seule musique que j'écoutais. Aujourd'hui encore, je dois pouvoir siffler la mélodie de la *Ballade n° 1 en* sol *mineur* sans avoir à y réfléchir. Je suis devenue chopinophile.

Même aujourd'hui, je pense que, si je n'avais rien écouté d'autre, je pourrais tout de même me considérer comme un être humain chanceux. C'était Rubinstein. C'était Chopin. Un Polonais interprétant un Polonais. Mais j'avais un désir ardent. À un moment donné, au début des années quatre-vingt, alors que ma ville s'immolait par le feu, alors que tous les gens autour de moi tuaient ou évitaient coûte que coûte de se faire tuer, j'ai décidé qu'il était temps que je m'initie à l'écoute de la musique.

J'entrais dans la boutique du gros monsieur et j'inspectais ses stocks de disques. Je n'ai rien acheté avant ma cinquième visite. Mes doigts étaient alors agiles, imitant les coureurs olympiques sur distance courte, ils passaient en revue une pile d'albums en l'espace de quelques secondes. J'ignorais par quoi commencer, quel pianiste était meilleur que tel autre. Je sus commencer par les compositeurs célèbres (Bach, Beethoven, Mozart) mais j'ignorais quelles versions choisir. Je fis un choix quelque peu arbitraire. Je décidai d'opter pour les albums du label Deutsche Grammophon.

Vous pourriez demander pourquoi, ce qui est une bonne question.

Ne riez pas.

Telles que je voyais les choses à l'époque, les compositeurs étaient allemands (ou de langue allemande), donc Deutsche Grammophon semblait logique. Vous ne trouvez pas ?

Mais aussi, je trouvais que le visuel était classieux ; le rectangle jaune ajoutait une touche de panache. J'avais toujours souhaité qu'il y ait une touche de panache dans ma vie.

Cela s'avéra une bonne décision, une formidable décision, quoique restrictive au début. Pendant une éternité, je n'ai pas soupçonné l'existence des *Variations Goldberg* interprétées par Gould. Quelqu'un aurait pu me faire gagner beaucoup de temps en m'expliquant les choses ou en m'indiquant que j'aurais dû écouter la bourrée de la *Suite anglaise n° 2* de Bach (*Englische Suiten* !) bien plus tôt, au lieu de découvrir par hasard, sur un disque de Pogorelić. Et si j'étais passée à côté ? Les heures de plaisir que je n'aurais pas connues.

Si seulement j'avais quelqu'un pour me dire, de temps en temps :

— Aaliya, il faut que tu écoutes les sonates de Scarlatti fils, et non pas père.

Si seulement j'avais quelqu'un pour me guider, une colonne de nuage allant au-devant de mes pérégrinations, pour me conduire et m'indiquer la voie. Si j'avais quelqu'un pour m'offrir le bénéfice de ses attentions.

La reine donne un ordre à ses fourmis ouvrières. Revenez, revenez, n'allez pas là-bas.

J'achetais mes albums Deutsche Grammophon à ce gros monsieur – à raison de deux par mois, un à chaque paye, ce qui était tout ce que je pouvais raisonnablement m'offrir. Beethoven en premier, bien entendu, ses œuvres au piano, suivies des sonates au violon (*Kreutzer* me donne encore des frissons), et ainsi de suite.

Le jour de la semaine où le chèque de ma paye devait être déposé, je risquais un coup d'œil par la fenêtre de ma salle de séjour, par une minuscule fissure verticale dans le bois à claire-voie et je tâchais de voir si les volets verts d'Azari étaient remontés, ce qui signifierait que la banque de mon quartier serait peut-être ouverte et qu'il faudrait que je déverrouille les portes de la librairie. En toute probabilité, affrontements ou pas, le magasin de disques était ouvert. En allant au travail, je m'arrêtais à la banque retirer du liquide et, en rentrant à la maison, je m'arrêtais au magasin acheter un album, un des rares rituels auquel j'avais hâte de me livrer en ce temps-là. Je prévoyais à l'avance les cinq ou six albums que j'achèterais, les quatuors de la première période, ceux de la période médiane, ceux de la dernière période. La question de savoir si un double album correspondait à un achat ou deux me plongeait dans des affres d'indécision.

Le propriétaire corpulent trônait sur un haut tabouret à pied unique et, malgré cela, il devait tout de même basculer la tête en arrière pour me regarder. Il parlait rarement, et pourtant, comme chacun commençait à connaître l'autre et à se sentir à l'aise en sa présence, il grognait son approbation à chaque achat. Lorsque j'ai acheté *The Sofia Recital*, de Richter, celui avec le homard en plastique rose, le sourire du propriétaire a flotté vers moi comme une feuille sur une rivière. Avec le *Début Recital* de Martha Argerich, son visage s'est fendu d'un sourire épanoui d'alligator. Après ces louanges, parcourir la distance de trois immeubles jusqu'à chez moi était une torture ; j'avais tellement hâte d'écouter. Et lorsque j'ai acheté mon premier Gould, ses sourcils se sont redressés sur son front, il a levé les yeux au ciel. Enfin.

Les jours de nouvel album, alors que la guerre faisait rage autour de moi et que le chaos régnait, je me sentais triomphante.

Acheter de la musique était quasiment ma seule dépense, mais pas, bien sûr, mon seul luxe. J'ai bien plus de livres que je n'ai d'albums ; bien plus, mais pour la plupart je ne les ai pas achetés. Il ne faut pas me juger trop sévèrement. Je n'avais qu'un minuscule salaire pour vivre. Personne ne gagnait d'argent sur mes ventes à la librairie. Le propriétaire ne fermait pas la boutique parce qu'il était fier de sa réputation, qui courait parmi les pseudo-intellectuels et grands prêtres de la littérature à Beyrouth, d'être le seul endroit en ville où l'on pouvait trouver des livres obscurs, qu'aucun d'eux n'avait lus. Ces dilettantes littéraires connaissent les livres à peu près aussi bien qu'un passager de compagnie aérienne connaît le paysage qu'il survole ; ils parlent de romans en termes de temps forts comme s'ils lisaient un magazine de mode. Je commandais des livres, et si personne ne les achetait, je les rapportais à la maison. J'avoue en avoir parfois commandé deux exemplaires pour être sûre – bon, d'accord, parfois trois.

Sinon, je n'aurais jamais pu me les payer. Une fois mon loyer réglé, je n'avais plus les moyens de m'offrir grand-chose et, comme il fallait que je mette un peu de côté pour la retraite, époque de l'atroce temps libre, il me restait encore moins. Je me suis mise à cuisiner végétarien assez tôt, car tout plat de viande était au-dessus de mes maigres finances. J'ai survécu – et je survis encore – en me nourrissant de fruits, de légumes, de céréales et de riz. Cela fait des années que je n'ai pas mangé d'agneau pour l'Aïd-el-Adha. Heureusement, je n'ai jamais fumé, car je n'aurais certainement pas réussi à m'offrir ça. Pendant les vaches maigres de la guerre, Fadia, à l'étage au-dessus, qui fume autant qu'un philosophe français, et qui avait sans aucun doute davantage de moyens que moi, avait pour habitude, par souci d'économie, de couper ses cigarettes en deux et de les glisser dans un élégant fume-cigarette plaqué or. Elle mit un terme à cette pratique à la fin de la guerre.

Je me plais à considérer mes menus larcins comme un service public. Il fallait bien que quelqu'un lise *La Terre vaine* d'Eliot tandis que la lueur de Sabra en feu illuminait la ligne des gratte-ciel de Beyrouth. Non, sérieusement, si je n'avais pas commandé certains de ces livres, ils n'auraient jamais atterri sur le territoire libanais. Diantre, vous pensez que quelqu'un au Liban possède un exemplaire du *Bois de la nuit* de Djuna Barnes ? Et je cite le premier livre qui me vient à l'esprit. *Le Guépard* de Lampedusa ? Je ne pense pas que qui que ce soit d'autre dans ce pays ait un livre de Novalis.

Pourquoi ma mère a-t-elle hurlé ? J'aimerais le savoir. Ce que je sais, en tout cas, c'est que je n'aurais pas dû cesser de la voir. Quand bien même elle sombrait dans la folie, je n'aurais pas dû l'abandonner. À quand remontait la dernière fois que je l'avais contactée ? Avant que je cesse de travailler, probablement bien avant. À partir du moment où je décidai de ne plus l'avoir chez moi, il y a de cela je ne sais combien d'années, je me mis à l'appeler de la librairie pour lui demander de me retrouver dans un café ou un restaurant. Mais lorsqu'elle passa la barre des quatre-vingts ans, elle devint plus difficile à supporter, moins civile, plus désagréable. Le problème, c'est que l'interaction avec elle ne m'apportait que des ennuis, de la peine et des ennuis. Je l'appelais et la première chose qu'elle me demandait, c'était pourquoi je l'appelais. Je l'invitais à déjeuner et elle me disait que j'étais bête puisqu'on lui servait à déjeuner chez elle. Elle siphonnait ma santé mentale et ma sérénité. Je cessai d'appeler. Je comprenais qu'elle se faisait vieille et revêche, mais ce n'était pas non plus comme si elle ne se souvenait pas de moi. Elle était lucide et tout simplement difficile.

Je ne crois pas qu'elle m'ait reconnue aujourd'hui. Je n'ai pas souvenir de l'avoir vu si terrifiée, pas même durant les années de guerre. La seule fois où je l'avais vue effrayée, mais pas tant que ce matin, c'est quand mon demi-frère l'aîné, alors âgé de huit ans, reçut le coup de sabot d'un mulet. Il jouait à un jeu de guerre imaginaire avec d'autres garçons du quartier. Battant en retraite, mitraillant tout ce qui bougeait, il se cogna au derrière d'un mulet, ce qui irrita l'animal. Ma mère sortit en trombe de la maison, et, lorsqu'elle vit mon demi-frère l'aîné allongé face contre terre, avec du sang qui s'écoulait de sa tête, elle poussa un hurlement comme si le jour du Jugement dernier était arrivé et qu'elle avait été jugée indigne de figurer parmi les justes. Nous, elle et moi, seules, attendîmes devant l'hôpital pendant que les médecins s'occupaient de mon frère. Ils ne nous laissèrent pas entrer dans la salle d'attente parce qu'elle était trop bondée et qu'à l'évidence, vu notre allure, nous n'y avions pas notre place. Ma mère, petite et chétive, s'appuya sur le capot de la voiture d'un médecin. Lorsqu'à mon tour je pris appui sur la voiture à côté d'elle, elle me dit à voix basse :

— Ne fais pas ça.

Et ajouta :

— Ne fais pas ce que je fais.

Je me souviens qu'un interne sortit nous parler, au bout de plusieurs heures. Il expliqua que mon demi-frère l'aîné allait s'en tirer. L'interne émaillait de mots français ses formules en libanais, ce qui ne fit qu'effrayer davantage ma mère.

Si ceci était un roman, vous seriez en mesure de comprendre pourquoi ma mère a hurlé. Alain Robbe-Grillet a écrit que la pire chose qui soit arrivée au roman fut l'arrivée de la psychologie. On peut supposer qu'il voulait dire que désormais nous nous attendons tous à comprendre les motivations ultimes de tous les actes des personnages, comme si cela était possible, comme si la vie fonctionnait ainsi. J'ai lu tant de romans récents, en particulier ceux publiés dans le monde anglo-saxon, qui sont ennuyeux et banals parce que je suis toujours censée en déduire un rapport de causalité. Par exemple, si une protagoniste ne peut faire l'expérience de l'amour, c'est qu'elle a été abusée sexuellement, ou si le héros cherche perpétuellement l'approbation d'autrui, c'est que son père lui accordait très peu d'attention quand il était petit. Ceci, bien entendu, ne tient pas compte du fait que bien d'autres ont vécu la même chose en ayant néanmoins un comportement différent, mais c'est un point de détail, comparé à la perte réelle qu'il y a à combler le désir d'explication : la perte du mystère.

La recherche de causalité est un vilain défaut.

Je comprends ce désir, toutefois, car moi aussi je souhaite vivre dans un monde rationnel. Je souhaite comprendre pourquoi ma mère a hurlé. Ma vie serait plus simple si je pouvais rationaliser. Malheureusement, je ne comprends pas.

Tandis qu'une guerre de la circulation en ville fait rage autour de moi et que le chaos règne (n'oubliez pas que nous sommes à Beyrouth), permettez que je hasarde une théorie sur la raison pour laquelle nous souhaitons désespérément vivre dans un monde d'ordre, dans un monde explicable.

Non, attendez. Mon intention n'est pas de laisser entendre que l'idée m'est venue à l'instant, ni qu'il s'agit de quelque traité philosophique. Ni française ni allemande je suis.

Permettez que je reformule : j'aimerais envisager une hypothèse quant à notre besoin incessant de causalité, que ce soit dans les livres ou dans la vie. Je me suis entraînée à ne pas constamment rechercher ou attendre de la causalité en littérature – la formule « Corrélation n'est pas causalité » retentit tout le temps dans ma tête (pensez Hume) – mais je la vois constamment, je l'injecte, dans la vie. Comme tout le monde, je veux des explications. En d'autres termes, je crée des explications lorsqu'il n'en existe pas.

Imre Kertész le dit bien dans *Kaddish pour l'enfant qui ne naîtra pas*. Voici :

Mais il est visiblement impossible d'échapper aux explications, nous passons notre temps à expliquer et à nous expliquer ; la vie, cet inexplicable complexe de présences et de sensations, exige de nous des explications, notre environnement exige des explications, et pour finir nous exigeons des explications de nous-mêmes, jusqu'à ce que nous réussissions à tout anéantir autour de nous, y compris nous-mêmes, c'est-à-dire à nous expliquer à mort[16].

Je veux savoir pourquoi ma mère a hurlé. Je le veux. Je n'aurai sans doute pas la récompense d'une explication, mais il m'en faut une.

Permettez que je développe.

Tant de gens sont morts pendant la guerre. La femme qui habitait au-dessus de chez moi fut l'une des premières. Une autre famille habitait dans cet appartement avant Joumana et son mari (je ne me rappelle pas son nom mais peu importe). Au cours des premiers mois, à l'automne 1975 ou à peu près, la femme, la mère qui résidait à l'étage, a reçu une balle en pleine tête. En deux semaines, la famille a décampé et émigré à Dubaï, où chaque jour est aussi radieux que le précédent.

Les rumeurs et fausses histoires qui circulèrent pendant ces deux semaines furent étonnamment saisissantes, toutes tentaient d'expliquer. C'était une espionne, elle travaillait pour une banque et transportait de grosses quantités de liquide, elle arborait un collier de diamants tape-à-l'œil, elle avait vu trop tard un poste de contrôle. Le tout erroné, le tout tracé au crayon à papier, facilement effaçable, autant de tentatives pour expliquer l'inexplicable.

Il se trouva qu'elle n'avait tout simplement pas eu de chance. Elle avait reçu une balle perdue.

Il nous fallait une explication parce que nous ne parvenions pas à faire face au fait que cela aurait pu être n'importe qui d'entre nous. En supposant qu'il y ait systématiquement des rapports de cause à effet – elle avait été tuée parce qu'elle ne pouvait rien entendre car le son de la radio était trop fort – nous sommes amenés à croire que cela ne peut pas nous arriver parce que nous ne ferions pas une chose pareille. Nous sommes différents. Eux, ce sont les autres.

Aucun d'entre nous ne sait comment faire face à la nature aléatoire de la douleur.

J'ai eu de la chance. Je savais que ce qui était arrivé à la femme du dessus ne pouvait pas m'arriver car je n'avais jamais eu de voiture. Je me déplaçais à pied ou j'utilisais les transports publics.

Je n'étais pas comme elle.

C'est en tout cas ma théorie. Je suis certaine que des esprits plus érudits ont traité cette question. Je ne suis pas Sartre, mais je ne suis pas non plus en surpoids et corpulente. Une des raisons pour lesquelles nous désirons des explications est qu'elles nous séparent et font que nous nous sentons à l'abri.

Dans un essai idiot sur *Crime et châtiment*, un critique suggère que Raskolnikov est la quintessence de l'âme russe, que le comprendre, c'est comprendre la Russie. Tfeh ! Non pas que la proposition ne soit pas vraie ; peut-être l'est-elle, peut-être pas. Encore faut-il que je rencontre l'âme russe. Le critique prend ses distances vis-à-vis de l'idée que lui aussi est capable de tuer un prêteur sur gages. Nous sommes censés en déduire que seul quelqu'un doté d'une âme russe en serait capable.

Si vous pensez que Marcello, du *Conformiste*, devient un fasciste porcin parce qu'il tuait des lézards étant petit, alors vous vous rassurez en pensant que jamais vous ne pourrez devenir comme lui. Si vous pensez que Mme Bovary commet l'adultère parce qu'elle essaye d'échapper à la banalité des mœurs pléistocènes, alors ses tromperies ne sont pas les vôtres. Si vous lisez un texte sur la faim en Éthiopie ou la violence au Kazakhstan, ce n'est pas à propos de vous.

Nous essayons tous d'expliquer en mettant à distance l'Holocauste, Abou Ghraib ou le massacre de Sabra, niant le fait que nous pourrions un jour commettre quelque chose d'aussi horrible. Ceux qui commettent ces crimes sont le mal incarné, ils sont l'autre, les brebis galeuses ; quelque chose dans la psyché américaine ou allemande fait que ces gens sont susceptibles de suivre des ordres, d'avaler la pilule et de tuer sans discernement. Vous pensez que vous seriez la personne qui n'aurait pas envoyé la décharge électrique dans l'expérience de Milgram parce que ceux qui l'ont déclenchée ont dû être affectivement maltraités par leurs parents, ou avaient des pères dominateurs, ou avaient été abandonnés par leur conjoint. N'importe quoi pourvu que cela fasse d'eux des gens différents de vous.

Quand je lis un livre, je fais de mon mieux, pas toujours avec succès, pour laisser le mur s'effriter un peu, la barricade qui me sépare du livre. J'essaye d'être impliquée.

Je suis Raskolnikov. Je suis K. Je suis Humbert et Lolita.

Je suis vous.

Si vous lisez ces pages et pensez que je suis comme je suis parce que j'ai survécu à une guerre civile, vous ne pouvez pas ressentir ma peine. Si vous croyez que vous n'êtes pas comme moi parce qu'une femme, et une seule, Hannah, a choisi d'être mon amie, alors vous êtes incapable de compatir.

Comme la balle expulsée de l'arme, je m'égare moi aussi.

Pardonnez-moi.

Je m'égare, mais pas trop. Je circule dans les rues autour de l'immeuble, évitant ma maison, mais ne vais pas au-delà d'une distance prescrite à laquelle instinctivement je me tiens, tel un pigeon volant au-dessus de son pigeonnier.

À côté de la rue parallèle à la mienne se trouve un petit terrain vague pas encore exploité, qui sert pour l'instant de parking. Dans le coin nord-ouest, que les voitures ne peuvent pas atteindre, de minuscules œillets rouges fleurissent miraculeusement sur une petite surface. Lorsque je les ai aperçus, il y a une semaine, je me suis dit que c'étaient des coquelicots rouges désorientés – la fleur du Liban, et de Proust, l'extraordinaire fleur sauvage avec ses pétales en papier de soie aux couleurs saturées. Je n'avais encore jamais vu d'œillets fleurir naturellement dans la ville et évidemment je ne m'étais pas attendue à ce qu'ils tiennent jusqu'à l'hiver.

L'air hivernal a des relents métalliques, de bronze. Dans la lumière mordorée décroissante, la ville chatoie, à l'exception d'un bâtiment qui ressemble à une grosse boîte, aux teintes béton, qui absorbe et avale la couleur ambiante. Il a un nom ; en lettres de taille humaine il s'appelle THE GARDEN CENTER, et cependant pas un brin de verdure n'est visible alentour.

Je suis une tache sur un tableau du paysage urbain aussi réaliste qu'une photo. Je reste dehors jusqu'au soir, jusqu'à ce que ma vessie se mette à hurler.

Avant le virage final pour rentrer chez moi, je vois un des adolescents du quartier entouré de sa cour, appuyé contre un mur ayant déjà besoin d'un coup de peinture alors que le dernier date du printemps. Deux cannettes de bière – l'une écrasée, l'autre simplement plissée – gisent à ses pieds. Je remarque souvent ce gars d'une quinzaine d'années en son grandiose royaume, lorsqu'il n'y a pas école. Il a disparu quelques semaines cet été, après que sa mère l'avait pourchassé dans le quartier avec une baguette en rotin, mais il semble être revenu en pleine forme, dans toute sa splendeur. Sa mère a dû le réveiller de sa sieste de l'après-midi et le chasser de la maison à coups de pied aux fesses avant qu'il ait le temps de peigner ses cheveux meule de foin. Sa cour, trois gars plus jeunes, probablement onze ou douze ans, le couvent de leurs regards respectueux – mais pas révérencieux – tout en feignant désespérément la nonchalance. Mince, tendu et effronté, il a dû s'entraîner devant moult miroirs pour peaufiner sa pose de fumeur. On dirait un philosophe célèbre endurant les infirmités intellectuelles de ses subalternes, une apparence que contredisent la façon dont il s'est pomponné et sa timidité nerveuse – en d'autres termes, il ressemble à un adolescent beyrouthin typique.

— D'abord tu mouilles le filtre avec ta salive, l'entends-je dire en m'approchant.

Il tend sa longue langue enduite de salive et imbibe l'extrémité de sa cigarette.

— Ensuite tu inhales profondément, mais ça, tu peux le faire que si t'es assez vieux pour savoir fumer sans tousser, et le filtre va devenir plus foncé et tu verras apparaître une lettre de l'alphabet. Tu vois ?

La cour des garçons s'extasie, ils poussent de grands oh et de grands ah tandis qu'il poursuit :

— Ce sera la première lettre du prénom de la prochaine fille qui couchera avec toi. Ça marche toujours comme ça.

— C'est un *T*, dit l'un des garçons.

— Je vois un *M*, dit un autre.

Je ne ralentis pas, mais je m'entends dire :

— C'est un *C*, pour *cancer*.

Quels mots ai-je laissés échapper de ma bouche[17] *?*

Ai-je capté les ondes spirituelles de Fadia ou, pire, de ma mère devenue démente ? Je me sens rougir, mon rythme cardiaque s'accélère.

Mais la cour ne semble pas m'avoir entendue, ne saisit pas ma frêle réplique désincarnée. Les gars et leur monde persistent sans moi.

— C'est un *S*, bien sûr, dit à présent le roitelet. Vous voyez pas que c'est un *S* ?

Sur le chemin de la maison, un foulard voilant mes cheveux teints en bleu, je reste invisible.

Accordez que je m'égare une fois encore – brièvement, je vous le promets.

Raskolnikov fut le catalyseur de mon obsession pour la traduction. *Crime et châtiment*, le véhicule, fut l'un des premiers livres car, à l'époque, mon français était mieux rôdé que mon anglais.

J'adorais le roman. (Je ne suis plus certaine de toujours l'adorer, mais c'est un autre sujet. Je vous ai promis de ne pas trop m'égarer.) Je m'en souviens comme étant le premier roman adulte que j'ai lu, ou le premier avec un thème pleinement développé. Le Saint-Pétersbourg de Dostoïevski explosait autour de moi avec une telle splendeur que la ville devint plus réelle que ma vie, ce que je trouvais chaque jour plus incompréhensible. Je faisais partie de son livre, et non pas du mien.

J'étais si impressionnée par le roman que je lus la traduction anglaise, et là, je fus moins impressionné. C'était la traduction de Constance Garnett, et il allait falloir que j'attende des années avant d'avoir vent des controverses entourant son travail. À l'époque, je n'avais même pas entendu parler de Nabokov, et encore moins de ses saillies au vitriol à l'encontre de la traductrice. C'était il y a bien longtemps, peut-être n'avait-il même pas encore publié *Lolita*.

La version de Garnett n'était nullement exécrable. Si je n'avais pas d'abord connu la française, j'aurais considéré que c'était un livre spectaculaire. C'est seulement lorsque je faisais la comparaison que je pensais qu'il manquait quelque chose. Je trouvais la version de Garnett moins charmante, plus prosaïque. Je ne savais pas quelle version était la plus pertinente, plus dostoïevskienne. Je me suis dit qu'en traduisant le livre en arabe je pourrais combiner les deux.

Constance Garnett avait appris toute seule la traduction. Elle avait commencé à petits pas, avec *Le Royaume des cieux est en vous*, de Tolstoï. Richard Pevear et Larissa Volokhonsky débutèrent avec le plus difficile des ours russes, *Les Frères Karamazov*.

Moi, j'ai commencé par *Crime*, le roman qui me convenait. Appelez-moi Boucle d'or.

J'admire encore Garnett, jadis décrite comme une femme à l'énergie victorienne et à la prose edwardienne. J'apprécie toutes les critiques portées contre elle et ses traductions médiocres. Comme le dit Joseph Brodsky : « La raison pour laquelle les lecteurs anglophones peuvent à peine faire la différence entre Tolstoï et Dostoïevski, c'est qu'ils ne lisent la prose ni de l'un ni de l'autre. Ils lisent Constance Garnett. »

Qui lit encore les traductions ? M. Brodsky dirigeait sa colère russe sur la mauvaise cible. Au lieu d'attaquer Garnett il aurait mieux fait de s'en prendre aux gens qui ne lisent pas les auteurs russes, ou allemands, ou arabes, ou chinois, mais choisissent à la place des imitations occidentalisées.

Avant qu'elle n'entame son œuvre de missionnaire, seuls les rares locuteurs anglais parlant le russe pouvaient lire ces auteurs. Nous sommes si nombreux à lire l'anglais mais pas la langue originale, à avoir découvert, grâce à elle, les passions célestes. Donc Joseph et Vladimir peuvent bien pousser des cris d'orfraie – et ils ne s'en privent pas, toujours avec éloquence et élégance –, le zèle de Constance n'en fut pas moins une bénédiction.

Je ne peux pas vous dire si mes traductions sont bonnes car je ne peux les considérer avec impartialité. Je suis intimement impliquée. Mes traductions sont des traductions de traductions, ce qui, par définition, signifie qu'elles sont moins fidèles à l'original. Comme Constance, je fais de mon mieux. Cependant, contrairement à elle, je ne saute pas les mots que je ne connais pas, et je ne raccourcis pas non plus les passages longs. Je n'ai pas et n'ai jamais eu l'intention de faire de mes traductions un canon absolu – mes ambitions ne sont ni étendues ni entendues. Je traduis pour le plaisir que cela procure et je n'ai assurément pas en moi d'énergie victorienne. Je suis une Arabe, après tout.

Garnett ne fut pas la plus prolifique des traducteurs, loin de là. Le Vénitien de la Renaissance Ludovico Dolce traduisit plus de trois cent cinquante livres (Homère, Virgile, Dante, Castiglione, pour n'en citer que quelques-uns), et je ne suis pas certaine non plus qu'il fut le plus prolifique. Le sérieux est un des traits communs aux traducteurs.

Si vous voulez mon avis, le plus gros problème de Garnett, c'est qu'elle était de son temps et de son lieu. Son travail est un reflet de cela ; elle plut aux Anglais de sa génération, ce qui est chose normale – tout à fait compréhensible. Malheureusement pour tout le monde, son époque et son lieu étaient follement ennuyeux. Chic type et porto bon marché, ce genre de chose.

Recourir à la prose edwardienne pour Dostoïevski, c'est comme ajouter du lait à un bon thé. Tfeh ! Les Anglais aiment ce genre de chose.

Et puis Garnett n'était pas un génie. Maintenant, vous savez, Marguerite Yourcenar fit bien pire lorsqu'elle traduisit les poèmes de Cavafy en français. Elle ne se contenta pas de sauter les mots qu'elle ne comprenait pas, elle en inventa. Elle ne parlait pas la langue, alors elle fit appel à des locuteurs grecs. Elle modifia complètement les poèmes, les francisa, se les appropria. Brodsky aurait dit qu'on ne lisait pas Cavafy, qu'on lisait Yourcenar, et il aurait eu tout à fait raison. Si ce n'est que les traductions de Yourcenar sont intéressantes en tant que telles. Elle desservit Cavafy, mais je peux lui pardonner.

Ses poèmes devinrent autre chose, quelque chose de nouveau, comme du champagne.

Mes traductions ne sont pas du champagne et elles ne sont pas non plus du thé au lait.

De l'arak, peut-être.

Mais attendez. Walter Benjamin a quelque chose à dire à propos de tout cela. Dans « La Tâche du traducteur », il écrivit : « Aucune traduction ne serait possible si son essence ultime était de ressembler à l'original. Car dans sa survie, elle ne mériterait pas ce nom si elle n'était pas mutation et renouveau du vivant[18]. »

Dans son propre style déconcertant, Benjamin dit que si vous traduisez une œuvre d'art en collant à l'original, vous pouvez montrer le contenu en surface de l'original et expliquer les informations contenues à l'intérieur, mais vous passez à côté de l'essence ineffable de l'œuvre. Autrement dit, vous traitez l'inessentiel.

Prenez ça, messieurs Brodsky et Nabokov. Un crochet du droit et un direct de ce bon vieux M. Benjamin. Constance aurait traduit du russe avec davantage de fidélité, elle aurait manqué l'essentiel.

Très bien, très bien. Constance a peut-être manqué les deux, l'essentiel et l'inessentiel, mais nous nous devions d'applaudir son effort.

Yourcenar traduisit également *Les Vagues* de Virginia Woolf. Toutefois, je n'arrive pas à me résoudre à lire sa traduction. Dans le cas de Woolf, contrairement à celui de Cavafy, Yourcenar connaissait la langue. Proust ne lisait que le français et, avant d'écrire son chef-d'œuvre, il traduisit John Ruskin, l'apôtre de l'esthétique, un styliste incomparable.

Lisez Ruskin, puis lisez Proust, et comparez l'influence – comparez les stylistes incomparables.

Walter Benjamin traduisit Proust en allemand. Dans l'une de ses lettres, Benjamin écrivit qu'il refusait de lire plus de Proust que ce qui était absolument nécessaire pour achever sa traduction car il était terrifié à l'idée que le style délicatement exquis de celui qu'il traduisait ne déteigne sur celui du traducteur.

J'espère que le lépidoptériste Nabokov aurait approuvé mon travail, mais je n'en suis pas certaine. Je ne le saurai jamais.

Permettez que je sorte du placard en disant ceci, au cas où vous ne l'auriez pas encore deviné : je n'ai jamais publié. Une fois que j'ai terminé un projet, une fois achevés les rituels de fin, j'ensevelis les feuilles dans une boîte, et la boîte dans la salle de bains. Ranger le projet fait désormais partie du rituel. Une fois mes ultimes corrections portées, je laisse le manuscrit reposer quelques jours, puis je relis l'ensemble une dernière fois. S'il est acceptable, je le place dans sa boîte, puis je referme le carton avec de l'adhésif, hermétiquement je l'espère, et je fixe les livres originaux à l'extérieur pour que la référence soit facile à identifier. J'entrepose le carton dans la chambre de bonne, ou maintenant dans la salle d'eau attenante, puisque la première pièce est remplie. Après cela, j'en ai terminé de ce projet et ne repense que rarement à ma traduction. Je passe au projet suivant.

Je mets en boîte et j'emboîte !

Jacques Austerlitz attend son enterrement. C'est la période de l'année.

J'ai compris dès le début que ce que je fais n'était pas publiable. Il n'y a jamais eu de marché pour cela, et je doute qu'il y en ait jamais un. La littérature dans le monde arabe, en soi, n'est pas une denrée très prisée. La littérature traduite ? La traduction dérivée de traductions ? Pourquoi se donner cette peine ?

En fait, il me faut avouer que, lorsque j'ai commencé, je me suis peut-être un peu bercée d'illusions, espérant que mes traductions trouveraient preneur. Cela n'a pas duré longtemps. Après tout, les douze ou treize personnes souhaitant lire *Anna Karénine* sont habituellement assez instruites pour le lire en anglais ou en français. Les deux ou trois qui souhaiteraient lire le livre en arabe choisiront une traduction à partir de la version originale en russe, et non pas une effectuée selon le système que je me suis choisi. Traduire et ne pas publier, voilà ce sur quoi je mise ma vie.

Maintenant vous allez peut-être me demander pourquoi j'accorde tant d'importance à mes traductions si je ne m'en soucie plus guère une fois qu'elles sont dans leur carton. Ma foi, c'est le processus qui me captive, et non pas le produit fini. Je sais que cela paraît ésotérique, et je n'aime pas donner cette impression, mais c'est l'acte qui m'inspire, le travail en lui-même. Une fois le livre terminé, l'émerveillement se dissout et le mystère est résolu. Il ne conserve plus grand intérêt.

Mais ce n'est pas tout. Dans *Le Livre de l'intranquillité*, Pessoa écrit : « La seule attitude digne d'un homme supérieur, c'est de persister tenacement dans une activité qu'il sait inutile, respecter une discipline qu'il sait stérile et s'en tenir à des normes de pensée philosophique et métaphysique, dont l'importance lui apparaît totalement nulle[19]. »

Sans pouvoir dire que je saisis toutes les implications d'une telle position, j'ai reconnu que mon activité de traduction était inutile. Cependant je persiste. Le monde continue de tourner, que je fasse ou pas ce que je fais. Que nous retrouvions ou pas la valise égarée de Walter Benjamin, la civilisation poursuivra sa marche en avant et en arrière, les gens iront de par le monde, les guerres feront rage, des repas seront servis. Qu'on lise Pessoa ou pas. Ces histoires artistiques sont des broutilles. Ce n'est que pure folie.

Vanitas vanitatum, omnia vanitas.

Je ne croyais pas cela lorsque j'ai débuté. Je voulais que mon travail ait de l'importance. Très tôt, j'ai espéré qu'un jour futur un enthousiaste Mendelssohn initierait un *revival* d'Aaliya. Cet espoir nourrissait cette vanité des souhaits humains, ma méprisable vanité. Heureusement le rêve ne dura pas longtemps – il paraît si idiot et naïf aujourd'hui.

Si je dis la vérité – et je devrais, n'est-ce pas ? – je traduis des livres selon mon système inventé car cela contribue à ce que le temps s'écoule avec plus de douceur. C'est la raison principale, je pense. Comme Camus l'a dit dans *La Chute* : « Ah, mon cher, pour qui est seul, sans dieu et sans maître, le poids des jours est terrible. »

J'ai fait de la traduction mon maître. J'ai fait de la traduction mon maître et mes jours ont cessé d'être terriblement redoutables. Mes projets me distraient. Je travaille et les jours passent.

Mais ensuite je me demande si cela est la vérité catégorique. Je me dois de considérer que je fais ce que je fais parce que cela me rend heureuse parfois. Je ne souffre pas d'anhédonie, après tout ;

je suis capable de faire l'expérience du plaisir. J'ai lu un poème sur le bonheur d'Edward Hirsch qui se termine par ces vers :

Ma tête est comme une lucarne
Mon cœur est comme l'aube.

Je pense que parfois, pas tout le temps, quand je traduis, ma tête est comme une lucarne. Sans effort de ma part, je suis visitée par le bonheur. Ce n'est pas souvent, cependant je peux être heureuse quand je communie par la traduction, mon maître. Parfois je me dis que cela suffit, quelques moments d'extase, dans une vie d'un ennui à la Beckett. Il ne peut exister de sommets sans vallées. Lorsque je traduis, c'est un opéra de Wagner. Le récit s'installe, la tension croît, le flux et le reflux de la musique, les cordes, les cuivres, davantage de tension et soudain un moment de pur plaisir. Gabriel souffle dans sa trompette dorée, un parfum d'ambroisie emplit l'air sublime et les dieux descendent de l'Olympe pour danser – éminemment céleste, ce sommet d'extase.

Durant ces moments, je ne suis plus comme d'habitude, cependant je suis totalement moi-même, de corps et d'esprit. Durant ces moments, je suis guérie de toute blessure.

Je peux être à mon bureau et soudain ne pas souhaiter que ma vie soit le moins du monde différente. Je suis où il faut que je sois. Mon cœur se distend avec délice. Je me sens sacrée.

Dante décrit parfaitement ces moments dans les lignes finales de son chef-d'œuvre :

Mais déjà, comme une roue animée d'un mouvement régulier, mon désir et ma volonté étaient réglés par l'Amour qui meut le soleil et les autres étoiles.

Parfois je trouve que c'est suffisant, que je suis contente.

Le plus souvent je me trouve délirante. Vanitas vanitatum, omnia vanitas.

À propos, lorsque la guerre tirait à sa fin en 1988, je crois, un éditeur m'a appelée pour me demander si j'étais d'accord pour « m'essayer » à la traduction d'un livre. Il ne restait plus un seul traducteur parmi ceux auxquels il faisait habituellement appel dans notre ville violente. Il avait entendu dire par son diffuseur que mon anglais était plutôt bon, alors pourquoi ne pas tenter ? Un bref instant, un frisson m'a chatouillé le cœur. J'allais pouvoir être quelqu'un. Avoir de l'importance. Tout en parlant au téléphone, je me suis mise à reconstruire ce château de carte que j'appelle mon ego.

Souffler et souffler.

Le livre pour lequel il voulait que je fasse un essai était *Lana Turner : la femme, la légende, la vérité.*

Devant chez moi, sur le pas de ma porte, se trouve un plateau d'argent sous un plat ovale de porcelaine fine, recouvert d'une feuille d'aluminium plissé. Sans avoir à regarder, je sais ; je sens le fumet du ragoût d'agneau au gombo, encore chaud. Mon estomac danse une sérénade, mais ma vessie est plus insistante. Je frotte mes semelles sur le paillasson avant d'entrer dans mon appartement. Je dispose le plat sur le comptoir de la cuisine et me précipite aux toilettes. Je souffre de drôles de picotements dans les doigts lorsque je me soulage, ces temps-ci. J'envisage, et ce n'est pas la première fois, de réarranger les cartons dans la salle d'eau, afin de pouvoir utiliser les toilettes en cas d'urgence. Cela m'étonnerait que je le fasse. Je suis dans une large mesure une créature d'habitudes, d'années d'habitudes.

Le plat pourrait sans doute rassasier quatre Éthiopiens affamés jusqu'à les plonger dans un état d'hébétude. Fadia est incontestablement plus que généreuse. Cela fait un certain temps qu'elle ne m'avait pas fait le plaisir de m'offrir un de ses cadeaux. Elle ne cuisine plus si souvent, ces temps-ci, depuis qu'elle vit seule, maintenant que son mari est décédé, que ses enfants sont mariés.

Les enfants de Fadia sont certes peut-être les gens les mieux élevés du Moyen-Orient (ce qui n'est pas non plus un exploit), mais ce sont également les êtres humains les plus ennuyeux au monde. Fadia a implanté les bonnes manières dans leurs cellules, a insisté pendant toute leur enfance pour leur inculquer les convenances. Elle les a abreuvés de tant de sermons que Joumana l'a un jour traitée de professeure ès prêches. En grandissant, les enfants ont éprouvé de l'embarras, voire de l'horreur, vis-à-vis de leur mère. Elle voulait tant que chacun d'eux ait une vie meilleure qu'elle les éleva de façon qu'il n'y ait pas de place pour elle dans la leur. Elle assiste à tous leurs événements et réunions, incroyablement fière d'eux, et ils ont honte d'elle. Les rejetons de Fadia la rayeraient de leur liste si elle ne leur faisait pas peur. Aucun de ses enfants désormais presque d'âge mûr n'a jamais osé la critiquer ou lui faire remarquer un impair car ils ont probablement peur qu'elle leur tire dessus, littéralement.

De temps en temps – mais davantage jadis, assurément – je me demande à quoi aurait ressemblé ma vie si j'avais eu des enfants. Mais ensuite, je pense à ceux de Fadia, et aux enfants du dessous, et je suis bien contente. Quand je songe à la fille naguère si bruyante à l'étage du dessus, je me réjouis, j'ouvre une bouteille de champagne pour célébrer mon existence sans descendants.

Je n'entends aucun bruit dans l'appartement du dessus. Joumana et les sorcières ont dû aller au salon de coiffure. Je ne suis pas obligée de gravir ce soir les deux volées d'escalier pour remercier Fadia.

Je sors la bouteille de vin rouge du placard du garde-manger, me sers un verre, puis rebouche la bouteille avec un bouchon conservateur équipé d'une pompe à vide, merveilleuse invention pour les célibataires. J'ai disposé mon dîner sur la table jaune et rouge de la cuisine, à la lueur du lampadaire allumé, à l'extérieur de ma fenêtre. Du vase au milieu de la table, je retire les fleurs mortes, des rubans recroquevillées d'iris desséchés, et je les jette à la poubelle. Des iris fin décembre ? Qui eût cru, il y a quarante ans, qu'une telle chose serait possible ?

Je tire les rideaux de la maison, descends les stores au maximum.

À la première bouchée de ragoût, mes yeux s'humidifient. Délicat, infiniment divin.

C'est de l'art.

Je parie que vous croyez au pouvoir de rédemption de l'art.

J'en suis sûre. Moi j'y ai cru. Une notion si romantique. L'art sauvera le monde, permettra à l'humanité de s'élever au-dessus de l'épouvantable bourbier dans lequel il est englué. L'art vous sauvera.

Je croyais que l'art ferait de moi un être humain meilleur. J'ai cru en l'idée folle qu'écouter Kiri Te Kanawa ou Victoria de los Ángeles purifierait mon âme. « *Vissi d'arte* » et tout ça.

Je vivais pour l'art, je vivais pour l'amour,
Je n'ai jamais blessé âme qui vive !

Ma foi, non, *non vissi d'amore*. Je n'ai pas été chanceuse à ce point. Je ne peux pas dire non plus que je n'ai jamais blessé âme qui vive. Je vendais des livres, après tout.

Toutefois, je vivais effectivement pour l'art. Ce n'était pas une décision consciente, je ne le crois pas. Je ne me suis pas dit un beau jour que j'allais planifier une vie tout entière consacrée à la beauté esthétique. Je ne m'en veux pas pour cela. Je me suis glissée dans l'art pour échapper à la vie. Je me suis enfuie en littérature.

Les aspects interdits de cette vie m'ont peut-être séduite. Je ne crois pas que qui que ce soit ait apprécié que je m'adonne à la lecture quand j'étais petite. Ma mère certainement pas, et mon beau-père ne manquait pas de critiquer quand il s'en rendait compte : « La lecture, c'est mauvais pour tes yeux. Tu auras bientôt besoin de lunettes, qui feront de toi une fille encore moins séduisante. » Les membres de ma famille auraient été indéniablement hostiles à l'art s'ils avaient su qu'une telle chose existait – vous leur auriez montré un piano à queue, ils n'auraient probablement pas su de quel genre de bestiau il s'agissait. Bien sûr j'eus droit à de multiples variations sur le thème de « Qui voudra t'épouser si tu lis tant ? » mais j'eus également à subir le glacial « N'essaye pas d'être si différente des gens normaux ».

Différente des gens normaux ? Quand j'ai entendu cela pour la première fois, j'en fus cruellement offensée. Je pensais que chacun devait vivre pour l'art, pas seulement moi, et en outre, pourquoi aurais-je voulu être normale ? Pourquoi aurais-je voulu être stupide comme tout le monde ?

Puis-je admettre qu'être différente des gens normaux était ce que je recherchais désespérément ? Je voulais être spéciale. J'étais déjà différente : grande, pas séduisante, tout ça. Mon visage aurait eu du mal à lancer un seul canoë. Je savais que personne ne m'aimerait, alors j'aspirais à être respectée, à être prise en exemple. Je voulais que les gens se disent que je valais mieux qu'eux. Je voulais être la crème de la crème de Mlle Brodie.

Je pensais que l'art ferait de moi une personne meilleure, mais je pensais aussi que l'art ferait de moi un être supérieur à vous.

Supérieur ? Yo, la peor de todas.

Ah, pauvre vanité de chair et d'os appelée homme

Ne vois-tu pas que tu n'as absolument aucune importance ?

La poésie m'apporta de grands plaisirs, la musique un réconfort immense, mais je dus apprendre par moi-même à apprécier, par moi-même, uniquement par moi-même. Cela ne me vint pas naturellement. Quand j'entendis pour la première fois Wagner, Messiaen ou Ligeti, le bruit fut insupportable, mais comme une enfant avec sa première gorgée de vin, je reconnus là quelque chose qu'avec de la pratique je pourrais apprécier et, assurément, j'ai pratiqué.

Ce n'est pas comme si on naissait avec la capacité d'aimer António Lobo Antunes.

Je sais. Vous pensez que, si vous aimez l'art, c'est parce que vous possédez une âme sensible.

Une âme sensible, n'est-ce pas simplement un moyen de transformer une déficience en orgueilleux dédain ?

Vous pensez que l'art a un sens. Vous croyez ne pas être comme moi.

Vous pensez que l'art peut sauver le monde. Moi aussi je le pensais.

Pourquoi n'ai-je pas appris par moi-même à mieux cuisiner ?

Tout cela pour quoi ? Qu'est-ce que cela m'a apporté ?

À quoi bon une lucarne personnelle si je suis la seule à voir sa lumière ?

Si c'est cela être spéciale !

La vitre capteuse de soleil,
Et au-delà, le bleu profond du ciel, qui ne montre
Rien, tout à la fois nulle part et infini.

Je peux comprendre Marguerite Duras, bien que n'étant pas française et n'ayant jamais été follement amoureuse d'un Asiatique. Je peux vivre dans la peau d'Alice Munro. Mais je ne peux pas comprendre ma propre mère. Mon corps est plein de phrases et de moments, mon cœur resplendit de charmantes tournures de phrase mais aucun des deux ne peut être touché par l'autre.

J'ai les névroses des auteurs mais pas leurs talents.

Dans *Sarah et le lieutenant français*, John Fowles décrit son personnage en proie à un ennui byronique. Permettez-moi de paraphraser :

Je suis emplie d'une solitude byronique sans avoir aucun des deux exutoires du poète : le génie et l'adultère.

Tout ce que j'ai pour moi, c'est ma solitude.

Avant d'aller au lit, je dois ranger Sebald, à la fois *Les Émigrants* et *Austerlitz*. Je ne peux pas le lire maintenant, pas dans cet état. Il est bien trop honnête. Je lirai autre chose.

Je dois me préparer pour mon prochain projet ; le 1er janvier va bientôt arriver.

Dans la clayette à côté de l'évier, la vaisselle sèche, de l'eau s'égoutte lentement sur le plan de travail en pierre grise. Un vent d'hiver pousse un gémissement tout juste audible à l'extérieur de la fenêtre de ma cuisine. Voilà la pluie.

Il faut que je dorme. On oublie le grand *revival* d'Aaliya. J'ai besoin du sommeil d'Aaliya.

Bien sûr, la visite de ma mère entraîne une nuit d'angoisse. Je suis incapable de dormir. Une cavalcade de pourquoi, de comment et de quoi occupe mon esprit. Je sors du lit plutôt rapidement, dans l'espoir de bannir les soucis des brumes de ma tête. La fraîche température matinale est une main de plume me chatouillant la colonne vertébrale. J'enfile ma robe de chambre. Ma chemise de nuit, foncée par l'humidité, me colle à la poitrine comme une peau d'oignon. Je jette un regard derrière moi, remarque que j'ai laissé deux bulbes trempés sur le drap.

Tout en faisant bouillir de l'eau pour mon thé, dans la cuisine éteinte, j'essaye de m'éclaircir les idées, de filtrer la sombre lie matinale. Il y a du crachin dehors, à l'extérieur et l'unique lampadaire qui fonctionne, et que je ne connais que trop bien, émet une lumière blafarde et solitaire, un faisceau conique diffus sur l'asphalte. Je suis lasse. Je ne souhaite pas penser à ma mère ce matin. Je ne souhaite pas penser à ma vie. Je veux me perdre dans celle de quelqu'un d'autre. Un matin léger et sans effort, voilà ce dont j'ai besoin.

Je me suis rapatriée dans la chambre, retour à la pile de livres sur mon armoire de toilette sans glace, des livres non lus que j'ai l'intention de lire, une pile imposante. Le choix du livre ne pose pas de problème. J'opte typiquement pour le dernier rapporté à la maison. Je fais constamment l'acquisition de livres que je place sur la pile à lire. Lorsque je termine la lecture d'un livre, quel qu'il soit, j'entame le dernier acheté, celui qui a attiré mon attention le plus récemment. Bien sûr, la pile ne cesse de grossir jusqu'à ce que je décide que je n'achèterai plus un seul livre tant que je n'aurai pas lu la pile. Parfois cela marche.

Celui sur le dessus de la pile c'est *Microcosmes*, de Claudio Magris. Je n'ai lu qu'un autre livre de lui, *Danube*, duquel, parmi de nombreuses phrases impeccables, l'une a pendant des mois enroulé ses bras de pieuvre autour de mon esprit frénétiquement faible : « Kafka et Pessoa font un voyage au bout, non pas de la nuit ténébreuse, mais d'une médiocrité incolore encore plus inquiétante, dans laquelle on s'aperçoit qu'on n'est qu'un portemanteau de la vie et au fond de laquelle il peut y avoir, grâce à cette conscience, une ultime résistance de la vérité[20]. »

Si Kafka, si Gregor Samsa, peut se résigner à être un cafard, s'il peut accepter d'être la tige d'herbe qu'écrase le godillot du soldat de la troupe d'assaut, est-il immoral pour quelqu'un comme moi de vouloir être davantage ?

Ah, splendide *Microcosmes*, le délice de découvrir un chef-d'œuvre. La beauté des premières phrases, le « Qu'est-ce que c'est que ça ? », le « Comment cela se peut-il ? », le coup de foudre comme au premier jour, le sourire de l'âme. Mon cœur commence à s'élever. Je me vois assise toute la journée dans mon fauteuil, immergée dans des vies, des intrigues et des phrases, enivrée de mots et de chimères, paralysée par la satisfaction et le contentement, lire jusqu'au sombre crépuscule, jusqu'à ne plus pouvoir distinguer les mots, jusqu'à ce que mon esprit se mette à flotter, jusqu'à ce que mes muscles douloureux ne soient plus capables de tenir le livre en l'air. La joie est anticipation de la joie. Lire un bon livre pour la première fois est aussi somptueux que la première gorgée de jus d'orange qui met fin au jeûne du ramadan.

Si ce n'est que je n'ai pas jeûné depuis qu'on a cessé de m'y obliger, quand j'étais enfant. Je m'en souviens, voilà tout.

Je me cale dans le fauteuil de lecture, je remonte mes jambes. En route pour un long et voluptueux voyage.

Je tourne les pages sans me presser, à un rythme mesuré, à la cadence d'un métronome nonchalant. Je me perds dans les territoires langoureux du livre. Je suis transportée dans un café à Trieste, deviens intimement proche de ses singuliers clients. J'arpente les chemins sinueux du livre – petit déjeuner avec un jeune homme dans un village, déjeuner avec une vieille bique dans un autre –, je salive devant de superbes phrases, célèbre des vacances dont je n'avais jamais entendu parler. Je lis, lis jusqu'à me faire abruptement assommer par tout le poids de l'histoire d'Esperia, un passage de moins de quatre pages dans un tome qui en compte trois cents. Esperia, un personnage secondaire, rendu formidablement vivace en quelques phrases, un peu joueuse avec la vie, me renvoie l'image de Hannah.

Je n'ai pas le droit de m'échapper.

L'histoire engendre un état de déséquilibre : la tête qui tourne et une légère nausée. Dans mon oreille se déclenche un bourdonnement, une petite cloche d'église hyperactive. Je n'arrive plus à voir ce qu'il y a devant moi, je n'arrive plus à entendre ce qu'il y a autour de moi, je n'arrive plus à me rappeler qui je suis. Je pose le livre ouvert sur ma poitrine, prends une longue inspiration. Des frissons traversent tout mon corps, des chocs électriques me transpercent les vertèbres. J'ai un coup de froid. Respirer régulièrement ne me réchauffe pas.

D'abord ma mère débarque dans ma vie et ensuite Hannah. Que se passe-t-il ?

Je ne crois pas aux coïncidences.

« La faim, voilà ce dont je me souviens de mon enfance – la faim, insatiable, vorace, dévorante. » Hannah écrivit cette phrase dans un des journaux intimes du milieu de sa vie. Elle commença à consigner ses pensées à un âge précoce ; le premier anniversaire dont elle rend compte est son dixième. J'ai hérité de tous ses journaux, bien sûr. Elle me les a donnés – enfin, me les a laissés, mon nom sur un bout de papier.

Les premiers sont à peine lisibles, enfantins avec leur écriture au crayon à papier dans des carnets à spirale. Le fer des spirales a rouillé et s'est raidi. La couleur orange de la couverture s'est délavée, le logo du fabricant (Clairefontaine, je crois) est presque méconnaissable. Le papier a vieilli, s'est gondolé, usé et décoloré, ou non, pas décoloré, mais disons plutôt qu'il est devenu multicolore – le vieillissement enfante de nouvelles couleurs, des variantes de jaunes et d'orange foncé dans ce cas, les couleurs d'un feu qui se meurt. Lire ses journaux d'enfance, c'est comme déchiffrer d'antiques papyrus. Les carnets post-adolescents sont mieux conservés, à l'encre indélébile sur du papier d'un blanc immaculé, son écriture impeccable, ses arabesques parfaitement tracées.

Totalement assidue, elle écrivait chaque soir, et parfois dans la journée, jusqu'à deux mois avant sa mort. Ces mois, ces semaines, sont ceux qui m'intéressent le plus. J'ai une idée générale de ce qui lui est arrivé, ou du moins ai-je échafaudé une théorie plausible, mais si j'avais ses écrits des dernières semaines, je pourrais peut-être pleinement comprendre ce qui déclencha la métamorphose ovidienne, ce qu'elle a pensé, comprendre sa douleur, voire son humiliation, la seconde transformation de sa vie, de papillon en mouche domestique embarrassée. Deux mois me sont inaccessibles.

Hannah ne parlait pas seulement de faim physique. L'année de sa naissance, en 1922, quinze ans avant la mienne, la famine libanaise était pour l'essentiel terminée – les soldats ottomans et une invasion de sauterelles, les fléaux interchangeables, s'étaient repus de toute notre alimentation durant la Grande Guerre. Hannah naquit dans une famille de la petite-bourgeoisie, mais nullement pauvre, elle était la cinquième enfant, l'unique fille.

Il fut dit que l'accouchement de sa mère dura une semaine entière parce que Hannah était bien trop timide pour faire son apparition dans notre monde. Il fut dit que lorsqu'on la sortit finalement de force, elle fut trop gênée pour pleurer, ou même gémir. Son visage, son derrière, tout son corps de nouveau-née était rouge comme une tomate de culture sèche. Tout ceci fut dit comme s'il s'agissait d'un fait, sans trace d'ironie. Elle avait des cheveux d'un roux de renard.

Enfant, elle fut aimée de ses parents, adorée de ses frères, ils étaient fous d'elle. C'était le bébé de la famille. On la nourrissait. Elle ne s'endormait pas le ventre vide.

Elle naquit avec deux tares : un léger pied-bot et cette timidité excessive. De la seconde elle fut guérie après avoir fêté ses vingt ans, de la première ne fut jamais véritablement guérie. Les traitements pour son pied gauche commencèrent alors qu'elle était encore toute petite.

À trois bâtiments de chez son père, la maison où elle vint au monde, sur la droite, se trouvait un margousier et une bâtisse sur trois niveaux de style faux ottoman, où résidait un guérisseur arabe. Par respect, de nombreux Beyrouthins l'appelaient le docteur arabe ; les sceptiques le traitaient de charlatan. Le margousier, également appelé neem ou zanzalacht dans notre langue magnifique, était pour lui une manne qui le sauvait, ou plutôt le « sèvait » : en effet les prétendus bénéfices médicaux de la résine de l'arbre faisaient que des malades affluaient de tout le Liban pour venir frapper à sa porte. (Dans les années quatre-vingt-dix, de nombreuses années après la mort dans l'indignité de notre prétendant, des années après que les médecins arabes cessèrent d'exercer, un ingénieux ouvrier agricole sri-lankais trouva le filon et exploita l'arbre en vendant des ampoules de résine aux milliers de domestiques originaires de Ceylan qui vivaient à Beyrouth. Les vertus curatives du neem étaient également connues dans leur pays d'origine.) La sève était présente dans tous les remèdes que le guérisseur arabe prescrivait. Il en mettait même dans le plâtre qu'il utilisait en cas de fractures osseuses.

Hannah écrivit sur les douleurs qu'elle endura entre les mains de ce charlatan, certaines dont elles se souvenaient, d'autres imaginées a posteriori. Dans l'espoir que les os se remettraient correctement en place, il lui cassa le pied par deux fois avant qu'elle n'atteigne l'âge de quatre ans. Elle ne pouvait pas se rappeler comment cela s'était passé la première fois, écrivit-elle, car elle avait alors à peine six mois. Cependant, lorsqu'elle apprit l'incident, elle commença à faire des cauchemars de nourrissons gémissant jusqu'après l'anniversaire de ses vingt ans. Elle ne fut anesthésiée pour aucune de ces opérations. Elle ne se rappelait pas la procédure en elle-même, si des instruments avaient été utilisés – des esprits débridés pourraient imaginer des enclumes, des maillets et des tabliers de forgeron – mais elle se rappelait la souffrance qui avait suivi.

Je suis intriguée par les détails dont elle se souvient, par ce qu'elle écrivit dans son journal – des détails consignés à la fin de ses années adolescentes, plus de dix ans après ses visites chez le charlatan. Elle se rappelait une salle d'attente propre et blanche ; la femme jordanienne du médecin arabe passait constamment la serpillière et époussetait tous les recoins, à l'exception d'un angle au plafond qu'elle n'arrivait pas à atteindre, où pendaient des grappes de raisin en plastique aux feuilles factices recouvertes de poussière. C'était le père de Hannah, et non sa mère, qui l'accompagnait. Il y avait dans la deuxième pièce, la salle de torture, d'apparence propre, une discrète odeur de purulence. Atmosphère légère, subtile, respiration superficielle. L'homme lui-même : dégingandé, émacié, des yeux clairs et lumineux et un sourire malveillant. S'agissait-il là d'une complète reconstruction des souvenirs ? Il portait des mocassins usés sans chaussettes.

La politesse de son père à la limite de l'extravagance. Sur une étagère des bocaux de poudres, d'herbes et de liquides visqueux. La douleur.

Hannah ne pensait pas que sa timidité avait grand-chose à voir avec la douleur infligée – pas de rapport de cause à effet, du moins selon elle. Son boitillement à peine perceptible n'expliquait pas sa timidité, mais elle estimait que cela n'avait certainement pas arrangé les choses. Vous et moi n'aurions peut-être pas vraiment remarqué qu'elle claudiquait, et pourtant elle claudiquait (elle décrivait sa démarche comme étant celle d'un gorille non dominant). C'était difficile pour elle. Elle avait également raison quand elle suggérait que tout prétendant potentiel, et sa famille à l'œil aiguisé, le remarquerait.

Il n'y eut guère de prétendant, à l'exception du lieutenant, et il n'en fut pas vraiment un. J'y viens dans une minute.

Quoi qu'il en soit, rien ne pouvait expliquer la faim.

Hannah mangeait, mangeait, n'importe quoi et tout ce qui se présentait à elle. Elle ne pouvait pas s'arrêter, l'idée ne lui venait même pas. Enfant, elle avait un penchant pour les fruits. Apparemment, sa mère se rendit compte qu'il y avait un problème quand Hannah à elle toute seule mangea un régime entier de bananes que son père avait rapporté à la maison et posé sur la table de la cuisine. Soit environ vingt-cinq bananes d'un coup. Elle avait quatre ans.

Sa famille mit du temps à comprendre car elle n'était pas grosse, ou, devrais-je dire, elle n'était pas obèse. Je l'ai connue ronde, plantureuse, aux courbes généreuses, ce qui ne manquait pas de charme. Il semble qu'elle ait eu le même physique enfant et adolescente, robuste et débordante de santé. Quand sa mère se mit à faire attention, elle se rendit compte que Hannah mangeait constamment. Comme dans toute cuisine beyrouthine, riche ou pauvre, il y avait toujours de la nourriture à disposition, et Hannah se servait allègrement.

Sa mère arrêta de laisser traîner la nourriture, ne la mettant à disposition qu'aux heures prescrites. Hannah fut tout d'abord déroutée, mais elle s'adapta. Comme les repas étaient disposés sur des assiettes communes que tout le monde partageait, elle continua de manger tout ce qu'il y avait devant elle, si ce n'est que désormais cela incluait les repas de tous les autres. Elle engloutissait la nourriture comme si elle craignait qu'elle ne disparût, ce qui, bien sûr, était le cas. Les dîners devinrent une course familiale. Un frère qui hésitait une seconde voyait son repas lui passer sous le nez. Ses parents essayèrent de lui parler, mais elle était trop jeune pour comprendre. Elle avait faim.

Son père essaya une tactique différente. Il rapporta à la maison un cageot entier de mandarines. Il expliqua à Hannah que tout était pour elle, que personne d'autre n'y toucherait. Elle pouvait l'entreposer dans sa chambre et en manger à sa guise. Le cageot de mandarines ne disparaîtrait pas.

Il disparut, bien évidemment. Toute seule dans sa chambre elle en mangea la totalité en une soirée.

À minuit, elle gémissait, en proie à de terribles douleurs au ventre.

Il y avait de nombreux dessins dans ses carnets, des griffonnages et des croquis dénués de sens pour la plupart. L'un d'eux, toutefois, influencé par la faim, comme elle le signala, était frappant, du moins à mes yeux. Plus tard, bien plus tard, devenue une adulte, elle décrivit son besoin d'être aimée, d'être désirée, comme un monstre vorace à l'appétit exigeant, qui vivait dans un trou noir, à l'intérieur. Tout l'amour qui se portait sur elle, le monstre le dévorait, la laissant sans rien. Le dessin de la bête insistante était délicat, finement exécuté. Une créature semblable à un dragon sort sa tête chevaline du trou, un cercle parfait – une ellipse parfaite, compte tenu de la perspective – hachuré à mort pour en montrer toute la noirceur, pour dire combien le trou était sombre.

Telle était ma Hannah.

Comme nous tous, elle vécut, elle survécut. Contrairement à ce à quoi on s'attendrait, ou à ce à quoi je me serais attendue, on ne se moqua pas d'elle et on ne la tortura pas dans le quartier. Une rouquine rondelette à taches de rousseur (pas si rare à Beyrouth, mais tout de même), qui claudiquait et devenait rouge comme une écrevisse à l'apparition de tout être humain d'une variété extérieure à la famille ?

Comment évita-t-elle qu'on se moque de sa timidité ?

Sa famille était appréciée et respectée. Ses frères, qui la surveillaient, étaient populaires. Elle écrivit que sans ses infirmités, des prétendants seraient venus lui demander sa main, et elle avait probablement raison, mais si elle était, somme toute, acceptée, cela ne tenait pas qu'à cela. Elle avait un désir insatiable de plaire, « un ignoble besoin maladif », ainsi qu'elle le décrivait dans son carnet. Elle avait une capacité troublante à saisir ce que les autres voulaient, même toute jeune, elle était toujours prête à offrir ce dont les gens avaient besoin. À la maison, elle comprenait quand sa mère avait besoin d'aide, quand son père avait besoin qu'on lui frotte le dos. À l'école, elle apportait toujours tout en deux exemplaires, stylos, crayons de bois, gommes. Lorsque le stylo d'une élève arrivait à court d'encre, celui que Hannah avait apporté en sus apparaissait comme par magie. Elle ne déplaisait pas, on la tolérait, lorsqu'on ne l'ignorait pas. Elle était studieuse, bien sûr, puisque c'était ce qui faisait plaisir à ses parents et à ses enseignants.

Elle décrivit ce qu'elle ressentait quand un voisin ou un professeur lui posait une question ou lui adressait la parole, à quel point son cœur se mettait à battre la chamade, la peau de ses mains rougissait, ses poumons se rétrécissaient, sa gorge se nouait et sa mâchoire devenait douloureuse.

À l'âge de sept ans, elle retourna dans le lit de ses parents. Il n'y avait que deux chambres à coucher chez eux, quatre garçons, une fille. Il semble que, lorsque l'un des garçons atteignit un certain âge, son père décida que Hannah ne devait pas être dans la même chambre que ses frères. En attendant que son père construise deux autres chambres, lorsqu'elle eut quatorze ans, elle dormit avec ses parents : le père à gauche, la mère comme douve centrale, Hannah à droite. Elle écrivit avec affection sur cette période. Elle n'avait pas de problèmes de sommeil à cet âge-là, un don hérité de sa mère. Elle montait au lit derrière sa mère et disparaissait dans le monde cinématographique des rêves. Son père ne possédait pas cette faculté, et comme elle avait aussi hérité des ronflements de sa mère, les insomnies paternelles devinrent un perpétuel sujet de plaisanterie au sein du foyer.

« Nous lui respirions son air », écrivit-elle à propos de son père.

Elle était socialement inapte, affliction que je connais bien. À certains égards, c'est probablement ce qui nous rapprocha, mais je vais un peu vite en besogne, comme d'habitude. Il y avait autre chose qui faisait que nous étions assez différentes l'une de l'autre, du moins d'après moi, et d'après son journal. Durant toutes ses années d'adolescence, elle écrivit ses fantasmes. C'étaient des descriptions détaillées et élaborées de mariages, jamais de scènes d'amour, toujours de dernier secours. À croire qu'elle anticipait les romans édulcorés qui arriveraient sur le marché de Beyrouth quelques années plus tard. Lorsqu'elle fut plus âgée, elle devint accro aux romans-photos italiens (traduits en français), ces histoires d'amour mièvres racontées en photos et en bulles de bande dessinée. Cependant, ceux-ci n'apparurent à Beyrouth qu'au début des années cinquante, aussi n'est-il pas possible qu'ils aient inspiré ses fantasmes adolescents élaborés. Elle était en avance sur son temps.

Les fantasmes étaient joliment rédigés et dessinés de manière exquise. Un des passages impressionnants du journal, lorsqu'elle avait quatorze ans, décrit dans les moindres détails le futur salon où elle et son mari recevraient leurs invités. Les descriptions de son futur mari avaient tendance à être plus floues, changeant d'une entrée à l'autre de son journal : grand, de taille moyenne, poilu, glabre, moustachu, rasé de près. Quant à la façon dont ils se rencontraient – lors d'une promenade sur la corniche où leurs regards se croisaient, en relevant la tête d'un livre d'école, en faisant face à un regard bleu empli d'un désir amoureux et admiratif – il y avait plus de variations que *Goldberg*.

Une des choses surprenantes – cela m'étonne vraiment –, c'est que l'identité de Hannah variait également. En plus de cent entrées de son journal traitant de fantasmes romantiques, pas une seule ne l'incluait, elle. Elle écrivait à propos d'une Hannah différente. Parfois blonde, d'autres fois brune. Elle était une actrice égyptienne, une princesse européenne abandonnée, une comtesse russe exilée. Elle conservait son nom mais ne se conservait pas elle-même. Elle était riche, elle était sans le sou, elle avait de longs cils, un petit nez. Elle marchait avec la grâce d'une gazelle, d'un peuplier, d'une fille qui ne claudiquait pas. Par l'écriture elle s'excluait de ses fantasmes.

Quid de mes fantasmes ? Je ne les considérerais pas comme tels – plus comme des rêves mitigés ou de fades aspirations. Je faisais rarement des rêves romantiques ou d'aventure, jamais d'amour et de maris. Je serais mariée, je le savais, mais je traitais cela comme un fait accompli qui m'entraverait, et non pas comme un événement dont je pouvais me réjouir. Je ne consacrais pas de temps à penser à celui que j'épouserais ni à la manière dont cela se déroulerait. Je voulais avoir le droit de travailler. J'espérais une carrière de secrétaire. En ce temps-là, je ne visualisais aucun autre métier. Les seules femmes ayant un emploi que j'avais rencontrées à l'époque travaillaient dans les services : bonnes, cuisinières, vendeuses en magasin, secrétaires, maîtresses d'école. Par tempérament, je ne pouvais pas évoluer au milieu de beaucoup de gens. Secrétaire me paraissait être le métier idéal – assister un homme intelligent, honnête, correct, bien entendu. Je passais plus de temps à rêver à mon patron idéal qu'à un mari.

Quel est le vieux cliché, au fait ? Lorsque chacune des jeunes filles arabes fit la queue en attendant que Dieu lui donne le gène de celle-prête-à-tout-pour-se-marier, je devais être ailleurs, probablement perdue dans un livre.

Je comprends bien qu'il n'y a pas que les jeunes filles arabes qui ont ce gène, mais il est dominant dans cette région du monde qui est la nôtre. Une force de la nature et de la culture, un ouragan épigénétique, nous conduit en troupeau au mariage et à la procréation. Les habitudes sociales, les rites de la communauté, les rituels religieux, les événements familiaux – tous visent à inculquer aux enfants l'importance et le caractère inéluctable de ce que Bruno Schulz appelle « l'excursion vers les liens du mariage ». Aucune fille de ma génération ne pouvait imaginer se rebeller, ni ne le souhaitait. Une petite graine d'imagination commence à germer dans les esprits de femmes plus jeunes que moi. Fadia s'est rebellée, cependant son idée de la rébellion était identique à celle de toutes les autres filles des générations qui se sont succédé. Elle voulait avoir le droit de choisir celui qu'elle épouserait. Au fil du temps, les entraves du mariage arrangé furent abandonnées en Méditerranée ; les familles s'habituèrent aux mariages exogames, qu'ils soient interreligieux, interclasses ou interclans. Rendez-vous amoureux, cohabitation prémaritale, adultère et promiscuité sexuelle devinrent des peintures ordinaires du traditionnel paysage beyrouthin.

Le féminisme au Liban n'a pas encore atteint les espadrilles ou les chaussures de course à pied ; les talons plats, voilà où l'on en est. Le choix de ne pas se marier ne figure pas encore au tableau. Il est possible qu'il soit en train d'apparaître maintenant, mais je ne le saurais pas. Je ne fréquente guère les jeunes gens.

Tout en écrivant ceci, je me demande s'il est pertinent de dire que je ne rêvais pas d'un mari. Je ne veux pas dire que je suis consciemment en train de feindre. Mais pour paraphraser celui que l'on peut toujours paraphraser, Freud, qui a peu ou prou affirmé que lorsqu'on parle du passé on ment à chaque respiration, je dirai ceci :

Quand on écrit sur le passé, on ment à chaque lettre, à chaque graphème, et même à chaque satanée virgule.

Mémoires, souvenirs, autobiographie – mensonges, mensonges, ce ne sont que mensonges.

Est-il vrai que je n'aie pas pensé à un mari, que je n'aie pas souhaité en avoir un, ou bien l'image que j'ai de moi-même, ce que je me plais à penser de moi-même, se superpose-t-elle à ce qui s'est passé à l'époque ? Cette question tient-elle debout ?

Accordez-moi de formuler cela autrement. Il est tout à fait possible que, comme toute fille de Beyrouth, j'ai rêvé d'être mariée, que j'aie fantasmé sur l'allure qu'aurait mon futur mari, mais qu'après avoir grandi, après une expérience matrimoniale triste et inachevée, je me sois réinventée, me convainquant que je n'avais pas rêvé de sujets aussi triviaux. C'est possible. Je crois sincèrement que ce ne fut pas le cas, mais je ne me vois pas non plus, jeune fille, ayant un tel courage.

Je n'exclus aucun cas de figure.

Il y a des images qui me restent. Je me souviens d'avoir lu un essai – je crois que c'était Nuruddin Farah, mais je n'en suis pas certaine – où l'auteur dit que tout ce dont nous nous souvenons des romans, ce sont des scènes ou, plus précisément, des images. J'ignore si c'est le cas, mais bon nombre d'auteurs semblent écrire leurs romans en procédant par successions d'images – Michael Ondaatje est sans doute celui qui pratique le mieux la forme, tant ses romans me semblent moins s'appuyer sur une intrigue que sur une série de discrètes images divines. Je ne me rappelle toujours pas qui a écrit cet essai. Peut-être était-ce Ondaatje, mais j'en doute.

Je ne suis pas adepte de l'idée exposée ci-dessus, car si tout ce que nous retenons d'un roman est une image, alors la conclusion évidente est que la photographie, la peinture ou le cinéma seraient de meilleurs moyens de communication et une forme artistique plus noble. Conclusion non satisfaisante. Et puis aussi, j'ai aimé *Le Patient anglais* comme roman, mais le film, à l'exception de la charmante Juliette Binoche, est bien trop guimauve.

J'en parle, toutefois, pour signaler une image qui est gravée dans ma mémoire – une image du délicieusement inconsolable W.G. Sebald. Il décrit un grand-oncle Alphonso en train de peindre : « À cet effet, il portait toujours des lunettes dont les verres avaient été remplacés par une solamire qui mettait un voile de soie grise devant le paysage, pâlissait les teintes du monde et le libérait de sa pesanteur[21]. »

Magnifique.

Parfois, je me dis que je regarde ma vie passée en portant des lunettes dont les verres ont été remplacés par une solamire de soie grise.

Si je songe à l'image que vous retiendrez de la lecture de ces pages dérisoires, j'imagine que ce sera le cri de ma mère, le corps frêle, la position des mains, le son aigu de terreur.

Ai-je raison ?

La plupart des gens disent que leur enfance, leur premier amour, ou peut-être la Beyrouth de jadis, ou encore des parents décédés leur inspirent de la nostalgie. Moi pas, du moins pas dans le sens où tout le monde l'entend. Certaines scènes m'inspirent de la nostalgie. Je ne me remémore pas mes années de jeunesse avec affection ; ma famille non plus : ni mon oncle-père mort, ni ma mère encore vivante. Cependant, je repense avec quelque tendresse à la manière avec laquelle nous autres enfants dormions les nuits d'été dans la chaleur impitoyable, fenêtres ouvertes et l'odeur du jasmin qui flottait, les couleurs et les motifs des draps dans le noir. Le plus irritant à l'époque – devoir sortir du lit quand ma petite sœur avait mouillé le matelas –, je me le remémore avec une nuance de dévotion, non pas vis-à-vis d'elle ni vis-à-vis de la situation fort pénible, mais du fait que nous nous tenions tous autour de ma mère tandis qu'elle examinait les abstractions mouillées sur les draps et que nous sortions le matelas en plein air pour le nettoyer au soleil. J'éprouve une certaine tendresse pour la manière dont les meubles étaient disposés dans la pièce principale, le grand plateau de cuivre sur l'ottomane en toile, prêt pour le dîner.

Mais ensuite je ressens de la nostalgie pour les promenades du Côté de chez Swann aussi bien que du Côté de Guermantes, pour la façon dont Charles Kinbote surprend John Shade pendant qu'il prend un bain, pour la façon dont Anna Karénine est assise dans le train.

J'ai rencontré une fois une secrétaire, la mère d'une camarade de classe. Elle accompagna sa fille à l'école, un matin, jusqu'au portail ; un gardien arménien grisonnant sortit vivement de sa cahute pour les saluer, ce qu'il faisait toujours quand un parent se présentait.

Hercule était-il le gardien du paradis ? Je ne comparerais en aucun cas le vieil Arménien à Hercule. Son boulot consistait à s'assurer qu'aucun élève ne sorte avant la fin des cours et que seuls les élèves et les professeurs entrent dans l'enceinte de l'école, ce qui signifia qu'il approcha certes la mère avec obséquiosité, mais que néanmoins, dans le fond, il lui retira son enfant, empêchant la mère d'aller plus loin. Donc non, pas Hercule. J'avais beau aimer l'école et me sentir chez moi dans cette cage, l'école est plus proche de l'enfer que du paradis – la destruction rituelle de l'enfance se produit à l'école, les enfants y sont mis à mort. Le gardien était le passeur.

Tout en lui confiant sa fille, la mère inonda l'homme d'un sourire patricien. Elle portait un tailleur coupé sur mesure qui semblait appartenir à quelqu'un d'autre, comme si elle l'avait pris exprès trop grand et qu'il était maintenant à la bonne taille. C'était un tailleur gris d'un coloris assez différent du gris étain du ciel menaçant ce jour-là. Elle s'était ceint les épaules d'un châle bleu clair. Contrairement aux enseignants qui arrivaient, tous affectés du fléau de l'inattention, elle semblait en connexion avec le monde qui l'entourait, éveillée, impliquée. En écrivant ceci, je me souviens du sentiment formidable que j'avais éprouvé en la regardant, elle semblait si jeune pour une mère, il y avait encore chez elle physiquement quelque chose de la fillette qu'elle avait dû être.

J'observai la passation de derrière la barrière de l'école, en regardant à travers les barreaux – en fait, de véritables barres métalliques entre lesquelles ma tête passait encore l'année d'avant. Les barreaux étaient enduits de couches grumeleuses de peinture jaune bon marché, une teinte canari en cage ; elle s'écaillait et partait en lambeaux, la rouille qui apparaissait en dessous complétait joliment le jaune. J'observais. Mes mains accrochées, le visage appuyé entre deux barreaux, les pommettes pressées contre le métal peint.

La fille, ma camarade de classe, vint me rejoindre d'un pas léger. Elle observa sa mère échanger d'inutiles amabilités avec le passeur. Nous, en revanche, n'échangeâmes pas un mot. Sa mère nous aperçut et s'approcha. Elle demanda poliment qui j'étais, si j'étais une amie de sa fille – une question brève, gentille, qui appelait de ma part un simple mouvement de tête, oui ou non.

— Je vous souhaite une très agréable journée, les filles, dit-elle.

Elle tendit le bras à travers les barreaux. Je vois encore le châle glisser de son épaule droite, tandis qu'elle passait les doigts dans mes cheveux – la seule fois, autant que je me souvienne, que quiconque m'a fait ça –, après quoi elle s'en alla.

— Elle sait écrire en sténo, me dit ma camarade.

Je me suis une fois de plus égarée. Navrée. Permettez que je revienne à Hannah.

Ce qui nous a rapprochées, Hannah et moi, ce n'est pas tant notre inaptitude sociale, comme je l'ai mentionnée, mais le fait qu'elle rencontra mon beau-frère en ce jour fatidique, même si ce jour fatidique eut lieu bien avant que je me marie, alors que j'étais encore une enfant.

Elle avait vingt-deux ans lorsqu'elle le rencontra, elle était alors encore célibataire, ce qui était gênant au regard des critères de l'époque, sans pour autant vous cataloguer tout à fait dans la catégorie des vieilles filles. Les écrits dans son journal étaient alors essentiellement des méditations sur ce que serait sa vie future, sur telle ou telle fille du quartier qui avait été demandée en mariage, sur son statut qui changeait au sein de la famille. Lorsqu'elle eut jeté son dévolu sur le lieutenant, tous ses frères s'étaient déjà mariés. Treize semaines avant le jour fatidique, une de ses belles-sœurs eut un bébé, un petit garçon, le premier petit-fils de la famille, le quatrième petit-enfant.

Elle décrivit un incident révélateur. La dernière belle-sœur, Maryam, récemment mariée et relocalisée chez Hannah (il n'y avait alors plus que deux frères dans la petite maison), était en grande conversation avec le père de Hannah. La discussion la dépassait peut-être un peu, écrivit Hannah, mais la jeune fille, de quelques années sa cadette, était heureuse, pleine d'entrain et bruyante. Hannah écrivit que sa nouvelle belle-sœur « ne pouvait pas comprendre le calme », une formule assez merveilleuse, si vous voulez mon avis.

La famille prenait le café de l'après-midi dans la salle de séjour. Le père de Hannah buvait à grand bruit, tandis que la fille parlait sans s'interrompre. Lorsque Hannah eut terminé sa tasse, elle prit celle de sa mère, qui était vide, et emporta les deux à la cuisine.

Au moment où elle passa à hauteur de Maryam, celle-ci, sans avoir cessé de jacasser et de s'esclaffer, les yeux dirigés vers son beau-père exclusivement, tendit sa tasse à café, le bras gauche étiré en direction de Hannah.

Hannah s'arrêta, les orteils recroquevillés, ses chaussures s'enfoncèrent dans le tapis. Bien sûr, elle était plus gênée que furieuse, à ce stade. Elle ne savait que faire. La fille ne lui avait même pas adressé un regard. Hannah essaya de prendre la troisième tasse, mais elle n'était pas aussi habile que sa mère. Tic-tac, la pendule de la pièce se moquait d'elle, mais personne n'y prêtait attention.

— Je vais chercher le plateau, dit Hannah à sa belle-sœur. Un instant.

Maryam se releva d'un bond, horrifiée par sa gaffe et son manque de tact.

— De grâce, pardonne-moi, ma sœur, dit-elle. Je n'ai pas fait attention. J'ai honte. Laisse-moi te libérer, s'il te plaît. Je vais tout prendre.

— Il n'y a rien à pardonner, dit Hannah. Rien.

Les filles emportèrent toutes deux les tasses à la cuisine.

Accordez-moi de faire un bref détour, très bref. Tic-tac.

Les pontifes, de nos jours, ne cessent de jacasser et de s'esclaffer en disant qu'Internet est une grande avancée. La Toile ceci, la Toile cela, laissez donc l'araignée à résidence vous pomper la vie. Être connectée au monde, cela ne m'attire pas.

En tant que personne vivant seule, en tant que femme d'âge mûr, la découverte technologique que j'apprécie le plus est l'horloge électrique, encore qu'avec l'électricité à Beyrouth je devrais dire la pendule à piles. Avez-vous idée des angoisses que ces vieilles pendules pouvaient générer ? Tic-tac, vous êtes toute seule dans un appartement vide. Tic-tac, le monde extérieur va venir vous chercher.

Tic-tac, on ne rajeunit pas, hein ? Donnez-moi un tranquillisant, je vous prie.

Le tic-tac qui scande la marche du temps.

Le tic-tac de l'objet minuscule plein de rouages étouffant toute existence, essorant la vie et en chasse toute vie.

Après cette formidable découverte, les aiguilles de l'horloge ont continué de tourner dans la même direction – ça s'appelle le sens des aiguilles d'une montre, à l'intention de vous autres, jeunes gens –, le temps a continué à aller de l'avant, mais miraculeusement, son battement de cœur, son annonce sinistre, était réduite à un doux bourdonnement.

Hannah parla en toute honnêteté lorsqu'elle dit à sa belle-sœur qu'il n'y avait rien à pardonner. Elle ne lui tint pas grief pour cet incident. C'était sans importance, estimait Hannah, un faux pas sans gravité. Ce n'était pas comme si l'affront avait été volontaire. Maryam se sentait tellement coupable qu'elle s'efforça d'apaiser Hannah. De fait, les deux femmes vécurent en harmonie sous le même toit jusqu'à la mort de Hannah et, à ce jour, c'est Maryam qui apporte chaque semaine des fleurs fraîches sur la tombe de Hannah, les plaçant exactement à deux largeurs de main devant la tombe.

Toutefois, l'écriture dans les carnets changea. Pendant toute une période après l'incident les phrases se racornirent. Les interventions se firent brusques, irritées – des notes saccadées, nerveuses, même lorsqu'elle évoquait les repas qu'elle avait pris.

Vers la deuxième moitié de 1944, tandis que sa nation naissante et pleine d'espoir vivait sa première année d'indépendance, Hannah décida qu'elle ne resterait pas à la maison tout le temps.

Que pouvait faire une jeune femme de la classe moyenne en ce temps-là ? Une jeune femme instruite, parlant couramment deux langues, l'arabe et le français, et maîtrisant le « *how do you do* ? » dans une troisième, l'anglais ? Une jeune femme ayant adoré la philosophie et qui y avait excellé au lycée ?

Pas grand-chose.

Pour commencer, son père, comme il fallait s'y attendre, s'opposa à ce que sa fille travaille, s'opposa à ce qu'elle génère le moindre revenu. C'était un homme bon. Elle l'adorait. Son obstructionnisme était de son temps.

Elle lui parla, plaida, persuada, jusqu'à ce qu'il revienne sur son objection première mais pas sur la seconde. Il lui donna la permission de travailler, mais pas de générer un revenu. Aucune de ses filles ne serait autorisée à ruiner sa propre réputation. Elle pouvait l'aider à l'épicerie. Hannah était aux anges.

Elle commença un lundi matin et, pendant trois jours, écrivit combien travailler lui plaisait. Elle fit de tout, plaça les produits en rayon, nettoya, aida les clients, rendit la monnaie. Ses témoignages dans son journal étaient plus longs, plus chargés, plus détaillés et joyeux. Son père était doublement aux anges, car non seulement il faisait plaisir à sa fille chérie, mais il commença aussi à remarquer que les femmes du quartier restaient plus longtemps dans le magasin et achetaient davantage. Sa fille n'était pas particulièrement bavarde, mais les femmes assurément parlaient plus volontiers avec elle qu'avec son père ou ses deux fils qui se partageaient le travail. Hannah commençait à se départir de sa timidité. Durant une brève période elle fut la belle de l'épicerie.

Trois jours, la perfection dura trois jours. Le mercredi soir, au dîner, en écoutant son mari louer la présence salutaire de Hannah à l'épicerie, la mère de Hannah demanda si elle aussi pouvait aider. Après tout, ses enfants étaient grands, ses obligations au foyer s'étaient depuis longtemps réduites. Pourquoi pas ? Tous trouvèrent que c'était une excellente idée, y compris les fils, et sans conteste cela l'était.

Père, mère et enfant ouvrirent la boutique le jeudi matin. Ils travaillèrent ensemble dans la joie, et les affaires allèrent bon train. Toutefois, c'était un petit magasin, et il n'y avait pas tant de travail que cela. Ils se répartirent les tâches, et comme le revenu n'en était pas accru pour autant, ils firent de leur mieux. Chacun semblait satisfait, toutefois la situation n'était pas aussi parfaite que les trois premiers jours car Hannah avait moins à faire.

Mais comme elle disait toujours, en musulmane dévouée : « Dieu pourvoit à nos besoins. »

Un jour, cela faisait à peu près deux semaines qu'elle travaillait à la boutique, Hannah était là, à peu près inoccupée, lorsqu'une cliente suggéra qu'elle se porte volontaire quelque part où son temps serait fort apprécié, à l'hôpital local. Hannah trouva que c'était une excellente idée, sa mère trouvait que c'était une excellente idée, son père y consentit. Pendant les deux mois qui suivirent, jusqu'au jour où elle rencontra le lieutenant, Hannah fut bénévole à l'hôpital, sans jamais prendre de repos, travaillant le maximum d'heures autorisé.

Où un hôpital allait-il affecter une jeune femme de la classe moyenne, qui était instruite, parlait couramment deux langues et était à l'aise dans une troisième, qui avait adoré la philosophie et y avait excellé au lycée ?

À la cafétéria, bien sûr, pour servir à manger. Désirez-vous un Wittgenstein morose avec votre riz ou un Schopenhauer amer ? Une tasse de métaphores hégéliennes, peut-être ?

Arborant un uniforme jaune boutonné sur le devant, un filet à cheveux, une charlotte en papier blanc tenue par une pince, des collants beiges, et des chaussures en cuir verni à talons bas, elle servait les médecins, les infirmières et les visiteurs, les aidait à choisir quel ragoût ils mangeraient ce jour, puis versait une louche du plat de leur choix dans une assiette. Ragoût de pomme de terre, floc, parti, au suivant, ragoût de chou-fleur, floc, parti, au suivant, haricots de Lima, flop, parti, au suivant, trois heures par jour. Personne ne lui accordait la moindre attention.

Cela lui plaisait infiniment.

Bien que sa faim infantile fût alors quelque peu rassasiée, elle aimait néanmoins encore manger. Elle n'écrivit pas à ce sujet dans son journal, mais je peux vous garantir qu'elle prit sa part, et pas qu'un peu, de chaque plat qu'elle servit. La mangeuse s'était glissée au cœur de la salle à manger.

Elle était heureuse, sa mère était heureuse, son père était heureux.

Le matin, elle enfilait son uniforme – un uniforme éclatant, d'une propreté surnaturelle –, partait au travail et rentrait à la maison après le déjeuner, toujours dans sa tenue jaune.

Comment allait-elle au travail et en revenait-elle ? C'est là que réside l'histoire.

Beyrouth à l'époque avait un modeste réseau de trams, qui, bien entendu, disparut quand la ville décida de se moderniser dans les années soixante et soixante-dix. Une ligne s'arrêtait à deux immeubles seulement de son hôpital. Malheureusement pour Hannah, la ligne ne desservait pas sa maison. Il lui fallait marcher dix minutes jusqu'à l'arrêt du tram, ce qu'elle refusait de faire, tant elle avait honte de sa claudication.

Beyrouth dispose d'un autre système pour le transport de ses résidents, un système non public qui est né en même temps que les premières automobiles. Les Beyrouthins appellent ça un « service » (prononcé à la française et non pas à l'anglaise).

Il s'agit d'un système bon marché de taxi officieux. Les clients se tiennent sur le bord de la route, les voitures de « service » ralentissent à l'approche, et le conducteur décide si oui ou non il fera monter la personne. Pour une somme modique, on peut aller n'importe où en ville, du moment que votre destination correspond à l'itinéraire du conducteur. La plupart des voitures peuvent accueillir cinq passagers, deux à l'avant, à côté du conducteur, et trois à l'arrière.

En 1944, quiconque ayant une voiture pouvait prendre des passagers, mais à un moment donné, dans les années cinquante, il fallut obtenir une plaque minéralogique particulière, de couleur rouge, pour pouvoir faire le taxi.

En 1944, aucune femme respectable n'utilisait de « service ». On ne pouvait savoir avec qui il faudrait partager la voiture, ou, pire, si le conducteur ne risquait pas de tenir des propos déplacés. Une femme respectable évitait les « services ». Pas Hannah.

Entre être vue en train de marcher et être vue en train de prendre un « service », le choix était clair. C'était toujours la deuxième option, mais elle payait systématiquement double tarif pour ne pas avoir à s'asseoir à côté d'un inconnu. Elle ne voulait pas s'asseoir à l'avant, à côté du conducteur. Elle prenait place à l'arrière. Elle s'installait à l'arrière et payait pour deux places, de manière qu'une seule personne partage la banquette avec elle, et cette personne serait assise à l'autre fenêtre. Elle estimait que c'était là une solution chaste et convenable.

Son système fonctionnait. Pendant deux mois, elle n'eut pas un seul problème, pas le moindre. Elle s'était préparée aux remarques narquoises ou lubriques de l'un des chauffeurs ou de l'un des passagers, mais aucune ne fut prononcée. Les Beyrouthins, semblait-il, étaient des gentlemen, du moins auprès d'elle. Elle se disait que l'uniforme jaune impeccable de l'hôpital, et tout particulièrement la charlotte en papier dont elle se coiffait, avait beaucoup à voir avec le respect qu'on lui témoignait. Chaque matin, elle partait de chez elle et attendait brièvement sur le bord du trottoir qu'un « service » apparaisse. Elle ne montait pas dans une voiture dans laquelle il y avait plus d'un passager à l'arrière. Elle arrivait à l'hôpital à peine vingt minutes plus tard. C'était facile.

Elle eut son premier problème le 21 novembre 1944, jour qu'elle allait considérer comme le plus beau de sa vie, le plus heureux.

Dieu pourvoit à nos besoins.

C'était la veille des fêtes célébrant la première année d'indépendance du pays. Tout le monde semblait se préparer pour cette joyeuse occasion. De leurs postes dans tout le pays, où ils étaient affectés à des tâches secondaires, les soldats affluaient à la capitale, se préparant à un défilé formidablement ambitieux.

Hannah avait fini de servir à déjeuner, elle rentrait chez elle. Dans le véhicule qui s'arrêta pour la faire monter, il y avait deux passagers à l'avant et personne à l'arrière. Avant d'entrer dans la voiture, elle annonça clairement au chauffeur, un homme d'un âge avancé, à la moustache et aux cheveux blancs soigneusement coupés, qu'elle payait pour deux places. À peine vingt mètres plus loin, le frère aîné de mon ex-mari, le lieutenant en personne, la rejoignit sur la banquette arrière, il lui était livré par les chaînes de fer des circonstances.

La providence ! La destinée !

Un homme, qui avait juste le bon âge, à la moustache et aux cheveux noirs taillés avec soin ; un bel homme qui portait l'uniforme national gris – un uniforme éclatant d'une propreté surnaturelle reflétant la sienne, coiffé d'un calot – s'assit à côté d'elle, à moins d'un mètre. Un homme tout droit sorti de son journal intime, de ses fantasmes, un locataire de ses rêves, était assis dans la même voiture qu'elle, partageait son monde.

Le conducteur, impressionné d'avoir un soldat libanais dans sa voiture et poussé par son propre patriotisme, essaya d'engager la conversation avec le nouvel arrivant, mais n'eut guère de réaction en retour. Le lieutenant de Hannah était aussi timide qu'elle.

Elle rougit, comme plongée dans un bain d'eau bouillante, sa peau soudain picota et devint écarlate, de la même couleur que ses cheveux. C'était plus fort qu'elle. Elle regarda par la fenêtre, mais observa du coin de l'œil son possible futur mari. Elle était certaine de pouvoir entendre la clameur de son cœur insatiable. Elle tâcha de ralentir sa respiration.

Il était resté d'un calme impassible.

Cela faisait seulement huit minutes qu'ils étaient ensemble dans la voiture lorsqu'elle se sentit paniquer.

La voiture ralentissait pour prendre un autre soldat qui attendait sur le bord du trottoir. Elle s'entendit prononcer le mot « non » assez fort. Il y avait déjà quatre passagers. Ce soldat allait obliger le lieutenant à s'asseoir à côté d'elle, à la place pour laquelle elle avait payé. « Non », dit-elle avant que le chauffeur ne s'arrête pour faire monter le passager en plus.

Le chauffeur fut au départ tout à fait poli, mais étant assise derrière lui, Hannah remarqua que ses cheveux n'étaient pas du tout soigneusement peignés. Ils tenaient grâce à un mélange de confettis de pellicules et une aspersion d'huile de macassar.

— Ce ne sera pas un problème, madame, dit-il, je vous rembourserai une place.

— Non, dit-elle. Non.

Sa voix fut plus forte et plus aiguë que prévu. Elle voulait insister, elle avait payé deux places, elle voulut insister tant et plus. Elle voulait expliquer qu'elle ne souhaitait pas être écrasée contre un homme, et certainement pas contre ce lieutenant des plus attachants, mais son cœur cognait fort, ses poumons se rétrécissaient comme un ballon crevé et elle était verbalement paralysée. Le seul mot qu'elle put prononcer était « non ».

— C'est un soldat, insista le conducteur. On ne peut pas le laisser comme ça sur le bord de la route. C'est un soldat libanais.

— Non, dit-elle. Non.

Les passagers à l'avant lui lancèrent un regard noir de désapprobation infinie. Outré, le conducteur soufflait tel un poisson hors de l'eau, lèvres pincées, joues gonflées.

— Nous devons honorer nos soldats, dit-il.

C'est à ce moment-là que le chevalier de Hannah vint à sa rescousse et ramassa son blanc mouchoir.

— Il peut prendre une autre voiture, dit le lieutenant, puisque celle-ci à l'évidence est pleine.

Comme la plupart d'entre nous en maintes occasions il avait fortement surestimé le pouvoir de la raison. Cette phrase fut la seule que le lieutenant chevaleresque fut autorisé à prononcer. Le conducteur bouillant de rage – les plus chaudes fumées de l'enfer sortaient de ses oreilles, les mots les plus vils jaillirent de sa bouche – expulsa Hannah et le lieutenant de sa voiture, cependant il remboursa à Hannah les deux places qu'elle avait payées.

La princesse et son chevalier, quelque peu abasourdis, regardèrent leur équipage s'éloigner avec, à son bord, l'autre soldat, laissant derrière lui un nuage de gaz d'échappement gris.

— Je suis navré, dit le lieutenant. J'ai probablement aggravé une situation au départ anodine.

— Non, répliqua la princesse d'une voix ni trop forte ni trop aiguë, avec gratitude.

Elle souhaitait expliquer combien elle appréciait qu'il eût pris son parti, qu'elle s'était sentie impuissante jusqu'à ce qu'il intervienne, combien elle lui était reconnaissante, qu'elle avait attendu longtemps qu'un homme entre dans sa vie, qu'elle pourrait le rendre heureux et, plus important, qu'elle serait une bonne épouse.

— Nous pouvons prendre une autre voiture, dit-il.

C'est l'usage du pronom qui scella son destin. Je peux vous dire que, du jour où elle le rencontra jusqu'au jour où il mourut, Hannah utilisa dans ses carnets la première personne environ cinq fois plus au pluriel qu'au singulier.

Hannah était trop émue pour monter dans une autre voiture. Cela lui était impossible. Il lui demanda si elle souhaitait se reposer avant qu'ils hèlent un autre véhicule. Elle fit non de la tête. Il lui demanda si elle pouvait rentrer chez elle à pied. Cela elle pouvait le faire. Il la raccompagna. C'était sur son chemin. Une promenade proustienne.

La température automnale était clémente, l'air piquant sans être sec. Elle avait son sac à main, lui portait un pistolet dans son étui et un fusil en bandoulière. Elle sut qu'il avait remarqué qu'elle boitillait légèrement dès le premier pas car il ralentit afin de la mettre en confiance. Il était presque aussi mal à l'aise avec la parole qu'elle. Les vingt premiers pas, chacun bégaya, tâchant d'initier un bavardage poli, une conversation aimable. Hannah parvint enfin à formuler une phrase entière, cohérente et grammaticalement correcte.

— Merci de m'avoir sauvée, dit-elle.

Il la supplia de ne pas en faire grand cas.

— Je vous en suis reconnaissante, dit-elle.

— C'était la moindre des choses, dit-il, d'une voix qui se fêla à la première syllabe. Je n'ai fait que mon devoir. Aucun homme n'aurait pu vivre en paix après avoir laissé ce malotru traiter une dame ainsi.

Dans le journal, elle soulignait de trois traits le mot « dame ».

— Vous êtes d'une bonne famille, pas le conducteur. Il devrait savoir comment se comporter avec des gens au-dessus de son rang, dit-il.

Elle souligna « bonne famille » d'un trait seulement.

— Vous avez payé cette place et il en était d'accord, dit-il. Seule une fripouille revient sur ses engagements. La parole d'un homme est la seule chose qui le sépare de la bête.

Le charmant lieutenant la regarda alors dans les yeux et termina sa pensée en disant :

— Je tiens toujours parole.

Si le fait d'utiliser le pronom « nous » avait scellé son destin, cette dernière phrase fit couler de la cire rouge bouillante par-dessus et y apposa l'insigne de sa famille.

Il est possible qu'il ait essayé d'être gentil. Il songea peut-être que c'était là un comportement de gentleman. Il se dit peut-être que le port de l'uniforme lui imposait de montrer l'armée nationale sous un jour favorable. Peu importe.

Aux yeux de Hannah, le lieutenant gentleman l'avait demandée en mariage.

Elle l'écrivit dans son journal.

Les voisins de Hannah le virent qui l'accompagnait. Elle marchait la tête haute, en femme fière, le nez pointant en l'air. Elle était certaine que tout le monde voyait bien qu'elle s'était transformée en une femme à qui le mariage avait été promis ; incontestablement elle marchait comme une telle femme.

Les voisins de Hannah virent qu'il la raccompagnait à sa porte, virent qu'il prenait les mains de Hannah en partant. Ils entendirent Hannah dire : « Veuillez, je vous prie, faire savoir à votre famille que nous l'invitons. » Ils virent le frère de Hannah ouvrir la porte, une expression de choc peinte sur son visage, virent les hommes se saluer d'une poignée de main, tandis que Hannah sagement se retirait chez elle. Ils virent le lieutenant quitter le quartier, oublieux du fait qu'il était observé et jaugé.

La famille de Hannah était abasourdie, bien sûr. Quelle inhabituelle demande en mariage !

Sa mère décréta qu'elle n'avait jamais rien entendu de tel. Un des frères de Hannah dit que le lieutenant avait dû tomber raide amoureux sur le coup. Un autre suggéra que Dieu avait dû intercéder en guidant la volonté du lieutenant. Comme c'était heureux, s'exclama sa belle-sœur Maryam, cela tombait à point !

— Pourquoi n'est-il pas venu avec sa famille me demander ta main, demanda le père de Hannah, comme les gens normaux ?

— Je suis certaine qu'il va le faire, répliqua Hannah.

Une invitation à déjeuner fut envoyée et remise en main propre à sa famille.

Une invitation à déjeuner ? Je n'ai pas souvenir d'avoir eu des visiteurs à déjeuner, autre que mon ex-mari et Hannah, que je ne considérais ni l'un ni l'autre comme des invités, et l'un et l'autre ne sont plus de ce monde.

Une des choses qui m'inquiètent est que je suis en train de me transformer en vieille femme, ce que j'ai toujours désespérément voulu éviter, de celles qui ramènent toujours la conversation à elles. La famille de Hannah invita la famille de mon ancien mari à déjeuner. Oh, pauvre de moi, je n'ai jamais eu personne à déjeuner à la maison. Je ne peux souffrir cela. Enfin, je ne peux le souffrir chez les autres.

Avant, je trouvais les personnes âgées, hommes et femmes, terriblement narcissiques. Exclusivement désireux de parler d'eux-mêmes. Mais, en définitive, que sont ces pages, si ce n'est un exercice en narcissisme ? Que sont ces pages ?

Pourtant je parle d'autres personnes. Je suis une narcissique contrariée. Je n'ai pas réussi, quand bien même j'ai hérité des meilleurs gènes. Mon succès est moindre que celui de ma mère.

Ma mère n'a pas attendu le grand âge pour atteindre son apogée. Elle commença à survoler en cercles le sommet de l'Everest du narcissisme à un âge assez jeune, et plus tard, après la mort de son mari, quand ses enfants furent grands, elle flotta au-dessus de toute la chaîne de l'Himalaya. Les sujets dans lesquels elle se spécialisa, ou qu'elle souhaitait aborder, étaient, dans l'ordre : elle-même, ses garçons, son mari et l'infériorité du reste du monde. J'exagère à peine.

Tandis que j'écris ceci, tandis que la pointe de ma plume suit son ombre lentement de la droite vers la gauche, mon esprit est submergé du souvenir des choses monumentales qu'elle a dites. Je sens ma température monter. Mes joues et mon cou rougissent, mes yeux semblent griller dans leurs orbites, j'ai la langue et le palais qui s'assèchent.

Je me sens physiquement malade. Je devrais manger quelque chose ce matin, peut-être refaire bouillir de l'eau pour un thé, mais je ne peux pas bouger. Je suis sans énergie et épuisée. Je suis lassitude. Une anxiété amorphe m'étouffe.

La pluie qui tombe à verse et tambourine à la vitre apaise un peu mes souvenirs las et m'apaise, moi. Mes oreilles sont humides à force d'entendre son commérage, mon esprit se calme.

Si, enfant, je revenais à la maison avec une blessure, disons un genou en sang, à la suite d'une chute, c'était pour ma mère l'occasion de débiter la liste des blessures qu'elle avait accumulées tout au long de sa vie. Elle s'était le matin même cogné le genou contre la table basse, elle s'était brûlé la main en faisant tomber une bouilloire à l'âge de douze ans, son ventre délicat l'avait tant fait souffrir. La plupart du temps, elle en oubliait de soigner ma coupure.

Mes premières règles furent pour elle l'occasion de dire combien les siennes avaient été atroces. Je dus l'écouter décrire en détail la nature exacte du malaise annonçant le début imminent de ses règles, deux jours plus tard.

Elle me prépara pour ma nuit de noces en me régalant d'anecdotes prouvant à quel point elle avait été mal préparée pour la sienne, à quel point cela avait été atroce, combien sa propre mère avait été négligente de ne lui avoir rien dit. Elle me fit asseoir sur son lit la veille de mon mariage pendant que son mari rendait visite à mes beaux-parents, pour finaliser les contrats. Lumières feutrées, chaleur suffocante de l'été, perpétuelle interférence des moustiques, elle m'expliqua les bébés, puis se souvient que cela, elle l'avait déjà fait. Elle me dit qu'elle avait connu la souffrance, énormément. Elle ne voyait rien d'autre à me dire. « J'ai eu si mal, et ça a continué sans s'arrêter jusqu'à ce que je finisse par m'y habituer. »

Vous savez, au moins elle me l'a dit. À sa manière, elle m'a prévenue de ce qui pouvait se passer et m'a expliqué les mécanismes de base du sexe en me disant à quel point sa nuit avait été atroce. Non pas que cela m'ait aidée, bien sûr, car je doute qu'elle ait su quoi que ce fût concernant l'impuissance masculine. Aucune de nous deux n'avait envisagé que je resterais vierge pendant encore un certain temps. Ce n'est pas une bonne mère, mais elle est mieux que sa mère à elle.

Elle a beau être narcissique et pénible à supporter, parfois je peux lui pardonner. Je ne pense pas qu'on puisse atteindre sa quatre-vingt-huitième année sans être convaincue que le monde tourne autour de soi.

D'autres fois, je ne peux pas pardonner.

Vous pensez peut-être que les exemples ci-dessus prouvent que ma mère, plus que réellement méchante, manquait d'égards. Permettez que je vous corrige.

Je ne me souviens pas pour quel motif Hannah et moi nous sommes retrouvées chez ma mère, il y a tant d'années, nous lui rendions probablement une simple visite. Mon mari ne m'avait pas encore quittée, ce devait donc être au milieu des années cinquante. Ma mère, alors sans doute moitié plus jeune que je ne le suis aujourd'hui, vint répondre à la porte. Aussitôt que nous entrâmes, elle m'attira à l'écart en me tenant par le coude et me chuchota à l'oreille :

— Ne l'amène pas ici.

Je fus surprise. À l'époque, je n'étais pas encore endurcie contre ses remontrances. Je ne comprenais pas où était le problème.

— Nous sommes une bonne famille. Je ne veux pas que les gens se mettent à jaser. Tu peux la fréquenter si tu le souhaites, mais pas dans ma maison, dit-elle.

J'en fus déconcertée.

— Qu'est-ce qui ne va pas chez Hannah ?

— C'est une rouquine, répondit ma mère, comme si cela expliquait tout, y compris à quelqu'un d'aussi bouché que moi.

Remarquant que je ne saisissais toujours pas, elle dit d'une voix cassante :

— Des cheveux roux éclatant.

— Ma foi, oui, dis-je. J'ai bien vu.

Elle secoua la tête de frustration.

— Ses ancêtres ont couché avec des croisés. Faut-il que je te fasse un dessin ? C'est de là qu'elle tient sa chevelure rousse. Elle a leur sang.

Il me fallut quelques secondes pour digérer ce qu'elle venait de me dire.

— Attends, dis-je. Tu lui en veux parce qu'elle a les cheveux roux ?

— Non, bien sûr que non, pas moi. Sa mère aussi a les cheveux roux, mais assurément pas d'un roux si éclatant. Moi, je ne lui en veux pas, mais d'autres si. Je ne peux pas empêcher les voisins de penser ce qu'ils pensent. Personnellement, je ne juge pas. Les gens peuvent coucher avec qui ils veulent, mais qu'ils n'entrent pas en contact avec ma famille.

Que pouvais-je dire ? J'étais encore adolescente. J'aurais pu lui signaler que ses ancêtres à elle avaient été violées par les croisés aussi, peut-être par les Irlandais noirs à la place des rouquins, et par les croisés anglais et gallois, et par les croisés français. Elles avaient aussi été violées par les Arabes lorsqu'ils nous avaient conquis, par les Ottomans, par les Romains, et par les Grecs et les Macédoniens. Diable, Beyrouth a survécu pendant des milliers et des milliers d'années en écartant ses superbes jambes pour toute armée reniflée au loin.

Vous pensez vraiment que la putain était de Babylone ?

Cette Babylonienne n'était pas une professionnelle. Beyrouth, ma chère Beyrouth.

Comment expliquer de telles choses à ma mère ?

Je ne cesse de me répéter que c'est une femme sans instruction. Elle croit que si l'on regarde les étoiles, des verrues vous pousseront sur le visage. Quand j'étais petite, elle me grondait à chaque fois que je relevais la tête, une tapette sur l'arrière de la tête. Elle n'avait jamais appris à lire ou à écrire – j'avais essayé de lui apprendre quand j'étais encore à l'école, mais comme d'habitude j'avais échoué. Je ne peux pas persister à lui en vouloir. Elle n'a pas eu la moindre chance, il a fallu qu'elle fasse avec. Sa vie a été dure. Mais, manifestement, je ne peux pas m'empêcher de la critiquer.

À chaque fois que, délicatement, je retire le nœud coulant que ma mère m'a passé autour du cou, c'est avec mes propres mains que je manque de m'étrangler.

Je n'aime pas me plaindre, vraiment, je n'aime pas, mais je constate que je me plains souvent. Vieillir, c'est se lamenter.

Devrais-je vous parler de mon transit intestinal ?

Je plaisante, je plaisante. Nonobstant, si vous avez le malheur de lire le journal de Thomas Mann, vous noterez qu'il ne pense qu'à une seule chose, ses problèmes intestinaux, et le rustre raseur parfumé ne plaisantait pas. Son prix Nobel en aurait dépendu, il n'aurait pas été capable de plaisanter.

La plupart des livres publiés ces temps-ci consistent en une série de lamentations, suivie d'une épiphanie. Ces romans biographiques et confessionnels, je les appelle des tragédies joyeuses. Nous vaincrons, et tout le toutim. Je les trouve sentimentaux et ennuyeux. Ce sont des versions modernes de *La Vie des saints*, avec des récits édifiants de souffrances précédant la rédemption, mais en moins intéressants, car nous n'avons plus les lascifs centurions romains désirant les sensuelles vierges données en martyres, et frappant leurs frémissantes, voluptueuses mais éternellement chastes poitrines – moins intéressants parce qu'au lieu de nous élever vers les cieux opulents et Son étreinte, tout ce que nous obtenons de nos jours, c'est une misérable épiphanie.

J'ai l'impression d'être roulée, pas vous ?

C'est la faute de Joyce et de ses *Gens de Dublin*, que j'adore, cependant que je compatis avec M. Joyce, car la seule chose que certains écrivains comprennent jamais de son chef-d'œuvre c'est l'Épiphanie, l'Épiphanie et encore une satanée épiphanie de plus. On devrait prendre une nouvelle résolution littéraire : fini les épiphanies. Cela suffit. Pitié pour le lecteur qui dans la vraie vie atteint la fin d'un conflit dans la confusion et ne fait nullement l'expérience de quelque illumination factice.

Chers auteurs contemporains, à cause de vous, je me sens inadaptée, car ma vie n'est pas aussi limpide et concise que vos histoires.

Je devrais envoyer des lettres aux écrivains, aux cours de création littéraire et aux éditeurs. Vous étranglez la littérature et en chassez la vie, à empiler vos phrases bien bâties, à accumuler vos livres insipides.

Herzog, l'auteur de ces lettres irascibles, n'avait-il pas peu ou prou mon âge ? C'est probablement le meilleur roman de Bellow. Je n'arrive pas à me souvenir si *Herzog* s'achevait avec une épiphanie, mais, allez savoir, j'en doute. Il faut que je vérifie.

Un jour, j'ai pris la résolution de ne pas me plaindre. Comme vous pouvez le constater, j'ai échoué, mais j'ai néanmoins pris cette résolution. J'ai décidé de ne plus me plaindre après avoir assisté à un horrible incident, il y a de cela quelques années.

C'était au début de la guerre civile, au mois d'août 1978. Beyrouth était prise de convulsions sous le double poids de l'été oppressant et de trois années de combats ; une ville morne, une ville lasse. Il y avait eu une accalmie dans les affrontements, un de ces multiples et brefs cessez-le-feu. Je rentrais chez moi après une journée à la librairie, je me dépêchais, en fait, pour retrouver la sécurité de ma pièce de lecture avec son papier peint crème à motif de brocart, qui se décolorait en maints endroits, ma pièce de lecture où chaque meuble était à sa place.

J'étais à un quart d'heure environ de mon immeuble, lorsque je remarquai un homme de l'autre côté de la rue, un vieil homme d'allure sinistre portant de multiples couches de manteaux dans cette chaleur suffocante, à l'évidence mal en point, probablement dément. Je me souviens que le manteau du dessus était un loden vert. Malgré la distance j'ai eu l'impression que ses yeux foncés me transperçaient. Il était appuyé sur un mur carbonisé, immobile, à côté de l'embrasure d'une porte ouverte – une porte à deux battants qui avait toujours été fermée à chaque fois que j'étais passée devant – et, de l'autre côté de cette porte, on ne voyait rien d'autre que de l'obscurité, une obscurité impénétrable, ou une obscurité qui n'avait pas encore été pénétrée. Je me rendis compte, déjà à cette époque, où j'étais fatiguée et stressée, que j'étais peut-être en train d'imaginer ou de fantasmer cette scène, mais je pressai le pas et refusai de me retourner. Le problème, rêve ou pas rêve, et aussi terrifiante que l'obscurité chimérique ait semblé, fut que je voulais, ou tout du moins une part de moi voulait, franchir cette porte.

Je me rends compte maintenant que cela fut sans doute une hallucination, car cela prédisait l'avenir de manière trop évidente, le souffle de la mort annoncée. À peine quelques minutes plus tard, quelques pas plus loin, je vis le cadavre.

Un homme sur le bord de la route, jeté là, dont on s'était débarrassé, sans doute récemment, me bloquait le passage – pas juste un peu en travers de mon chemin, mais plutôt en plein sur mon chemin, genre « me fouler il te faudra ». Il dégageait une odeur acide et un brin musquée, une odeur de tapis resté trop longtemps au grenier. Sous des caillots de sang séché floconneux couleur marc de café, son visage était d'une pâleur bleutée. Sa tête reposait selon un angle anormal ; les rides de son front se réunissaient autour de la promenade au-dessus de son nez. Des cheveux bouclés, d'un blanc prématuré qui paraissait presque être de la teinture (bleue, pas du Bel Argent), fins et clairsemés sur le bord, conféraient à sa tête un effet spectral. Je trouvai qu'il était habillé avec goût et un sens pratique, un costume de lin estival d'une couleur claire et une jolie cravate, formant elle aussi un angle bizarre.

Je fus calme tout d'abord, placide, tranquille, d'une sérénité transcendantale. Je songeai à la citation de Pessoa : « Pour moi, lorsque je vois un mort, la mort m'apparaît alors comme un départ.

Le cadavre me fait l'impression d'un costume qu'on abandonne. Quelqu'un est parti, sans éprouver le besoin d'emporter son seul et unique vêtement[22]. »

Son visage avait beau être couvert d'ecchymoses et en sang, ses habits étaient impeccables et sans la moindre saleté, comme si son meurtrier avait été quelqu'un d'un goût raffiné qui l'avait vêtu avec chic après l'avoir assassiné, après avoir attendu que le sang cesse de couler. Je me souviens de m'être dit : *Oui, il est assez possible qu'Ahmad, mon Ahmad, ait fait preuve d'une telle délicatesse.* C'est à ce moment-là, me semble-t-il, après que cette notion m'a traversé l'esprit, que j'ai paniqué et que je me suis précipitée chez moi en prenant mes maigres jambes à mon cou.

Je ne vous ennuierai pas avec les techniques pour-se-calmer-après-avoir-vu-un-cadavre, domaine dans lequel tous les Libanais deviennent experts, bien que chacun adhère à diverses écoles, chacune ayant sa propre pratique. Une fois arrivée chez moi, j'ai fait le vœu solennel de ne plus jamais me plaindre de quoi que ce soit. J'étais vivante – peu importe ce qui arrivait, j'étais vivante. Le fait que je puisse respirer était un miracle. Le fait que mes yeux puissent voir, la volupté inhérente à l'acte de voir, le fait que mon cœur battait, la joie d'avoir un cœur. Un miracle. Je ne me plaindrais plus.

Retournons au déjeuner, voulez-vous ?

La famille de mon ancien mari se rendit chez Hannah pour déjeuner – pas toute la famille, uniquement papa lieutenant, maman lieutenant, notre chevalier et ses deux jeunes frères, y compris le moustique amorphe, à l'appendice défaillant, qui avait alors onze ans – un enfant de onze ans des plus ennuyeux et maussades, à n'en pas douter. Il vénérait son frère aîné et méprisait Hannah, si bien que sa version des événements, qu'il ne se lassait jamais de raconter lorsque nous fûmes mariés, différait complètement de celle qu'elle consigna dans son journal. Il jura toujours que le déjeuner ne fut qu'un simple déjeuner, que son frère ne lui avait pas demandé sa main, qu'il ne se doutait pas le moins du monde qu'elle croyait le contraire, que personne dans sa famille à lui ne se dit qu'il s'agissait d'un repas visant à une demande-en-mariage, ni avant ni après.

Dans l'entrée de son carnet ce jour-là, Hannah rapportait que les choses s'étaient déroulées à merveille. « Il m'a serré la main dès qu'il est entré et n'a cessé ensuite de rester à mes côtés. *Nous* avons eu de délicieuses conversations, parfois plaisantes et légères, parfois profondes et sérieuses. Tout le monde a trouvé que *nous* allions bien ensemble, que *nous* étions faits l'un pour l'autre. *Nous* avons adoré les entrées, en particulier les lentilles et le fromage ; *nous* n'avons guère aimé le fattouche, qui était trop citronné ; et *nous* nous sommes régalés de viande grillée. *Nous* en avons mangé au moins un kilogramme. »

Ces passages étaient d'une exubérance élaborée, les phrases débordaient, les mots se culbutaient à saute-mouton, des mots qui quittaient la page d'un bond pour se retrouver sur mes genoux. Chaque ligne se terminait par une boucle désireuse de clore un cercle avant de s'envoler vers le coucher de soleil rouge orangé à l'autre bout de la pièce. « Mon âme fut conquise par son œil droit, louée et adorée par son œil gauche. » L'écriture n'avait plus rien à voir avec ce qu'elle avait écrit auparavant ni avec ce qu'elle écrirait par la suite – une anomalie de la personnalité, un sentiment amoureux désespéré. « Il est mon trône et je suis sa couronne. »

En comparaison, Héloïse semble raisonnable et saine.

Si, comme moi, vous aviez connu Hannah avant d'arriver à cette partie de son journal, vous auriez eu du mal à croire que cette femme robuste et fiable, qui avait les pieds sur terre, ait pu écrire de telles absurdités. Elle m'avait toujours donné l'impression de s'être soigneusement taillé un chemin bien droit à travers la forêt de la vie, mais durant cette période injustement brève, elle s'éloigna du sentier et pénétra dans les bosquets et le sous-bois.

Bénie soit-elle. Elle fut toujours plus courageuse que moi, et plus aventureuse.

Oui, mon ex-mari eut l'habitude de jurer que son frère ne savait rien, que s'il avait demandé Hannah en mariage, lui, mon ex-mari, eût été le premier à le savoir, car il était le confident du lieutenant. Ce dernier point me laisse sceptique. La simple idée que ce crétin égoïste ait pu être le confident de qui que ce soit ne tient pas debout. Le lieutenant n'a pas demandé Hannah en mariage, bien entendu. Je ne crois pas qu'il aurait pu. Cela n'aurait rimé à rien. Mais je ne crois pas non plus que la famille de mon ex-mari aurait pu quitter ce déjeuner sans se douter de quelque chose. L'imbécile si imbu de sa personne dit que sa famille croyait que le repas était une façon de remercier son frère de la gentillesse dont il avait fait preuve en raccompagnant Hannah chez elle. Mettre à ce point les petits plats dans les grands en guise de remerciement pour avoir raccompagné leur fille à la maison ? Mon ex-mari était un imbécile mais je doute que sa famille ait à ce point manqué de jugeote. Je crois que papa et maman lieutenant furent abasourdis et pris au dépourvu, qu'ils se montrèrent parfaitement bien élevés pendant tout le déjeuner et qu'ils attendirent d'être seuls à la maison avec leur fils avant de lui soutirer des explications. J'imagine que l'hypothétique futur jeune marié était tout aussi abasourdi et pris au dépourvu qu'eux. Pauvre homme.

Le lendemain, le père de Hannah vint rendre visite au père du chevalier. Mon ex-mari prétendit que ce fut la première fois que sa famille se douta de quelque chose. Quoi qu'il en soit, la rencontre fut amicale, chaque patriarche suggérant qu'une discussion avec sa progéniture soit un préalable à toute initiative ultérieure.

Au cours des deux semaines qui suivirent, le lieutenant rendit quatre fois visite à Hannah, deux fois chaque semaine. À chaque fois, il était censé annoncer à sa damoiselle qu'il n'avait pas l'intention de l'épouser. Selon l'imbécile, le lieutenant le lui dit à chaque fois mais elle refusa de l'écouter, ne sut pas écouter. Je doute que ce fût le cas. Je pense qu'il essaya de lui dire mais qu'il était trop timide et que la bonne occasion ne se présenta pas. Il ne pouvait pas se résoudre à le faire, ne voulait pas la blesser. Les parents de Hannah les laissèrent seuls dans la salle de séjour pour qu'ils puissent parler, et certes ils parlèrent, mais il ne lui annonça pas la nouvelle.

Il existe une photo d'eux, assis côte à côte dans la salle de séjour, pas trop rapprochés, sur deux canapés différents, elle est radieuse pour la photo, lui pas trop morose. Elle a mis sa plus belle robe, ses cheveux sont coiffés en un chignon serré. Il est en uniforme, sans sa carabine, bien sûr, une cigarette filtre à la main. Il est sans conteste plus beau que son frère : bouche ample, lèvres plus pleines et, plus important, des yeux curieux, engageants. Il y a quelque chose de si jeune chez lui, de si vulnérable et de si gentil, comme un enfant sur le point d'offrir son jouet préféré à un garçon moins chanceux qui le regarde avec envie.

Il sympathisa avec deux des frères de Hannah et se confessa. Selon les dires de l'imbécile, ils promirent de l'aider. Une fois que le lieutenant aurait annoncé la vérité à Hannah, ils seraient là pour la consoler. Après sa quatrième visite, il prit le père de Hannah à part et se confessa aussi auprès de lui. Il ne pouvait plus se prêter à cette mascarade. Il avait essayé de parler à Hannah mais c'était manifestement au-dessus de ses forces. Tandis que Hannah pensait que son père et son fiancé finalisaient les arrangements matrimoniaux, le père de Hannah promettait qu'il allait dévoiler la nouvelle à sa fille, la nouvelle qui lui briserait le cœur.

Lui briser le cœur, c'est ce qu'il aurait fait. Est-il nécessaire que je vous dise qu'elle trouva ces deux semaines divines ? Chaque détail fut consigné, chaque nuance imaginée. Ce qu'il dit, ce qu'il suggéra, ce qu'elle en conclut, quel avenir. Les lèvres du lieutenant qui parlaient d'amour, ses yeux qui en disaient si long. Elle adorait la forme de ses doigts.

Elle n'était plus aussi taciturne, elle alla même jusqu'à le taquiner. Il avait la manie de caresser son briquet, de relever le capuchon pour faire jaillir une flamme, puis de le refermer. Elle riait, l'accusant d'être un pyromane en herbe.

Assurément son père lui aurait brisé le cœur, mais il n'eut pas à le faire.

Il se trouva que le lendemain de leur dernier rendez-vous, un jour qui se révéla fatidique mais qui, sur le coup, ne fut que triste, le lieutenant mourut, et pas tout seul, dans un accident de voiture. Le « service » dans lequel il était percuta, ou fut percuté, par un tram. Trois personnes dans la voiture périrent, dont le conducteur. Personne dans le tram ne fut blessé.

Hannah fut dévastée et étreinte par l'angoisse, bien sûr. Elle pleura, toute frémissante de chagrin. Ses parents, ses frères, même ses belles-sœurs se réunirent autour de son lit et consolèrent cette forme allongée, inconsolable. Elle pleura la mort de son mari, la fin de son avenir, de leur avenir. Elle pleura comme une enfant les enfants qui étaient morts avant même d'avoir été conçus. Elle fit l'éloge des trois, deux garçons et une fille, l'enfant du milieu, qu'ils n'élèveraient pas ; elle pleura les fleurs du jardin de la petite maison de montagne qu'ils ne construiraient pas, le bouquet de pins parasols, les oliviers, les vergers de pêchers et de cerisiers, les carrés de potager sur les terres qu'ils ne cultiveraient pas. Elle éprouva la perte intime de celle qu'elle était censée devenir.

« Les mélodies entendues sont douces, mais celles non entendues sont plus douces encore[23] », écrivit Keats.

Nulle perte n'est ressentie avec autant d'acuité que celle de ce qui aurait pu être. Nulle nostalgie fait autant souffrir que la nostalgie des choses qui n'ont jamais existé.

Hannah pleura, gémit, vagit, et se moquait de savoir si ses voisins l'entendaient – non, elle voulait que les voisins et que le monde entier sachent son chagrin. Elle s'était enfin débarrassée des derniers vestiges de sa timidité, elle avait enfin relâché la vase de jeunesse immature. La Hannah que j'ai connue venait de naître.

Elle écrivit qu'elle pleura et pleura jusqu'à se réveiller soudain, alerte et pleine de vigueur. Si elle se sentait dans un si piteux état, sa nouvelle famille devait être anéantie, à fouler les terres de l'enfer. Sa nouvelle famille avait besoin d'elle. Quelques heures après avoir appris la nouvelle, elle réunit tous ceux qu'elle aimait – ses parents, ses frères, sa belle-sœur – et les fit venir dans la maison de son fiancé. Ils allaient, de toutes les manières possibles, apaiser la douleur de la famille du lieutenant. Hannah allait consoler sa famille et partager leur chagrin. Elle aida à organiser les funérailles et les obsèques. Elle aida à cuisiner les repas et servit du café à la famille et aux proches du défunt. Elle attendit plus de six mois avant de reprendre son poste de bénévole à l'hôpital et se mit à la disposition de la nouvelle famille pour tout ce dont celle-ci aurait besoin.

Et, apparemment, ils avaient en effet besoin d'elle. Mon imbécile d'ex-mari détestait Hannah, mais sa famille l'adora. Elle fit tout pour qu'il en soit ainsi. Elle devint la belle-sœur idéale. Je ne parle pas uniquement de la période de deuil. Elle fut toute sa vie la belle-fille dévouée jusqu'à sombrer dans son brouillard final. Une fois la tristesse dissipée, une fois la famille remise du décès du lieutenant, Hannah était encore là. Elle leur rendait visite au moins trois fois par semaine, ne refusait jamais une invitation, était présente à toutes les vacances et les occasions importantes. Elle n'oubliait jamais un anniversaire, venait assister à chaque nouvelle naissance dans la famille. Elle tricotait des pulls et des couvertures pour bébé à l'intention des neveux et des nièces, et réfléchissait au cadeau qui conviendrait le mieux à chaque membre de la famille.

Quoi que mon ex-mari ait pu en penser, ses parents en vinrent à considérer Hannah comme partie intégrante de leur famille. Ils l'accueillirent parmi eux. Quand ils arrivèrent chez mon beau-père pour demander ma main, elle les accompagna. C'est ainsi que nous nous sommes rencontrées, et, à cette époque, j'ai fait la connaissance d'une femme qui m'a prise sous son aile, qui allait devenir une amie et resterait mon amie après le départ de mon mari – j'ai fait la connaissance d'une femme et non pas d'une fille timide. La transformation était accomplie.

Le crépitement du radiateur me rappelle que j'ai froid. Les sorcières sont réveillées. La mise en marche du chauffage de l'immeuble pour la première fois de la saison a peut-être été une décision collective. L'une d'elles a dû avoir froid, probablement Marie-Thérèse. C'est elle la plus sensible au froid. Elle appelle son chat, qui ne souhaite pas rentrer à la maison ce matin.

Le tac-tac de l'ancien radiateur est ennuyeux, m'oblige à quitter mon siège confortable. Il faudra que je le purge, ce satané machin.

Nous avons eu un automne clément, mais la saison semble nous avoir quittés. L'hiver débarque, prend de la vitesse pour rattraper le temps perdu.

Je devrais m'habiller, mais dans l'immédiat, l'habillage me paraît être un des travaux d'Hercule. Par-dessus la chemise de nuit de mon sommeil abandonné, par-dessus la robe de chambre de mon embarras d'hier, j'enfile le manteau en mohair bordeaux, mon recours habituel au fil des ans, en ces petits matins d'hiver.

En raison de l'âge de mon appartement et de son isolation inadaptée, les vents d'hiver se font sentir et entendre à l'intérieur. Ceci est ta vie, Aaliya. Tu fais les cent pas chez toi en chemise de nuit et pardessus floconneux, en pantoufles confortables si vieilles que ton pied gauche, tel un pervers, exhibe ses cinq orteils à chaque pas. Je me penche au-dessus du radiateur, je le purge. Je dispose une petite casserole en aluminium sous le tuyau, je tourne le bouton et j'attends que le bémol d'un sifflement s'achève, j'attends qu'il se meure.

Dans une des quelques nouvelles de Hemingway que je ne trouve pas totalement insupportable, « Collines comme des éléphants blancs », un homme et une femme dans un café, en Espagne, discutent du fait qu'elle est enceinte. L'homme utilise la formule « purger » pour signifier se débarrasser du bébé. Lorsque j'ai lu ça pour la première fois, je n'ai pas compris ce que disait Hemingway. Je ne cessais de me demander où étaient les radiateurs. Je sais que l'histoire est censée être subtile, mais elle ne m'a guère émue. Je me demande toujours où Hemingway veut en venir. Est-ce que toute la nouvelle traite de la difficulté pour le couple de communiquer ? Je trouve cela ennuyeux. Je suis certaine qu'il y a une épiphanie à la fin. Les critiques et les garçons de l'université insistent pour dire que le texte apparent n'est que la partie visible de l'iceberg. Plutôt la partie visible du glaçon, si vous voulez mon avis.

J'estime qu'il est regrettable que l'essentiel des écrits américains contemporains semble influencés par Hemingway, le héros des garçons adolescents de tous âges et de tous sexes, plutôt que par le génie des lettres sui generis, Faulkner. Une phalange de livres sur l'ennui dans le Midwest fait l'objet de louanges (quant à savoir où se trouve le Midwest, c'est pour moi une constante source de perplexité, quelque part près de l'Iowa, j'imagine), de même que les livres sur l'angoisse inexplorée dans le New Jersey ou les couples incapables de communiquer dans le Connecticut. C'est Camus qui fit valoir que les romanciers américains sont les seuls qui pensent ne pas avoir besoin d'être des intellectuels.

Un des points que j'ai en commun avec l'incroyable Faulkner, c'est qu'il n'aimait pas qu'on interrompe sa lecture. Il dut quitter son boulot d'employé du bureau de poste de l'université (que son père lui avait obtenu) parce que les professeurs se plaignaient que le seul moyen qu'ils avaient de retrouver le courrier qui leur avait été adressé était de fouiller dans les poubelles, où trop souvent échouaient les sacs de lettres non ouvertes. Il aurait, dit-on, annoncé à son père qu'il n'était pas préparé à constamment se relever pour s'occuper des clients au guichet en se mettant à la disposition de « n'importe quel fils de pute avec deux *cents* pour acheter un timbre ».

Je n'aimais pas non plus être interrompue dans mes lectures quand je travaillais, mais j'étais à la disposition de n'importe quel fils de pute et de sa mère qui franchissait le seuil de la librairie, qu'ils aient, ou pas, deux *cents* pour acheter un livre. Je ne pouvais me permettre la moindre plainte. Le plus souvent, j'avais peu de clients, et je passais mon temps derrière mon bureau à lire. J'étais consciencieuse. Je méritais mon maigre salaire.

Je crains d'être à nouveau en train de digresser.

J'essaye de me remettre à ma lecture, mais mon esprit refuse manifestement de se concentrer. Je mets *Microcosmes* de côté. Il faut que j'écoute quelque chose, de la musique pour nettoyer les toiles d'araignées, le bruit de crécelle de la fourmilière. J'allume la chaîne stéréo. Je possède un lecteur CD – j'ai craqué, j'en ai acheté un il y a huit ans, pour me rendre compte que tout le monde était passé aux lecteurs digitaux – mais l'essentiel de ma musique est encore sur de vieux albums. J'ai choisi la *Symphonie n° 3* de Bruckner, dirigée par Günter Wand, que je n'ai pas entendue depuis longtemps, probablement trois ans.

Voici une charmante histoire à propos de Bruckner que j'adore, même si je pense qu'elle doit être apocryphe. Quand il dirigea la première de cette même troisième symphonie, le public l'abhorra. Personnellement, je ne vois pas pourquoi. Elle est non seulement magnifique, mais elle a un défaut, il est possible qu'elle soit un peu mélo et kitsch, deux attributs que les publics ont tendance à apprécier. Mais les goûts et les couleurs, ça ne se discute pas. Le public a hué violemment puis quitté la salle en claquant la porte. J'imagine le chef d'orchestre regardant derrière lui, parfaitement dépité, face à cette houle de têtes dans la salle de concerts, avant d'aller s'enfermer dans sa loge, seul comme il le serait toujours. Seul et abandonné. Bruckner resta seul jusqu'à ce que tout le monde ait quitté le bâtiment, et c'est alors qu'il ressortit parmi les fauteuils d'orchestre pour un ultime adieu. Il vit un jeune homme encore assis sur son siège, un jeune compositeur tellement sidéré qu'il avait été incapable de bouger un muscle depuis l'instant où la symphonie avait commencé, il n'avait pas cillé. Le jeune Mahler était resté cimenté à son siège pendant plus de deux heures, à pleurer.

Je ne suis pas un jeune Mahler. Aujourd'hui la musique ne m'émeut pas et je ne la trouve pas apaisante.

Des vagues successives d'anxiété viennent battre les plages sableuses de mes nerfs. Oh, quelle vilaine métaphore, s'il en fût. Tout bonnement horrible.

Rien ne marche. Rien dans ma vie ne fonctionne.

Des géants de la littérature, de la philosophie et des arts ont influencé ma vie, mais qu'ai-je fait de cette vie ? Je demeure un grain de poussière dans le tumulte de l'univers. Je ne suis rien d'autre que poussière, un atome – à la poussière je retournerai. Je suis un brin d'herbe qu'écrase le godillot du fantassin.

J'ai eu des rêves, et il ne s'agissait pas de terminer en grain de poussière. Je ne rêvais pas de devenir une vedette, mais je pensais avoir un petit rôle muet dans la grande épopée, une épopée avec un zeste de références artistiques. Je ne rêvais pas de devenir une géante – je n'étais ni délirante ni arrogante – mais je voulais être plus qu'un grain de poussière ; une naine, peut-être.

J'aurais pu devenir une naine.

Tous nos rêves de gloire ne sont que fumier en fin de compte.

J'imaginais qu'un jour un auteur se présenterait à ma porte, quelqu'un dont j'aurais traduit le livre, peut-être le formidable Danilo Kiš (*Encyclopédie des morts*), avant de mourir, bien sûr. Lui le géant, moi le grain de poussière avec des rêves de naine, mais il serait venu me remercier de m'être occupée de son œuvre, ou peut-être Marguerite Yourcenar frapperait à ma porte. Je ne l'ai pas traduite, bien sûr, puisqu'elle écrivait en français. Et quel français. En 1981, elle fut la première femme à entrer à l'Académie française en raison de sa langue impeccable. Elle serait apparue pour m'encourager, pour me témoigner sa solidarité, nous contre le monde. *Moi, comme vous, je me suis isolée. Vous dans cet appartement dans cette ville charmante mais amère de Beyrouth, moi sur une île au large de la côte du Maine. Vous êtes une traductrice sans le sou, abandonnée, qui ne conservez votre appartement que grâce à la mansuétude de votre propriétaire, Fadia, alors que moi je suis une écrivaine incroyable, dont la petite amie, héritière de la fortune Frick, possède la totalité de l'île. Je suis respectée du monde entier alors qu'il se moque de vous. Cependant nous avons beaucoup en commun.*

J'avais des rêves. J'invitais Danilo chez moi. *Je vous en prie, entrez. Buvons une tasse de thé. Fumons une cigarette.* Il fume toujours, sur ses photos. Je lui offrais peut-être un peigne pour sa chevelure éternellement ébouriffée.

Mais mes rêves se brisaient sur mes échecs, à défaut de se briser d'abord sur mon médiocre mobilier. *Regardez autour de vous. Asseyez-vous, Danilo, asseyez-vous. Je suis sûre que vous saurez apprécier un fauteuil en chenille bleu marine aux franges effilochées et aux glands en loques. Oui, c'est la forme de mon derrière, sculptée dans la mousse. Oui, ce mini-sofa dans le coin c'est du vrai skaï ; ha ha. On appelle ça une causeuse. Marguerite et moi nous affalons souvent dessus ensemble. Asseyez-vous et parlez-moi de votre travail. Écrivez-vous le matin ?*

Quelle idiote je fais.

J'avais coutume de rêver qu'un jour j'aurais des amis qui viendraient dîner à la maison et que nous passerions la soirée entière à discuter littérature et arts.

À rire, à prendre du bon temps en échangeant de joyeuses et facétieuses reparties wildéennes, à faire fuser entre nous de délicieux bons mots impertinents. Mon salon aurait été jalousé par le monde entier, à condition que le monde en eût entendu parler.

Dans l'un de ses poèmes, Brodsky suggérait que « les rêves rejettent un crâne qui a été perforé ». C'est un foret particulièrement épais qui a percé le mien.

Cette matinée passera – à une triste cadence de limace, mais elle passera. Demain, et puis demain, et puis demain se glisse à petits pas de jour en jour.

Nulle urgence dans la façon dont Marie-Thérèse siffle son chat, certes de plus en plus fort mais sans la moindre trace d'inquiétude. Sa chatte doit bien sûr rentrer, mais elle a pris cette habitude. Elle disparaît on ne sait où après avoir mangé, le soir, et ne revient qu'après le lever du soleil, mais ce n'est qu'un horaire approximatif. C'est une chatte méditerranéenne, après tout. Je pense que Marie-Thérèse aime ses chats, en particulier Maysoura la rebelle, plus qu'elle aime ses enfants, et certainement plus qu'elle n'aima son défunt mari.

Ma mère avait une affection anormale pour les chats, elle aussi, comme je l'ai peut-être déjà indiqué. Remarquez, elle avait une faible tolérance pour les animaux domestiques bichonnés. Une fois, lors d'une visite d'un membre dévoué de la famille, j'avais neuf ou dix ans, un chat pelucheux vint à flâner dans la salle de séjour. Ma mère le montra du doigt, la mine dégoûtée, la petite-cousine de ma mère se leva d'un bond, horrifiée et contrite, et sortit illico le chat de la pièce. Ma mère aurait détesté Maysoura, si dorlotée et toute mignonne. Elle ne s'occupait que des chats orphelins et sans domicile du quartier.

Je comprends son obsession, et, même enfant, je la comprenais. Soit, j'ai pu parfois éprouver quelque jalousie à l'idée que les chats détournaient tout instinct maternel et les éventuelles délicates attentions qui auraient dû être destinées à sa fille, mais j'évoque ici une période où les contrôles des animaux et les soins aux animaux n'étaient pas encore descendus sur la conscience beyrouthine. Les chats sauvages étaient poursuivis, pourchassés, voire torturés si de jeunes garçons les attrapaient. Enfant, j'ai été témoin de quelques atrocités. Si ma mère, toute championne des chats sauvages qu'elle était, voyait un enfant essayer d'attraper un chat, ou que le boucher donne un coup de pied à un félin qui reniflait d'un peu trop près, alors elle se métamorphosait en une petite boule teigneuse et frénétique qui réprimandait l'agresseur pour son manque de cœur.

Elle découpait le poulet en petits morceaux qu'elle faisait frire dans de la graisse d'agneau salée avant de les plier dans des feuilles de papier paraffiné. Aussi discrètement que possible, dans la mesure où elle n'avait pas envie de passer pour la folle de service – trop tard, aurait-on pu dire –, elle déballait ces festins sur les murs et les bennes à ordures, suffisamment en hauteur pour que les chiens ne puissent pas les atteindre.

L'arôme de graisse d'agneau frite était comme un appel de sirène pour tout félin à deux rues à la ronde. Cet arôme, atténué et moins âcre, accompagnait ma mère même lorsqu'elle n'avait pas de nourriture sur elle, une odeur discrète et persistante qui devint la sienne. Ses ouailles savaient qu'elle arrivait bien avant de la voir arriver.

Plus le chat était miteux, plus copieuse était sa portion. Je me rappelle une chatte en si mauvaise santé que sa fourrure n'était plus qu'une surface pelée, piquetée de taches de poils. Ma mère l'a nourrie chaque jour jusqu'à ce qu'elle se transforme en reine en calicot à la fourrure d'un lustre surnaturel. La chatte acceptait que je la caresse. Ma mère n'essayait pas de la toucher. Aucun chat ne devint jamais le compagnon de ma mère. Elle n'en eut jamais un à elle.

Quand je demandai à ma mère comment elle savait que la reine était une femelle, elle expliqua que les mâles ne pouvaient pas avoir plus de deux couleurs. Les femelles ne connaissaient pas de telles limitations.

Au cours de l'hiver 1986, Beyrouth traversait une de ses nombreuses phases où elle se dépouillait de son humanité et de ses humains. Une guerre faisait rage – les sectes s'entretuaient, les milices étranglaient la population – et ma mère s'inquiétait pour un chat. Je fus cantonnée à mon appartement pendant dix-sept jours d'affilée. Par une claire journée, au premier indice de cessez-le-feu, je quittai ma cachette pour essayer de trouver de la nourriture et passai lui rendre visite. Elle se refusa à discuter d'autre chose que de cette infernale féline. Les combats et les coups de feu avaient obligé la bête à se terrer dans un appartement désert dans l'immeuble mitoyen de celui de mon frère l'aîné. Ma mère entendait le miaulement lugubre nuit et jour. Elle risqua sa vie en traversant la rue pour lui porter à manger, sans se soucier des tireurs embusqués, pour convaincre la chatte de revenir avec elle dans l'autre immeuble, où elle pourrait la nourrir régulièrement. À l'instant où ma mère fit irruption dans l'appartement vide, la chatte se tut. Ma mère passa l'appartement au peigne fin et trouva la chatte juchée en haut d'une armoire en noyer foncé, avec à peine la place sous le plafond. Ma mère fit tout pour l'amadouer et la faire descendre mais elle crachait et battait en retraite. La chatte ignorante refusait toute aide, déclara ma mère. Elle alla chercher une chaise à l'autre bout de la pièce et monta dessus, ce qui ne fit qu'affoler davantage la chatte. Ma mère tenta tous les trucs qu'elle connaissait plus quelques autres qu'elle inventa.

— J'ai même détourné le visage et mis les mains sur le bord de l'armoire immonde, pour qu'elle puisse se servir de mon bras pour descendre de l'armoire et s'enfuir. Rien n'y fit. La stupide, stupide chatte refusait qu'on l'aide. Elle ne pouvait pas comprendre que j'étais venue l'aider à sortir. J'ai été obligée de laisser la nourriture en haut de l'armoire et de rentrer à la maison, dit ma mère.

Pendant quelques jours, à chaque fois qu'il y avait une brève accalmie entre les coups de feu, les missiles et les obus de mortier, ma mère entendait les miaulements de la chatte qui se poursuivaient sans interruption, jusqu'à s'interrompre une fois pour toutes. Lorsque les combats cessèrent enfin, juste avant que je fasse mon apparition pour prendre de ses nouvelles, elle traversa la rue au pas de course et découvrit que l'appartement avait été saccagé – elle avait involontairement aidé les garçons de la milice, qui l'avaient pillé, avaient détruit le verrou, indiquant que l'endroit était inhabité –, le mobilier sens dessus dessous et pas de chatte.

C'est l'heure de la réunion de la bande du café. Je dois passer la tête à l'extérieur de la porte, me tordre le cou et remercier Fadia pour le repas d'hier soir avant qu'elle ne remonte jusqu'à son appartement, avant que les trois sœurs étranges aient fini leur rituel du matin. Il le faut. J'essaye de me tenir debout mais je tangue, assaillie par une nausée vertigineuse.

Avez-vous maintenant compris que je n'apprécie guère la compagnie des gens ? Est-il possible que je ne l'aie pas mentionné plus tôt ?

Certains croient que nous sommes créés à l'image de Dieu. Pas moi. Je ne suis nullement religieuse, mais je ne suis pas athée. Je ne crois certes pas en l'existence de Dieu avec un D majuscule mais je crois dans les dieux. Comme Ricardo Reis, alias Fernando Pessoa, je suis panthéiste. J'obéis au petit évangile, désormais considérée comme apocryphe. Je me prosterne – ma foi, je me prosternais, à l'imparfait, car ce matin je n'ai pas l'estomac de croire en quoi que ce soit – devant les autels de mes écrivains.

Je suis dans une large mesure une pessoane.

« Mon isolement m'a façonné à son image et à sa ressemblance. » Pessoa a dit cela. Il a également écrit : « La solitude me désespère ; la compagnie des autres me pèse[24]. »

Dans *Précis de décomposition*, Cioran a écrit : « La vie en commun devient intolérable, et la vie avec soi-même plus intolérable encore. »

La présence d'une autre personne – de qui que ce soit – me met mal à l'aise, comme si je n'étais plus moi. Il n'en a pas toujours été ainsi. Je n'ai certes jamais été un papillon social, voletant avec délice de relation en connaissance, mais je n'ai pas toujours connu un tel niveau de malaise en présence d'autrui. Jadis, j'étais capable de passer du temps avec mon amie et compagne Hannah, en me sentant à l'aise ; mes clients ne me dérangeaient pas du tout. Je parlais aux vendeurs dans les magasins. Je m'en sortais. Avec l'âge, tandis que la vie m'isolait de plus en plus, je me suis trouvée de plus en plus déçue par les autres. « Mon isolement m'a façonné à son image et à sa ressemblance. »

La simple perspective d'avoir à parler à Fadia, même brièvement, m'irrite, me met un peu sur les nerfs, voire me tape sur le système. Je peux contrôler ce sentiment et je le fais, bien sûr. Je ne suis pas complètement impuissante. Je suis un être humain qui fonctionne. Dans l'ensemble.

Histoire que nous ne vous moquiez pas trop de moi, le « dans l'ensemble » ci-dessus porte sur « fonctionne » et non pas sur « être humain ».

Les isolationnistes Fernando Pessoa et Bruno Schulz avaient des problèmes bien pires en société, bien pires que les miens. Schulz était terrifié par les grands groupes de personnes, chamboulé par la compagnie de gens qu'il ne connaissait pas, d'une timidité infantile. Il se comportait comme un enfant de deux ans séparé de sa mère. Il avait la triste habitude de tripoter le bord de sa veste, de tirer sur le tissu. Comparée à eux, je suis une extravertie.

Je pense pouvoir dire sans me tromper que le contact avec autrui n'a jamais été mon fort, mais dernièrement, au cours des huit ou neuf années écoulées, cela déclenche en moi une angoisse modérée, difficile à définir. Ces temps-ci, la présence d'autres personnes fait dérailler mon esprit. On dirait que je n'arrive pas à avoir les idées claires, ni à me comporter avec naturel, ni même à être, tout simplement.

« Ceux qui sont en bonne santé fuient les malades, écrivit Kafka dans une lettre à Milena Jesenská, celle qui ne l'aimait pas en retour, mais les malades aussi fuient ceux qui sont en bonne santé. »

Le fait de me retrouver en présence de tant de gens hier m'a fait sortir de mes gonds, a fait sortir mon âme de ses gonds. Le calme fondamental de l'habitude et du rituel a été perturbé. Certes, la présence de ma mère ferait sortir la plupart des gens de leurs gonds, et je ne souhaite à personne qu'elle lui crie dessus, pas même à Benjamin Netanyahou, ni même à Ian McEwan. Mais me retrouver au milieu de tout ce monde ne fut pas une expérience plaisante. Cela ne l'est jamais, ces temps-ci.

Et pourtant, il faut que je remercie Fadia pour sa générosité. Je ne me pardonnerais pas de ne pas le faire.

Avant de passer la tête à la porte et de prendre la parole, j'enlève mon manteau et ma chemise de nuit. Je ne peux pas faire face aux sorcières dans la chemise de nuit que je portais hier matin. Quoi qu'il en soit, avant de braver le peloton d'exécution, il faut que je vérifie quelque chose.

Je ne crois pas que l'histoire Bruckner et Mahler soit exacte ; il y a là-dedans quelque chose qui cloche. Je me souviens qu'une autre personne était présente, un autre compositeur. Je vous ai bien dit que je pensais que c'était apocryphe, mais je veux le vérifier. J'ai mis de côté cette histoire, je l'ai trouvée dans un long article et l'ai recopiée. Je sais que je l'ai lue dans un magazine il y a moins de dix ans, ce qui veut dire que les notes sont dans le carton « Divers » dans la salle d'eau, et non pas dans l'océanique obscurité de la chambre de bonne.

Je n'aurai pas besoin de bougies ni de lampe de poche pour la trouver.

La trouver, cela, je l'ai fait, et j'ai raison, ou disons que j'ai raison d'avoir pensé que j'avais tort. La façon dont ma mémoire a distordu cette histoire.

La première représentation de la troisième eut droit à un accueil atroce parce qu'elle fut atrocement dirigée, le maestro original étant tombé quasi raide mort juste avant le concert, événement pas atypique compte tenu de l'omniprésente malchance de Bruckner. Durant la performance, Bruckner se perdit dans sa propre partition, ce qui se comprend car il n'avait guère de pratique en tant que chef d'orchestre. Le public, tout aussi perdu que Bruckner, partit à la dérive, mais il n'y eut ni huées ni sorties fracassantes de la salle. L'autre musicien dans la salle, qui était avec Mahler, et qui était tout aussi subjugué, était Hugo Wolf (j'aime sa sérénade italienne). Il n'est nulle part fait mention de pleurs, je le crains. Mahler et Wolf devinrent les élèves de Bruckner. Pour le restant de sa vie, Mahler dépensa les royalties qu'il gagna avec sa propre musique pour publier les partitions de Bruckner.

Mes notes apportent davantage de lumière sur l'étrangeté de la vie d'Anton Bruckner. Il convoitait les petites filles mais sa perversion ne fit jamais l'objet d'un passage à l'acte. En tant que catholique dévot, il ne pouvait pas passer à l'acte. Il n'était pas prêtre. De lui-même, il décida de se faire admettre dans une institution pour que l'on soigne sa prédilection – sa pédophilie, et non pas son catholicisme. Il composa sa *Messe en* do *mineur* pour remercier Dieu de l'avoir guéri de son ignoble maladie. Bien sûr, cette messe mineure est une masse de cérumen monumentalement orchestrée, une intoxication religieusement pubère de sons. Disons seulement qu'elle est infantile.

Anton Bruckner mourut puceau à l'âge de soixante-douze ans.

Piet Mondrian mourut également puceau un mois avant son soixante-douzième anniversaire.

J'ai soixante-douze ans, mais je ne suis plus vierge et je ne suis pas encore morte.

Hannah, en revanche, mourut vierge.

Je vais remercier Fadia.

De ma cuisine, j'écoute la discussion des sorcières sur le palier. Je ne veux pas les interrompre à un moment inopportun. Joumana domine la conversation. Elle annonce que sa fille, qui fut jadis si bruyante, a enfin terminé la totalité de ses cours obligatoires et qu'il ne lui reste plus maintenant qu'à rendre sa thèse. Les dames sont aux anges, contentes pour elle et immensément fières. Les sons qui coulent en cascade dégagent une impression d'euphorie rampante.

Je me surprends à être heureuse pour Joumana moi aussi. J'ai observé sa fille grandir, l'ai entendue grandir. Joumana a emménagé dans l'immeuble enceinte d'elle. Pourquoi ne me réjouirais-je pas pour la fille et pour Joumana ? Sa fille – cette gamine agaçante, pénible, bruyante, qui pompe tout l'air de la pièce dans laquelle elle entre – fera quelque chose de sa vie. Elle bousculera quiconque se mettra en travers de son chemin, lui roulera dessus – elle poussera la personne sur le côté, l'enverra en l'air, lui passera dessus – et elle arrivera à quelque chose. Elle sera heureuse. Je serai heureuse pour elle.

J'attends une seconde avant d'ouvrir ma porte, leur accordant l'intimité d'être heureuses ensemble.

Je m'exerce mentalement. *Je travaille sur quelque chose d'important, d'urgent, qui requiert toute mon attention, je voulais juste te remercier pour ton succulent ragoût de gombo. Je mangerai à midi ce que je n'ai pas pu finir hier.*

— Merci, je lance à Fadia, mais c'est destiné aux trois. Le ragoût était succulent. Mille mercis.

Les trois sorcières sont toutes en cheveux ce matin, elles ont à l'évidence réussi à aller hier soir au salon de coiffure. Même d'en dessous, je remarque les sourcils épilés, les mains manucurées, cependant je ne peux me prononcer pour ce qui est de l'épilation des jambes – du palier, leurs jambes sont hors de vue. Joumana, le cheveu riz brun avec un enchevêtrement de mèches blondes, tient une cafetière, sur le point de resservir Marie-Thérèse. Mauvais timing de ma part.

— Laisse-moi te servir une tasse de café, dit Joumana. Viens avec nous.

Les sorcières ont dû décider de procéder à un changement total. Fadia arbore une coiffure roux brun. Je voudrais la comparer à une autre couleur, pour vous donner une idée, mais je ne vois pas. Comme Faulkner, la couleur de sa chevelure aujourd'hui est sui generis.

Mes cheveux blancs ont peu de compagnie à Beyrouth, mes cheveux bleus encore moins.

— Ma foi, merci, dis-je en reculant d'un chouïa dans mon appartement, mais je crains de ne pas pouvoir. Je suis en train de travailler sur…

Quelque chose. Dis seulement *quelque chose*. Tu n'as pas à donner d'explication.

La pluie tombe derrière les sorcières, on dirait qu'elle les encercle ; il n'y a pas de mur derrière elles. Elles me regardent avec quelque inquiétude.

Je note que leur répartition sur les sièges a changé récemment – récemment signifie au cours des deux dernières années, quand j'ai vu la bande du café pour la dernière fois. Les sorcières, il faut les entendre et non les voir. Fadia, et non pas Marie-Thérèse, occupe désormais la place du milieu et, surtout, a cédé la chaise en ficelle souple et aux pieds en bois. Drapée aujourd'hui dans une palette plus *Sgt. Pepper's* que *Yellow Submarine*, elle est allongée de côté sur une chaise longue d'extérieur, odalisque pré-impressionniste rendant hommage à Greta Garbo, la déesse de l'indolence (sauf que Fadia ne veut pas être seule).

— Urgent, dis-je.

Je deviens incompétente, une bégayeuse aphasique.

Tous ces cheveux, tous ces soins capillaires. Les cheveux courts sont rares au Liban ; une femme sur cinquante environ a les cheveux au-dessus des épaules, cela a sans doute à voir avec la façon dont la féminité est perçue ici, je suppose. Aucune d'entre nous ne souhaite avoir une allure différente. J'ai pour l'instant les cheveux remontés en un demi-chignon, comme pratiquement tous les jours. Il est rare que je les détache, que je les laisse tomber naturellement, et pourtant je n'envisage pas de les couper court.

Je ne l'envisage pas, bien que, de fait, j'aie une allure différente. Je sens que les sorcières me scrutent. Notre voisine délicieusement godiche, regardez comme elle chevauche merveilleusement la frontière entre la femme et la girafe.

C'est ridicule. Je fais l'idiote ; je prends une longue inspiration apaisante.

— Je suis navrée, Joumana, dis-je. Je ne peux pas prendre un café maintenant. J'apprécie l'invitation, vraiment, mais je travaille sur quelque chose, quelque chose que je dois finir avant de partir dans une heure. Là, je n'ai pas le temps. Mais merci.

Maintenant, il faut que je quitte mon abri dans une heure.

Elle devrait insister, ou, du moins, proposer que je monte les rejoindre un autre jour – n'importe laquelle des sorcières devrait proposer. Mais aucune ne le fait.

Tandis que je commence à me retirer – un pas et j'aurai regagné le confort de mon appartement – Joumana annonce haut et fort :

— Ma fille a fini tous ses cours pour le doctorat. Il ne lui reste plus qu'à rendre sa thèse et la soutenir, bien sûr.

— Docteur Mira, dit Fadia, d'une voix un peu trop excitée. Je trouve que ça sonne bien. Docteur Mira. Nous avons un docteur dans la maison.

— Quelle merveilleuse nouvelle, dis-je, comme si je l'entendais pour la première fois. Je suis très contente pour vous. C'est une sacrée réussite.

— Puis-je te dire le sujet de sa thèse ? demande-t-elle, sans véritablement me forcer la main, mais avec insistance.

Elle interrompt mon bavardage intérieur. Comme de manière involontaire, je sens un rictus minuscule me plisser le visage. Effectivement, je veux savoir.

Le visage de Joumana s'éclaire.

— Les pierres tombales, dit-elle. Elle étudie les pierres tombales, en particulier la relation entre la forme des pierres et les inscriptions et les icônes.

La pierre tombale, sur son corps, commencera à réfléchir à l'emplacement où mon nom sera inscrit.

Pourquoi de telles pensées me traversent-elles l'esprit ?

— C'est un sujet horrible. C'est absolument lugubre. Les pierres tombales ? Pourquoi va-t-elle s'intéresser à des choses comme ça ? s'exclame Fadia.

— C'est incroyable, dit Marie-Thérèse. Je pense que ça peut être très intéressant.

— As-tu dit la vérité à ta fille, ma chérie ? demande Fadia. À savoir qu'elle a été adoptée. Elle ne peut pas être ta fille. Des pierres tombales ?

Joumana semble n'entendre aucune de ses deux amies.

Je dis :

— Non fui, fui, non sum, non curo.

— Plaît-il ? dit Fadia.

— C'est du latin, dit Marie-Thérèse

— Tu ne connais pas cette langue ? demande Joumana.

— Le latin ? Moi ?

J'ignore pourquoi la question paraît grotesque.

— Non, je ne le parle pas.

— Moi, si.

Joumana est élégante ce matin, un mixte entre la femme de la bonne société qu'elle n'est pas et la professeure d'université qu'elle est.

— Ce que je veux dire, c'est que je le lis, bien sûr, mais que je ne le parle pas. Qui parle le latin de nos jours ? Je l'ai étudié à l'université.

Ai-je une légère réaction, ou bien est-il possible qu'elle soit démesurément sensible à son public ? Quoi qu'il en soit, elle hésite juste après le dernier mot.

— Je voulais lire certains classiques dans le texte, dit-elle.

Oui, ai-je envie de dire. Oui. Ce serait tellement formidable. Si seulement.

— Virgile, dit Joumana.

— Qu'est-ce que c'est que ça ? demande Fadia.

— Ovide, m'entends-je dire.

Je distingue même un souffle de nostalgie dans ma voix, une pointe d'envie. Le latin, ou peut-être le grec. Pratiquement tout ce que les hommes ont dit de mieux a été dit en grec.

Et ensuite, bien sûr, en latin.

— Tacite, dit Joumana.

Elle pose sa main sur la cafetière, hésite quelques secondes, puis la repose sur son giron.

— Dans le texte, je me suis dit que ce serait bien.

On peut aussi lire une traduction française de l'original, puis une traduction anglaise, puis travailler d'arrache-pied, faire de son mieux, gérer ses frustrations et le traduire en arabe avant de l'entreposer dans un carton dans la salle d'eau prévue pour la bonne.

— Félicitations, dis-je en me retirant. Tu dois être drôlement fière de ta fille. Je vous souhaite à l'une et à l'autre de belles choses.

Si je dois sortir bientôt de l'appartement, il faut au préalable que je me lave. Je devrais aussi sans doute manger quelque chose. De ma cuisine, je les entends s'affronter – non pas se disputer, mais se mettre mutuellement au défi. Marie-Thérèse dit quelque chose à propos de ses deux compagnes, suggère que ce sont elles qui ont ignoré quelque chose, le sujet étant, en toute probabilité, moi. Je m'éloigne. Je ne souhaite pas entendre.

Non fui, fui, non sum, non curo.

Je n'ai pas été, j'ai été, je ne suis pas, je ne m'en soucie pas.

C'est le texte qu'on trouve le plus communément sur les tombes romaines.

Les textes que vous trouverez sur les tombes musulmanes chantent avant tout les louanges de Dieu et de Ses prophètes : « Au nom de Dieu, le Plus

Gracieux, le Plus Miséricordieux. Gloire à Dieu qui créa le Ciel et la Terre. Des Prières et des bénédictions adressées à Gabriel, à tous les anges, Abraham, Ishmael, Muhammad, tous les prophètes, la fille de Muhammad, ses femmes, son cousin, son meilleur ami au lycée, son pharmacien. » Je plaisante, bien sûr. J'ai vu d'exquises inscriptions sur des tombes musulmanes.

La pierre au-dessus de ma tombe, de quelle inscription sera-t-elle ornée ? Tant de possibilités, tant de choix possibles.

« Ci-gît Aaliya, jamais pleinement vivante, désormais morte, toujours seule, toujours craintive. »

« Mort, ne sois point fière, car ici tu n'as vaincu qu'un grain de poussière. »

Mon inscription de pierre tombale favorite est celle d'un écrivain, bien sûr :

Malcolm Lowry
Late of the Bowery
His prose was flowery
And often glowery
He lived, nightly, and drank, daily,
And died playing the ukulele[25]

En tant que pessoane invétérée, je devrais songer à une pierre tombale avec une inscription usant de ses mots, et de ses mots j'en ai tant et plus, tant de choix possibles.

Qu'est-ce que je raconte ? Une pierre tombale intéressante ? Je cite Nabokov : « Pour ce qui est de l'histoire… elle limitera le récit de ma vie à un tiret entre deux dates. »

Je serai probablement incinérée avec mes livres.

Puisque je dois quitter mon appartement, je vais aller au Musée national, ma destination habituelle lorsque je fuis le monde. Si j'ai le temps, je rendrai visite à ma mère. Il faut que je sache si elle criera de nouveau, il faut que je sache si c'était une bizarrerie unique, une aberration. Seulement si j'ai le temps. Je ne suis pas pressée de les voir, ni elle ni mon demi-frère l'aîné.

Je file à la douche – disons que j'y entre comme je peux. De l'eau chaude dégouline le long de mon corps tandis que je me shampouine avec mon produit habituel pour bébé, et non pas du Bel Argent. Le bleu va lentement se dissiper, très lentement. Une douche de plus, un jour de plus où je déplore que l'immeuble soit si vieux ; j'aimerais que l'eau soit plus chaude, en avoir davantage, que le débit soit plus puissant, les tuyaux moins bruyants. Une symphonie de Schoenberg pour glockenspiels entre en éruption à chaque fois que je tourne les robinets. Les tuyaux et moi, nous vieillissons ensemble.

L'eau brille sur mon cou et mes épaules comme des éclats de mica. Je l'essuie avec une serviette. J'essore l'excès d'eau dans mes cheveux – j'ai au moins cela en commun avec la Vénus de Titien sortant des eaux et la Vénus de Cyrène. La Vénus de Cyrène n'a pas de tête, mais elle était censée essorer ses cheveux avant d'être décapitée par le temps irrévérencieux.

Je m'habille vite et au hasard. Mes cheveux mouillés assombrissent le foulard par taches. Chaussures de marche – je marche, marche, marche. Je fourre dans mon sac à main les choses essentielles, y compris un parapluie pliable et la traduction en français la plus récente des *Élégies de Duino* de Rilke (ne jamais quitter la maison sans un livre de poésie), avant de sortir en toute hâte.

Tout Beyrouthin d'un certain âge a appris qu'en sortant de chez lui pour une promenade il n'est jamais certain qu'il rentrera à la maison, non seulement parce que quelque chose peut lui arriver personnellement mais parce qu'il est possible que sa maison ait cessé d'exister.

Pour les plus jeunes d'aujourd'hui, les années de guerre sont une ère géologique totalement différente.

À ma demande, le taxi amateur s'arrête devant les marches du Musée national. J'ai essayé de marcher, mais le crachin et le vent ont rendu le parapluie inutilisable. J'ai tâché de poursuivre à marche forcée, quand bien même j'étais trempée, et je me suis rendu compte que l'étrange odeur de l'air assoiffé de soleil et sa couleur de perle ajoutaient à la confusion de mon esprit déjà embrouillé. Pendant la guerre, les vents portaient l'odeur écœurante des corps dont on s'était débarrassé à la hâte et au petit hasard – des odeurs de chair, à la fois fraîche et en putréfaction, les parfums naturels de la ville. J'ai vite hélé une voiture, car ma santé mentale importe davantage que la gymnastique rythmique.

« Beyrouth revisité (1982) » n'est pas un poème que je souhaite réciter aujourd'hui.

J'ai pris une saine décision. L'heure de marche jusqu'au musée peut être revigorante – je l'ai fait régulièrement les jours de beau temps – mais elle a parfois pour effet subversif de déséquilibrer une Beyrouthine équilibrée, car elle est chargée de mines terrestres émotionnelles et de pièces d'artillerie n'ayant pas explosé. Cette route était la principale Ligne Verte qui divisait la ville entre l'est et l'ouest. Il y a sans doute eu ici plus de combats, plus de tireurs embusqués, plus de tueries, plus de corps, plus de décrépitude et de destruction que n'importe où ailleurs dans le pays – ravages, dépouilles, ruines. Le secteur et le boulevard qui coupe à travers ont été reconstruits. Le champ de courses dont les poutres et poutrelles saillantes ressemblaient à des squelettes d'animaux antédiluviens a été réaménagé, ne laissant plus rien pour nous remémorer les douzaines de chevaux qui ont brûlé vifs dans les écuries – il n'y a plus guère que le vent pour nous rappeler les centaines de piétons abattus alors qu'ils tâchaient de rejoindre leur famille ou leurs amis à travers une ville en désaccord avec elle-même.

Je visite le musée pour me délecter d'une histoire bien antérieure.

Quand la guerre a commencé, les conservateurs du musée ont craint à juste titre qu'il ne soit pillé. Nul coffre-fort en acier, nulle cachette, ne pourrait empêcher une milice armée jusqu'aux dents de s'emparer des trésors qu'il y avait à l'intérieur – dans notre guerre, nous n'avons pas eu de marines américains pour protéger notre musée (*je m'amuse* !*). Les conservateurs et les gardiens du musée creusèrent une crypte sous le bâtiment, disposèrent les pièces de grande valeur dans des conteneurs de bois et de ciment, qu'ils enterrèrent, tels d'antiques sarcophages, à l'intérieur d'un sarcophage contemporain. Le bâtiment essuya des tirs nourris, fut bombardé, pilonné, mais personne ne savait, personne ne toucha ce qui se trouvait en dessous.

* Tous les termes suivis d'un astérisque sont en français dans la version originale.

Le discret gardien aux joues marron hoche imperceptiblement la tête dans ma direction. Étranger au chagrin, il semble content de me voir, comme d'habitude. Je préfère payer le prix d'entrée, mais il se sent insulté si je le fais. Nous nous connaissons de manière superficielle depuis que le musée a réouvert. L'homme n'est pas petit, mais sa tête d'une taille excessive lui confère néanmoins l'allure d'un nain affligé de gigantisme. Il porte une chemise de coton à manches courtes – il n'arbore pas d'uniforme – et je tremble pour lui. J'ai une fois suggéré qu'il n'était pas éthique que j'entre sans payer, que le musée avait besoin de nos contributions, mais il me rétorqua que ce n'était pas le prix d'un pauvre ticket qui mettrait l'établissement en banqueroute.

Il m'appelle tante. Brave homme.

Il s'assoit à un vieux bureau en métal, à côté d'un détecteur de métaux qui a fonctionné quelques années après la réouverture. Au début, tout le monde passait au détecteur, la machine à rayons X avalait et régurgitait les portefeuilles, mais ensuite les machines tombèrent en panne ou bien l'assiduité des employés du musée tomba en panne. Comme je passe sous la voûte du détecteur, il baisse la tête et chuchote sur un ton conspirateur, comme si nous étions des espions sur le point d'échanger des informations de la plus haute importance.

— C'est macaroni, aujourd'hui, tante. Ça me donne faim.

« Macaroni » est son code secret pour désigner les Italiens, ce qui signifie que c'est aujourd'hui la nationalité la plus représentée parmi les visiteurs du musée.

— Je devrais appeler ma femme, susurre-t-il en sortant son téléphone portable. Elle pourra peut-être m'en préparer pour le dîner. Aimez-vous les macaronis, tante ? Rouges ou blancs ?

La raison pour laquelle j'adore le musée est qu'il n'a pas beaucoup de visiteurs. Pendant longtemps, je fus la seule à arpenter ses salles. Les Libanais ne se soucient guère de l'histoire. Les touristes arabes ont réapparu par troupeaux après la guerre, mais ils s'en souciaient encore moins. Ils revenaient pour le soleil, la plage, les montagnes, les boîtes de nuit, l'alcool, les drogues, et, bien sûr, le sexe, les orgies directement sur la chaussée. Le code secret pour désigner les Arabes est « chameaux ». Le gardien est chiite – il pense sans doute que je le suis aussi et il faut que je le corrige – donc il n'apprécie pas les Saoudiens, et lors des rares occasions où ils visitent le musée, il prend un malin plaisir à siffler leur nom de code. Parfois il gonfle ses lèvres et mâche une chique imaginaire. Il rayonne lorsqu'il y a des Iraniens ; leur code secret est « shahs ».

Les émigrants libanais vont au musée lorsqu'ils reviennent au pays pour les vacances, pour montrer à leurs enfants, pour renouer avec un sentiment de fierté ou je que sais je. Le nombre d'Européens visitant le musée ne cesse d'augmenter – les Espagnols sont « paella », les Allemands « wurst ». Les Italiens sont désormais plus nombreux que les Français, du moins est-ce l'impression qu'on a parce que, contrairement aux escargots, les macaronis arrivent toujours en groupes, rarement individuellement. Ils viennent au Musée national parce que c'est ce que les gens cultivés sont censés faire, ou du moins est-ce ce qu'on leur répète constamment. Non pas que quiconque s'intéresse réellement à l'art ou à l'histoire. Ceux-là sont l'exception ; la plupart des visiteurs bousculent ou sont bousculés. Ils restent juste assez longtemps pour pouvoir dire, à leur retour à Paris, à Lyon ou à Gênes, qu'ils sont allés au musée à Beyrouth. (« C'est mignon, petit et d'un désuet ! ») Ces temps-ci, des bus en provenance de tout le Liban peuvent être aperçus, garés dans les rues à l'extérieur du bâtiment. On amène les enfants au musée parce que c'est ce qui se fait. Peu importe ce qu'ils font une fois sur place ; ce qui compte, c'est qu'on les y emmène.

Je viens au musée pour être toute seule dans le monde ; je suis en dehors de chez moi mais pas dans une foule. C'est un des rares espaces restant à Beyrouth qui ne soit pas empoisonné par une musique d'ambiance. Au supermarché, le long de la corniche, dans les hôpitaux, dans la rue, dans les magasins, partout dans la ville, de la musique insipide jaillit de recoins minuscules pour brouiller et tuer l'inspiration beyrouthine – une catastrophe de l'ampleur de la guerre civile, si vous voulez mon avis. Au musée, je suis en mesure de réfléchir. Dans un de ses romans, le rancunier et toujours désagréable Thomas Bernhard a un personnage qui s'installe trois matins par semaine sur un canapé devant le même tableau, *L'Homme à la barbe blanche*, de Tintoret, au musée d'Art ancien de Vienne, parce que la pièce est à la température idéale pour réfléchir, une température constance de dix-huit degrés centigrades, maintenue toute l'année pour la conservation des toiles. Je ne connais pas la température de mon musée, mais elle est agréable.

Les gens, les visiteurs, commencent à m'oppresser. Je pense sincèrement que je vais me faire bousculer, réduire en purée comme si j'étais dans un mortier et que la foule était le pilon. Comme vous le savez, j'évite les regroupements, je fuis les agglutinements de personnes. J'en arrive au point où je n'apprécie plus guère de prendre tout mon temps ici.

Le musée est tout en calcaire ocre, verre de protection et mosaïques anciennes. Il est construit dans un style néo-égyptien, mais je n'ai pas la moindre idée de ce que cela signifie. J'ai l'impression qu'il est de style français, s'il est quelque chose. La première chose qui attire mon attention, à chaque fois que j'entre, c'est la cage d'escalier. J'ai beau avoir gravi ces marches à de nombreuses reprises, j'ai toujours l'impression qu'elles ont été bâties pour la descente et non l'ascension, effet probablement dû au fait que l'escalier au sommet se sépare en deux parties, qui se rejoignent en formant un cercle la mezzanine que l'on ne voit pas.

Les macaronis ne sont pas les seuls visiteurs aujourd'hui. Deux garçons de cinq ans courent dans les salles comme si c'était une cour de récréation. Émancipés de leur mère, ils sont bruyants et agités. Le couinement de leurs baskets de luxe retentit dans l'atmosphère. J'admets ne pas avoir de véritable affection pour les enfants. Ils se collent à vous comme des picots, et s'en débarrasser est pénible. Je n'ai rien contre eux, je préfère simplement ne pas les avoir dans les pattes. Je n'ai pas non plus d'affection particulière pour les Italiens, qui ne sont pas nécessairement moins bruyants que les enfants. Mais bon, pour être honnête, je n'ai pas non plus d'affection particulière pour les Arabes, les Iraniens ou les Américains, les plus bruyants de tous. Ma foi, le plus clair du temps, je n'ai pas véritablement d'affection pour les gens.

Je ne vais pas pouvoir rester ici longtemps, ce n'est pas un bon jour pour qui recherche le calme du musée. Peut-être vais-je seulement passer un peu de temps avec les sarcophages antiques. Elles ont beau être de périodes différentes, les tombes sont si anciennes qu'elles semblent unies par les liens sacrés d'une affinité de plusieurs siècles. Mon préféré, près de l'entrée et de son détecteur de métaux défectueux, est le tombeau d'un noble. Sa hauteur est impressionnante, probablement un mètre cinquante. Tout autour de la base du sarcophage, la scène la plus touchante du vingt-quatrième chant de *L'Iliade*, est sculptée dans la pierre antique. Hommes, femmes, dieux et bêtes entourent Achille alors que Priam se prosterne devant lui et lui baise la main.

Tandis que je me tiens devant l'histoire consommée, la mère de l'un des garçons, l'arrière de la jupe collé au derrière, réprimande sans conviction les deux enfants dans un anglais américain approximatif. Elle demande à l'un d'eux de rentrer sa chemise à carreaux dans son pantalon. Ils ne lui accordent pas la moindre attention, comme si elle était aussi distante que l'époque d'Homère. Leurs cheveux assez longs rebondissent tout autant qu'eux. Je ne sais si je dois imputer leur attitude turbulente à leur éducation libanaise ou à leur environnement américain.

Ma patience, comme le temps qui m'est imparti en ce monde, s'amenuise.

Un descendant d'immigrant libanais a écrit un roman racontant à nouveau Priam implorant Achille pour récupérer le corps d'Hector : David Malouf, dans *Une rançon*, un livre magistral. J'ai toujours été ému par l'histoire, un roi historique contraint de supplier par amour pour son fils. Achille triomphant traîne le corps d'Hector derrière son char, la vengeance fait rage dans ses veines, mais il parvient ensuite à pardonner en constatant le chagrin d'un père, la tristesse d'un parent. Aujourd'hui cependant, peut-être en raison de la réapparition de ma mère, je trouve le sarcophage un peu énervant et je passe à autre chose.

Je me dirige vers les garçons d'Eshmoun, taillés dans le marbre, mais les vrais garçons courent près de moi dans la même direction. Je me retourne et pars dans le sens opposé, vers les trônes d'Astarté. Eshmoun et Astarté, deux dieux phéniciens, chacun d'un côté du musée – non pas les dieux en personne, mais des substituts : les statues de fils offerts à Eshmoun le guérisseur, dans l'espoir que les vrais demeurent en bonne santé, et les trônes de la divine Astarté.

Salut à vous, deux mille ans trop tard.

Ou quatre mille ans.

Je ne peux compter le nombre de fois où je me suis tenue devant ces trônes vides, reliques naguère pertinentes, de tailles diverses, aucune entière : la pierre ébréchée, le sphinx sur le côté décapité, un lion sans tête et sans queue. Mes yeux veulent voir de la mousse pousser dans les fissures comme cela se passe pour les statues demeurées sur site, mais les trônes sont régulièrement récurés et bien propres. Les Phéniciens avaient coutume de placer des bétyles sur les trônes, originellement des météorites, des pierres sacrées dotées de vie, en présence de la déesse. Il ne reste aucun des bétyles. Les trônes sont inoccupés. Astarté, la « Reine des Cieux, aux cornes en croissant » de Milton – Ashtaroute, Ishtar, Aphrodite, Vénus –, elle ne règne plus guère ici.

Quand je suis au musée, mon présent est assailli, mon passé récent oublié ; quand je suis devant ces trônes, ma vie dans sa totalité est mise entre parenthèses. J'ai le sentiment d'appartenir à une histoire plus vaste, la grande roue à eau du temps – illusion de ma part, j'en suis sûre. Cependant cela me réconforte. Je me demande parfois comment cela se serait passé si j'avais vécu dans cet autre monde à la place de celui-ci. Serais-je assise sur l'un de ces trônes ? Non, je ne suis pas Astarté, pas une déesse. Peut-être un bétyle.

Quand je suis au musée, je pense souvent à Bruno Schulz, probablement en raison du brouhaha qu'il y eut à propos de sa peinture murale et du musée en Israël.

Écrivain et artiste, le Polonais Schulz était né et avait grandi dans la ville de Drohobycz. En tout état de cause, Bruno était étrange. De nature maladive et timide, il était mal à l'aise en société, plein de tics très spécifiques – un enfant inhabituel dans un monde âpre. Comme Proust, l'autre puer aeternus à qui il est parfois comparé, il était immensément doué, on peut dire qu'il était discret quant à ses désirs – non pas homosexuel, notez bien, mais sexuellement masochiste ; il aimait sa Vénus en fourrure. Pour leurs époques, les deux avaient des désirs socialement inacceptables, cependant M. Marcel eut la chance de satisfaire les siens. (Edmund White et d'autres suggèrent que Proust était un fétichiste de la désacralisation du sacré, notamment s'agissant des photos du pape, cependant personne ne sait précisément la fréquence à laquelle il mit cela en pratique.) Dans les dessins de Schulz, de grandes femmes à jambes de girafe piétinent des nains à visage schulzien. Dans un de mes préférés, un homme nu est agenouillé en adoration devant une femme en négligé, assise sur un lit ou un tabouret, visage de profil. De fines bretelles tombent de manière aguichante de ses épaules et l'on voit son dos nu tandis qu'elle regarde avec dédain son adorateur, qui est totalement fasciné par son talon aiguille. L'index de sa main gauche semble dessiner le contour de la chaussure alors que le bras droit l'entoure comme s'il s'agissait d'une maîtresse. La joue de l'homme est au sol, son visage perdu en pleine adulation, tandis que le talon du pied droit de la femme appuie sur le bas de son dos – un suppliant qui incline la tête devant Astarté exaltée et sa chaussure.

L'œuvre littéraire de Schulz est incroyablement minuscule : quelques essais, quelques articles, deux recueils de nouvelles – mais quelles nouvelles, quel meilleur des mondes nous a-t-il montré. Malheureusement pour nous, et pour lui, sa propre histoire est devenue plus importante que les histoires qu'il écrivait. La façon dont il est mort, qui il était et ce qu'il était, tout cela a occupé le centre de la scène dans la pièce passionnée qui s'est jouée. En 1941, Drohobycz est tombée aux mains des Allemands. Quand Schulz fut obligé de s'installer dans le ghetto, il dissimula l'œuvre de sa vie auprès de collègues et de connaissances : dessins, peintures et deux manuscrits inédits, parmi lesquels, peut-être, un roman intitulé *Messie*. Tout a disparu, comme la valise de Walter Benjamin.

Felix Landau, l'officier de Gestapo responsable de la main-d'œuvre juive, décida que Bruno n'était pas un juif ordinaire, mais un juif nécessaire.

Réfléchissez un instant au terme.

Qu'est-ce qu'un humain *nécessaire* ?

Ce qui a épargné la vie de Bruno, ou, devrais-je dire, ce qui a retardé sa mort, fut le fait que Landau se voulait amoureux des arts. Il obligea le juif nécessaire à réaliser des peintures murales pour la chambre de son fils, représentant des scènes de contes de fées bien-aimés. Landau maintint Schulz en vie jusqu'à un jour de novembre 1942 où Karl Günther, un officier rival de la Gestapo, tua Schulz pour se venger de Landau, lequel avait tué le dentiste préféré de Günther – un dentiste nécessaire, peut-on supposer.

Günther dit à Landau : « Tu as tué mon juif – j'ai tué le tien. »

Pire encore, un réalisateur allemand, avec l'aide de résidents de Drohobycz, une ville à présent ukrainienne, a récemment pu retrouver la peinture murale de la chambre du fils de Landau. Sous plusieurs couches de blanc de chaux ont émergé les rois, les reines, les fées et les nains de l'imagination de Bruno. L'artiste est revenu à la vie, quoique brièvement, avant de disparaître à nouveau. Trois personnes du Yad Vashem, le musée de l'Holocauste en Israël, ont arraché des morceaux de l'œuvre murale, les ont dérobés en pleine nuit. Le musée a fait valoir un droit moral sur l'œuvre de mon héros. Tfeh !

Bruno Schulz fut tué de deux balles dans la tête par un officier nazi.

Federico García Lorca fut tué d'une balle dans la tête par un fasciste, puis reçut deux balles dans le derrière, après être tombé en avant, pour le désigner comme homosexuel.

Quand je lis Schulz, je suis baptisé avec l'eau noire de Lorca.

Au musée, le libanais, pas l'israélien, je contemple un trône d'un certain âge, pour ne pas dire antédiluvien. Selon les historiens bibliques, Dieu inonda le monde il y a quatre mille cinq cents ans, donc non, pas tout à fait antédiluvien.

J'entends le cliquetis de talons derrière moi, mais je ne me retourne pas. Les macaronis, sept au bas mot, des femmes pour la plupart. Le crissement des baskets des deux garçons se précipite vers elles. Tout cela je l'entends, je ne le vois pas. Les garçons ne semblent pas voir eux non plus, ils foncent droit sur le banc d'Italiens. J'entends des corps qui se télescopent, des Italiens qui jurent, mais ni chute ni culbute. Je me retourne et vois le chaos se produire. Les Italiens grondent les garçons dans un mauvais anglais, les mères grondent les Italiens pour avoir fait de la peine aux garçons, les Italiens réprimandent les mères pour avoir des enfants si mal élevés, ce qui déclenche des jurons chez les Libanaises. Aucun gardien, nul arbitre ni quiconque associé au musée n'apparaît.

Ce choc des cultures ne me concerne pas.

Les groupes se séparent.

Les Italiens dardent un regard furieux et arrogant aux Libanais/Américains puis s'éloignent. Les mères toisent leurs ennemis d'un air soupçonneux, comme si c'était une caravane contagieuse des sept péchés capitaux. Une fois assurée que les pécheurs ne regardent pas, une des mères donne une claque à son fils du revers de la main. Il tressaille une seconde après coup. Elle ramène en arrière sa chevelure noire, qui retombe en vagues sculptées sur ses épaules, et éloigne son amie des garçons. La gifle n'a pas été forte, mais le garçon a l'air choqué, et aucun des deux garçons ne sait que faire. Ils restent face à face, à l'endroit où les deux dames les ont laissés. C'est celui qui n'a pas été frappé qui prend l'initiative, qui remet son ami sur les rails. Celui qui a reçu la gifle semble perplexe. Les lèvres de son ami tremblent, sa respiration est hachée. Consciemment ou pas, le garçon qui a été frappé l'imite au mouvement près : lèvres, respiration, yeux gonflés de larmes. Ils s'affalent par terre, s'assoient sur la pierre, et pleurnichent – enfin, pleurent. Ils ont beau faire un boucan de tous les diables, ce chagrin est pratiquement inaudible. Dans la salle des anciens, retentit l'écho du reniflement intermittent des jeunes garçons.

Ils ne se touchent pas, ne se prennent pas dans les bras, n'essayent pas de se consoler. Ils restent simplement assis au sol et pleurent en chœur.

Moi aussi je suis remise sur les rails, emportée dans une mer de sentiments. Je suis témoin d'une innocence qui n'a jamais été mienne, d'une enfance qui m'a manqué et qui me manque. Nulle nostalgie n'est vécue avec autant d'intensité que la nostalgie de ce qui n'a pas eu lieu.

J'arrive à contrôler mes lèvres qui ont envie de trembler, mais ma respiration me trahit.

Je vais vite derrière l'escalier, pour que personne ne me voie. J'ai beau être encore dans la salle principale, la lumière mordorée vire au grisâtre, et l'air caché semble plus humide avec son goût de cuivre. Sous le palier, c'est un univers complètement différent. Des larmes sculptent deux sillons sur chaque joue. La terreur rampe de la poitrine aux membres ; j'ai peur parce que j'ai l'impression de me décomposer et je ne sais pas du tout pourquoi. Le chagrin fond sur mon cœur tel un rapace.

Que se passe-t-il ?

J'inspire des profondeurs de mon ventre. Je ne peux laisser des sanglots s'échapper de ces lèvres. Il faut que je demeure silencieuse.

Sur ma droite, un volume oblong d'une dense obscurité attire mon attention. Je m'avance dans la salle, m'appuie contre le mur à côté de la porte et je pleure. Je discerne les murs mais pas leur couleur. Dix-huit degrés ; la température ambiante n'est pas agréable – non, pas agréable. La température fébrile transforme la pièce en un été humide, août en décembre. Je m'attends à être attaquée par des moustiques à tout instant. Je suis trop habillée pour le mois d'août. Je ne peux pas respirer à fond à cause de l'odeur suffocante de paraffine et de tabac. Je caresse le parapluie pliable pour me consoler. Le fait que lui aussi soit mouillé me console, de même que les odeurs atroces de la salle.

Je dois me cramponner à ma santé mentale. Je dois me reprendre et quitter ces lieux oppressants.

Je me tape sur la tête, une fois, deux fois – une habitude pour apaiser le stress ou pour m'obliger à réfléchir quand je me comporte stupidement, une simple tape sur le dessus du crâne. Je me passe les ongles dans les cheveux, les ramène en arrière, je renoue mon foulard. Je m'évente le visage avec la paume de la main. La transpiration, l'humidité, semble être cantonnée dans le triangle entre mes deux aisselles et mon nombril. Je tiens mon sac à main contre cette zone, prends une inspiration pour me donner du courage et me dirige vers la lumière du musée, qui, par contraste, est maintenant aveuglante. Je regrette de n'avoir pas pensé à prendre mes lunettes de soleil.

La salle est vide, nul signe des garçons, de leurs mères ou de leurs ennemis italiens. C'est ainsi que j'apprécie mon musée, vide, désolé et tout à moi, sauf que je ne peux plus guère m'y attarder.

Le gardien, qui semble toujours amusé, a l'air inquiet.

— Ça va, tante ? demande-t-il.

J'envisage de débiter le classique refrain « Ça va, ça va » et de poursuivre ma fuite précipitée vers la sortie, mais je m'arrête. Il mérite mieux.

— Ça va aller, dis-je en me tournant pour lui faire face. Je suis venue ici pour fuir des problèmes de famille, mais je n'ai pas pu.

J'hésite, remarque que je bégaye légèrement.

— Tout va s'arranger.

Il hoche la tête lentement mais de manière rassurante et me rappelle l'inévitable sermon sur la famille libanaise : son caractère nécessaire, sa démence, le dilemme qu'elle représente, son mystère et son pouvoir de réconfort.

Après la chaleur à l'intérieur, l'air frais me glace les os ; le crachin a cessé, il est maintenant en suspension, humide dans l'atmosphère. Je descends l'escalier extérieur, traverse la rue malgré la circulation et me mets à marcher. Je me moque de savoir où et dans quelle direction. J'ai besoin d'activer ma circulation sanguine.

Pourquoi ne puis-je être comme le gardien de mon musée ? Normal et imperturbablement heureux, semble-t-il, appartenant au monde dans lequel il réside.

Henri Matisse déclara : « Cela m'a ennuyé toute ma vie de ne pas peindre comme tout le monde. »

J'aime cette citation, j'aime savoir que le peintre le plus incandescent du XXe siècle a pensé cela. Le fait d'être différent l'ennuyait. Voulait-il véritablement peindre comme n'importe qui d'autre, être comme n'importe qui d'autre ? Voulait-il véritablement se sentir chez lui en ce monde ?

Cela m'a embêtée toute ma vie de ne pas être comme tout le monde. Pendant des années je fus capable de me convaincre que j'étais spéciale, différente par choix. De fait, je voulais croire que j'étais supérieure, non pas une artiste, non pas un génie comme Matisse, mais au-dessus de la plèbe. Je suis unique, un individu, pas simplement particulier mais extraordinaire. Je considérais que mon individualisme était une vertu, qu'il me protégeait des humeurs et des folies collectives, qu'il m'aidait à flotter au-dessus des turbulences familiales et sociétales. Cela me réconfortait. Si ce n'est qu'à présent il me fait défaut. Pas seulement maintenant. Cela fait un certain temps que je ne suis plus capable d'endiguer correctement mes épanchements.

« Chacun de nous a dans le cœur une chambre royale ; je l'ai murée », a écrit Flaubert.

Je n'ai pas aussi bien réussi que Gustave. Mon enduit n'est pas étanche. Des fissures aux bords déchiquetés sont apparues à la surface de mes murs au fil des ans. L'épisode des pleurs au musée était certes inhabituel, mais ce n'était assurément pas la première fois. J'ai l'impression qu'ils sont plus fréquents ces temps-ci. Les murs trahissent des signes indéniables de décrépitude, des lézardes. Je n'ai pas le souvenir d'avoir pleuré de la sorte avant l'âge de cinquante-cinq ans.

Je me demande quel âge avait Flaubert quand il a écrit la phrase ci-dessus. Il est mort deux ans avant la soixantaine.

Pessoa, plus connaisseur que Flaubert en matière d'aliénation, a écrit : « Plus redoutables que n'importe quelles murailles, j'ai planté des grilles d'une hauteur immense à l'entour du jardin de mon être, de telle sorte que, tout en voyant parfaitement les autres, je les exclus encore plus parfaitement et les maintiens dans leur statut d'étrangers[26]. »

Ce poète avait un don pour les tournures de phrase, un sens des images.

Je deviens ce que je méprisais quand j'étais plus jeune, une folle sentimentale. Les murs qui se corrodent ne peuvent même pas me protéger de l'émotivité prévisible des mauvais films ; les mauvais films hollywoodiens avec, en vedette, de grands héros aux motivations plus grandes encore, me font maintenant pleurer.

Vous voulez du mauvais ? *Mirage de la vie* avec Lana Turner. Ce film manipulateur a planté dans mon cœur ses crocs à l'eau de rose lors d'un récent visionnage. *Tendres passions* ? Je suis gênée de dire que pour celui-là aussi j'ai craqué.

Il y a quelques années, *La Couleur pourpre* est passée à la télévision après les informations. Je n'avais pas apprécié le roman qui, trouvais-je, manquait de subtilité, mais c'était une étude tout en nuances diaphanes, comparée au film diffusé par une des stations satellites arabes de troisième ordre, soudanaise peut-être, ou libyenne, si bien que même l'image télévisée était médiocre. Je n'ai pas pu m'empêcher de regarder. Oui, tout en me détestant de le faire, j'ai regardé jusqu'au bout *La Couleur pourpre*, dans son flou pixellisé. Lorsque la femme déchue – ancienne prostituée, un temps lesbienne, désormais chanteuse de blues mariée ayant naguère chanté dans la chorale – ramène les pécheurs dans le sein de l'Église, dont le pasteur n'est autre que son père, cet homme droit et strict qui l'a reniée pour ses manières volages, mais à présent l'embrasse dans son pardon parce qu'elle entre en Son domaine en chantant (tenez-vous bien) « Peut-être Dieu essaye-t-il de me dire quelque chose », avec les chœurs de la chorale de gospel, et, au cas où vous et moi auriez manqué un des indices pompeux qui déferlent à l'écran, elle, la fille errante, dit à son père : « Les pécheurs aussi ont une âme » – quand tout cela se produisit, tout semblant de réalisme m'a abandonnée, et j'ai fondu en larmes comme… Ma foi, comme une enfant déchue désormais rachetée de ses péchés.

Une fleur bleue idiote, c'est tout moi.

Mais il n'y a pas que les films. Les gens aussi me font pleurer.

Aaliya, celle qui est au-dessus, la chialeuse.

L'amant de Fadia, Abdallah, est mort il y a une quinzaine d'années ; son cœur a lâché un soir. Un ami commun l'a appelée tôt le lendemain matin. Elle a dû se forcer à écouter la nouvelle en restant stoïque, comme si Abdallah n'était qu'une simple connaissance dénuée d'importance. Oh, ses pauvres enfants, a-t-elle dû être obligée de dire, quelle douleur pour sa famille. Elle a dû attendre d'être sortie sur le palier, après le départ des hommes de l'immeuble. Elle a dû attendre d'être seule avec ses amies et leur café.

Pouvez-vous imaginer la solitude qu'elle a dû éprouver quand elle a reçu cet appel téléphonique ? Votre amant vient de mourir, votre compagnon vous a abandonnée, mais gardez-vous bien de laisser échapper un son déplacé parce que votre famille est là. Plus personne pour vous toucher comme il le faisait, personne pour vous prendre dans ses bras jusqu'à ce que vous vous endormiez, mais méfiez-vous, votre visage ne doit point trahir la moindre lueur de chagrin. La douleur cuisante de se sentir seule parmi des gens que vous aimez.

J'attendais que l'eau boue au moment où je l'entendis craquer. Elle mentionna qu'Abdallah venait de mourir, le mentionna comme en passant, et sur le coup, je fus choquée qu'elle l'annonce avec une telle désinvolture, jusqu'à ce que je comprenne qu'elle attendait que le mari de Joumana parte avec celui de Marie-Thérèse. La bande du café ne réagit pas, ou du moins n'entendis-je rien de la fenêtre de ma cuisine. Puis le mari de Joumana et son tapage d'avant le travail dévalèrent l'escalier, suivis de davantage de vacarme quand le mari de Marie-Thérèse se joignit à lui.

Les femmes attendirent quelques secondes après le départ des hommes. Puis Joumana et Marie-Thérèse commencèrent à essayer de la consoler, et Fadia laissa libre cours à son chagrin. Sur le palier, Fadia ne pouvait pas pleurer, Joumana et Marie-Thérèse devaient parler à voix basse, mais debout devant l'évier tandis que la vaisselle de la veille séchait sur l'égouttoir, j'entendis chaque mot, chaque cri plaintif, chaque sanglot, chaque parole susurrée. Comme on pouvait s'y attendre, Joumana et Marie-Thérèse déployèrent une litanie de condoléances libanaises, toujours aussi banales après tant de générations : « Dieu veut l'avoir près de Son cœur », « Le temps guérit de tout », « Tu as toujours ta santé », « Dieu nous aidera ». On aurait pu penser que cela serait irritant. En pleurant ensemble, elles répétèrent à l'envi ces platitudes – tant et plus de mots idiots, vides, creux, dénués de poids, répétés encore et encore, dépourvus de signification et, assurément, de bruit et de fureur.

J'ai pleuré et eu de la peine dans ma cuisine, en silence, de manière à ne pas les déranger. Je n'étais pas capable de contrôler mes sentiments. Je n'avais jamais rencontré Abdallah, j'avais seulement entendu parler de lui en écoutant les femmes. J'étais navrée pour lui. J'étais navrée pour Fadia. Telle une adolescente sentimentale, je portais le deuil d'un amour perdu.

Aujourd'hui, je ne pleure plus ni à la chute d'un chapeau ni à la chute d'une bombe. Ce que je suis en train de dire, c'est que j'étais jadis plus forte. Je ne pleurais pas quand j'étais enfant ou jeune femme. Le fait que je pleure à présent, bien que cela soit rare, le fait que je sois incapable de contrôler mes pleurs, même si c'est peu fréquent, est déconcertant. Voilà tout.

Je vous ferai remarquer que cela n'est pas commun.

Je reconnais avoir aussi perdu le contrôle il y a quatre ans, quand la fille de Joumana a annoncé à la bande du café qu'elle avait été acceptée en doctorat à la Sorbonne. Au milieu des cris aigus de félicitations et des hululements sur le palier du haut, j'ai partagé leur joie en pleurant au-dessus de mon plan de travail en pierre grise.

C'est rare, cependant.

La brume du crachin s'est dissipée. La chaussée humide et un matelas de nuages bas et ténus – tantôt réconfortants, tantôt menaçants – sont la seule preuve qu'il a plu. Mes jambes, chacune s'efforçant de distancer l'autre, me conduisent jusqu'à une petite rue. Contrairement aux artères principales qui tranchent à travers la ville comme un couperet de boucher, celle-ci tortille pas mal des hanches. Elle se négocie un passage dans le quartier, chicane, donne et prend ; elle est rarement droite, c'est sa nature. Cette rue est plus ancienne que les grands boulevards, plus ancrée dans le passé. Je marche sur la chaussée, car le bas-côté – qui est plus un dédale discontinu de pierres qu'un véritable trottoir – est occupé par des véhicules garés et des Vespa appartenant aux nombreuses castes des livreurs de la ville. La couche d'humidité laissée par le crachin donne l'impression que la route est une gerbe de goudron sous mes chaussures de marche, qui font floc floc à chaque pas. Les bâtiments dans cette rue ont tous quatre étages ou plus, chacun doté d'un balcon, paré d'une longue tenture d'extérieur ayant jadis été de couleur vive, il y a bien longtemps.

Une petite voiture passe, emplie à ras bord de fumeurs ; on dirait qu'elle est en feu avec toutes les cigarettes allumées et la fumée. Dans une autre voiture, un garçon désœuvré presse son visage sur la vitre arrière. Il me remarque et tire la langue dans l'autoportrait ratatiné. Ce bref échange m'amuse, comme il l'amuse, semble-t-il. Il se recule. Est-ce pour admirer ma réaction ou bien son œuvre sur la vitre ? Je n'en sais rien. Une troisième voiture klaxonne pour être sûre que je ne vais pas me jeter sous ses roues, puis me double dans un mugissement. Je me déporte vers le bord du trottoir, mais d'un pas seulement, car un présentoir débordant de chips me bloque le passage. Le propriétaire de l'épicerie est assis à l'extérieur sur un tabouret, des écouteurs obstruent ses sens, cela lui est bien égal que lui et sa marchandise débordent du magasin et envahissent le trottoir. Il semble heureux en ce monde.

Je passe devant une enseigne qui proclame SALON AALIYA en caractères arabes, cependant que son équivalent en caractères romains annonce SALON BEYONCÉ. Je ne sais si je dois en rire ou en pleurer. Il n'y a pas de client dans les fauteuils de coiffeur.

J'ai l'impression qu'il fait plus froid. Les dernières traces de l'automne s'élèvent et disparaissent. Je sers mon sac à main contre moi. Je ne transpire plus, bien sûr, mais de l'humidité colle encore aux vallées entre mes doigts.

Une sandwicherie déverse une odeur d'ail dans la rue. J'ai faim. Je ne sais s'il est déjà l'heure de déjeuner ou s'il est trop tard. J'ai oublié ma montre, ce qui n'est pas si rare depuis que j'ai pris ma retraite.

Ce quartier est un véritable terrier de lapin, c'est du moins ainsi que j'imagine ce que doit être un terrier, mais rien de comparable avec le labyrinthe en perpétuel changement des camps de Palestiniens. On a ici davantage une impression de solidité. Si je considère qu'il y a un monde entre les deux, c'est probablement que je connais bien ce quartier. Je ne suis pas retournée à Sabra depuis la fois où je suis allée chercher Ahmad, il y a de si nombreuses années. Je n'arpente certes pas régulièrement ce secteur, mais je le connais. Il a un peu changé depuis la dernière fois que j'y suis venue, mais le lieu est ainsi fait qu'on s'y retrouve. Le quartier où j'ai grandi n'est pas loin d'ici – non pas à un jet de pierre, disons à un tir de mortier.

Il y a eu pas mal de tirs, il y a deux ans. En 2008, les chiites et les sunnites – *malédiction sur vos deux maisons* – se sont affrontés brièvement et violemment dans ces rues. Des traces des tirs sont visibles sur les bâtiments, quelques trous de projectile dans l'un, quelques taches au deuxième étage sur un autre, un unique grain de beauté sur un troisième, autant de résidus sur des édifices qui ne peuvent se permettre la chirurgie esthétique. Nulle trace des cicatrices psychologiques que ces affrontements ont causées ne peut être vue sur un Beyrouthin, cependant. Nous refoulons si bien les traumatismes. Nous reportons à plus tard l'irrespirable obscurité qui pèse sur nous.

Comment puis-je parler de la trahison que nous ressentons quand une fois de plus des Libanais ont tué d'autres Libanais ? Pendant des années, depuis la fin de la guerre, en 1990, nous eûmes la folie de penser que plus jamais nous ne nous battrions entre nous. Nous pensions avoir enterré notre horreur. Toutefois les Libanais ne souhaitent pas examiner cette période de notre histoire. Comme la plupart des humains, nous considérons que l'histoire est une leçon sur un tableau noir, qui peut être effacée d'un coup d'éponge. Nous préférons faire l'autruche face aux difficultés de la vie.

Je peux exhumer la vieille histoire rabâchée de George Santayana pour qui « ceux qui ne peuvent se rappeler le passé sont condamnés à le répéter », mais cela ne sert à rien. C'est une citation désespérément optimiste. Nous sommes condamnés à répéter le passé, que nous nous le rappelions ou pas. C'est inévitable ; vous n'avez qu'à demander à Nietzsche (l'éternel retour) ou à Hegel (l'histoire se répète) ou à James McCourt (l'histoire se répète comme un hoquet).

Les Beyrouthins sont intimement tissés par les guerres de leur ville.

J'aime beaucoup la citation de Mark Twain : « L'histoire ne se répète pas, mais elle rime. »

Nous sommes traumatisés à chaque fois que les Israéliens se lancent dans l'une de leurs frénésies meurtrières machos, mais nous l'expliquons tout de même. Ils ne sont pas nous. C'est le prix que nous payons pour habiter à côté d'un voisin constamment sommé de prouver l'importance de sa mission. Et elle est d'importance, croyez-moi, nucléaire, même. La destruction que nos voisins nous ont infligée en 2006 fut monumentale – non, je ne devrais pas utiliser cet adjectif, qui implique que l'on édifie et non que l'on rase. Les faubourgs sud de notre ville furent quasiment rayés de la carte, des centaines de personnes, voire des milliers, furent tuées. Ils ont bombardé tous les ponts du pays, toutes les centrales électriques. Je refusais de sortir de chez moi quand bien même mon quartier n'était nullement en danger d'être bombardé ; cependant, aussi effrayant que cela fût, comme la plupart des Beyrouthins, je mettais tout cela sur le compte de la folie des affrontements directs entre militaires israéliens et la frange démente du Hezbollah.

Ô Poséidon, fais que ces pilleurs de villes des deux camps soient confrontés à des ennuis dans leurs foyers.

Deux ans plus tard, en 2008, lorsqu'eut lieu le choc entre chiites et sunnites, je ne pus faire comme si de rien n'était.

Je suis sûre que vous avez remarqué que je n'apprécie pas Israël, cet État pygmée ridicule, dégoulinant de surestime de soi, et pourtant nombre des géants que je respecte sont juifs. Il n'y a pas contradiction. Je m'identifie aux outsiders, aux aliénés, aux dépossédés. Comme de nombreux États-nations, y compris son État sœur pygmée, le Liban, Israël est une abomination.

Les Israéliens sont des juifs qui ont perdu leur sens de l'humour.

J'aime les hommes et les femmes qui ne trouvent pas leur place dans la culture dominante, ou, comme Álvaro de Campos les appelle, les étrangers ici comme partout, accidentés de la vie et de l'âme[27]. J'aime les outsiders, les fantômes errant dans les couloirs envahis de toiles d'araignées du château hanté où la vie doit être vécue.

David Grossman aime peut-être Israël, mais il erre dans ses couloirs envahis de toiles d'araignées, de même que son homonyme Vassili erre dans ceux de la Russie. Écrire, c'est savoir qu'on n'est pas chez soi.

J'ai cessé d'aimer Ulysse le jour où il est revenu à Ithaque.

J'aime l'idée d'une patrie, mais pas le véritable retour à la patrie.

Il y a déjà un certain temps, Czeslaw Milosz a écrit dans un essai qu'à notre époque actuelle de technologie et de mobilité de masse « toute la rhétorique nostalgique de la *patria* nourrie par la littérature depuis le retour d'Ulysse à Ithaque, a été affaiblie, si ce n'est oubliée ». Affaiblie, peut-être bien, mais oubliée je ne le crois pas. C'est cette nostalgie d'une patrie mythique, et non pas nécessairement physique, qui inspire l'art. Sans cette nostalgie, la *patria* n'est rien de plus que le nom d'une compagnie aérienne finlandaise qui produit des véhicules blindés utilisés par Israël dans ses guerres contre le Liban, ou le nom d'une mitraillette argentine.

J'apprécie la nostalgie.

J'apprécie aussi l'ironie.

À l'été 1982, pendant que les chars blindés et les hélicoptères de combat israéliens imposaient un siège d'un autre âge à une Beyrouth dépourvue de remparts, coupant l'approvisionnement en eau et en nourriture, les catapultes modernes, à savoir l'aviation, rasaient des immeubles résidentiels, détruisaient toutes les infrastructures, et, étonnamment, bombardaient la synagogue du quartier juif de Beyrouth.

Il n'y a pas contradiction.

Je remarque une mère, assise sur le trottoir, de l'autre côté de la rue, pas libanaise, comme l'indique son visage, et pas de ce quartier, comme l'indique sa robe éreintée. Mendiante de profession, elle est équipée des outils de son métier : un bébé dans les bras ; une fillette d'environ cinq ans aux genoux et à la robe sales, qui gravite dans l'univers de sa mère ; l'aînée, une fille de pas plus de dix ans, assise par terre, dos contre le mur de l'immeuble, qui m'examine de loin. La mère, qui a l'air lugubre d'une mère de conte de fées, donne un coup de coude à son aînée, laquelle se relève d'un bond et fonce vers moi au pas de charge dans le même mouvement, souple et expérimenté. Cheveux bruns, visage crasseux et joues roses, elle semble déterminée et excessivement grave. Ses yeux brillent d'une forte dose de conviction, un prédateur ayant repéré sa proie.

Sauf que sa proie a vu venir le coup.

J'attends qu'elle fasse le tour d'une voiture garée, qu'elle arrive près de moi, et je l'arrête en lui tendant une paume quêteuse.

— Tu aurais un peu de petite monnaie pour moi ? dis-je. J'ai atrocement faim.

Son corps réagit avant son visage, un décalage de quelques secondes, elle se replie sur elle-même. Elle atterrit pratiquement sur la Nissan bleue, à sa gauche. Les sourcils se dressent, la mâchoire inférieure tombe, les lèvres s'amenuisent, ses joues rougissent jusqu'à devenir violacées. Elle s'appuie sur la voiture pour ne pas perdre l'équilibre, main tendue. C'est alors que je remarque qu'elle est plus jeune que ce que je pensais, une fillette de huit ans, grande pour son âge, sans doute.

Je me demande si je suis allée trop loin, mais non, elle se remet vite de ses émotions.

Ses yeux sourient en premier ; maligne, la petite. Elle se met à glousser. Son rire est expulsé comme par catapulte et son regard me cloue sur place. Elle me scrute avec hilarité. Je souris de toutes mes dents.

Sa mère, qui gigote de l'autre côté du bitume nous séparant, ne semble pas apprécier notre scène un peu spéciale et son charme urbain. Son anxiété est palpable en dépit de la distance. Elle serre contre elle la petite de cinq ans, encerclant de son bras droit les hanches de la fillette.

— Tu as les cheveux bleus, dit la gamine.

D'un geste chaleureux, je plonge la main dans mon sac et en sors tous les billets que j'ai – tout ce que j'ai, à l'exception de ce qu'il y a dans ma poche, où je conserve réellement mon argent, au cas où je me ferais voler mon porte-monnaie. Je finis par lui donner à peine plus que le prix d'entrée au musée. Je ne suis ni idiote ni romantique, ni même une romancière russe affairée.

Rayonnante et toute fière, la petite compte les billets de ses doigts agiles de Beyrouthine rompue à cet exercice. Elle fait volte-face, sans cesser de compter et rejoint sa mère.

— Continue l'école, lui dis-je.

— C'est les vacances, répond-elle sans lever la tête ni se retourner, captivée par son butin.

Je fais rentrer une mèche de cheveux bleus, ajuste le foulard et je poursuis mon chemin.

Dans une de ces ruelles un peu à l'écart, je ne me rappelle plus exactement laquelle, j'ai vécu une expérience humiliante qui rôde dans ma mémoire, presque soixante-dix ans plus tard. Ledit souvenir ne me cause plus trop de peine. Je devais avoir quatre ans passés de quelques mois. Ma mère était enceinte de mon demi-frère l'aîné, au deuxième trimestre de sa grossesse. Nous nous dépêchions de rentrer à la maison, elle me traînait par la main. Elle marchait avec une concentration totale et une consternation non moins totale. Je ne pouvais pas comprendre à l'époque, et cela m'échapperait pendant bien longtemps, sa terreur à l'idée de décevoir son mari, sa famille à lui et la sienne à elle. Comme la plupart d'entre nous, elle avait été élevée au lait du patriarcat (le courage des hommes, la fidélité des femmes). Elle croyait sincèrement que le monde s'effondrerait si son mari retenait sa respiration et que, si chacun de ses caprices n'était pas exaucé, le monde se réduirait en cendres.

Je me souviens encore de mes pas précipités ce jour-là, de leur manque d'assurance, de mes solides chaussures marron et crème, caoutchouc et toile, achetées peu auparavant, mais démodées de longue date. Nous empruntions souvent ce chemin, sauf que cette fois-ci, c'était différent. Allait-elle être en retard, ne serait-elle pas à l'heure pour lui préparer son repas, finir le nettoyage, repasser la chemise de nuit de son mari ou autre ? Je l'ignore. Je sais qu'il faisait encore jour, donc il ne pouvait pas encore être arrivé à la maison. Je sais que je ne pouvais me concentrer que sur les mollets de ma mère, ils glissaient à chaque pas comme des plaques tectoniques, et non pas sur ce que j'avais l'habitude de regarder autour de moi. Elle était en retard, mais ne courait pas en raison de sa grossesse ; les passants ne l'auraient pas laissée faire, ils se seraient sentis obligés de protéger mon demi-frère le fœtus de sa mère irresponsable.

Il y avait plus de gens dans les rues, à l'époque, bien plus.

Mentalement, tandis que j'arpente les rues aujourd'hui, je vois les mollets blanc crémeux de ma mère, comme ils étaient alors, les mollets de Héra ou Athéna dans *Le Jugement de Pâris* de Rubens. Je revois le glissement de l'ourlet de sa jupe noire, son ondulation sous le creux en forme de selle derrière ses genoux.

En arpentant ces rues aujourd'hui, je remarque que les bâtiments sont à présent bien plus hauts, la plupart ont été construits dans les années cinquante ou soixante, et que je suis plus grande, moi aussi.

Je me souviens que j'étais alors en train de paniquer. J'avais envie de faire pipi. Je n'arrêtais pas de lui répéter que je ne pouvais pas attendre qu'on arrive à la maison. Je devais l'imaginer capable, sorcière qu'elle était, de faire apparaître des cabinets pour moi. Contrairement à la femme de Lot, elle ne se retournait pas, continuait de regarder droit devant elle, en direction de sa Mecque. Elle avait besoin d'uriner elle aussi, me dit-elle tandis que nous avancions. Enceinte, elle avait constamment besoin de faire pipi, mais elle allait attendre qu'on arrive à l'appartement. C'était toujours comme ça. Si elle pouvait se retenir, alors moi aussi j'étais censée pouvoir.

J'ai dû commencer à pleurer. J'ai dû trébucher. J'ai dû faire quelque chose, parce que les gens nous ont inondées de regards inquiets, certains nous inondaient de leur dédain. Elle a interrompu notre progression.

Fallait-il donc toujours que je réclame, que je fasse une scène ? Ne pouvais-je pas me comporter comme les enfants normaux ? Ma main était toujours dans la sienne, elle m'a tirée vers l'avant dans une ruelle entre deux bâtiments ocre de deux étages. Tranchant le lien entre nous, elle m'a fait signe d'avancer d'un mouvement de la main.

— Là, dit-elle, fais là et fais vite.

J'ai peut-être été surprise ou choquée lorsqu'elle a dit cela. J'ai dû être l'un ou l'autre, mais je ne m'en souviens pas. J'ai couru dans la ruelle tandis qu'elle montait la garde, me tournant le dos. Craignant d'être vue par un passant, j'ai franchi le portail de l'un des bâtiments. Derrière un grand bougainvillier en fleur, à moitié à l'ombre de sa panoplie rouge, je me suis accroupie.

Une femme en robe foncée, coiffée d'un foulard foncé, qui masquait ses cheveux, m'a hurlé dessus et a commencé à me traiter de tous les noms. J'avais cru que personne ne pourrait me voir. J'avais regardé autour de moi avant de commencer ma profanation, mais je n'avais pas remarqué le balcon du dernier étage sur lequel elle se tenait.

— Fiche le camp d'ici ! ne cessait-elle de hurler, mais je ne pouvais pas.

Je ne pouvais pas arrêter de faire pipi. Je n'étais pas capable non plus de croiser son regard, ou sa fureur. Elle cria plus fort encore, et ses jurons devinrent plus colorés. Mon regard s'attarda sur la flaque continentale qui se formait au sol sous moi.

Le temps que je sois suffisamment présentable pour relever la tête, ma mère était debout au-dessus de moi, l'air plus perplexe qu'en colère, mais cela ne dura qu'un instant. Quand la femme au balcon se mit à l'insulter, elle, et à insulter l'éducation qu'elle dispensait à sa fille, ma mère laissa libre cours à une litanie d'imprécations tellement impressionnante que la femme en haut devint rouge comme une pivoine et resta sans mots. La femme grossière et à présent mutique s'agrippait à la rambarde comme si sa vie en dépendait, comme si ma mère avait le pouvoir de l'éjecter du balcon. Sous ce balcon où la femme à l'instant encore régnait, un écusson représentant une gerbe de blé était sculpté dans la pierre, de chimériques armoiries qui avaient dû jadis être de la même couleur ocre, mais qui avaient noirci, accumulant dans ses replis la suie et la crasse de la ville.

Ma mère me poussa doucement en direction de la rue, m'attrapa une fois de plus par la main et reprit sa marche forcée jusqu'à la maison. Elle m'ignora pendant le reste du trajet, mais elle marmonna au ciel, marmonna dans sa barbe. Elle ne me frappa pas, je n'eus pas de tape sur le dessus de la tête, mais elle était furieuse. C'était une furie manchote qui faisait de grands gestes et fonçait droit devant elle.

Je ne sais pas ce qui ajoutait le plus d'huile sur le feu : le fait que je lui avais causé de l'embarras, la femme au balcon l'ayant jugée mauvaise mère, ou le fait que j'aie interrompu sa marche rapide, si bien que son mari risquait de juger qu'elle était une épouse imparfaite. Je me souviens d'avoir été horrifiée pendant tout le reste du trajet, les yeux collés sur deux endroits de ma chaussure gauche, deux points humides sur la toile couleur crème, et non pas sur le caoutchouc marron. Comment expliquer à ma mère ?

Je marche de nouveau d'un bon pas en direction de la maison de ma mère. Je ne peux pas dire que la raideur de ma démarche est tout à fait inconsciente.

L'idée m'est venue ce matin, mais je n'ai ni fomenté de plan ni pris de décision ferme. J'avais envisagé de voir ma mère, et quelque mémoire musculaire dans mes jambes semble avoir répondu. Mes pieds m'ont tortueusement conduite, en un pas incertain, dans cette direction. Comme dans moult contes de fées, il faut que je me retrouve là-bas. Jung n'en aurait pas été étonné.

Je n'aiguise pas mon couteau, pas plus que je ne tapote les coussins pour qu'ils soient bien rebondis, en guise de bienvenue. Je devrais signaler que je ne songe pas non plus aux coussins dans l'idée de la tuer avec. Je ne prévois rien. Il n'y aura pas de résolution, pas d'épiphanie ; et très probablement je ne comprendrai pas mieux que je ne comprends maintenant. J'imagine que je n'ai pas envie que son cri perçant de terreur soit mon dernier souvenir d'elle. Mon intention – mon but – est simple.

J'ai le sentiment d'avoir loupé une occasion lors de notre dernière rencontre, d'avoir manqué un moment gros de potentialités. C'était un moment gros de potentialités, non ? Aurais-je dû lui dire quelque chose ?

— C'est moi, maman, c'est moi.

Aurais-je dû citer Milton, ce que la fille, Péché, dit à son père Satan : « M'as-tu donc oubliée, et te suis-je devenue un objet d'horreur[28] ? »

Aurais-je dû la gifler ?

Tout paraît net, glissant et luisant après la pluie. Une espèce de rouille s'agglutine sur les feuilles mortes d'un arbre que je ne sais nommer. Si elle hurle à nouveau en me voyant, je la tue.

Au lieu d'aller la voir, je ferais mieux de rentrer à la maison pour ranger Sebald dans la chambre de bonne.

Je suis fière d'avoir achevé le projet *Austerlitz*. Je considère que c'est un des meilleurs romans sur l'Holocauste. Je dois dire que l'essentiel de ce qui s'écrit sur l'Holocauste ces temps-ci semble destiné à la petite-bourgeoisie. Je trouve que, lorsqu'un sujet a été copieusement traité, particulièrement un thème aussi effrayant que l'Holocauste, toute nouveauté devrait m'obliger à porter un regard neuf, à éprouver des sentiments jusqu'alors inconnus, à explorer des terres jusqu'alors inexplorées. Quand j'ai lu Primo Levi pour la première fois, mon corps a frissonné, pris de spasmes aux moments les plus improbables de la semaine. Je n'ai pas pu lire *This Way for the Gas, Ladies and Gentlemen* de Borowski sans me cramponner au bord de mon bureau. Mais ensuite, pendant des années, j'ai pataugé dans des livres pour la plupart mélodramatiques avant de tomber sur *Être sans destin* de Kertész pour, de nouveau, me sentir mise au défi.

Kertész, comme Levi et Borowski, a échappé aux chambres à gaz d'Auschwitz, et c'est le seul des trois qui ne s'est pas suicidé – du moins à ce jour. En 1951, Tadeusz Borowski, âgé de vingt-huit ans seulement, ouvrit le gaz et mit la tête dans le four. La Gestapo l'avait arrêté, lui qui n'était pas juif, pour avoir imprimé clandestinement sa poésie.

Quiconque prétend que le stylo est plus fort que l'épée ne s'est jamais retrouvé nez à nez avec un pistolet.

Les Émigrants et *How I Came to Know Fish* d'Ota Pavel sont deux de mes livres préférés. Ce que j'aime, dans les deux, c'est qu'ils traitent de l'Holocauste en abordant la question de manière indirecte ; je n'ai pas souvenir que le mot figure une seule fois dans l'un ou l'autre livre. Les deux refusent de souiller le deuil avec du sentimentalisme, aussi sont-ils dévastateurs.

Il est difficile d'aborder le chagrin frontalement, il faut le courtiser de manière oblique. Très peu d'entre nous sont capables d'écrire sur une tragédie sans se perdre dans les réfractions de larmes aveuglantes. Il me semble qu'il nous faut tenir compte du conseil de Bushy dans *Richard II*, et de Slavoj Žižek d'ailleurs, et regarder de guingois.

Le chagrin aussi nous fait-il perdre des cônes sensibles aux radiations de basses longueurs d'onde, nous rendant moins capables de distinguer la couleur bleue ?

Je me demande si Hannah, dans sa dernière année, a regardé sa vie sans détour et s'est sentie submergée. Aurait-elle pu se sauver en regardant de guingois ?

De Rilke, les *Sonnets à Orphée* :

> *Même les arbres qu'enfant vous avez plantés*
> *Depuis longtemps sont devenus trop lourds, vous ne les porterez plus*[29].

La première fois que je vis Hannah, ce fut dans l'appartement de ma mère. Quand la famille de mon ex-mari arriva pour me demander officiellement ma main, elle vint avec eux. Je la remarquai ce jour-là et pourtant je n'ai pas remarqué grand-chose ; j'étais à deux mois de mon seizième anniversaire, trop absorbée par les livres, les devoirs scolaires, mes illusions.

J'admets ici qu'avant ce jour je n'avais guère songé à ses possibles conséquences. Je savais, on me l'avait dit, qu'il s'agissait d'une demande en mariage et que la famille de mon futur mari me rendait visite afin de me jauger, de me juger, que je devais me comporter avec dignité, mais je n'avais pas pensé la question dans toute sa globalité. Je n'avais pas de sœur aînée qui aurait vécu la procédure jusqu'à son terme, nulle cousine plus âgée qui aurait pu me servir de modèle.

Par exemple, je ne m'étais pas rendu compte que le mariage signifiait que j'allais être retirée de l'école. L'aurais-je su, j'aurais posé quelques questions supplémentaires à l'école. J'étais une phalène à qui l'on arrachait de force sa chrysalide pour qu'elle affronte les lumières crues du monde et ses orages effrayants.

Je ne comprenais pas les choix qui s'offraient à moi. Aurais-je compris, j'aurais été plus attentive, j'aurais posé plus de questions au crétin.

Je lui aurais fait avaler sa pipe prétentieuse pendant qu'il tirait dessus.

Mon ex-mari avait la première qualité de l'époque de Stendhal, telle que le comte Mosca explique à l'exquise duchesse dans *La Chartreuse de Parme* : « La première qualité chez un jeune homme aujourd'hui, c'est-à-dire pendant cinquante ans peut-être, tant que nous aurons peur et que la religion ne sera point rétablie, c'est de n'être pas susceptible d'enthousiasme et de n'avoir pas d'esprit. »

Le portrait tout craché du crétin que j'ai épousé, bénie soit son âme rance. Dans ce cas, vous pouvez également ajouter le manque implicite de sens de l'humour et de l'honneur ; oh, et l'incapacité de gagner un revenu, l'art de se satisfaire de son analphabétisme manifeste et d'être un pleutre congénital.

Quand lui et moi fûmes laissés seuls pour discuter et faire connaissance dans la minuscule salle de séjour, l'insecte impotent eut besoin de plus de vingt minutes avant de trouver le courage de prononcer quoi que ce soit (« Tu es belle »). Baignant dans un silence inconfortable, nous restâmes assis, balayant tout l'espace du regard, sans que nos yeux ne se croisent. J'exagère un peu quand je dis que chaque conversation que nous eûmes par la suite commença par un silence d'une bonne vingtaine de minutes.

Durant tout notre mariage, nous passâmes parfois des semaines sans échanger plus que quelques mots superficiels, ne partageant rien d'autre qu'un silence abasourdi.

Et vous pensez que je me sens seule aujourd'hui ? Ciel !

Je regrette de ne pas avoir écouté Tchekhov, ou de ne pas l'avoir lu à l'époque : « Si vous craignez la solitude, ne vous mariez pas. »

Je ne suis pas autocentrée au point de croire que mon mariage fut le plus atroce ou que mon ex-mari fut le pire. Il ne leva jamais la main sur moi (pour ce faire, il eût fallu qu'il monte sur un escabeau) ni ne m'infligea jamais la moindre douleur physique. Je sais aussi que mon mariage ne fut nullement unique, ni typiquement beyrouthin. Avec toute la concision de Mme du Deffand qui, comme moi, fut mariée et presque immédiatement séparée : « Ne point aimer son mari est un malheur assez général. »

Mais cessons de parler de lui.

Je remarquai Hannah ce jour-là pour deux raisons : elle mangea et elle était heureuse. Elle dévora tout ce qui lui fut offert. Ma mère ou moi apportions un plateau de confiseries maison, de chocolats ou d'amandes fourrées, et elle n'hésitait pas, ni ne sourcillait ni ne rechignait. Les autres convives faisaient mine de réfléchir pour savoir s'ils devaient en prendre davantage, ils hésitaient avant de se servir, mais pas Hannah. Elle nous remercia abondamment pour chaque offrande avant de tout engloutir. Quand je disais « Je t'en prie, prends-en deux », elle en prenait deux.

Ma chère, chère Hannah.

Oui, et elle était heureuse. Elle parla peu, mais elle semblait ravie de faire partie de la fête, presque comme si elle était le futur marié. Il n'y aurait pas eu les conventions, les us et les coutumes, elle aurait sans doute traversé la pièce d'un bond pour me serrer dans ses bras, pour accueillir l'entrée de la nouvelle mariée dans son monde. Elle prodigua de la joie à la famille de mon ex-mari et à la mienne.

Elle fut là pour les deux grands jours, les fiançailles et le soir qui passa pour être celui de mon mariage. Ce qui lui valut mon affection fut que deux jours après mon emménagement dans l'appartement, elle fut la première à me rendre visite. Je dis moi, et non pas nous, car mon ex-mari la détestait. Elle faisait abstraction de sa détestation, et, à la vérité, dans l'ensemble, faisait abstraction de lui. Jusqu'à ce qu'elle glisse dans l'abîme, à la fin de sa vie, Hannah avait le chic pour tout simplement ignorer les choses désagréables, et mon ex-mari n'était autre que simplement désagréable. J'ignore quand elle arriva à la conclusion qu'il était totalement dénué d'intérêt, mais ce fut assez tôt, longtemps avant que je m'en rende compte. Elle ne le mentionna que deux fois dans son journal : la première, elle le compara à un porteur à l'aéroport, ce qui, à mon avis, était une comparaison extraordinairement pertinente ; la dernière fut quand il me quitta, elle le traita de chien, de « bâtard miteux et galeux », pour être exacte.

Quand elle arriva à l'appartement pour la première fois, ce jour-là, je me rendis dans la cuisine pour faire un café et elle me suivit. Tandis que je moulais le café, elle pencha la tête et je sentis son front effleurer ma chevelure en une caresse.

— C'est un sale bonhomme grincheux, ton petit mari, chuchota-t-elle, mais ne t'en fais pas, je le connais depuis qu'il est enfant, il est inoffensif.

Ses sourcils, comme à chaque fois qu'elle estimait être malveillante, montèrent et descendirent par à-coups, appelant une confirmation de ma part.

Bien sûr, elle finit par m'apprendre à préparer le café, le nombre de cuillères de marc, la quantité de sucre, de cardamome. Une amitié se noua ainsi. Elle fut la première personne qui souhaita m'avoir dans sa vie, la première à me choisir.

Hannah m'enseigna bien des choses. Soudain mariée, j'étais insuffisamment préparée pour la vie. Parfois je me dis que je suis encore insuffisamment préparée pour la vie, mais c'est désormais une proposition différente. Elle m'apprit à cuisiner, cependant qu'elle ne cuisinait guère mieux que moi. À tricoter, mais je n'ai jamais pris la peine de donner suite à cela. À coudre et à raccommoder les boutons, ce que je fus maintes fois amenée à pratiquer car perdre des boutons était une spécialité de l'impotent. Elle me passa des livres et des magazines.

Elle m'apprit également à prier, autre discipline à laquelle je ne me suis pas tenue. Au début, j'étais trop occupée, entre les tâches domestiques, la cuisine et l'enseignement que je me dispensais à moi-même. J'avais peu de temps pour un dieu qui avait peu de temps pour moi. En mûrissant, je n'ai pas eu besoin d'un dieu. Emmanuel Levinas suggère que Dieu est parti en 1941. Le mien est parti en 1975. Et en 1978, et en 1982, et en 1990.

Hannah, en revanche, n'en revenait pas que ni moi ni l'insecte impuissant n'aient un tapis de prière (il était moins religieux que superstitieux), et en revint encore moins quand elle se rendit compte que ma mère n'en avait pas mis dans mon trousseau (ma mère n'en avait pas non plus). Elle m'acheta un tapis de prière qui devint la première chose que mes pieds touchent maintenant lorsque je sors du lit.

Hannah n'était pas très rigoureuse en matière de prière. Elle faisait de son mieux, mais si elle en loupait une ou deux par jour, elle continuait sans se décontenancer. Elle ne faisait que rarement la prière de l'après-midi car, pratiquement tous les jours, elle arrivait à la librairie pour m'aider à fermer, et ensuite nous allions à pied ensemble jusqu'à mon appartement. Dans la lumière de l'été ou dans l'obscurité de l'hiver, elle fut là pendant toutes ces années, sous des parapluies ou des cieux radieux.

Nous discutions tout en préparant puis dévorant le repas du soir. Une des images que je ne peux oublier est celle de Hannah se léchant l'index avant de ramasser des miettes éparpillées sur la nappe. Elle s'asseyait avec moi dans ma pièce de lecture, qui n'était pas encore autant encombrée de livres qu'aujourd'hui, et, comme une agence de presse, elle me tenait au courant des aventures des familles, de la sienne et de celle de son fiancé, celle de mon ex-mari. Toujours en tricotant, elle parlait sans arrêt, tricotant des pull-overs pour tous les neveux et nièces des deux familles – des pull-overs qui contribuaient à ce qu'elle soit aimée et intégrée.

Elle me rendait aussi visite pendant les heures de travail, mais moins souvent, et là, à la librairie, elle était moins bavarde. Que j'aie des clients ou pas, elle s'asseyait sur une chaise en plastique blanc, dans le coin, et tricotait sans un bruit, hormis le clic-clic rythmé de ses aiguilles en bambou. Parfois elle écrivait dans son journal, son stylo grattait discrètement dans le silence de la librairie. Je lisais à mon bureau, ce qu'elle considérait comme étant partie prenante de mon travail et, attentionnée comme elle était, elle me tenait compagnie sans me déranger. Nous étions deux solitudes profitant d'une grâce qui était continuellement revigorée par la présence de l'autre, deux solitudes qui s'alimentaient mutuellement.

Je devrais dire que parfois nous étions trois solitudes dans la librairie. Il lui arrivait de me rendre visite alors qu'Ahmad était là. Comme aucun des deux ne parlait beaucoup quand je travaillais, ils s'entendaient plutôt bien. Installée à mon bureau, je lisais. Hannah tricotait et Ahmad consommait des livres par terre. Il m'a quittée deux ans avant qu'elle ne se suicide.

Hannah m'apprit beaucoup de choses, mais à un moment donné, je ne sais pas exactement quand, je devais avoir vingt-deux ou vingt-trois ans, nous entamâmes un nouveau rituel : le soir, alors que nous étions ensemble dans ma pièce de lecture après le dîner, je me mis à lui faire la lecture. Elle s'installait dans la causeuse, tricotait tranquillement, tandis que moi, dans le fauteuil à chenille bleu marine, je devenais l'agence de presse bavarde. Je ne lui lisais que des livres de philosophie – elle prétendait toujours aimer le sujet – et uniquement en français car son anglais était faible (elle disait que son esprit s'était embrouillé quand elle avait rencontré la première proposition subordonnée). Nous eûmes toutes deux du mal au début, et franchement il fallut un certain temps avant que je comprenne quelque chose à ce que je lisais. Je pense que deux années de soirées furent nécessaires, probablement 1952 et 1953, pour lire, pour parcourir *Le Monde comme volonté et comme représentation*, et je ne peux pas décemment affirmer avoir compris grand-chose de Schopenhauer à l'issue de cette première lecture, ni à la deuxième, mais j'ai insisté. En philosophie, je fus pendant longtemps une tourneuse de pages avant de devenir une lectrice. J'ai erré à la surface avant d'atteindre à l'essence.

Tandis que j'écris ceci, je me rends compte que je peux facilement vous dire combien apprendre fut difficile en ce temps-là, mais à l'époque cela n'était pas aussi aisé à admettre. Je ne pouvais pas faire part à Hannah de mes peurs, au début ; je ne pouvais pas lui dire à quel point ces philosophes m'étaient étrangers, à quel point les obstacles s'opposant à ce que je devienne une érudite me semblaient insurmontables. Mon seul espoir était de me frayer un chemin vers l'instruction en faisant semblant. Je supposais que, de son côté, elle comprenait peu de chose de ce que je lui lisais, qu'elle écoutait parce qu'elle aimait bien le son de ma voix. Cela nous prit une année entière pour finir l'*Éthique* de Spinoza, uniquement le premier volume.

Un jour, aux débuts de l'histoire de ma librairie, à l'époque où je doutais encore de tant de choses, elle tricotait sur la chaise en plastique blanc, dans le coin, quand une dame chic fit son entrée, laissant derrière elle des relents de parfum de muguet et des affectations petites-bourgeoises. Quelque chose chez elle me donna le sentiment d'être incompétente. Elle s'approcha de mon bureau, releva ses lunettes de soleil et demanda des renseignements sur des livres de Heidegger – première fois qu'un client s'intéressait à un philosophe. Lorsque je la dirigeai vers les livres, elle me regarda d'un air malicieux et me demanda :

— Lequel recommanderiez-vous ?

C'était de la méchanceté de sa part, elle s'amusait à mes dépens. J'étais une péquenaude et j'avais une allure de péquenaude. J'aurais pu répondre ; j'avais lu à Hannah un essai sur lui, mais je n'avais lu aucune de ses œuvres. J'étais gênée et sur le point de dire ce qu'il ne fallait pas.

Sans lever les yeux du pull-over sur lequel elle travaillait, Hannah prit la parole :

— Nous ne recommanderions aucune œuvre de ce proto-nazi. C'est un philosophe de troisième zone, affublé d'un béret en tricot ridicule, et vous pouvez me faire confiance, je m'y connais en tricot.

Je lui avais montré la photo qui accompagnait l'essai critique. Elle enchaîna, *sans façons**, enjolivant ce que je lui avais lu.

— C'était uniquement un poseur, et seuls les poseurs s'intéressent à lui. Une femme de votre intelligence ne devrait pas perdre son temps à lire Heidegger. Les gens qui l'apprécient confondent philosophie et cuisine. Tout ce qu'il a écrit est frit, rôti et complètement cuit. Essayez Schopenhauer – lui, nous le recommandons.

Aurions-nous réellement compris Heidegger que nous ne l'aurions pas aussi aisément discrédité. Après tout, quiconque affirme que le déplacement est la modalité fondamentale de l'Être-dans-le-monde aurait dû être considéré un peu plus sérieusement par nous deux.

Nous n'avons peut-être pas compris grand-chose, au début, mais nous avons persévéré – elle m'a aidée à persévérer.

Spinoza est le philosophe que je considère le plus de ma famille ; je m'identifie à son histoire et à sa vie. Les membres du conseil juif d'Amsterdam lancèrent une cherem – une fatwa, pour vous qui ne parlez pas hébreu – contre mon parent alors qu'il avait tout juste vingt-trois ans. Il fut excommunié pour ses hérésies. Il ne s'y opposa pas, ne se rebiffa pas. Il ne pleurnicha même pas. Il renonça à son héritage familial et devint un érudit en chambre, un philosophe à la maison.

En peinture et en dessin on le dépeint avec de gros yeux bruns (et un gros nez sémite comme le mien, bien sûr), des yeux inquisiteurs qui pénètrent l'obscurité qui nous entoure, et celle qui est en nous, en regardant sans ciller – des yeux intenses, brillants qui dispersent brumes et miasmes.

Il travailla comme polisseur de lunettes jusqu'au jour de sa mort, à l'âge de quarante-quatre ans, d'une maladie des poumons, probablement la silicose, exacerbée par la poussière de verre qu'il inhala en pratiquant son métier.

Il mourut jeune en essayant d'aider les gens à y voir plus clair.

Comme nombre d'écrivains et de musiciens que j'admire, il ne s'est jamais marié. Il est probablement mort puceau.

J'ai toujours pensé que Spinoza avait eu une vie d'ermite après le cherem, mais j'ai récemment appris que cela n'avait pas du tout été le cas. Bon nombre d'amis lui rendaient visite, et certains mêmes l'aidaient financièrement. Je sais donc que l'idée que je me faisais de lui est inexacte, mais je persiste à m'accrocher à mon mythe. Maintenant, s'il n'avait pas écrit l'*Éthique* – s'il n'avait pas développé les concepts de liberté religieuse, de liberté de la presse, de républicanisme démocratique et de morale laïque détachée de la théologie –, je ne l'invoquerais pas. C'est le fait qu'il ait écrit ce chef-d'œuvre qui fait de lui un génie.

Le fait qu'il fut un outsider pathologique, et que je le considère comme tel, est ce qui fait de lui mon préféré.

Nous avons désespérément besoin d'un Baruch beyrouthin, d'un chevalier qui pourfendra les dragons ecclésiastiques, ou du moins leur arrachera leurs griffes.

Quand je tombe sur son nom au fil de l'une de mes lectures, comme dans *Séfarade*, d'Antonio Muñoz Molina, le roman brillant que j'ai déjà mentionné, des papillons font claquer leurs ailes autour de mon cœur, comme si je retrouvais un ancien amant ou redécouvrais un intime, une expérience presque sensuelle.

Le talon de ma chaussure atterrit par terre, sur le dallage, mais la plante du pied ne rencontre que le vide et je perds l'équilibre. Je me reprends vite, de manière à ne pas tomber en avant. Un trou dans le trottoir bâille devant moi – un trou assez grand pour qu'un nain allant à la mine s'y engouffre. J'essaye de jeter un œil à l'intérieur, pour estimer la profondeur de la mine, ne serait-ce que pour savoir combien d'os je me serais cassés si j'étais tombée là-dedans. La nausée m'engloutit et je recule.

La petite cloche hyperactive de l'église retentit à nouveau dans mes oreilles. Quelques mètres plus loin, je m'arrête, m'appuie contre un mur pour reprendre ma respiration et me ressaisir, afin de permettre aux miasmes du souvenir de s'écouler hors de ma tête.

Je dois continuer à marcher. En avant.

Deux immeubles résidentiels géants sont en construction dans cette toute petite rue. Des panneaux balisent les chantiers : on y voit des Occidentaux ridiculement aisés en plein shopping, qui nagent dans des piscines privées, se font faire des soins du visage dans des spas. Un slogan proclame : NOUS BEYROUTHONS À NOUVEAU. Des centaines d'immeubles de ce genre sont érigées dans toute la ville, tous au moins « super ultra de luxe ».

Peu après mon mariage, la famille, dont j'étais soudain devenue un élément superflu, emménagea dans l'appartement que ma mère et la progéniture de mon demi-frère l'aîné occupent actuellement. Le changement de résidence, à une rue de l'ancien logement, relevait de l'ascension sociale, mais pas de beaucoup, passage d'un deux pièces à un deux pièces et demie – la demie étant la cellule de ma mère. Le minuscule bâtiment avec l'appartement plus minuscule encore dans lequel j'avais grandi fut rasé et remplacé par une résidence de douze étages, avec restaurant servant des bateaux de sushis au rez-de-chaussée, là où jadis se trouvait notre foyer. Je n'y ai jamais mangé.

Je n'appuie pas sur la sonnette de ma mère (de mon demi-frère l'aîné). Je marque un bref temps d'arrêt avant de frapper à la porte en pin. N'entendant rien, j'attends. Cela fait tellement longtemps que je ne me suis pas retrouvée là. Égratignures, éraflures et marques de coups font que la porte ressemble au fond d'une caisse à litière, mais la poignée en cuivre brille, polie par le contact de maintes mains – mais pas la mienne, du moins pas depuis bien longtemps.

Je refuse de la toucher. Je remarque que ma main est farouchement agrippée à la rambarde en fer forgé qui entoure le palier. Je lâche prise.

Je me demande ce que Murakami penserait de ces étrangers coupant du thon en tranches à l'endroit où il avait jadis dormi, où à présent une série de bateaux miniatures déprimés, attachés par la proue et par la poupe, tournent à l'infini.

Personne ne semble répondre à mon toc-toc-toc. Je m'avance dans l'encadrement de la porte, espérant n'entendre aucun son à l'intérieur de l'appartement. Je ne serai pas déçue s'il n'y a personne à la maison, je peux en effet facilement revenir un autre jour. Je peux de nouveau gravir ces dix-sept marches basses, si je le veux, si j'en décide ainsi. Le bois presse le foulard contre mon oreille.

J'appuie sur la sonnette. Un bruit de pas à l'intérieur, puis d'autres pas. Une jeune fille en tee-shirt, jeans, mules et un maquillage maladroit ouvre la porte en pin. Treize ans, je dirais, voire quatorze, malgré les nattes ridicules. Une barre obstinée de boutons occupe le quart inférieur droit de son menton. Les yeux se cachent derrière des paupières qui tombent lourdement, lui donnant une allure d'apathie que dément une ombre d'étonnement, voire d'excitation, face à l'apparition, manifestement rare, d'une inconnue à la porte. Son tee-shirt hurle KENZO en lettres d'or scintillantes.

Elle est tellement jeune. Je tâche de deviner qui elle peut être, quel est le lien de parenté entre nous.

Il y a une ressemblance, de cela je suis sûre. Elle est de la famille. Je sèche.

J'annonce d'un ton officiel :

— J'aimerais voir ma mère.

À l'évidence elle ne voit pas du tout qui je suis et qui je demande à voir. Elle appelle sa grand-mère, en haussant le ton et de manière un peu trop insistante. Elle attend à la porte, la garde, sans tout à fait me barrer le passage, mais elle se tient légèrement de côté, comme si elle attendait que je lui offre un pourboire ou au moins un petit cadeau en souvenir de notre rencontre.

Sa grand-mère n'est autre que ma belle-sœur guindée, dans toute sa petitesse. L'air perplexe sur sa face de souris vaut bien toutes les vilaines surprises qui m'attendent à l'intérieur de ce foyer. Elle semble fatiguée, hagarde, abîmée, débordée, submergée. La pauvre femme est inexpérimentée aussi bien en matière de repos que de solitude.

— Je veux la voir, dis-je. Mais je te préviens, pas de faux espoirs. Je ne l'emmène pas chez moi. C'est hors de question. Je viens juste lui rendre visite.

Elle reprend vite son attitude amère.

— Maintenant ? dit-elle. Tu viens lui rendre visite maintenant ? Après tout ce qui s'est passé ?

Une conversation sous forme de brèves explosions de points d'interrogation ? Pourquoi une telle irritation ? Une telle antipathie ?

Je suis l'inoffensivité incarnée. Je n'attends pas des gens qu'ils m'aiment, qu'ils m'apprécient ni n'aient le moindre sentiment à mon égard. Je n'ai jamais souhaité être importante au point d'avoir des ennemis. Je ne veux pas dire par là que je suis une timide congénitale ou une giroflée dont le plus profond désir est de fleurir pour devenir un lys tigré scandaleusement odorant, mais juste que j'essaye de vivre sans me mêler des vies des autres car je ne souhaite pas que les autres se mêlent de la mienne.

Pourquoi ma belle-sœur ne m'apprécie-t-elle pas ? Je ne lui ai jamais causé de tort. Je ne me souviens même pas qu'il y ait eu beaucoup d'échanges entre nous. Je comprends qu'elle ait envie que je la débarrasse de ma mère, mais elle doit bien savoir que son souhait est déraisonnable. Elle a quitté le foyer de ses parents pour emménager chez mes parents et, à partir de ce moment-là, a vécu avec ma mère. Elle connaît ma mère mieux que je la connais moi-même.

Cela fait des années que je n'ai pas été impliquée dans la vie de ma belle-sœur, des décennies. Elle ne devrait pas me haïr.

— J'ai pensé que ma visite pourrait aider.

Je recule d'un petit pas, prête à remballer mes bonnes intentions et à repartir. Elle ne dit rien mais recule elle aussi d'un pas plus grand. Toutes deux, elle et sa petite-fille, me font de la place, le partage des eaux, pour ainsi dire.

La fille enlève le papier d'un chewing-gum qu'elle se fourre dans la bouche. Je ne sais pas de qui elle est la fille, de quel enfant de mon demi-frère l'aîné. Je devrais demander, mais je ne le fais pas. Maintenant que j'y songe, je ne me rappelle aucun de ses enfants, je ne sais même pas combien il en a. J'avance dans l'appartement, passe les deux gardiennes de la porte, me glisse entre les senteurs de la jeunesse (chewing-gum, parfum bon marché) et de la vieillesse (transpiration, odeur corporelle légèrement rance).

L'appartement n'a pas beaucoup changé depuis la dernière fois que j'y suis venue. Quand était-ce ? Cela remonte à si longtemps que je ne m'en souviens plus.

Il a toujours été mal aéré, sombre et humide. Dans le couloir, je passe sous une bande de papier tue-mouches qui pend au plafond ; il est certainement aussi vieux que moi, brun à présent, recouvert de points plus foncés – des carapaces, peut-on supposer.

Mon demi-frère l'aîné n'est pas à la maison, et je lui en suis excessivement reconnaissante. Il joue probablement à des jeux de petits garçons avec ses copains. Je ne demande pas de ses nouvelles, sa femme ne m'offre pas non plus d'informations sur son emploi du temps. Elle ouvre la voie, me fait franchir une porte à deux battants et nous nous enfonçons davantage dans son antre. Je remarque l'échelle miniature qui monte le long de son bas noir.

Le papier peint a perdu le moindre semblant de couleur ou de texture. La dernière fois que je l'ai vu, si je me souviens bien, il était rose pêche avec des bandes verticales gaufrées. Il est maintenant beige sale. Deux murs dans la salle de séjour sont décorés de tapis, des tapis turkmènes géants fabriqués par des machines, auxquels l'âge n'a rien apporté en termes d'intérêt ou de valeur. Des portraits grandeur nature jonchent un troisième mur, des photographies noir et blanc d'hommes à l'aspect empâté, tous moustachus, aucun ne sourit, tous me toisent d'un regard sévère, lourd de reproches, tandis que j'entre dans la pièce, tous morts. Les portraits assurent que les murs seront toujours plus encombrés que la salle de séjour, que les morts seront toujours plus nombreux que les vivants.

Ma mère paraît morte dans la salle de séjour, mais sa poitrine émet un souffle. Elle respire.

— Elle n'est pas morte, dit ma belle-sœur.

La tête et les bras de ma mère se replient sur son corps comme des virgules ; en raison de sa petite taille et de sa tête tombante, le fauteuil à motifs floraux (roses et dahlias, épines et feuilles) donne l'impression de sortir d'*Alice au pays des merveilles*. Ses chaussures, à talons bas noirs, n'arrivent pas au sol – elle a toujours détesté les pantoufles. La bande de blanc dans ses cheveux semble avoir gagné du terrain. La lumière d'une petite fenêtre frappe son visage, mais cela ne l'ennuie pas. Nous sommes tous des enfants quand nous dormons.

Je suis assis près de la fenêtre. Et ma jeunesse me revient. Parfois je souris. Parfois je crache.

— Je peux la réveiller, dit ma petite-nièce. Ce n'est pas très difficile de faire qu'elle arrête de dormir.

Je leur dis, à ma belle-sœur et ma petite-nièce, que je ne veux pas la déranger. Je peux attendre un moment. Je ne les embêterai pas. J'attire à moi une chaise à haut dossier et m'installe face à ma mère, la fenêtre derrière moi. Les quelques feuilles sur le ficus, à côté, sont fanées et desséchées, en raison du manque de lumière, d'arrosage ou d'attention aimante, je ne peux dire. Il ne semble pas y avoir d'autre plante en pot dans l'appartement.

Le dos du fauteuil est face au reste de la salle de séjour. On peut regarder la télévision sans avoir à être dérangé par la vue de ma mère. Elle peut observer le monde à travers la fenêtre, mais pas sa famille. Peut-être est-ce elle qui a fait ce choix. C'est peut-être elle qui a souhaité regarder constamment vers l'extérieur et non vers l'intérieur.

Il doit y avoir un mot dans certaines langues pour décrire l'angoisse que l'on ressent lorsqu'on se retrouve soudain face à son avenir terrifiant. Je n'en vois aucun dans les langues que je connais.

Il existe peut-être en swahili ou en sanskrit.

Je peux éventuellement en inventer un, comme le *Kuboaa* de Hamsun.

Peut-être ce mot est-il simplement mère.

Il y a un mot que je connais : *litost*. En tchèque, d'après Milan Kundera, *litost* décrit un état de souffrance et de tourment créé par la vue soudaine de sa propre misère.

Plus j'observe ma mère, plus je trouve qu'elle ressemble à un personnage tchekhovien se reposant avant un long voyage, peut-être un voyage en train, même si Dieu sait que nous n'avons plus de trains pour passagers au Liban. Tel un ruisseau constipé durant les mois d'été, la bave du sommeil coule tranquille par intermittence de la commissure gauche de sa bouche lâche, tandis que sa tête tombe en avant, côté sud-est. Sa respiration me parvient par intervalles déchiquetés, un ronflement chuinté.

Je n'ai pas envie d'être ici. Elle est contagieuse. Ma respiration se met à filer en dents de scie, comme la sienne.

Il y a une entaille laiteuse dans la table basse marron foncé à côté d'elle, une table qui n'a pas connu la caresse d'une couche de vernis depuis au moins une décennie. Dessus, outre une lampe de bureau inopportune, se trouve un vieux réveil rond au tic-tac sonore, coiffé d'une calotte sphérique en guise de cloche. Mais ce qui capte mon attention, c'est un autre objet sur la table : une boîte à musique incrustée de nacre, de la taille d'une main, que je me rappelle bien de mon enfance. Je me souviens du jour où elle se l'est achetée, un cadeau qu'elle se faisait à elle-même.

Je contrôle ma respiration parce que je sens un afflux d'émotions. Je n'ai pas vu la boîte à musique depuis que j'ai quitté la maison, depuis mon mariage.

« Ô ma mémoire, / Sois-moi, je te supplie, un guide sûr », écrivit Cavafy.

Je scrute ce qui m'entoure. Ma belle-sœur n'est pas dans la pièce. Elle hache je ne sais quoi dans la cuisine, émettant en rafales des bruits déments, mais sa petite-fille fait la larve sur le canapé, devant la télévision au scintillement tremblotant, tout en tapotant bruyamment sur les touches d'un ordinateur portable d'un modèle ancien, elle m'étudie du coin de l'œil. Il faut que je me retienne.

Ma mère a acheté la boîte à musique en raison de son étrangeté ; il y avait deux ballerines, et non seulement une, qui tournoyaient en un pas de deux pseudo-saphique. C'était russe, ou du moins cela semblait russe, et nous pensions tous que la musique jouée était russe également. Ce n'était pas le cas. Je ne me rappelle peut-être pas ce que j'ai mangé au petit déjeuner ce matin, ni d'ailleurs si j'ai pris un petit déjeuner ce matin, mais je peux siffler cet air note pour note, alors que ça doit bien faire soixante ans que je n'ai pas ouvert la boîte.

Les torsades rouges du chauffage dans le coin le plus éloigné émettent un bourdonnement électrique qui a quelque chose de lugubre dans cette situation. Je me remets à transpirer.

L'air métallique imitant le piano, enseveli dans la boîte, est la *Valse n° 2 en* do *dièse mineur* de Chopin. J'avais totalement oublié cette boîte à musique, j'en avais même oublié l'existence. Elle s'était dissoute dans mes souvenirs. Elle était devenue un dissouvenir.

Pas étonnant que j'aie été si facilement infectée. Le virus Chopin avait déjà été inoculé dans mon organisme.

J'ai désespérément envie de glisser la boîte russe dans mon sac à main, mais je résiste à ce honteux besoin pressant. Il y a des choses que je ne ferai pas, même si j'en ai terriblement envie, si je veux ensuite pouvoir vivre décemment avec moi-même.

Une fois rentrée à la maison, j'écouterai Rubinstein le Polonais jouer les valses.

Je me distrais en regardant le filet de vapeur à peine visible qui s'élève d'un pull-over rose humide posé sur le dessus du radiateur. La jeune fille a dû rentrer à la maison peu de temps avant moi, mouillée par la pluie. Elle mâchonne son chewing-gum bruyamment.

Ma mère avait coutume de m'appeler la mante religieuse (le terme en arabe est « jument du prophète », ce qui est très beau, si vous voulez mon avis) parce que j'étais grande et maigre. Je pense qu'elle voulait dire un phasme, mais que ce soit quand j'étais enfant ou plus tard à l'âge adulte, je l'ai rarement reprise lorsqu'elle faisait des fautes. Cependant, assise à présent face à elle, je me rends compte qu'elle est bien plus maigre que je ne l'ai jamais été. Elle est passée de Rubens à Schiele.

Nombreux sont ceux qui prétendent qu'avec l'âge on boucle la boucle et que l'on retourne en enfance. À la façon dont elle est assise, toute recroquevillée sur elle-même, j'irais jusqu'à dire qu'elle se ratatine jusqu'à retrouver la forme du fœtus. Son apparence a changé aussi, et je ne pense pas uniquement à la réticulation de rides et de plis, les vrais stigmates de la vie. Elle porte la peau de quelqu'un d'autre, de quelqu'un de bien plus grand, une peau d'occasion. Un promontoire de poils courts jaillit sur sa lèvre supérieure, de genre hitlérien clairsemé. Son visage est à la fois émacié et bouffi ; ses muscles sont totalement distendus. On n'y discerne aucun angle. Elle a désormais une expression androgyne.

Voici ce à quoi je dois m'attendre.

Dans le sommeil, ma mère est la mélancolie incarnée. Je me demande, toutefois, si je ne vois cela en elle que parce que je m'y attends. Pour ce que j'en sais, elle peut très bien être en train de rêver à des fleurs et des champs de blé, à des papillons et aux Alpes suisses, à du chocolat et à Chanel. Peut-être que son esprit est heureux dans sa démence. Dépourvue d'inquiétudes et de responsabilités, oublieuse des préoccupations bassement matérielles, elle a peut-être atteint le nirvana, sans gourou ni sherpa.

Mais les mots mélancoliques de Thomas Jefferson tournent en boucle dans ma tête. Dans une lettre à un ami, en 1825, il écrivit : « Tous sont morts, et nous-mêmes sommes seuls parmi une nouvelle génération que nous ne connaissons pas et qui ne nous connaît pas. »

Jefferson à l'évidence n'avait pas de sherpa.

Ma mère porte un sonotone qui encercle et pénètre son oreille gauche, une nouveauté, même si ce n'est pas un modèle récent. À y regarder de plus près, ce qui semble de prime abord être le logo du fabricant derrière son oreille ne fait pas illusion très longtemps. Ce sont des caractères romains à l'encre violette ; en me penchant en avant, je lis : AU SECOURS !

Je n'ai pas à me poser des questions longtemps pour savoir qui a fait ça : dès que je me cale dans le fond de mon siège, je remarque que la larve Kenzo pique un fard, qu'elle évite que nos regards se croisent en fixant la publicité à la télévision.

Le claquement de la porte d'entrée détourne mon attention. La densité de l'air change légèrement, me permettant de remarquer combien l'air de la pièce est rance, un mélange de vieille fumée de cigarette, de naphtaline et de sueur d'aisselles. Je crains que ce ne soit mon demi-frère l'aîné, mais un adolescent débraillé fait son entrée, d'un ou deux ans plus âgé que la fille. Ses yeux sont masqués par des lunettes de soleil hideuses dont les branches sont ornées, aussi incroyable que cela paraisse, de pompons argent, manifestement de pacotille, derrière chaque oreille. Il s'arrête en me voyant. Il se tient cérémonieusement les poings sur les hanches, directement dans ma ligne de mire.

— Vous êtes qui ? demande-t-il, sans malice mais avec un petit air supérieur.

Sa sœur le fait taire, lui montre ma mère catatonique. Je ne relève pas. Il hausse les épaules avec la nonchalance affûtée de l'adolescence disgracieuse, se dirige vers la cuisine en traînant les pieds. Je suis sûre que sa grand-mère va lui expliquer qui je suis.

Moi, en revanche, je ne peux expliquer qui est ma mère. Qui est cette femme devant moi ? Cette pensée reste en suspens dans mon esprit comme une fumée : *Est-ce que je te connais ?*

J'ai été tellement occupée à réfléchir à la façon dont ma mère me voyait que j'en ai oublié de considérer la grande dame qu'elle fut, sa sainteté elle-même. Telle est ma mère. Je me remue les méninges. Que sais-je d'elle ? Qu'est-ce que je me rappelle ?

Je me rappelle des incidents, des pans de vie – en fait, des pans mineurs dans une longue vie et uniquement lorsqu'ils croisaient la mienne. Je vois des scènes – des images et des scènes. Je ne connais ma mère qu'en sépia.

La vie de quelqu'un, n'est-ce pas plus qu'une collection de scènes ? N'est-elle pas davantage que les images que j'ai compilées dans ma tête ? Ces questions peuvent paraître rhétoriques, mais franchement je ne sais pas. Je n'arrive pas à savoir si ce que je comprends d'elle est limité, si je ne parviens pas à la connaître en raison d'une déficience de base de ma part, ou bien si tout être humain ne peut pas comprendre un autre être humain au-delà d'une certaine limite. La question qui me taraude réellement est de savoir si je connais quiconque mieux que je connais ma mère. J'ai l'impression d'avoir toujours demandé, avec Lear : « Quelqu'un me connaît-il ici ? » mais jamais : « Connais-je quelqu'un ici ? » Essayer de connaître un autre être humain me semble aussi impossible, et aussi ridicule, qu'essayer d'attraper l'ombre d'une hirondelle.

Ma mère a vécu, vit, dans un monde brumeux, qui n'est pas le mien. D'autres gens sont des phénomènes brumeux qui ne deviennent corporels que dans mes souvenirs.

J'ai beau connaître les personnages d'un roman en tant que collection de scènes également, en tant que phrases accumulées dans ma tête, j'ai le sentiment de les connaître mieux que ma mère. Je remplis les blancs avec les personnages littéraires plus facilement qu'avec des gens qui existent vraiment, ou peut-être est-ce que je fais plus d'effort. Je connais la mère de Lolita mieux que la mienne, et je dois dire que je me sens plus proche d'elle que de ma mère.

Je reconnais mieux le visage que Rembrandt a peint de sa mère que je ne reconnais le visage réel qui est le mien.

La fille fait mine de regarder la télévision. Ce n'est peut-être qu'un bruit de fond pour elle, mais ce n'est pas le cas pour moi. Le volume n'est certes pas très fort, l'émission qu'elle regarde est dans une langue que je ne comprends pas, peut-être du turc, peut-être de l'hébreu ; la voix dérive, comme si elle venait de loin, pas de la télévision mais d'un pays lointain – une voix masculine, nasale, mélangée à de légers grésillements et à une musique à base d'instruments à cordes. Tout à fait irritant.

— Éteins ça, dis-je d'une voix cinglante, pleine de colère, de bien trop de colère.

Étonnamment, la fille obéit, sans même hésiter.

Ce que j'apprécierais, là, tout de suite, ce serait un massage, qu'on me frictionne doucement les épaules, n'importe quoi pour atténuer la tension de mes muscles. Je n'en ai pourtant pas eu tant que ça, des massages. Je ne me soumets pas volontiers au toucher d'un inconnu, aussi profitable qu'il puisse m'être, et dans tous les cas je n'ai pas les moyens de m'offrir ce genre de plaisir. Mes muscles des épaules se sont transformés en fil worsted, cela provoque une douleur engourdie coincée profondément entre mes omoplates. Je tends les épaules, compte jusqu'à trois, et les relâche, exercice que Hannah m'avait montré jadis. Cela ne me soulage pas. En fait, cela ne m'a jamais soulagée.

Un lourd véhicule fait cliqueter la fenêtre, et la toile d'araignée accrochée au plafonnier se met à trembler. Le bruit réveille ma mère. Elle ouvre d'abord l'œil gauche, puis le droit.

Je me prépare. Mentalement je compte les secondes – non, non, quelqu'un d'autre compte les secondes dans ma tête : une, deux, trois. Je n'arrive pas à contenir mes pensées, semble-t-il. Je compte les rides autour de ses yeux, sans mélanger les deux totaux. Je frissonne tandis que mon esprit glisse d'un triste oblique à l'autre. Va-t-elle me reconnaître ? M'a-t-elle déjà bercée dans ses bras ? Me déteste-t-elle ? Pourquoi ne m'a-t-elle jamais brossé les cheveux ? L'a-t-on récemment accompagnée chez le médecin ? La voix de Karita Mattila chantant les premières notes du troisième des *Quatre Derniers Lieder* de Richard Strauss rebondit à l'intérieur de mon crâne. J'ai une sensation de sécheresse à la langue et à l'intérieur des joues. Je note des petites marques rouges comme des coups de fouet sur sa paume, les taches brunes de vieillesse, couleur terre, sur le dos de l'autre main. Ses yeux font le point sur moi. Ils semblent tout à fait sensés.

J'ai compté jusqu'à douze lorsqu'elle prononce tranquillement mon nom.

— Aaliya, dit-elle.

Je confirme d'un hochement de tête et d'un sourire. Mes mains, encore légèrement moites, se desserrent. Je les place sur mes cuisses. Mes battements de cœur s'accélèrent un tout petit peu, se font un tout petit peu plus aigus. Sa respiration est plus calme, sans ronflements intenses, moins pénible que lorsqu'elle dormait.

— Tu as changé, dit-elle d'une voix tampon de ouate.

— Oui, dis-je. On change tous. Je suis plus vieille.

— Non, m'interrompt-elle. Tes cheveux sont bleus.

M'a-t-elle déjà bercée dans ses bras ? Câlinée ? A-t-elle susurré des mots de bébé dans mes oreilles ? J'en doute fortement.

— Oui, ça, dis-je. Oui, ils sont bleus.

Elle semble perplexe et un peu perdue. Elle tressaille. Son visage se déforme un peu, comme si elle avait trouvé ma réponse offensante, ou peut-être incompréhensible, ou simplement terrifiante. Je ne peux pas savoir. Elle essaye de se caler plus au fond de son fauteuil, mais cela se révèle physiquement impossible – elle ne peut pas reculer davantage.

— Ça va aller, mère, dis-je du ton le plus réconfortant possible. Je me suis par erreur fait un shampooing colorant, j'en ai mis trop. Ce n'est pas permanent. Mes cheveux s'en remettront.

Elle semble plus confuse encore, détourne le regard. Elle fixe le plafond comme s'il y avait là-haut quelque agitation fantomatique. Elle avance la main sous le châle autour de son épaule et se gratte le bras. Sa grimace devient plus prononcée, les commissures des lèvres s'éloignent l'une de l'autre, comme si elles se haïssaient mutuellement.

— Est-ce que ça va ? je demande en la désignant.

Je ne reçois pas de réponse, ni verbale ni autre.

— Elle ne répond pas toujours, dit ma petite-nièce.

Elle a cessé de faire semblant d'ignorer ma présence ; à genoux elle se penche au-dessus du bord du canapé et essaye d'engager la conversation.

— Des fois, je sais qu'elle souffre, mais elle va pas pouvoir me dire ce qui lui fait mal. D'autres fois, elle me dira que c'est dans son cou, mais elle veut dire que c'est là qu'elle avait mal il y a déjà des années. Difficile à dire. Elle est pas forte pour communiquer.

— Moi non plus, dis-je. Mère, tu souffres ?

— Elle parle pas beaucoup, elle se contente de chantonner.

Ma petite-nièce souligne ses mots à l'aide d'un extravagant répertoire de mouvements des mains et d'expressions du visage.

— Des vieilles chansons arabes. Elle chantonne, chantonne, chantonne. Pas Oum Kalthoum, pas Fairuz. Tu devineras jamais.

— Asmahan, dis-je.

— Tu as deviné !

Elle a l'air toute contente, incapable de contenir sa joie.

— Bien sûr que tu allais savoir. Tu es sa fille. J'essaye de lui demander qui est Asmahan, mais elle répète juste : « Ils l'ont tuée, ils l'ont tuée. » Puis elle se remet à fredonner. Elle fredonne sans arrêt, toujours de la musique à la maison. C'est comme si on avait un canari.

Je me sens tout d'abord blessée et je veux protester. C'est atroce de dire cela de quelqu'un. Dans une nouvelle du fabuleux fabuliste Slawomir Mrożek, un narrateur se rend à une soirée où l'animation est fournie par l'animal domestique de la maison, un libéral en cage, un humaniste réduit à interpréter des chants révolutionnaires désuets. Ma mère ne connaît aucun chant révolutionnaire, mais elle connaît ceux d'Asmahan. Alors je ressens une pointe de bonheur, un soupçon de joie, sans rapport avec le fait que j'ai deviné le nom de la chanteuse ; le fait que ma mère entonne des chansons d'Asmahan me fait du bien. Que ma mère apprécie la chanteuse qui s'est mariée et a divorcé trois ou quatre fois, l'actrice scandaleuse qui a laissé tomber son mari et sa famille pour poursuivre sa carrière – une famille illustre, titrée, pas moins – autorise mon propre cœur à chanter.

— Sais-tu qui c'est ? demande ma petite-nièce.

— Qui ? je demande.

— La chanteuse, dit la fille. Tu sais qui est la chanteuse ?

— Bien sûr.

— Alors ? dit-elle.

Elle attend que je dise quelque chose. Je suis plus expérimentée en matière d'attente.

— C'est qui ? demande ma petite-nièce.

— Tu as ce magnifique ordinateur à côté de toi. Cherche donc.

Ma mère gémit, et un frisson de peur me traverse. Va-t-elle hurler à nouveau ?

— Est-ce que ça va, mère ? je demande.

Elle ne semble plus me reconnaître, mais elle se calme. Je n'arrive pas à déchiffrer son visage, n'arrive pas à dire si elle souffre ou est simplement distraite. Elle paraît seule au monde et craintive, son esprit semble être le seul endroit où elle puisse se cacher. Sa bouche n'est jamais immobile, elle passe de la grimace au sourire indolent à l'irritation en l'espace de quelques secondes, les lèvres avancent, reculent, se placent de guingois, montent et descendent.

— Il faut que tu sois plus précise, dit ma petite-nièce.

Elle s'est extirpée du canapé, elle se tient à côté de moi. Si je reste un peu plus, si je m'attarde en sa présence, je me demande si elle ne finira pas assise sur mes genoux.

— Elle répond pas si je pose une question générale, dit-elle, mais si je lui demande si son dos lui fait mal, elle répondra peut-être. Parfois je suis obligée de poser la question pour chaque partie du corps, l'une après l'autre.

Elle hoche la tête en parlant, comme pour signifier qu'elle est d'accord avec ce qu'elle dit. Il semble y avoir un élément de délire dans sa voix.

— Avant que tu arrives, elle a répondu oui quand j'ai demandé si elle avait soif, mais quand je lui ai apporté le verre d'eau, elle était endormie, alors je l'ai bu.

L'excitation de ma petite-nièce est telle que je me demande si je ne devrais pas m'agripper à elle pour ne pas qu'elle s'envole au plafond.

— Mère, dis-je, tu as mal au dos ?

Ma mère m'ignore, comme si je n'existais pas. Il faut que je contrôle mon envie de me pencher en avant et de la gifler.

— Comment puis-je lui demander quoi que ce soit si elle n'entend pas un mot de ce que je lui dis ? je grommelle.

— Tu lui tiens la main, dit ma petite-nièce. Elle sait pas toujours que tu lui parles. Parfois il faut la toucher, sinon tu peux rester pendant des heures et elle sera ailleurs, dans son monde.

Elle pose sa main sur mon épaule, mais la retire lorsque instinctivement je tressaille. Elle ramène ses mains dans le bas de son dos. Que puis-je dire ? À en juger par son agitation enthousiaste, j'ai peur qu'elle me fasse le coup du Vieux Marin. « Les Hôtes sont là, la Fête s'apprête[30]. »

— Continue, dit-elle. Tiens-lui la main. Elle te fera pas de mal. Elle mord pas.

— Oh, mais moi si, alors mieux vaut faire attention.

Puis-je être plus fofolle que cela dans mon grand âge ? À essayer de faire rire une adolescente avec des blagues aussi mauvaises que celles de Fadia. Peut-être devrais-je aussi emprunter à Fadia son rire turbulent. Je chevaucherai sur un cheval estropié vers un simulacre de coucher de soleil avec un roulement de tambour de comédie et un coup de cymbale.

— Ha ha, dit-elle sur un ton de sarcasme amusé. Presque aussi pas marrant que les blagues de grand-père.

Dans ma main, ma mère a l'air cassable ; la peau et les os – une peau desséchée à laquelle manque tout semblant d'élasticité. Ma petite-nièce a raison, n'empêche. Ma mère paraît soudain alerte.

— As-tu mal au dos ? je demande.

Elle fait non de la tête. Elle retire sa main de la mienne et indique ses chaussures d'un doigt décharné qui semble étonné de pouvoir se tenir lui-même en l'air.

— Mes pieds, dit-elle doucement, faiblement.

— Tes pieds ? je demande, indiquant ses chaussures afin d'être sûre.

— Ses pieds, dit ma petite-nièce. Oui, ça doit être ça. Elle a encore jamais montré ses pieds.

J'ai désormais une complice.

— Puis-je voir ? je demande à ma mère. Il va falloir que je t'enlève tes chaussures.

Je ne sais pas pourquoi je lui fais une telle proposition. Elle ne porte pas de chaussettes ni de bas dans ses chaussures à talons bas. Pour ce que j'en sais, elle peut avoir des durillons, et vais-je pouvoir lui apporter du réconfort ? Une mycose, un oignon géant, des verrues incarnées, des ulcérations ? Et si elle a attrapé des ampoules sous les pieds, comme des bernaches collées à la coque d'un bateau – toute une cargaison d'ampoules ?

J'ai acheté ma première paire de pantoufles après être partie de sa maison. Elle ne m'autorisait pas à ôter mes chaussures avant l'heure du coucher. Les garçons pouvaient bien caracoler dans la maison, en chaussettes, pieds nus, ou portant leurs slips sur la tête comme des guérilleros – « Les garçons, on ne les changera jamais », la plus insipide des formules. Pas ses filles. Les dames ne devaient jamais quitter leurs chaussures.

Mon acolyte a des pantoufles bleu clair fourrées en peau de mouton et un logo Hello Kitty. Elle voit que je les regarde et dit :

— Avant, elle voulait que je porte des chaussures, et on se disputait tout le temps, mais elle a arrêté il y a quelques années – elle a arrêté de remarquer.

Pas d'oignons, pas d'ampoules, du moins à première vue, cependant des effluves de pied assaillent mes narines. La puanteur pénètre même les défenses de parfum bon marché et de chewing-gum de ma petite-nièce.

— Berk ! s'exclame-t-elle, assez succinctement, si vous voulez mon avis.

Je ne suis pas obligée de toucher les pieds de ma mère – je n'en ai vraiment pas envie – pour savoir à quel point ils sont secs. Ses chaussures ont irrité la peau aux jointures, on dirait que les orteils ont eu une dispute entre amants. Ses ongles ressemblent à des griffes, des serres d'aigles, c'est sans doute ce qui la fait souffrir. Elle a besoin qu'on lui coupe les ongles.

— Oh ! s'exclame ma petite-nièce.

Je l'aime monosyllabique.

Ma mère devrait se faire soigner les pieds. Je ne peux pas l'emmener chez un pédicure, impossible vu son état. Certaines manucures font des visites à domicile, mais je ne sais pas comment en trouver une. Je peux demander à ma belle-sœur ; elle sait peut-être.

— Il faut qu'on fasse quelque chose pour ses ongles d'orteil, tante, dit ma petite-nièce.

— Je sais, j'essaye de réfléchir, et je t'en prie, ne m'appelle pas tante. Mon nom est Aaliya.

Elle me dit fièrement son nom et attend que je commente. Je ne commente pas.

— Réfléchis vite, tante Aaliya, dit-elle, sinon on va suffoquer là-dedans. J'ouvre la fenêtre ? Mais il fait froid, dehors. Je vais chercher de l'eau de Cologne ?

Je suis étonnée de trouver ma petite-nièce supportable. Elle semble capable de changer de vitesse, de passer de timide à loquace en quelques microsecondes, il faut que chacune de ses pensées soit exprimée et entendue. D'habitude, je trouve cela incroyablement insupportable. Mais pas ici, pourtant, pas maintenant. Je me demande si elle aussi est solitaire – si elle aussi est en possession de ce vaste et lourd isolement qui est si difficile à supporter. Si, parfois, elle ne serait pas heureuse de l'échanger contre n'importe quelle sorte d'interaction, si ténue ou triviale soit-elle, n'importe quel accord apparent, si ténu soit-il, avec la première personne qui se présente, si peu digne d'intérêt soit-elle. Si c'est le cas, alors il se trouve que je suis aujourd'hui la première personne de ma petite-nièce, en dépit de mon manque d'intérêt.

Je n'ai pas envie de dispenser des soins des pieds à ma mère. Outre le fait que je n'ai jamais coupé les ongles de qui que ce soit, je trouve cela – comment dire ? – dégradant. Je ne suis pas Jésus nettoyant les pieds de ses disciples. Je ne souhaite pas être crucifiée demain. Je ne suis pas Marie de Béthanie. Si j'essuie les pieds de ma mère avec mes cheveux, deviendront-ils bleus ?

Je ne suis pas le Magistrat. Je ne suis pas le Magistrat. Je ne suis pas le Magistrat.

Et maintenant, qu'allons-nous devenir sans les barbares ?

Ô Coetzee, ô Cavafy, ô dieux adorés, que fais-je ici ?

— Peux-tu m'aider, s'il te plaît ? je demande à ma petite-nièce.

Peut-elle apporter une cuvette d'eau chaude, pas bouillante, mais assez chaude pour un bain de pieds ? Des feuilles de thé vert, s'il y en a dans la maison, sinon du thé noir, même des sachets de thé sont acceptables. Non, nous n'allons pas boire le thé, c'est un désinfectant, mais si tu veux en faire, j'en boirai une tasse – à part du bain de pieds, si tu veux bien. De l'alcool à quatre-vingt-dix degrés, un coupe-ongles, une lime et un navet en tranches, ou, s'il y en a, un radis fera l'affaire. Leur jus est un déodorant naturel. Peut-elle prendre une paire de chaussettes de ma mère, et de la vaseline pour hydrater, car je doute que nous trouvions ici de l'huile de nard.

Marie de Béthanie utilisait-elle l'huile de nard uniquement pour son odeur ou bien a-t-elle effectivement une vertu hydratante ? Je devrais essayer avec de l'huile de lavande, sa sœur jumelle, pour voir.

Comment suis-je au courant des propriétés anti-bactériologiques du thé, des propriétés anti-mauvaises odeurs de certaines racines comestibles ? Ma réponse habituelle ne se fait pas attendre : les livres, je lis des livres – lisez, lisez, on peut tout apprendre des livres. Pas dans ce cas précis, cependant. J'ai appris en regardant ma mère se laver les pieds quand j'étais petite, de même qu'elle a probablement appris de sa mère.

Ma petite-nièce a besoin de l'aide de son frère, sans ses lunettes de soleil, pour porter la bassine d'eau chaude – de forme circulaire, en plastique rouge, de la taille d'une roue de voiture, où flottent comme des nénuphars quatre sachets de thé Lipton, leurs étiquettes jaunes bien en évidence. Le bruit que fait ma belle-sœur en hachant je ne sais quoi devient un tintamarre. J'espère qu'un navet juteux figure parmi les choses qu'elle torture. Le frère et la sœur se chamaillent en posant par terre la roue d'eau, ma petite-nièce insistant pour que son frère l'écoute parce qu'elle sait ce que nous sommes en train de faire.

Que sommes-nous en train de faire ?

Les pieds de ma mère atteignent à peine l'eau. Ses orteils plongent sous la surface et se recroquevillent, ils voudraient s'enfoncer ; les voûtes se rétractent, elles refusent ce baptême forcé.

— Ça ne va pas marcher, dit ma petite-nièce. Elle est trop petite. Il faut qu'on l'avance.

— Non, dit ma mère de manière assez sèche si vous voulez mon avis.

La voilà soudain alerte.

— Va-t'en.

Si les yeux sont les fenêtres de l'âme, alors ma mère en a présentement une assez en colère.

— Laisse-moi tranquille, dit-elle à ma petite-nièce, faisant voleter sa main faible d'un geste méprisant de despote, et dis à ta mère de te trouver un mari décent.

— Elle est occupée, répond ma petite-nièce du tac au tac.

Sa lèvre supérieure se tord en une moue dédaigneuse, disparaît presque – pas vraiment charmant. Son frère trouve que c'est la plus drôle des blagues.

— Je peux te trouver un mari, dit-il, un gros, gras et moche sans aucun sens de l'humour.

Sans réfléchir, je lui adresse un regard furieux par-dessus mon épaule. Il a l'air soudain rongé par la culpabilité, moins épris de lui-même que lorsqu'il est entré, une caille échevelée, ce garçon ; mains dans le dos, il se balance de manière hésitante sur ses talons. Sa sœur le foudroie d'un regard meurtrier, mais cela ne semble pas être la cause de son inquiétude. Ma mère le tient de ses yeux scintillants. Peut-être a-t-elle une objection contre le manque d'humour.

— On peut relever la bassine. Ça résoudra le problème, dit le garçon, dont la voix chantante alterne bizarrement entre notes aiguës et basses.

Nous plaçons le récipient rouge sur un tabouret et je m'agenouille au sol, heureusement recouvert d'un vieux tapis turkmène de piètre qualité, similaire à celui de ses sœurs sur les murs.

Les pieds de ma mère sont larges, les orteils boudinés, les ongles jaune maïs, avec des grains au centre, les chevilles lézardées de veines saillantes mais pas enflées. Une décoloration mouchetée court sur la longueur de ses jambes, de la pointe des orteils jusqu'aux genoux, et probablement plus haut. Les pigments de sa peau ne sont plus correctement mélangés.

Elle soupire tandis que je guide ses pieds dans l'eau.

Le garçon prend la place qu'occupait sa sœur sur le canapé et entame un dialogue avec l'ordinateur portable. Il allume une cigarette et, en l'espace de quelques secondes, disparaît dans un cumulus instable de fumée. Ma petite-nièce s'agenouille à côté de moi, demande si elle peut aider. Je reconnais ne pas savoir ce que je fais. Lui laver les pieds et lui couper les ongles ? Elle peut prendre le pied droit et moi le gauche.

Je sors de l'eau le pied de ma mère, tout en os, sans chair. De la main, je le lave lentement, j'obtiens une mousse laiteuse avant de passer la barre de savon à ma petite-nièce. Jadis plaques tectoniques, ses mollets sont maintenant émaciés, striés de veines d'un violet de mûre. Elle a eu jadis les jambes robustes des personnages féminins de Javier Marías. Je pétris les tendons et les nœuds autour de l'astragale, lui masse les orteils, passe les doigts dans les ravins qui les séparent. Je sens son sang qui afflue.

Ma petite-nièce imite chaque étape. Nous parvenons à un rythme doux, lent et apaisant, le chaloupé d'un vieux rocking-chair sur un perron par une après-midi d'été.

Les yeux de ma mère sont fermés, ses lèvres aussi, et probablement ses oreilles. Le calme s'étend sur chaque ride de son visage. Elle ne se soucie guère que ce soit moi qui lui lave les pieds. Elle se soucie encore moins de ma conscience bêlante. Plus que satisfaite, elle semble contente. Elle n'est plus présente dans la pièce. Je ne sais que faire d'elle, que dire. Je poursuis ma tâche servile. Elle m'a de nouveau oubliée.

— Peut-être vais-je me teindre les cheveux en bleu, dit ma petite-nièce.

La pluie zèbre la petite fenêtre – une pluie nonchalante, que rien ne vient troubler, sûre d'elle, qui me dit que je devrais peut-être y réfléchir à deux fois avant de rentrer à pied à la maison.

Le ciel troublé révèle
Le chagrin qu'il ressent.

Ô Longfellow, que m'arrivera-t-il si je vis assez longtemps pour perdre ma capacité à parcourir de longues distances à pied ? Serai-je encore capable de me laver les pieds ?

Le pied de ma mère s'équilibre sur le rebord de la bassine, mais je sens son poids sur mes cuisses, un nœud serré dans ma nuque, un fardeau sur mes épaules. Au-dessus de son pied, en dessous, tout autour, l'eau reste chaude ; mes doigts commencent à se rider comme des pruneaux, leurs plis et leurs rides plus enchevêtrés que leurs équivalents sur ceux de ma mère.

Quelques ulcérations sur le tapis suspendu à ma droite attirent mon attention. Je ne les ai pas remarquées tout de suite. On dirait que quelqu'un a timidement recousu les déchirures avec du fil puis a recouvert le tout avec de la peinture au rabais. Il y a un portrait suspendu à même le faux tapis turkmène, une vieille photo de mon oncle-père. Ses traits, à présent, me reviennent ; la cataracte se dissipe, ne serait-ce que momentanément.

Il est assez jeune, l'âge qu'il avait quand j'étais enfant. Il porte un costume et un fez ; il s'efforce, sans grand succès, de paraître respectable pour l'éternité. Drôle de photo, sa peau est d'une teinte colombe, mais je n'arrive pas à savoir si les gris se sont détériorés au fil des ans ou si la photographie a été développée dans une de ces teintes artificielles. Des touffes de poils noirs jaillissent de ses narines et se mêlent à sa moustache. Il a lui aussi un long menton et un nez concombre. Lui et moi avons le même front saillant, ce qui signifie probablement que lui et son frère devaient se ressembler. Je ne peux pas savoir si nous avons les mêmes yeux parce qu'il les plisse face à l'objectif, comme s'il essayait de le lire. Je me souviens qu'il avait besoin de lunettes mais qu'il n'en avait jamais possédé, ni n'avait d'ailleurs vu d'ophtalmologiste. Il a vécu et est mort en contemplant le monde les yeux plissés.

Quant à savoir comment il a réussi à être l'assistant d'un tailleur, cela m'échappe.

Il a l'air mécontent, comme si quelque chose l'irritait. Peut-être sait-il que la photographie lui donnera un air spécial ; peut-être croit-il avoir un visage peu avenant ; il semble, je ne sais pas, mécontent de la somme de ses traits. Je me souviens de quelqu'un d'irascible, mais pas de manière déraisonnable. Il a la tête de quelqu'un sur le point de quitter la fête, éternellement mécontent et désireux de rentrer à la maison.

Je me souviens de lui maintenant.

En un flash, je le revois me tenant la main pour traverser la rue. Je devais avoir dix ou onze ans, assez âgée pour être consciente de ce qu'il pensait. Il y avait dans la rue des voitures, des bus, des trams et des charrettes tirées par des mulets, d'où la nécessité de me tenir la main. Je lui tenais la main droite, mon demi-frère l'aîné la gauche, mais soudain il nous a obligés à échanger nos places. Ainsi serais-je la première à rencontrer la circulation qui arrivait sur nous.

Pouvais-je critiquer cela ? J'étais sa belle-fille – la fille de son frère, l'enfant de sa femme, et non pas son enfant. Je lui en ai assurément voulu sur le coup.

D'un autre côté, je me souviens qu'il obligeait mon demi-frère l'aîné à embrasser la lanière de cuir qu'il allait utiliser pour le fouetter, mais pas moi – mon beau-père ne m'a jamais punie.

— Je ne savais même pas qu'elle avait une autre fille, dit ma petite-nièce. Grand-père n'a jamais non plus parlé de toi. Ou peut-être que si, quand je n'étais pas là, mais je ne crois pas.

Je coupe les ongles de ma mère, nous les lui coupons toutes deux. Nous laissons les rognures tomber dans l'eau. Je fais pénétrer une fine couche de vaseline dans sa peau et enfile son pied dans une chaussette qui s'accroche à une petite saillie. J'aurais dû mieux lui limer les ongles.

Je ne suis pas si loin de chez moi. La pluie a cessé, mais des nuages bas, d'aspect mauvais, menacent, leurs masses figées traversent le ciel, leur couleur reflète celle de la peau de mon beau-père dans le portrait. Je vais prendre le risque de marcher dans le froid. J'ai besoin de clarifier mes idées, de chasser une fois de plus la fourmilière.

Doit-on tenir la promesse faite à une personne inconsciente ? J'ai dit à ma mère que je reviendrais, mais elle n'a pas pu m'entendre. Ma petite-nièce, toutefois, a été témoin.

Nancy ? Quel prénom singulier. Qui aurait pu penser que quelqu'un de cette famille donnerait à une fille un prénom occidental ?

Beyrouth change ses accessoires éblouissants plus souvent que ses dames de la bonne société ; elle a assurément plus de teintes et de couleurs. Elle scintille. Selon la période de l'année, l'heure du jour, le temps qu'il fait et bon nombre d'autres variables, ses bandes de lumière se métamorphosent. Le scintillement – réel, pas métaphorique – est la conséquence de la situation géographique, entre la Méditerranée iridescente et les montagnes. Promontoire affrontant la mer, Beyrouth se tient telle une sentinelle criarde, Horace et Marcellus parés de babioles brillantes. Élisée Reclus qualifia Byblos de volupté déifiée, mais c'est là sans doute une description qui correspond davantage à ma Beyrouth.

Alors que la plupart des gens vous diront qu'ils préfèrent la ville les après-midi de printemps, quand elle emplit ses poumons d'air salé, lorsque les bougainvilliers, pourpres et écarlates, et les glycines, lavande et blanches, commencent à fleurir, ou au moment des couchers de soleil d'été, quand l'eau est recouverte d'une panoplie or et jacinthe si vive que la ville tangue pratiquement sur son promontoire, je la préfère dans cette lumière tamisée, sous le roulis de nuages gris, saturés de pluie, mais il ne pleut pas, lorsque l'air neutre fournit un contraste avec les couleurs authentiques de la ville. Ces nuages m'empêchent de voir la brillance du blanc nouveau sur les pics montagneux, mais ils offrent de spectaculaires vues de la ville comme compensation.

Je suis assez âgée pour me rappeler l'époque où ce quartier se résumait à deux maisons de grès et un boqueteau de sycomores, leur tapis de feuilles beiges leur servant de jardin. Le développement de notre métropole commença dans les années cinquante et s'emballa follement dans les années soixante. Construire, c'est imprimer une marque humaine à un paysage, et les Beyrouthins ont imprimé leur marque sur leur ville comme une meute de chiens enragés. Le cancer virulent que nous appelons béton s'est répandu dans toute la capitale, dévorant toute surface vivante. Je ne sais exactement combien il reste de sycomores, combien de chênes ou de cyprès, mais je peux désormais marcher pendant une demi-heure sans rencontrer un seul arbre, et lorsque j'en rencontre un, c'est habituellement une espèce étrangère, un eucalyptus, un jacaranda ou une plante goupillon – sympathique mais guère satisfaisant. Lorsque je tombe sur un jardin ces temps-ci, je fleuris intérieurement.

Je parle de ça parce que, miraculeusement, une de ces deux maisons a survécu ; parmi la prolifération de bâtiments immondes, cette bâtisse ottomane qui tombe en ruines, avec sa triple arcade et son toit de tuiles rouges, détonne autant qu'une femme au Parlement. Quelques bâtisses de cet acabit sont réparties çà et là dans la ville, mais aucune n'est aussi décatie ni aussi vaincue que celle-ci, aucune n'est aussi belle.

Me voici votre esclave,
Un pauvre et faible vieillard, infirme et méprisé.

Contrairement aux habitations alentour qui la toisent de toute leur arrogance, la maison est inhabitable et n'a pas été habitée depuis au moins une génération, en tout cas c'est certain, pas depuis le début de la guerre en 1975, et sans doute avant, pas depuis 1972, l'année de la mort de Hannah. Criblée de trous et perforée, éviscérée, dépourvue de toit et de portes, elle est le réceptacle de toutes sortes d'ordures, et cependant elle a quelque chose de majestueux, à mes yeux tout du moins. Envahie par des armées plus grandes, plus hautes et plus puissantes, elle est pauvre, infirme, faible et méprisée, mais contrairement à Lear, elle demeure rebelle, elle demeure majestueuse, et le restera probablement jusqu'à la fin. Elle se dresse, solitaire.

Je me rappelle une autre épave qui remonte à bien longtemps. Au début des années soixante-dix, je me rendais à pied à la librairie, j'empruntais un itinéraire pas loin d'ici – pas loin du tout. Cette bâtisse ottomane était alors en bien meilleur état, évidemment. La guerre n'avait pas encore commencé, cependant des signes avant-coureurs éclataient ici et là. Je vis une BMW 2002 refuser de freiner malgré un ralentissement de la circulation, son conducteur était probablement un jeune homme imbu de sa personne, qui ordonnerait bientôt à ses subalternes d'assassiner, de mutiler et de piller. Il déboîta sur la droite pour doubler deux voitures et percuta l'arrière d'une charrette tirée par un mulet, remplie de légumes, essentiellement des concombres et des tomates. Il n'y eut pas de blessé, le mulet resta imperturbable, mais la charrette en bois était détruite. Le conducteur de la charrette chuta par terre, son siège céda, il tomba sur les fesses comme dans un film de Charlie Chaplin. Le conducteur de la BMW, un futur milicien, était couvert de légumes et de honte.

J'ouvris la librairie avec une heure de retard car je n'arrivais pas à quitter la scène. À l'époque déjà j'étais consciente d'assister à quelque chose d'extraordinaire : le Beyrouth nouveau emboutissait l'ancien, un jeune conducteur et un vieux vendeur des rues, la modernité faisait son entrée, une voiture orange recouverte de rouge et de vert, de l'acier allemand mêlé à du pin du Liban, et tout le monde en état de choc. J'étais envoûtée.

Je laisse la maison de grès derrière moi. Je me souviens qu'au dernier étage elle avait de charmants vitraux cintrés, ornés de volutes et de spirales rouge vif, orange et jaune safran. Ont-ils été cassés ou embarqués quelque part au milieu de la nuit ? Je n'en sais rien. Ils ont simplement disparu. Désormais, ils ne vivent plus que dans mes souvenirs, mes souvenirs proustiens.

Le dernier livre que Hannah a lu était de Proust, et elle ne l'a pas achevé. Elle avait lu *Du côté de chez Swann* très tôt, mais n'avait pas immédiatement enchaîné sur *À l'ombre des jeunes filles en fleurs*. Chaque fois qu'elle décidait de continuer, elle éprouvait le besoin de revenir au premier volume et le relisait afin de vivre pleinement l'expérience. Elle s'était mise à relire *Swann* tous les deux ou trois ans et abandonnait avant le deuxième volume ou au cours du troisième, toujours avant d'arriver à la fin des fins. Je ne sais plus à quel volume elle en était lorsqu'elle mourut, mais elle n'avait jamais été aussi loin. Je me disais qu'elle devait être contente.

Si, au cours de ces derniers jours, elle avait noirci les pages de son carnet, au lieu de devenir mutique, je serais peut-être en mesure de savoir si Proust l'a tuée, si elle a rencontré quelque chose dans le texte qui l'a énervée, quelque chose que le grand dandy avait écrit. J'aimerais savoir. Je désire davantage d'explications.

Je sais avec certitude qu'elle voulait terminer tous les volumes pour me faire plaisir. J'avais lu l'intégralité deux fois et j'étais intarissable sur le sujet : Marcel l'écrivain spectaculaire, mon idole et ainsi de suite. Je racontais à tort et à travers pourquoi je l'adorais, que lui, le mondain désespéré, qui allait de réception en réception, le charmeur invétéré, était en réalité l'outsider par excellence, qu'il pouvait être parmi tous les gens avec qui il avait toujours rêvé de sympathiser, il n'en restait pas moins seul au monde, le grain de poussière le plus esseulé de tous.

Mais, de grâce, n'allez pas penser que je suggère qu'elle s'est suicidée parce qu'elle n'avait pas réussi à terminer le roman gargantuesque. C'est idiot.

Hannah avait vieilli prématurément ; des cheveux gris commencèrent à apparaître alors qu'elle avait tout juste la trentaine. Elle semblait avoir la soixantaine alors qu'elle n'avait que quarante-cinq ans. De nombreuses femmes libanaises de sa génération eurent des problèmes analogues ; ces temps-ci, la plupart recourent à la chirurgie esthétique et plus personne n'est capable d'estimer l'âge de qui que ce soit. Je ne pense pas qu'elle se souciait beaucoup de cela, du moins je ne le pensais pas alors. Sa mère avait vieilli de manière semblable. Je me souviens que sa mère m'avait paru assez mûre lorsque je l'avais rencontrée, et elle était bien plus jeune à l'époque que je ne le suis aujourd'hui. Dans son journal, dès qu'elle eut quarante ans, Hannah écrivit imperturbablement sur son statut de femme âgée. Elle s'y attendait, tout simplement. Elle écrivit sur le monde de la plaisanterie qu'en tant que femme d'un certain âge elle pouvait manger tout ce qu'elle voulait sans se soucier de sa silhouette, non pas que le fait de se faire du souci ne l'eût jamais empêchée de manger.

Je peux vous dire qu'elle commença soudain à avoir des troubles du sommeil à la quarantaine passée, et cela lui causa bien du souci. Son fantasme le plus tenace était de faire l'expérience d'une nuit de sommeil ininterrompue. J'ai commencé à avoir des problèmes similaires à la soixantaine, et non pas la quarantaine. Elle essaya tout d'abord des remèdes de bonne femme. Du lait chaud et du miel, du thé vert, de l'anis, de la camomille – tout cela sans grand succès. Elle mit un sachet de lavande sous son oreiller, puis deux, puis trois. Elle essaya de passer la nuit chez moi au lieu de chez elle. Rien n'y faisait. Un médecin lui prescrivit du Valium, mais cinq milligrammes seulement la transformaient en cadavre ambulant le lendemain. Elle prit du Seconal, mais cela la plongeait moins dans le sommeil que dans un état groggy et ahuri. Elle me disait qu'elle résistait au sommeil et passait la nuit terrifiée parce qu'elle était incapable de se reconnaître ou de savoir ce qu'elle faisait.

Elle vécut les jours et les nuits qui lui restaient laminée par la paralysie déchirante de l'insomnie.

À l'approche de la cinquantaine, en 1972, les cachets de Valium et de Seconal allaient devenir partie intégrante de son histoire, mais cependant pas de la manière que l'on aurait pu imaginer. Elle s'effondra soudain – elle plongea dans son propre abîme avant que Beyrouth ne plonge dans le sien.

J'étais inconsciente. J'étais jeune, une fillette de trente-cinq ans mais je ne devrais pas mettre cela en avant comme excuse. J'aurais dû être attentive. La fin de l'année approchait à grands pas et j'étais sur le point d'entamer un nouveau projet. Je pensais à autre chose.

Elle était en train de changer. Je pensais que c'était temporaire, une phase. Elle avait dit en passant que sa mère lui manquait, qu'elle pensait souvent à elle, que ses deux parents lui manquaient. J'estimais que c'était parfaitement normal. Elle avait encore ses frères, ses nièces et neveux, et la pleine gloire de la famille du lieutenant. Elle était une lune gravitant autour d'une multitude de planètes. Elle avait rempli sa vie de gens et de relations, de gens qui n'étaient pas du tout dans ma vie. Elle avait sculpté son nom dans plus d'un cœur, du moins le pensais-je.

Cette camelote, l'espoir, m'avait autorisée à me duper. Je souhaitais désespérément qu'elle fût moins seule, moins solitaire, que je ne l'étais – seule comme elle avait toujours été, seule comme elle serait toujours.

L'espoir est pardonnable quand on est jeune, n'est-ce pas ? Sans le moindre soupçon d'ironie, sans une pointe de cynisme, l'espoir séduit par son chant de sirène. J'avais mes illusions et elle avait les siennes – assurément elle avait les siennes.

Exactement un an avant sa première tentative de suicide, la mère du lieutenant, ma belle-mère, était décédée. Je n'ai songé à relier les deux événements qu'après la mort de Hannah. Elle avait veillé au chevet de la vieille femme agonisante. Elle me dit que mon ex-mari lui lançait constamment un regard noir, mais ne disait rien parce que sa mère avait expressément demandé qu'elle soit là. Il semble que Hannah fût la dernière personne à qui parla la mère du lieutenant.

— Tu m'as donné, ma très chère fille, chuchota-t-elle d'une voix haletante, des moments parmi les plus heureux de ma vie. Ta présence dans notre famille a rendu supportable l'absence de mon fils. Je te promets que, lorsque nous serons tous trois aux cieux, je ne serai pas obligée de prendre la décision impossible de choisir entre vous deux.

Hannah, heureuse comme tout, me rapporta ces paroles le lendemain. Elle avait tellement apprécié que, sur son lit de mort, au moment de rendre son dernier soupir, la mère du lieutenant l'ait considérée comme sa fille. Elle avait mentionné cette dernière phrase mais était passée vite dessus, en avait même ri. Choisir entre le lieutenant et elle ? Qu'est-ce que c'était que ce choix ? Plus tard, quand je reçus les journaux, je vis qu'elle avait noté les deux premières phrases que la femme à l'agonie avait prononcées, mais n'avait pas consigné la dérangeante promesse.

Après cela, elle traversa sa vie en baguenaudant un certain temps, neuf ou dix mois, mais j'imagine que, comme un moustique qui vous bourdonne à l'oreille, cette dernière phrase, aussi vague qu'elle ait été, l'empêchait de trouver le sommeil. Un bourdonnement de doute qui devint le grondement de la foule au Colisée.

La réalité la tenta peut-être, peut-être le serpent lui offrit-il la pomme.

Il est possible qu'elle se soit réveillée un matin et se soit rendu compte que le lieutenant ne l'avait jamais désirée. Il est possible qu'elle se soit réveillée un matin et ait trouvé un des verres de lunettes de Spinoza.

Braquer une lumière dans un recoin sombre peut déclencher un incendic qui brûle tout dans son sillage, y compris votre âme toujours-si-inflammable. Cioran écrit : « Un grain de clairvoyance nous réduit à notre condition primordiale : la nudité. »

Je suis fatiguée, toujours fatiguée. Un épuisement amorphe m'étouffe. J'ai envie de dormir. J'aimerais arriver à dormir.

Nous eûmes un hiver morne cette année-là, curieusement lugubre, froid mais pas glacial, avec de fortes précipitations. Hannah semblait rivaliser avec la météo : lequel des deux est le plus sombre ? Au début, les changements furent graduels et pratiquement imperceptibles. Elle paraissait un peu renfermée, moins bavarde. Il me fallut deux semaines avant de me rendre compte qu'elle n'écrivait plus dans son journal. Je l'interrogeai à ce sujet, mais elle écarta mes inquiétudes d'un geste de la main.

Étrangement, j'avais le sentiment qu'elle était là avec moi sans être là, ou, pour dire les choses autrement, qu'elle occupait son corps mais pas son âme. Est-ce que cela a un sens ?

Le soir, à la maison, je lui préparais une tasse de thé, qui parfois restait devant elle sans qu'elle y touche. Je lui rappelais que ça refroidissait.

— Suis-je sotte, disait-elle.

Elle buvait une gorgée, puis l'oubliait à nouveau.

Un soir que j'étais assise face à elle, à ma table de cuisine aux couleurs tapageuses, je la surpris clouée sur place, qui observait la mare limpide de la soupe de lentilles et de bettes, comme si le bol était un vaisseau de divination. Un autre incident déclencha véritablement mon angoisse. Une affaire de tricot. Je vis ses doigts s'arrêter, tout simplement s'arrêter – les aiguilles se figèrent pendant au moins trente secondes. C'était impensable, inconcevable. Hannah aurait pu tricoter pendant son sommeil, cette activité relevait pour elle du pur automatisme. Elle pouvait reprendre son tricot et poursuivre une conversation, regarder la télévision, parler au téléphone, les aiguilles ne s'interrompaient jamais. Elle pouvait lire, ne marquant l'arrêt que pour tourner la page. Je la vis – je la vis arrêter de tricoter et regarder dans les éthers, le regard fixé sur un point au milieu de ma salle de séjour, et je paniquai.

— Que fais-tu ? demandai-je.

— Je réfléchis, rétorqua-t-elle sur un ton qui signifiait que la conversation était close.

Nous eûmes un printemps précoce, en 1972 ; après l'hiver pénible, les températures s'adoucirent. Quelques papillons vinrent même tremper leurs ailes dans l'air. Lors de l'une de ces journées clémentes, j'étais occupée à la librairie. Je ne pense pas que les clients achetaient beaucoup, mais il y avait beaucoup de passages. À l'heure de la fermeture, Hannah n'était pas venue, alors qu'elle m'avait dit qu'elle viendrait. Je supposais qu'elle voulait être seule pour penser à sa mère décédée, à ses deux parents. Je ne voulais pas la déranger.

Elle finit cependant par manquer trois jours d'affilée et finalement je l'appelai au téléphone. Elle reconnut qu'elle était triste, cependant elle me parut avoir toute sa tête.

Nous avons ri lorsque, par inadvertance, elle a dit que je serais triste comme tout si ma mère venait à mourir, puis elle s'est ravisée.

— Enfin bon, peut-être pas, ajouta-t-elle.

Le matin suivant, Hannah entra dans ma librairie d'excellente humeur. C'était le printemps, insista-t-elle en réponse à mes questions, la saison des folles floraisons et des charmants commencements.

— Faut-il toujours qu'il y ait une raison à notre bonheur ? demanda-t-elle sur un ton de feinte innocence.

Elle chantait ses mots – non, c'est surtout qu'elle les disait à une cadence exubérante. Son visage était piqueté de couleur. Elle prenait des livres sur les étagères et les replaçait sans même avoir regardé le titre ni le contenu. Ses yeux pétillaient de malice, comme ceux d'un renard découvrant que la voie du poulailler était libre. Je ne la crus pas – je ne crus pas qu'elle était heureuse ce matin, que sa joie bouillonnante, passagère ou pas, fût vraie. Ce qu'il me fallait, c'était une explication – toujours la causalité. Qu'est-ce qui *te* rend heureuse ?

Après avoir à maintes reprises esquivé – elle répondit à la plupart de mes questions par un bref éclat de rire – elle me dit qu'elle avait fait une bonne nuit de sommeil, la première depuis des années.

Comment, quoi, pourquoi – une heure d'évasions et de faux-fuyants avant que Hannah confesse tout, ou du moins ce que je crus être tout. Elle s'était sentie terriblement déprimée la veille au soir, elle ne pouvait supporter le poids d'une telle tristesse. Elle évoqua cette mélancolie en termes abstraits (cette lourdeur, cette pression), elle en parla comme de quelque chose d'extérieur à elle, quelque chose qui la pénétrait et avait à présent disparu, une bonne nuit de sommeil, c'était apparemment tout ce qu'il lui avait fallu. Mais la veille au soir, elle n'avait pas été heureuse. Non, pas heureuse. Elle ne voyait pas comment sortir du brouillard. Oui, elle avait été dans un brouillard incolore au cœur de l'hiver, un brouillard particulièrement opprimant. La veille au soir, elle avait été inconsolable, voilà de quoi il s'agissait.

— J'étais lasse, dit-elle sur un ton et d'un air qui semblaient aux antipodes de la lassitude. J'errais dans ma tête, si tu vois ce que je veux dire, sans but ni projet, perdue, incapable de voir ce qu'il y avait devant moi.

Elle était fatiguée mais pas effrayée, me dit-elle. Elle avait passé trois heures au moins à regarder dehors par la fenêtre de sa chambre, à fixer l'obscurité sans lampadaire. Non pas une obscurité d'un noir absolu, notez bien, non pas les tréfonds de l'obscurité que nous redoutons. Le réseau électrique de la ville bourdonnait. Son frère et sa femme regardaient la télévision dans la salle de séjour. Elle aurait pu allumer la loupiote mais ne l'avait pas fait.

— Hier soir, dit-elle, j'ai perdu ma foi en Dieu.

Elle n'était pas elle-même, alors elle avait enfilé une robe de lin fin et de pourpre, et elle avait froid, alors elle avait mis son cardigan noir.

— Je voulais me reconnaître, dit-elle.

Elle sortit les cachets détestés, qui remontaient à tant d'années auparavant, les Seconal et les Valium. Elle les avala tous, environ trente-cinq en tout, but deux grands verres d'eau pour que les cachets circulent avec fluidité dans son organisme. Elle me dit que cela faisait des années qu'elle n'avait pas bu plus d'une gorgée d'eau après huit heures du soir. Elle avait une vessie format dé à coudre, si bien que toute quantité d'eau bue supérieure à une gorgée avait pour effet de la faire courir aux toilettes durant toute une nuit d'inconfort.

— J'ai ressenti une pointe de plaisir coupable, dit-elle. Ces deux verres d'eau m'ont presque fait regretter ma décision. J'avais l'impression d'être une pécheresse avec deux verres. Tu imagines si j'en avais bu trois ? Bon, ma chérie, ne te moque pas de moi.

Elle s'allongea sur le lit, la tête sur un oreiller de plumes, les yeux fixés au plafond, attendant que la trompette de l'ange Gabriel l'appelle. Tout était parfaitement à sa place.

— J'étais prête, dit-elle.

Elle se réveilla à sept heures du matin, après avoir merveilleusement et profondément dormi pendant dix heures d'affilée, son fantasme le plus ardent s'était réalisé – elle s'était réveillée revigorée et rajeunie, avec le désagrément mineur d'avoir une vessie douloureusement pleine.

— Comme tu vois, dit-elle, je n'ai même pas un pli à ma robe.

Affirmer que j'étais frappée d'horreur serait peu dire. J'étais horrifiée parce que je découvrais alors, et seulement alors, combien elle était seule, si tardivement, et que je n'avais pas été à la hauteur. « Comment as-tu pu ? » fut la seule formule que ma voix parvint à articuler. Pourquoi n'es-tu pas venue me voir quand tu avais besoin d'aide ? N'étais-je pas ton amie et ta confidente ? Pourquoi ne pas être venue me voir lorsque tu as perdu la foi en Dieu ?

Il ne fallait pas que je m'inquiète, insista-t-elle. C'était une erreur de jugement. Il avait fallu qu'elle clarifie ses idées. Elle avait fait plusieurs vœux ce matin. Il fallait qu'elle les accomplisse. Je lui fis promettre de revenir à la fermeture. Nous discuterions davantage dans la soirée. Je décidai de ne pas ouvrir la librairie le lendemain matin. À la place, je l'emmènerais chez un médecin pour m'assurer que tout était en état de marche. Elle avait peut-être retrouvé la lumière divine, mais je me disais qu'un médecin verrait si elle avait une lampe de poche à portée de main. Elle proposa que nous fassions bombance ce soir-là, que nous achetions deux poulets entiers à la rôtisserie avec toute la garniture : les petits légumes macérés dans le vinaigre, en particulier les navets roses, ses préférés, et au moins deux tubes de purée d'ail. Nous allions tuer les insectes à distance rien qu'avec notre haleine, dit-elle.

Elle retourna dans sa chambre, et, durant l'heure qui suivit, rangea tous ses journaux dans deux boîtes, puis inscrivit mon prénom d'une écriture arabe fleurie sur du papier à lettres jaune qu'elle abandonna sur les boîtes. Elle mit ses chaussures les plus confortables, gravit l'escalier jusqu'au toit du bâtiment et sauta. La chute du quatrième étage ne la tua pas sur le coup, la pauvre. Elle mourut dans l'ambulance qui l'emmenait à l'hôpital.

J'aurais dû me rendre compte que Hannah allait refaire une tentative après la précédente. Sa belle-sœur Maryam s'en voulut. Elle était à la maison quand Hannah avait rempli ses cartons et elle n'avait pas fait attention. Elle fut en état de choc pendant une longue, longue période. Elle apporta des fleurs chaque semaine sur la tombe de Hannah. Maryam est encore vivante, je crois, et dans la mesure où Hannah est morte il y a si longtemps, j'imagine qu'elle s'en est plus ou moins remise. Parfois, je pense m'en être remise moi aussi.

Je tâche de me consoler en me disant que nombreux sont ceux qui se sont suicidés ; leurs proches n'ont pas pu empêcher le processus. L'incroyable auteur italien Cesare Pavese s'est suicidé par overdose de barbituriques dans une chambre d'hôtel, en 1950, l'année où il remporta le Premio Strega. Qui se serait attendu à cela ?

Cependant, j'aurais pu être plus observatrice. Après la première tentative de suicide, j'aurais dû comprendre que le sens de sa vie, le sens qu'elle avait assigné à sa vie, avait largué ses amarres. Le temple de son aveuglement s'était effondré. Lorsqu'elle avait avoué qu'elle avait avalé ces cachets, j'aurais dû aller au bout de ma réflexion. Je ne me suis pas rendu compte, à l'époque. Je n'aurais jamais dû la quitter des yeux.

Je m'en veux. Quand je souhaite gommer ma culpabilité, je m'en prends aux autres : à sa famille, car elle habitait en famille et personne n'a rien vu ; à la mère du lieutenant, qui n'a pas pu emporter son secret dans sa tombe. Si Ahmad ne m'avait pas quittée, je lui aurais confié la librairie et je serais restée avec elle. J'en veux au roi Hussein et à Yasser Arafat que je tiens pour responsables de Septembre noir, qui a fait qu'Ahmad m'a abandonnée. J'en veux à Hannah elle-même. De nouveau je m'en veux.

Ces souvenirs – ces souvenirs ne font qu'aiguiser la douleur que le temps avait atténuée.

En rentrant à pied à la maison, j'entends le vrombissement creux et lointain des avions commerciaux qui descendent, si nombreux à cette heure de la journée, si nombreux à cette période de l'année, ramenant les émigrants libanais au pays pour les vacances.

J'en veux à Ahmad, l'émigrant, ou, plus précisément, l'exilé. Quelque part dans mon appartement j'ai une photo découpée dans un journal d'Ahmad quittant Beyrouth. Il faisait partie de la foule des Palestiniens forcés de quitter la ville pour mettre fin au siège des Israéliens et à leurs bombardements de folie. En août 1982, nous eûmes droit au grand exode palestinien nouvelle-nouvelle-nouvelle formule. Il y eut de nombreuses photos de l'événement. Quelques-unes de Yasser Arafat sous différents angles, hypocritement triomphant, large sourire, brandissant des deux mains le V de la victoire, à la Nixon ; des femmes en pleurs lui disaient adieu, des mères stoïques, des enfants portant des affiches et des pancartes. La photographie que j'ai conservée parut dans le journal la semaine suivante. Étonnamment, on y voyait Ahmad, un homme parmi une douzaine d'autres, prêts à s'embarquer sur un bateau à destination de Tunis, keffieh sur l'épaule, mais pas de kalachnikov. Certains de ses amis armés se cachaient le visage avec des keffieh noir et blanc, mais pas mon Ahmad. Lui et ses acolytes ne semblaient ni provocants ni honteux, plus résignés, tête tombante, comme des tournesols.

Ce fut la dernière fois que je le vis.

Je marche dans une ruelle qui se termine à la perpendiculaire sur une intersection. Une gouttière, allant du sommet d'un bâtiment au deuxième étage, déverse sur la chaussée un torrent d'eau de pluie excédentaire, un ruisseau pastoral artificiel au cœur de la ville. Un bruit désagréable, je dois dire. Je n'avais pas réalisé qu'il avait tant plu.

De l'eau, de l'eau partout,
Et toutes les planches se resserraient ;
De l'eau, de l'eau partout,
Et pas une goutte à boire.

Il y a une histoire merveilleuse à propos de Pavese, après sa mort. À son retour d'exil, à la fin des années trente, il travailla pour Einaudi, l'éditeur de gauche, il publia et édita des livres. La maison Einaudi publia ses œuvres et géra sa succession après sa mort. Le jour où le Premier ministre de droite Silvio Berlusconi racheta Einaudi, il y eut une inondation dans l'ancienne maison de Pavese. Une conduite explosa, détruisant la totalité de ses papiers. Dans sa tombe, Pavese ne voulait pas laisser ce goujat à face de rat gagner un centime avec son œuvre.

Pour rentrer chez moi, je peux continuer en prenant à droite ou à gauche, d'un virage sur l'autre, d'une rue à l'autre, il n'y a pas grand-chose pour distinguer un itinéraire d'un autre. Ce qui caractérise cette intersection, c'est la présence de trois figuiers adultes, des paniers de verdure, formant un triangle équilatéral sur les trottoirs opposés, aucun n'ayant à lutter contre des structures construites par l'homme pour avoir assez d'air à respirer. J'aime ce quartier populaire. Les bâtiments de la rue sont architecturalement contigus et homogènes – pas de monstruosités modernes. Ils ne sont pas esthétiquement beaux – des couleurs fades, ayant dépassé la date de péremption – mais, comme ils dégagent quelque chose d'organique et de cohérent, ce secteur de la ville ressemble à quelque chose.

Un des immeubles bénéficie d'un ajout récent : son escalier extérieur, similaire à celui de chez moi, est désormais recouvert de béton non peint. Ce qui était relativement commun avant la guerre est tombé en désuétude. Comme le poulain qui naît, déjà capable de courir, les nouvelles constructions naissent, déjà entourées de grilles, protégées, capables de repousser instantanément la ville à l'extérieur, avec leurs armadas de portiers et d'agents de sécurité.

Il y a une mosquée sunnite non loin d'ici. Des drapeaux libanais sont fixés dans toutes les directions possibles sur un poteau électrique, à côté duquel les cèdres verts, symboles de notre État pygmée, semblent dégringoler en une lente avalanche. Chaque secte veut prouver qu'elle est plus libanaise que la voisine, ce qui explique la montée récente d'un patriotisme puéril dans nos quartiers. Celle-ci arbore aussi une vaste affiche dépeignant le faciès hideux du « leader des Arabes », Gamal Abdel Nasser, sur fond rouge Mao. Je n'en avais pas vu de tel depuis des décennies.

Je suis peut-être capable d'expliquer les différences entre le baroque et le rococo, entre le réalisme magique sud-américain et ses équivalents en Asie du Sud et en Afrique sub-saharienne, entre le nihilisme de Camus et celui de Sartre, entre le modernisme tout court et le post-modernisme, mais ne me demandez pas de vous dire la différence entre les nassséristes et les baasistes. Je comprends certes que ce quartier ne peut pas être baasiste ; les sunnites sont anti-Syrie, ces temps-ci, et le besoin d'un parti, de n'importe quel parti, est plus grand que la peur de passer une nouvelle fois pour idiot, et par conséquent Nasser est le héros du jour. Quoi qu'il en soit, je n'arrive pas à comprendre ce que signifient les termes.

Samir Kassir, dans son livre magnifique sur Beyrouth, les distingue ainsi : des nationalistes arabes qui se sont convertis au socialisme et des socialistes récemment sensibilisés aux vertus mobilisatrices du nationalisme.

Allez y comprendre quelque chose.

Dois-je vous dire que baasistes et nassséristes se sont massivement entretués ?

La première réaction que l'on peut avoir est de se dire que les Beyrouthins doivent être sauvagement fous pour se massacrer les uns les autres au nom de divergences aussi triviales. Ne nous jugez pas trop sévèrement. Au cœur de la plupart des antagonismes se trouvent des similarités irréconciliables. Des guerres de cent ans furent livrées pour divergences sur la question de savoir si Jésus était humain de forme divine ou divin de forme humaine. La foi est assassine.

Après la mort de Hannah, la vie devint incompréhensible – enfin, plus incompréhensible que d'habitude. J'avoue avoir traversé une période difficile, des années difficiles. J'ai porté le deuil – l'ai-je porté assez longtemps ? Difficile à dire. La vie était folle. Hajj Wardeh décéda cette année également, et j'ignorais si Fadia n'allait pas essayer de m'expulser. Ma mère insistait sans relâche pour que je cède mon appartement. Mes demi-frères essayèrent de briser ma porte et mon esprit. Ce n'était pas agréable, et puis la guerre, distraction ultime, éclata. Je plongeai dans mes livres. J'étais une lectrice vorace, mais, après la mort de Hannah, je devins insatiable. Les livres devinrent mon lait et mon miel. Pour me réconforter, je me récitais des formules naïves du genre « Les livres sont l'air que je respire », ou, pire, « La vie n'a pas de sens sans la littérature », tout cela en une faible tentative d'éviter le fait que je trouvais le monde inexplicable et impénétrable. Comparée à la complexité de la compréhension du chagrin, Foucault ou Blanchot sont dans la catégorie livres pour enfants.

Je hèle un taxi. Je vais engager de folles dépenses. Il faut que j'arrive à la maison ; le vent chargé de givre se lève, et la route est légèrement en pente, ce qui la rend glissante. J'ai l'impression de ne pas sentir le sol sous ces vieux pieds. Il faut que j'arrive à la maison.

Le chauffeur semble avoir envie de discuter. Quoi qu'il ait à dire, je l'ai déjà entendu des millions de fois. Les chauffeurs de taxi, les causeurs, les raconteurs de cette ville bavarde, sont incapables de se taire à partir du moment où la discussion est engagée. Je sors Rilke de mon sac à main et fais mine de lire. Ce n'est pas de communauté dont j'ai besoin pour l'instant.

Le taxi avance lentement dans la circulation figée d'avant les vacances. Tout Beyrouth est de sortie pour le shopping des vacances. Cela fait si longtemps que je n'ai pas acheté un cadeau pour quelqu'un. Le soleil se couche, la pluie aussi se calme ; les nuits d'hiver tombent sans crier gare. Le faisceau des phares se reflète sur le pare-brise, créant de mini-arc-en-ciel. La voiture met une demi-heure pour parcourir une distance que j'aurais faite à pied en autant de temps. Un éclair au loin, trop loin pour que je l'entende tonner, me rappelle que prendre un taxi a été une bonne décision, même si les ressorts déglingués de la banquette me sont désagréables.

Le taxi traverse laborieusement deux quartiers avant d'arriver dans le mien. Mon dos commence à me faire mal. Un hôtel tout neuf, musculeux et gris, a poussé comme un champignon dans la rue. J'ai entendu dire que l'on peut s'asseoir dans un jacuzzi au dernier étage et observer tout Beyrouth par de larges fenêtres circulaires, une sorte d'effet sous-marin inversé. Au rez-de-chaussée il y a un *diner* américain et un gigantesque club fitness. Je ne peux vous dire combien de personnes utilisent ce dernier, mais j'envie leur santé. La journée a été longue.

Que je sois partie loin de chez moi ou pas, que je me sois absentée longtemps ou pas, mon âme se met à pétiller à chaque fois que je reviens à mon appartement. Le virage sec qui conduit à ma rue, l'immeuble brun et gris que j'ai qualifié de « tout neuf », alors qu'il fut construit au début des années soixante-dix et n'est assurément plus neuf du tout, sont les signes annonciateurs de l'arrivée imminente. La sensation agréable d'être presque là et l'impatience de ne pas y être tout à fait commencent à partir de ces deux balises. La première chose que je fais en entrant dans l'appartement, après avoir refermé la porte derrière moi, c'est tout simplement de me laisser tomber sur mon canapé pour me reposer. Chez moi.

Ô rage ! ô désespoir ! ô vieillesse ennemie !

La vue troublante de rides récalcitrantes sur mon visage m'inspire le silence. Je me tiens pétrifiée devant la glace de ma salle de bains. J'attrape mes lunettes pour y voir plus clair. Que m'est-il arrivé ? Qu'est-il arrivé à mon visage, si émacié et inexpressif ? La personne qui me renvoie mon regard m'est une inconnue. Je n'ai jamais eu une vision flatteuse de mon apparence physique si peu avenante, mais, à présent, je parais encore plus insignifiante, terne et dépourvue du moindre éclat ou éclair de vie. Je suis un être humain tout à fait indéfinissable.

Je devrais demander à ma mère si elle a une photo de mon père biologique – il faut que je lui demande avant qu'elle ne meure. Je veux savoir si je lui ressemble. Certainement. J'ai le nez de ma mère, qui ces temps-ci ressemble à un cimeterre enfoui dans de la chair meurtrie. Je m'efforce de reconstruire le visage de mon père, mais rien ne semble coller, bien sûr. J'étais bien trop jeune. Peut-être ai-je vu une photo de lui à un moment donné, mais je n'en ai absolument aucun souvenir. Je revois ma mère à l'époque, l'allure qu'elle avait lorsqu'il mourut, mais comme cela remonte à trop longtemps, je suppose qu'il s'agit d'une reconstruction ; je me souviens que ma mère ne relevait jamais la tête, elle regardait en bas, fixait le sol, plus bas encore, le centre de la terre où résidait Satan. Elle dut éprouver de la culpabilité à la mort de son mari. Eût-elle été meilleure épouse, plus compétente, il ne se serait pas détaché d'elle. Eûmes-nous pratiqué le sati, elle aurait d'elle-même, en deux sauts périlleux et demi, plongé tête la première dans le bûcher funéraire.

Puis-je réellement m'en souvenir ou bien est-ce un puzzle que j'ai assemblé à partir de bouts épars afin de reconstituer la façon dont je pense que cela se passa ? Je continue de plonger le seau dans le puits saumâtre de mes souvenirs. Il y eut un repas. Ma mère se concentrait sur la nourriture, sur l'assiette. Je ne crois pas qu'elle mangeait. Le souvenir semble à la fois réel et irréel, fiable et ténu, solide et sans fondement. Je n'avais même pas deux ans lorsqu'il mourut. J'ai dû élaborer ces images bien plus tard. L'enfance se joue dans une langue étrangère et notre mémoire en est une traduction à la Constance Garnett.

Mes traits se sont émoussés avec le passage du temps, mon reflet ressemble à peine à la façon dont je me vois moi-même. La gravité exige de prendre sa revanche après toutes les années où mon corps lui a résisté. Pas seulement ma poitrine et mon postérieur, mais, je ne sais trop quand, les courbes légèrement enflées de mes lèvres se sont raidies. J'ai également perdu pas mal de poils aux sourcils. Ils sont tous blancs à présent. J'avais déjà remarqué le changement de couleur mais pas le fait qu'ils se clairsemaient. Ils étaient jadis épais. D'un autre côté, ma peau privée de mélanine accumule un certain nombre de couleurs différentes. Deux mers asymétriques enclavées, mauves et gris souris, s'étalent sous mes yeux. Une bernache tavelée s'accroche à côté de mon oreille droite. Les veines des tempes et leurs affluents sont résolument verts.

Je suis prête à jurer que la structure osseuse de mon visage a changé.

Comment ma respiration peut-elle résister, face au

> *dur bélier des siècles acharnés*
> *Quand l'imprenable roc, l'acier des citadelles,*
> *Quant tout cède à l'assaut des temps prédestinés*[31] ?

J'entends Joumana vaquer à ses occupations dans la salle de bains, au-dessus. Si elle se conforme à son emploi du temps habituel, elle fait un brin de toilette avant de préparer le dîner.

Il faut que j'agisse. Je sors de la salle de bains pour me rendre dans la pièce de lecture, là où se trouve la platine CD. Je cherche Chopin, trouve un des enregistrements de Richter. Mes idées lentement s'éclaircissent. Le Chopin de Richter est source d'inspiration.

Sviatoslav Richter refusait de donner un concert si son homard en plastique rose n'était pas avec lui. J'ai longtemps cru qu'il était rouge – j'avais lu cela quelque part, un homard en plastique rouge – mais ensuite j'ai vu la photo. Il ressemblait sans aucun doute à un crustacé, mais pas à un homard, ou du moins pas à un homard que j'aurais reconnu. Et il était rose, et non pas rouge.

« Je trouve que les choses prêtent à confusion », dit-il dans le film.

Dans le film *Richter, l'insoumis*, il semble égaré, perplexe, déconcerté par la vie. Chauve, osseux, déguenillé, et vieux, un visage incapable de faire face à la caméra, un visage qui comprenait pleinement ce qui avait été perdu, ce qui avait été abandonné. Il me paraissait authentique. J'ignore s'il était vierge, mais il était homosexuel.

Richter parlait à son homard en plastique et se sentait perdu sans son compagnon. Si on lui parlait en l'absence de son homard, il paraissait autiste. Lorsqu'il jouait, en revanche – lorsqu'il jouait, il pouvait vous liquéfier l'âme. Il marchait sur l'eau – du moins ses doigts – avec une souplesse liquide, une douceur fluide, il s'écoulait, clapotait, gouttait.

« Je ne m'aime pas », disait-il dans le film.

Une fois de plus, me voilà pétrifiée devant la glace de ma salle de bains. Je prends une paire de ciseaux, ferme les yeux un instant et coupe une poignée de cheveux bleus. Richter déploie sa magie mélodieuse et moi je donne des coups de ciseaux, et je pleure, des coups de ciseaux, et je pleure. Il me fend le cœur. Je suis une idiote sentimentale. Je coupe et pleure. Des cheveux bleus tombent autour de moi, s'amassent par terre en un fin nuage, une auréole de saint encerclant mes pieds.

« Si une femme ne se voile pas la tête, disent les Corinthiens, qu'elle se coupe aussi les cheveux. » Comme plus personne ne lit, que ce soit la Bible ou autre chose, tout le monde pense que ce sont les musulmans qui ont inventé le hijab. « Tout homme qui prie ou qui prophétise la tête couverte déshonore son chef. Mais toute femme qui prie ou prophétise la tête découverte déshonore son chef – c'est comme si elle avait la tête rasée. »

Sans mes cheveux, je ne suis plus découverte. Je me mets à balayer les mèches bleues au sol. Lentement, méthodiquement, chaque mouvement mesuré, chaque mouvement distrait, l'esprit dans le brouillard, je balaye et nettoie.

En Allemagne, les cheveux coupés étaient enveloppés dans une étoffe qui était ensuite déposée dans un vieil arbre, plusieurs jours avant la nouvelle lune. On trouve un rituel similaire chez les Indiens Yukon d'Alaska. Au Maroc, les femmes accrochent les cheveux coupés à un arbrisseau ou à proximité de la tombe d'un saint capable de miracles, pour se protéger des maux de tête. En Arabie saoudite et en Égypte, on met de côté des cheveux coupés dans un mouchoir, au fond d'un tiroir. Moi, je les balaye dans une pelle et les jette à la poubelle.

Me voilà tondue, ou disons le cheveu ras, pour être précise. Du blanc, maintenant, le givre de l'âge. Je ne sais pas si je ressemble à une malade atteinte du cancer, à une Brigade rouge des années soixante-dix ou à une artiste d'avant-garde, mais j'ai changé de look. Comme je me suis exclusivement servie de ciseaux, la coupe est irrégulière, houleuse. Non, je ne ressemble à rien de ce que j'ai énoncé ci-dessus. Je ressemble à une postulante catholique ou à la novice de quelque ordre monacal obscur.

Je me sens plus légère, quand bien même je sais qu'il est déraisonnable de se sentir ainsi. Ce ne sont que des cheveux.

Chute l'albatros qui s'engloutit
Comme sombre du plomb dans l'océan[32].

Ce soir, je contemplerai le monde de ma baignoire. Je tremperai jusqu'à ce que les affres de la journée s'estompent. Je vais faire sortir ma mère de mes cheveux. Me laver jusqu'à ce qu'elle disparaisse, les sécher pour qu'elle s'en aille, qu'elle s'envole, pour l'annuler, la laisser partir. Je remplirai la baignoire à ras bord d'eau nettoyante, je ferai crépiter les tuyaux, je dirigerai la symphonie de Schoenberg aux glockenspiels une fois encore. J'allumerai deux bougies pour l'ambiance. Je ne peux pas aller les chercher dans la chambre de bonne alors j'en prendrai deux courtaudes qui gisent quelque part dans la salle de bains, moches et fonctionnelles. Le feu et l'eau, je finirai avec le baptême, le nettoyage et les réjouissances.

Je réduirai la durée de cette soirée, car je suis fatiguée ; je lirai, cependant. Si je ne perds pas trop la tête, c'est grâce à mes lectures du soir.

Je vais poursuivre *Microcosmes* ce soir.

Je m'assois près de la fenêtre, dans mon séjour. Le ciel se pare de son manteau bleu qui s'assombrit. Mes pieds dans leurs chaussettes se joignent à moi sur le canapé, mes mains s'emboîtent autour de mes genoux. J'ai eu beau me frictionner le cuir chevelu avec ma bonne serviette à la sortie du bain, j'ai l'impression qu'il est encore humide. Syndrome des cheveux fantômes : je touche mon cuir chevelu et mes cheveux ont l'air secs, mais une minute après que ma main attrape sa collègue autour de mes genoux, la sensation d'humidité revient.

De ma fenêtre, tout ce que je vois, c'est une petite section de ma rue, un rectangle recadré du bâtiment d'en face, et mon lampadaire solitaire. Quand j'étais petite, je rêvais d'une fenêtre donnant sur tout Beyrouth et son univers. Une fois mariée et dans cet appartement, mes rêves se sont réduits à des dimensions plus raisonnables ; je souhaitais une fenêtre à un étage plus élevé, le quatrième, peut-être – l'appartement de Fadia à la place du mien au deuxième étage –, je rêvais d'une vue légèrement plus élevée, sensiblement plus panoramique. Ces temps-ci, je souhaite seulement qu'une société finlandaise ou chinoise invente un ustensile bon marché pour nettoyer la crasse de la ville à l'extérieur de la fenêtre sans que j'aie à me faire un tour de reins.

Je devrais relire *La Vanité des souhaits humains* de Johnson et me faire de nouveau réprimander.

Cela tombe bien, que je n'aie droit qu'à un aperçu de la vue de Beyrouth par ma fenêtre, qu'à l'esquisse d'un éclat d'une tranche du gâteau. Les nostalgistes insistent sur leur vision révisionniste d'une ville accueillante et hospitalière – d'un royaume pacifique où toutes les confessions et les ethnies sont les bienvenues, une arche de Noé où les bêtes de toutes races se sentaient à l'aise et non menacées. Noé, cependant, était un sacré fils de putain de capitaine qui tenait sacrément son navire. Un seul couple d'animaux parmi les meilleurs et les plus intelligents était autorisé à s'avancer sur la passerelle – pour perpétuer l'espèce, repeupler la planète, et toutes ces balivernes nazies.

Noé aurait-il autorisé une zèbre lesbienne à monter à bord, un hérisson célibataire, un lémurien boiteux ? J'en doute fort.

Jamais ma ville n'a accueilli de bon cœur les non-appariés et autres non-à-marier.

Je n'ai jamais apprécié l'histoire de Noé ou les tableaux rigides des animaux exemplaires peints par Edward Hicks.

Extrait de ce que je lis ce soir dans *Microcosmes* : « Pourquoi tant de compassion pour les assassins venus par la suite et aucune pour ceux du début, tous noyés comme des rats[33]. »

Vous pouvez bien dire ce que vous voulez sur le Dieu d'Israël, il n'en reste pas moins que la cohérence n'est tout de même pas Son fort. Il n'a pas été juste avec les miens. Le Dieu unique est un nazi.

Je suis assis dans le noir. Et il serait dur de savoir
ce qui est le pire : le noir à l'intérieur ou l'obscurité dehors.

Je dois essayer de dormir cette nuit. Il le faut.

Évidemment je ne dors pas. Je ne me rappelle pas la nuit en détail, aussi est-il possible que je me sois assoupie un peu, ce qui m'arrive fréquemment. Je me penche en avant pour enfiler mes chaussettes de laine et je sens chaque vertèbre craquer, dans l'ordre, comme si elles répondaient à l'appel : C1, présente ; C3, je suis là ; T4, oui ; L5, présente ; coccyx, ouch, ouch. Il ne manque plus qu'un coup de clairon matinal.

Il fait bien trop froid. Un frisson glacial me traverse les épaules, chassant toute velléité de mollesse. Je me gratte le cuir chevelu. Toujours rasée. Je ne suis pas certaine de pouvoir prendre le risque de la glace dans la salle de bains ce matin.

Une nuit d'orages et de fortes pluies, de secousses et de sons dans l'obscurité. J'ai entendu des inondations et des sirènes à l'extérieur. Confortablement glissée sous trois couvertures, j'ai entendu une goule gratter ses ongles au carreau de ma fenêtre, un milicien faire feu avec sa mitraillette dans les flaques d'eau de la rue. Au-dessus de moi, j'ai entendu Joumana assassiner quelqu'un, probablement son mari, et traîner le cadavre dans la maison en rond, à tourner sans arrêt, sans cesser de lui frapper sur le crâne avec une poêle à frire. Rien d'autre n'aurait pu faire de tels bruits.

Je suis lasse, lasse, je voudrais être... au chaud.

Je porte mon peignoir sur ma chemise de nuit et j'enfile un pardessus en mohair bordeaux. Je me traîne jusqu'à la cuisine pour entamer mon rituel du thé matinal. L'appartement sent l'humidité et la pluie. Les radiateurs crachotent de la chaleur par à-coups. Les vents hivernaux de l'intérieur soumettent mes chevilles à l'interrogatoire.

J'hésite de nouveau, concernant le nouveau projet. Le roman *2666*, si inachevé soit-il, est trop gros, et, ce matin, m'intéresse moins. Quoi qu'il en soit, je ne suis pas certaine d'avoir assez de temps pour trouver un nouveau livre à traduire si tard dans la partie, sauf à choisir quelque chose de court et facile. Puis-je risquer de manquer le rite du début de la traduction du 1er janvier ? Je me demande si je suis capable d'enfreindre mes propres règles. Les règles sont arbitraires. J'en conviens, mais je sais également que c'est grâce à elles que j'arrive au bout de la journée. S'il le faut, je peux commencer la traduction à une autre date, et le monde ne se mettra pas pour autant à tourner dans l'autre sens. Je ne perdrai pas plus de sommeil que j'en perds déjà si je reporte à plus tard. Et pourtant, je préfère m'en tenir à ce que je sais, créature d'habitudes et tout ça.

Peut-être que mon épiphanie, c'est de pouvoir commencer une traduction la deuxième semaine de janvier cette fois-ci. Peut-être que cette épiphanie m'excitera davantage une fois que j'aurai bu mon thé.

J'allume la flamme sous la bouilloire.

Je décide que je dois prendre ce matin la décision du livre sur lequel je vais travailler. L'incertitude est déstabilisante.

La lumière, tel un chuchotement, commence à disperser les formes d'ombre à l'extérieur de mes fenêtres. Un camion-poubelle quitte ma rue et emporte avec lui son grabuge hurlant. Plus rien à entendre à présent, hormis le bavardage puéril de la pluie. Le lampadaire fait trembler son ampoule en un bref caprice, convoquant un rougeoiement rose œillet et brun roux avant de s'éteindre pour la journée. L'air dans la cuisine semble encore sombre et humide. J'emporte mon thé dans la pièce de lecture, m'installe dans mon fauteuil, ramène la courtepointe sur mes jambes, sous le manteau en mohair.

Ma sonnette retentit et je suis décontenancée. J'ai dû m'endormir dans mon fauteuil. Depuis combien de temps cela n'est-il pas arrivé ? Je ne sais pas du tout l'heure qu'il est, n'arrive pas à lire l'heure sur l'horloge, sans mes lunettes. L'atmosphère est lumineuse. Huit heures du matin ? La sonnette retentit à nouveau. Je mets mes lunettes. La tasse reste sur la petite table, à côté du vase et des sept livres du Mu'allaqât, le thé n'a pas été touché, il est froid, à l'évidence, nulle volute de vapeur ne s'élève de sa surface. Je n'ouvrirai pas la porte. Pas cette fois-ci. Je ne laisserai pas le monde entrer. Cela va-t-il devenir un rituel quotidien ? Allons déranger la matinée d'Aaliya, la perturber et la renverser. *Tous les matins du monde*.

La personne qui est à l'extérieur frappe à ma porte, de manière insistante. Ce n'est toutefois pas mon demi-frère l'aîné. On frappe avec politesse.

— Aaliya, j'entends la voix assourdie de Joumana qui m'appelle de l'extérieur.

Il y a de l'urgence dans son ton.

— Ouvre, s'il te plaît !

Je me relève d'un bond – disons que ce pourrait être considéré comme un bond pour mon âge. Mon genou vacille, c'est tout juste s'il ne m'envoie pas m'étaler sur le tapis. Je garde l'équilibre en me retenant à la porte de la pièce de lecture. Mes mains s'appuient sur le montant et je me retrouve en tête à tête avec le miroir circulaire dépourvu de cadre. Je détourne le regard, mais je prends la décision de nettoyer le miroir avant la fin de la journée, tout du moins d'en enlever la poussière.

— Elle doit être à l'intérieur, dit Marie-Thérèse. Je ne l'ai pas entendue sortir ce matin. Je le saurais, si elle était sortie.

Je me précipite vers la porte. J'entends Fadia dans l'escalier, elle arrive d'en bas et non d'en haut. Le monde a la tête à l'envers aujourd'hui, sens dessus dessous.

— J'ai coupé l'eau, dit Fadia, dont la voix porte le plus.

Il faut encore qu'elle arrive à mon palier. J'entends le lourd martèlement précipité de ses sabots qui approche.

— Aaliya ! s'écrie-t-elle à l'instant où j'ouvre la porte.

Mon visage rencontre la pleine force de sa voix et du froid de décembre.

Les trois sorcières mouillées font irruption dans mon entrée, elles parlent ensemble, toutes les trois en même temps, des voix aiguës à la Disney, j'en ai la chique coupée, je suis perplexe. Si le peignoir de Fadia balayait le sol la dernière fois qu'elle est venue, aujourd'hui, le mauve qu'elle a sur elle fait office de serpillière. L'ourlet est tellement trempé qu'on dirait qu'elle sort d'une rivière ; mais j'entends le mot « inondation », et juste au-dessus de l'arête du nez, sous la peau, je ressens un claquement de nerfs. Je sens une boule dans ma gorge, une ancre me tire le cœur vers le bas. Je sens mes oreilles se refermer. Je n'ai pas envie d'entendre.

Détrempées un peu partout au petit bonheur, les sorcières m'entourent, se mettent à tourner comme des planètes sous Dexedrine, à parler, parler, parler. Une canalisation – dans la salle d'eau attenante à la chambre de bonne, en haut, dans l'appartement de Joumana – inondation – danger maintenant écarté – on a appelé le plombier – elles espèrent que je n'avais aucun objet de valeur entreposé dans ma chambre de bonne.

Objet de valeur ? De valeur ? Mes cartons, des cartons et des cartons, ma vie – elles n'en savent rien.

Je traverse la cuisine en courant – oui, en courant – jusqu'à la salle d'eau attenante à la chambre de bonne. Je sens l'odeur d'humidité avant même d'ouvrir la porte, une odeur de pull en laine sous la pluie, la même que celle que dégageait le pull rose mouillé de Nancy posé sur le radiateur, qui dégageait de la vapeur. La nausée me percute de l'intérieur et de l'extérieur. Le bouton de la poignée ne tourne pas jusqu'au bout du premier coup car mes mains sont trop moites. Je pousse le battant et prends la mesure des dégâts. La puanteur m'assaille physiquement, je me replie sur moi-même, recule d'un pas en flageolant ; l'odeur fétide m'assène une claque, me heurte le nez, une odeur aigre, de moisi, ma mère. Mon cœur réagit étrangement, il proteste. Je sens une envie irrépressible de régurgiter.

Salut, horreurs, salut
Monde infernal ! et toi, profond Enfer[34].

Mes voisines arrivent à mes côtés, trop près de moi.

Il y a de l'eau au sol, mais pas trop. La majeure partie a traversé la salle d'eau et poursuivi sa course en suivant la dénivellation jusqu'au siphon.

L'eau qui a insisté pour s'attarder, cependant, a choisi de rester dans mes papiers. Tous les cartons sont mouillés.

Il n'y a plus lieu de paniquer. Le mal est fait.

Si c'en était fait quand c'est fait, alors ce serait bien.

On l'aurait vite fait.

Ce fut certainement rapide.

Sur des jambes qui flagellent et des genoux épuisés je traverse la chambre de bonne. C'est sans espoir. La pièce a beau être plongée dans l'obscurité, je n'ai pas besoin de voir. L'odeur de dégât des eaux est pénétrante. Les sept bouches du Nil ont déversé ici leurs marchandises. Mon âme hurle, je suis muette. Me voilà désormais démunie.

Qui parmi les anges m'entendra si je pleure ? Je me tiens debout dans le froid, l'humidité et le noir, au milieu de ma vie gâchée, ne sachant que faire, incapable de prendre la moindre décision, et je verse des larmes. Mes espoirs furent anéantis il y a bien longtemps et, à présent, toute once de dignité suit le même chemin. Le peu qu'il me restait de confiance en moi m'abandonne et s'écoule à vau-l'eau.

Tout a disparu et m'a abandonnée et je ne sais que faire.

Je me retrouve à livrer une bataille perdue depuis belle lurette. J'accepte la défaite sans avoir de drapeau blanc à agiter, sans même la force de sortir mon épée de son fourreau.

Dans la vallée de la Mort
Six cents cavaliers chevauchaient.

L'humiliation est mon intime. Comme celle de Job, mon âme est lasse de la vie. De la morve dégouline de mes narines ; je l'essuie avec la manche de mon manteau en mohair – la manche de mon manteau en guenilles, importable.

Je ne sais ce que les sorcières peuvent voir, mais je suis horrifiée qu'elles sachent que je suis en larmes ; du coup, je pleure davantage, et plus fort.

Mon âme est l'os en plastique sur lequel le destin se fait les crocs. Ma destinée me poursuit comme un traqueur chevronné, comme un chasseur malveillant, me mord et refuse de desserrer les mâchoires. Ce que je croyais avoir laissé derrière moi, je le retrouve. Toujours j'échouerai, jadis, maintenant et à jamais. De nouveau échouer. Échouer pire. Je suis témoin de l'effondrement de ma vie.

Emplis d'ombre cet enfer qui s'approche[35].

Maudit est ce monde et maudit est tout ce qu'il y a en ce monde. Maudit cet âge d'humiliation implacable et de comédie bouffonne. La voilà ta saleté d'épiphanie.

Les femmes m'entourent une fois de plus, me prennent par les mains et les coudes et me conduisent vers la lumière. L'une d'elles, probablement Marie-Thérèse, la plus petite, me tire doucement par le bras, m'obligeant à me pencher un peu en avant, et elle m'essuie le visage avec un mouchoir en papier – un mouchoir enduit de gel désinfectant. Elle doit avoir sur elle en permanence un de ces flacons de produit antibactérien. Mes mains, d'elles-mêmes, échappent à l'emprise des femmes et plongent dans les poches du manteau. La seule chose qu'il y a dans mes poches, c'est une paire de lunettes de lecture.

Mes yeux décident sans me consulter de regarder droit devant, se concentrant sur le petit récipient que je mets sous le radiateur quand je le purge. Une goutte d'eau rouillée tient en suspension, collée au tuyau, au-dessus, attendant patiemment de rejoindre ses sœurs qui tachent l'aluminium.

La cuisine est bruyante, la ville prend son inspiration du matin, klaxons, circulation et pluie dans la rue, et Joumana, d'une voix douce, me parle.

— Qu'est-ce qu'il y a dans les cartons ?

Devant mon silence, elle répète la question plusieurs fois.

— On devrait les sortir et voir ce qu'on peut récupérer.

Comment puis-je expliquer ma vocation ésotérique, ma vie furtive ?

C'est la source privée de sens dans ma vie.

— Des traductions, dis-je. Je suis traductrice.

J'hésite. Ce que je viens de dire ne sonne pas juste à mes oreilles. On dirait une menteuse.

— J'ai été, j'ajoute.

Mon cœur se sent trop épuisé pour battre.

— J'ai été traductrice.

Joumana a l'air perplexe, ses sourcils se haussent jusqu'à prendre la forme de points d'interrogation. Ses yeux se braquent sur le bas de mon visage, comme si elle s'apprêtait à lire sur mes lèvres.

J'aurais dit que j'avais des sachets d'héroïne dans les cartons, elle aurait été moins choquée. C'est une femme comme il faut, elle n'est pas habituée à déchiffrer les marmonnements de monstres.

— Mettons-nous au travail, dit-elle d'une voix autoritaire. Sortons-les de ces pièces.

Dès l'instant où j'essaye de bouger, je chancelle comme une girafe qui se serait gavée de fruits fermentés. Marie-Thérèse, le visage affable, passe son bras autour de ma taille et m'aide à tenir droit. Mon avant-bras se pose sur son épaule. Je me sens à la fois démunie et apathique. J'aimerais échapper à tout cela et rentrer chez moi, sauf que je suis chez moi.

— Assieds-toi, dit Marie-Thérèse en me conduisant à mon fauteuil. Reprends ton souffle un instant. Nous allons déplacer les cartons.

Elle hésite un certain temps, comme si elle s'apprêtait à poser une question solennelle, puis ajoute :

— As-tu un escabeau ou faut-il que j'aille chercher le mien ?

Je m'en veux, non seulement de pleurer toutes les larmes de mon corps face à des inconnues, comme une fillette à la récréation en école maternelle, mais aussi, tout simplement, de pleurer toutes les larmes de mon corps. J'essaye de me contrôler.

Dans mon fauteuil consolateur, j'observe les trois femmes qui s'activent. J'essaye de me relever ; les muscles de mes cuisses tremblotent, mes jambes cèdent, et je me rassois. Une minute seulement, me dis-je, moins d'une minute, me mens-je à moi-même. J'ai l'impression d'être un crapaud visqueux qui s'englue dans la boue, fixant le néant sans cligner des yeux. Spinoza n'a pas grand-chose, voire rien, pour moi ce matin.

Fadia est remontée à son appartement et revient avec deux grands draps et au moins huit serviettes. Maintenant, dans la bonne humeur, elles font toutes les trois des allers-retours, sortant un par un les cartons trempés. On dirait qu'elles sont synchronisées, à croire qu'elles ont passé leur vie à déblayer des traductions endommagées par des inondations, à croire qu'elles ont grandi sur les berges de l'Euphrate où ce type d'entreprise n'est pas inhabituel. L'une d'elles pénètre dans le noir, une autre sort des ténèbres, tenant dans ses bras une boîte. Je remarque pour la première fois que les pieds de Joumana sont plats comme des pattes de canard. L'odeur de moisi se diffuse par bouffées dans l'appartement, les effluves de pourriture se répandent en mon foyer. La tristesse et la frustration montent en moi. Je devrais me lever, mais je ne peux pas encore. Pendant qu'elles s'activent, je ne peux que me tourner les pouces.

Il faut que je reprenne des forces, que je me fortifie. Ô Flaubert, montre-moi comment sceller ma chambre, envoie-moi ton maçon. Peur, chagrin, interdisez l'entrée à ces maraudeurs et ces pillards, à cette colère, cette culpabilité, ce sentiment d'impuissance.

J'éprouve un sentiment de nostalgie pour mon cœur naguère aride, qui savait comment réagir face à une telle perte.

Non fui, fui, non sum, non curo.

En silence, j'aide mes voisines à sortir les caisses d'Égypte. J'arrive à atteindre plus facilement les plus hautes. Devant moi, Fadia marche sur la mine israélienne, à une main au sud du siphon. J'évite la zone. Je pense encore que mes pantoufles seront à jamais salies si j'approche de trop près l'emplacement de la souillure. Au toucher, le carton mouillé me fait penser à du chou bouilli. Nous alignons les cartons sur les serviettes de bain et les draps, dans la cuisine, dans la salle de séjour, dans la pièce de lecture, des cercueils, des morts à la guerre que l'on renvoyait chez eux. Je devrais me mettre au garde-à-vous et faire un salut – tant d'hymnes nationaux, tant de pays dans cet empilement. Je souhaite unc salve de vingt et un coups d'artillerie.

Finalement, Joumana s'agenouille devant un des cercueils, une parente des défunts, en un sens. En s'abaissant, son genou gauche heurte et fait tomber la version anglaise de l'*Encyclopédie des Morts* qui était accrochée sur le flanc du carton (la version anglaise à gauche/à l'ouest, la version française à droite/à l'est) ; le livre tombe de quelques centimètres vers le sol dans un discret bruit sourd. Elle hésite, mais un instant seulement. Un souffle aérien s'échappe de ma gorge.

Quels sons inaccoutumés
Errent sur mes lèvres[36].

Les genoux de Joumana se posent sur la serviette et bercent le carton. De la main gauche elle me fait signe de me calmer, paume en avant. Elle a dans sa main droite mon grand couteau de cuisine. Elle découpe l'adhésif en quatre endroits.

Le manuscrit est mouillé, évidemment. La première page est lisible, car elle ne comporte que le titre, le nom Danilo Kiš et le mien. Joumana tient en l'air la page de titre et soupire. En dessous, les autres feuilles sont abîmées. Il semble y avoir une section sèche au milieu de chaque page, de la taille d'une moufle de jeune femme. Mais le reste de la page, le reste – la bavure, la décoloration, l'odeur – la mort, comme toujours, rampe vers le cœur. Du moins est-ce mon cas.

C'est plus fort que moi. Je me remets à pleurer, en silence toutefois. Joseph Roth termine *La Fuite sans fin* par cette phrase : « Il n'y avait personne d'aussi superflu au monde[37]. » Je me permets d'exprimer mon désaccord : personne dans le monde entier n'est aussi superflu que moi. Et certainement pas Franz Tunda, le protagoniste de Roth, non. Je suis celle qui n'a pas d'occupation, pas de désir, pas d'espoir, pas d'espoir, pas même d'amour-propre.

Sans que je l'aie vue venir, semble-t-il, les mains de Fadia remontent par-derrière et me massent délicatement les épaules. Je résiste à la forte tentation de réagir façon Merkel avec Bush. J'autorise ses mains à me toucher.

C'est plus fort que moi. Mon esprit mène mes pensées à la mort, en les tenant en laisse.

Arbus s'est tranché les veines, de même que Rothko. Woolf s'est noyée en s'avançant dans la rivière. Hemingway s'est tiré une balle dans la tête, bien sûr. Plath, Hedayat et Borowski ont mis la tête dans le four. Améry a avalé une surdose de somnifères en 1978 et ne s'est pas réveillé rajeuni le lendemain. Pavese non plus, en 1950. Gorky (Arshile, pas Maxim) s'est pendu. Levi, dit-on, s'est suicidé en chutant dans son escalier.

Et puis il y a l'étrange histoire du suicide de Potocki, qui s'est tiré une balle d'argent dans la tête. Tous les matins, pendant quelques mois, il s'employa à limer la boule d'argent en forme de fraise d'un sucrier, jusqu'à pouvoir la détacher et s'en servir de balle. Allô Dr Freud.

Nul compositeur remarquable, du moins à ma connaissance, ne s'est suicidé. On pourrait penser que Schnittke eût été un bon client, mais non. Schumann se jeta dans le vide, mais il était atteint de troubles bipolaires, et comme si cela ne suffisait pas, des spirochètes agents de la syphilis se repaissaient de son cerveau. Quoi qu'il en soit, il ne périt pas de sa tentative. Tchaïkovski a peut-être intentionnellement, peut-être pas, bu cette eau empoisonnée. Je ne compterais pas ces deux-là. La musique semble être le plus sain de tous les arts légers. Je devrais toutefois souligner que les compositeurs ont tendance à mourir plus jeunes que la moyenne humaine, alors que les chefs d'orchestre meurent plus vieux. J'ignore pourquoi, mais cela m'intrigue.

Les spirochètes de la syphilis ont eu raison des deux Schu, -mann et -bert.

Fadia remarque que je me sens plus calme, que je me ressaisis. Elle laisse tomber les mains le long de son corps.

— Je comprends presque tout, dit Joumana en feuilletant rapidement les pages de ma collaboration avec Danilo.

— Non, s'il te plaît.

— Je veux dire, c'est lisible, dit-elle, un peu amusée. J'arrive à lire, non pas que j'aille le lire.

Elle plisse les lèvres et souffle sur la page qu'elle a dans les mains. Elle la secoue d'avant en arrière, tâchant de faire disparaître l'humidité, mais s'arrête, inquiète sans doute à l'idée que la page ne se désintègre.

— Il faut qu'on sépare toutes les pages, dit Marie-Thérèse, pour les sécher. C'est la seule façon de les récupérer.

Elle occupe le sol au centre de la pièce et me jette constamment des coups d'œil, tout en prétendant ne pas le faire. Aujourd'hui elle ne ressemble pas à la petite amie imaginaire de Pessoa, Ophelia, mais davantage à Eudora Welty à la fin de ses jours, avec cependant des cheveux teints en noir.

— Ça va prendre beaucoup de temps, dis-je, beaucoup trop de temps.

— Nous avons le temps, dit Marie-Thérèse.

Elle se met à genoux et essuie ses mains mouillées avec la serviette posée par terre, devant elle.

— C'est les vacances, après tout. Je n'ai rien de mieux à faire, ajoute-t-elle.

— Si on ne sèche pas les pages, dit Fadia, on aura de la moisissure partout. Les champignons se développent comme des champignons. Partout, dans tout l'immeuble. Je ne peux pas me permettre d'avoir ça. Et si ça se glisse sous les ongles. C'est hautement contagieux. Qui sait ce qui arriverait aux miens ? Regardez, regardez.

La voix de Fadia se perche dans les aigus tandis qu'elle nous montre ses ongles.

— Je ne peux pas prendre le risque de dégâts structurels avec eux. Il faut intervenir d'urgence, poursuit-elle.

Elle répète ses plaisanteries pas drôles, qui, pour je ne sais quelle raison, me paraissent de plus en plus amusantes au fur et à mesure que je les réentends. Il pleut sans interruption. Mon âme est humide rien que d'entendre la pluie. Il y a du crachin, puis des averses, puis du crachin, puis des averses. Le chagrin de la journée se déverse. Les vitres grognent à force d'être maltraitées. Vu à travers elles, le ciel semble gelé.

— Je ne suis pas sûre qu'elles méritent d'être sauvées, dis-je en retournant à mon fauteuil car rester debout m'épuise.

— C'est sot de dire ça. Ça fait beaucoup de papier. Tout ne peut pas être sans importance, dit Fadia en secouant la tête et feignant l'incrédulité.

Elle s'installe à côté de Joumana et lui prend des mains le couteau de cuisine. Elle, la vivisectrice, tranche dans Javier Marías, l'ouvre pour examiner ses entrailles. Son usage du couteau est plus expérimenté, bien sûr : elle est à la fois meilleure cuisinière que Joumana et moins sensible, moins méticuleuse.

Marie-Thérèse commence à tendre des fils à linge. Son mari décédé, qui était obsédé par la chasse, et la pêche, classique et au chalut, lui a laissé toute une cargaison de bobines de fil. Elle installe des fils qui s'entrecroisent dans tout mon appartement, les punaises au mur à l'aide d'épingles à tête de couleur. Lorsque je suggère qu'elles risquent de ne pas tenir, elle me rappelle que ce ne sont que des feuilles de papier que nous allons accrocher. Avant même qu'elle ait terminé, je sais qu'il n'y aura pas suffisamment de fil pour mes pages.

Fadia et Joumana commencent à suspendre les feuilles les unes après les autres, tandis que Marie-Thérèse achève de tendre les fils. Elles utilisent des pinces à linge et même des trombones. Ma pièce de lecture commence à déborder de fantomatiques fanions de prières tibétains.

Je veux aider. Je me relève, me joins à elle. Je prends une page pour la suspendre au fil. Fadia et Joumana me laissent un espace, mais le temps que je termine, elles ont six ou sept pages d'avance sur moi. Mon esprit est embourbé dans de turbides marécages. Je vois les trois sorcières dans la pièce, j'interagis avec elles, mais c'est comme s'il y avait une fine épaisseur de film plastique de congélation entre nous – rares sont les molécules qui arrivent à traverser.

— Ça ne suffira pas, dit Joumana, encore occupée à accrocher le manuscrit de Danilo Kiš.

— Non, dit Fadia.

— On va avoir besoin d'autre chose.

Il pleut des cordes, de plus en plus fort, encore plus fort, les gouttes comme les parents et amis d'un défunt s'entraînent mutuellement dans une frénésie de lamentations. Il pleut comme si le monde entier était sur le point de s'effondrer, comme si le ciel allait dégringoler – la revanche de Noé sur ceux de mon espèce. Il s'est finalement introduit chez moi.

— Où est ton sèche-cheveux ?

Fadia se tient face à moi, un alignement de papier entre nous, nos visages entre les pages.

— Mon sèche-cheveux ? je demande.

Pourquoi veut-elle soudain un sèche-cheveux ? J'explique que je n'en ai pas, que je me suis toujours séché les cheveux avec une serviette, que je n'en ai plus depuis que mon mari est parti en emportant le sien, que c'était un de ses biens de valeur, ce qui ne rimait à rien puisque sa chevelure coiffée était toujours recouverte par son couvre-chef aussi prétentieux que ridicule.

Me voilà soudain loquace.

Toutes trois cessent de faire ce qu'elles sont en train de faire. Aurais-je dit que chaque matin, après le petit déjeuner, je chevauchais avec les Valkyries, que j'avais accouché d'un million de djinns sur les rivages de la mer Rouge le dimanche 22 juin, que mon amant secret était Zeus sous la forme d'une pluie d'or – n'importe quoi plutôt que le fait que je ne possédais pas de sèche-cheveux, elles en auraient été moins étonnées.

— Ils étaient bien, tes cheveux. Un vrai potentiel, mais tu ne les as jamais teints, et lorsque finalement tu l'as fait, il a fallu que ce soit en bleu. Je ne te comprends pas, dit Fadia.

Elle se tient bien trop près de moi. Toutes les trois se tiennent bien trop près de moi. Je sens leurs odeurs – chacune une eau de Cologne différente ; Fadia empeste aussi les cigarettes françaises.

— Fadia ! s'écrient simultanément ses compagnes.

— Oh, du calme, leur dit-elle.

Puis, à mon intention :

— Qu'est-ce que c'était que cette histoire de cheveux bleus ? Pourquoi as-tu fait ça ?

— Ça a été une erreur de jugement, dis-je.

— Oui, ça, c'est certain, dit Fadia en brandissant la main, pour inviter ses collègues sorcières à ne pas l'interrompre.

Elle sait quand elles sont sur le point de se mêler de ce dont elle a décidé personnellement de se mêler.

— Et pourquoi, sacré nom de nom, t'es-tu rasé les cheveux ? N'aurais-tu pas pu aller dans un salon de coiffure pour qu'ils s'en occupent ? Une petite couleur, un brushing et tu aurais été une femme nouvelle. Tu ressembles à une nonne, sans sa tenue, et pas une jolie, pas Audrey Hepburn, plutôt Shirley MacLaine.

— Fadia ! s'écrient ses compagnes.

— Comment peux-tu dire une chose pareille ? demande Marie-Thérèse.

Elle essaye d'écarter Fadia, mais Fadia résiste en donnant un coup d'épaule, comme pour chasser une mouche agaçante.

— Elle n'est pas Shirley McLaine, intervient Joumana. Shirley McLaine, c'est toi. Tu parles fort, comme elle, et tes propos sont aussi déplacés que les siens. Toi, jadis si bien élevée, où sont passées tes bonnes manières ?

— Elles ont vieilli, répond Fadia. Elles ont vieilli, pour que je reste jeune.

— Tu ne ressembles pas à Shirley MacLaine, me dit Marie-Thérèse.

Elle tend la main vers moi, sa paume droite accueille en son creux mon coude gauche.

— Ma foi, elle ne ressemble pas non plus à l'autre, là, dans *Rosemary's Baby*, dit Fadia. Ce film m'a fichu la trouille. Il suffit que j'y repense, et illico il me faut des couches pour adultes. N'en parlons plus. Attendez, attendez. Vous vous rappelez ce film français avec l'acteur américain à moustache qui ressemble à un raisin sec resté trop longtemps en plein soleil ? L'actrice avait les cheveux courts. Pas Annie Girardot, une autre.

— Ignore-la, me dit Joumana. C'est toujours ce que nous faisons. Depuis 1998, elle déraille. Ça a été sa dernière bonne année.

— Je vais chercher mon sèche-cheveux, dit Marie-Thérèse. Nous devrions peut-être toutes aller chercher le nôtre. Ce sera plus rapide pour sécher les papiers.

— Quelque chose sous la pluie, dit Fadia. Le film avait un titre intéressant, mais je ne m'en souviens pas. Un film des années soixante. Tu ne lui ressembles pas vraiment, mais l'actrice avait des cheveux très courts.

— Va chercher ton sèche-cheveux, dit Joumana en tirant Fadia par la main.

J'ai envie de fermer la porte à clef et de les laisser à l'extérieur, elles et le monde entier, mais l'odeur de moisi me fait presque suffoquer. Une humidité impérieuse et épaisse reste en suspension dans l'appartement, un tyran oppressant. Je laisse la porte de chez moi ouverte. Je fais entrer l'air. Il circule vivement dans l'appartement pendant un moment mais il est bientôt vaincu ; il devient bientôt lourd et vicié.

Je cherche *Anna Karénine*. Où est-elle ? Elle est tout ce dont j'ai besoin. Je marche d'un cercueil à l'autre, mais je ne la vois pas parmi ceux de la pièce de lecture. Je reviens sur mes pas, au cas où. J'entre dans la cuisine. Sur un drap humide à rayures bleues recouvrant le sol, le carton d'Anna ressemble à une petite habitation brisée sur le point d'imploser, comme des poubelles abandonnées sur le trottoir. Elle est tout ce dont j'ai besoin. Il me faut l'inspecter.

Ce fut l'une de mes premières traductions, la troisième ou la quatrième, probablement. J'aime Anna mais ce n'est pas la seule raison pour laquelle elle est importante. *Karénine* fut le premier projet où j'ai commencé à sentir que je savais ce que je faisais. Je ne devrais pas dire ça. Je dirais que ce fut la première traduction où je ne me suis plus sentie incompétente, où le combat ne fut plus aussi ardu et titanesque, où la traduction en elle-même est devenue appréciable – aussi agréable, si ce n'est plus, que la hâte de terminer le projet. *Anna Karénine* fut la première fois que j'ai autorisé un livre et son monde à pénétrer dans ma maison.

L'humidité a froissé la première page et tout ce qu'il y a en dessous, elle les a ramollies et rendues toutes fines. Si je ne fais pas attention, je risque de facilement déchirer une page en deux en la ramassant. Une fois sèches, les pages seront cassantes et gaufrées. L'encre était moins permanente à l'époque où j'ai traduit ces pages. Des mots arabes surnagent sur les feuilles ; certains coulent, d'autre flottent. Certaines pages ressemblent à un test de Rorschach, un test de Rorschach bleuté. Je vois un grand dragon manger un cochon. Je vois ma mère manger un cochon. Je vois un papillon écrasé. Je vois ma vie tourner en cercles concentriques et disparaître dans le siphon. Je vois des dégâts des eaux partout. Je vois des mots, pas tous sans rapport les uns avec les autres. Je peux réécrire ces pages avec une montagne d'efforts équivalente à une pyramide égyptienne. Il faudra que je sois méticuleuse, prudente et consciencieuse, mais ce peut être fait. Je mourrai sans doute avant d'avoir fini de transcrire. Les traductions les plus récentes sont probablement moins abîmées que Anna, l'encre étant moins liquide. Je peux aussi jeter tout le tas dans une des poubelles de l'histoire. Pourquoi voudrais-je ressusciter ce cadavre pourrissant ? C'est tout à fait inutile.

Je ne suis rien.
Je ne serai jamais rien.
Je ne peux vouloir être rien.
À part ça, j'ai en moi tous les rêves du monde[38].

Álvaro de Campos, le poète dandy bisexuel de Pessoa, écrivit cela. Il est le bienvenu chez moi quand il veut.

Je ne suis rien. Je devrais aspirer à devenir un grain de poussière. J'attribue de l'importance à la littérature et à la poésie, je plaque les arts en un or d'un éclat éblouissant pour tromper ma vision, afin de ne pas voir ce qui est évident pour toute l'humanité : je ne suis rien, je ne serai jamais rien.

Pour pouvoir vivre, je dois m'aveugler à mes dimensions infinitésimales dans cet univers infini.

À genoux sur le vieux drap de Fadia étalé sur le sol de ma cuisine, je sépare Anna page par page, les plaçant en ordre autour de moi. En étendant les bras, je me rends compte que j'exécute une génuflexion, comme si je priais. Ceci est ma religion.

Mon écriture n'a pas beaucoup changé pendant toutes ces années, mais le dégât des eaux donne l'impression que ces pages sont celles d'un inconnu. Tout est écrit dans une langue étrangère que je dois traduire – retraduire. Les lettres sont épaissies de manière aléatoire, certaines fins de mot sont prolongées. Dans quelques cas, la pointe de la lettre arabe *r* s'écoule comme l'affluent d'une rivière jusqu'à soit se dessécher soit se déverser dans le lac de la lettre qui suit.

Un bref cri s'échappe de ma gorge quand je vois des pieds en pantoufles presque toucher la feuille de papier d'Anna la plus éloignée de moi. Marie-Thérèse est entrée sans que je m'en rende compte. Elle s'excuse de m'avoir fait sursauter, même si elle n'a pas à le faire, puisque c'est ma faute. Elle m'informe que les plombiers sont arrivés. Ils vont percer le mur de la salle d'eau attenante à la chambre de bonne, à l'étage. Ça fera du bruit, mais ça ne devrait pas durer longtemps.

— Nous aurons de nouveau de l'eau d'ici une heure, dit-elle.

Des touffes de laine couleur mouton sortent de l'intérieur de ses pantoufles à talons bas.

— Joumana fait du café pendant que Fadia parlemente avec les plombiers. Elles vont bientôt redescendre avec leurs sèche-cheveux.

Elle étire le bras, et le fil électrique de son sèche-cheveux se balance comme un pendule ivre.

— Je peux commencer en attendant, poursuit-elle.

Soudain le plafond et les murs de la cuisine derrière moi sont pris de convulsions. Les plombiers ont dû faire tomber une lourde charge. J'ai l'impression que quelque chose se fracasse dans mon cerveau, mais je n'y prête guère attention.

Je remarque, et ce n'est pas la première fois, que Marie-Thérèse semble d'une fragilité alarmante, plus substantielle que ma mère, certes, mais aussi plus cassante, comme si la moindre chute ne manquerait pas d'occasionner chez elle une grave fracture. Une chemise de nuit bleu clair, sous le col de la robe d'intérieur, attire l'attention.

— Ce n'est pas un matin comme les autres. Je n'ai pas eu le temps de m'arranger pour être présentable, dit-elle.

Elle se touche les cheveux, qui débordent de ses épingles. Ce qui fut une méticuleuse coiffure bouffante, après le rendez-vous chez le coiffeur, n'est plus maintenant qu'une tignasse négligée.

Je devrais dire quelque chose. J'ai dû avoir un regard fixe.

— Je suis encore moins présentable. Pas vraiment charmant. Plutôt repoussant, hein, dis-je en indiquant d'un geste le pardessus en mohair bordeaux.

Le chagrin semble sur le point d'envahir de nouveau mon monde.

— Qui porte des vêtements comme ça ? Qui ?

— Moi, je mettrais ça, dit-elle.

— C'est moche.

— Ça a l'air confortable.

Marie-Thérèse rassemble les premières pages d'*Anna Karénine* et s'assoit à la table rouge et jaune du petit déjeuner. Elle branche le sèche-cheveux dans la prise murale. Mais avant de mettre l'engin en marche, elle ajuste ses lunettes et regarde le titre. Son visage s'anime.

— Seigneur ! s'exclame-t-elle. J'ai lu ça. Je m'inquiétais de ne même pas avoir entendu parler des autres. Je me sentais toute petite. Dans tous les autres tas, pas un seul nom que je reconnaissais. Je ne me sentais pas à la hauteur.

— Il ne faut pas, dis-je. C'est moi qui devrais me sentir inadaptée.

— Mais j'ai lu *Anna Karénine*, dit-elle. J'ai lu Tolstoï et Dostoïevski quand j'étais jeune fille. Ça fait longtemps, mais je les ai lus.

— Moi aussi ça fait longtemps.

Ce sont les livres qui m'ont conduite sur ce chemin, les livres responsables à la fois de la cime et de l'abîme.

— Je m'en souviens plutôt pas mal, dit-elle. Je l'ai tellement aimé. Toutes mes amies aussi. Nous n'avions que ça à lire. C'était une époque tellement différente. Je me demande ce que lisent les jeunes filles aujourd'hui. J'adorais le comte Vronski.

Elle sourit intérieurement. Je peux imaginer les souvenirs qu'elle a du roman, ou, plus probablement, de celle qu'elle était et de ce qu'elle a ressenti à l'époque où elle l'a lu. Elle se met à rougir.

— Je suis tombée amoureuse du personnage du livre, dit-elle. Quand je me suis mariée, je n'ai pas compris que mon mari ne se comporte pas comme le comte. Je sais que c'est idiot. Mon mari m'aimait, était attentif avec moi, subvenait à mes besoins, mais je voulais quand même toutes les frivolités de Vronski. Je voulais que mon mari soit aussi beau que le comte, tel que je l'imaginais.

— Je comprends, dis-je.

Et effectivement je comprends. Je comprends aussi qu'il faut se mentir pour survivre à un mauvais mariage, il faut se bercer d'illusions si l'on veut poursuivre en cette vie.

— Oh, flûte, dit-elle soudain. Je suis navrée. Je ne devrais pas parler de maris romantiques.

— Oh, ne t'inquiète pas, dis-je. Les maris ont si peu d'importance à mes yeux.

Elle rit.

— Es-tu toi aussi tombée amoureuse de Vronski ? demande-t-elle.

— Non, j'aimais Anna.

En entendant Joumana et Fadia arriver dans l'entrée, Marie-Thérèse annonce :

— Nous parlons d'*Anna Karénine* et de maris.

Les femmes accueillent cette annonce comme si elles apprenaient qu'un de leurs enfants allait se marier. L'expression sur le visage de Joumana est celui d'une femme sur le point de hurler. Fadia a trois sèche-cheveux, dont un de la taille d'un canon, Joumana porte un plateau avec sa sacro-sainte cafetière et quatre tasses. Je suis touchée par leur attention. Il n'y a que deux tasses dans mon appartement.

Il faut que nous buvions une première tasse de café avant d'allumer les sèche-cheveux ; Fadia en veut un qui ne fasse pas de bruit. Elles ont loupé leur rituel du matin à cause des dégâts. Le souhait de Fadia n'est cependant pas exaucé, car à peine a-t-elle bu une gorgée que les plombiers se mettent à taper, à l'étage. Dans ma pièce de lecture, les murs de livres tremblent par anticipation. Mon sèche-cheveux se niche sur mes genoux, tel un oiseau préhistorique, le bec affamé ouvert, attendant.

La tasse de café est comme un dé à coudre dans ma main, on dirait que les doigts et mon pouce sont gigantesques. Je la porte à mes lèvres et bois une gorgée. Le café est de l'ambroisie, un parfum de paradis. Je suis abasourdie. Je n'ai jamais rien goûté d'aussi bon. Si j'avais su qu'un café pouvait être si bon, je m'en serais enivrée chaque jour. J'ai envie de leur demander s'il a ce goût-là tous les jours ou si c'est un café spécial. Utilisent-elles un ingrédient particulier, une pincée de sel, peut-être, ou un œil de triton ? Je me demande où elles achètent leurs grains. Je ne sais trop comment demander. Je n'exclus pas l'hypothèse de le trouver délicieux en raison de l'état dans lequel je me trouve.

Marie-Thérèse aggrave le boucan des plombiers en braquant son sèche-cheveux sur la première page d'*Anna Karénine*. Joumana commence avec *La Faim* de Knut Hamsun. Leurs visages se durcissent sous le coup de la concentration. Joumana suçote ses lèvres jusqu'à ce que sa bouche ressemble à une ligne solitaire tracée par Klee, ou par Matisse, qui ne voulait rien de plus qu'être comme tout le monde. Je ne pose pas la question : Allons-nous sécher au sèche-cheveux toutes les pages de mes trente-sept manuscrits ? Je ne crois pas qu'aucune d'entre nous ne soit assez jeune pour mener à bien une tâche d'une telle ampleur. Nous ne le saurons pas. Car Fadia allume son sèche-cheveux et le courant saute.

Nous nous regardons toutes les quatre. Fadia se lève, vexée, comme si le fait que les plombs aient sauté était un affront personnel, comme si les marottes et les idiosyncrasies n'existaient que pour l'irriter.

— Je vais réparer ça, dis-je en m'avançant dans mon fauteuil pour me lever.

— Ne t'en fais pas, dit-elle. Je sais où est la boîte à fusibles.

Le disjoncteur de l'appartement ne peut tolérer que deux sèche-cheveux. À chaque fois que Fadia essaye d'allumer le sien, ça disjoncte à nouveau.

Joumana suggère que l'une d'entre nous repasse les pages au fer afin de les sécher, ou, pour être plus précise, de repasser une serviette recouvrant la page humide de papier. Je possède effectivement un fer et une table à repasser.

— Je ne repasse pas. Sécher au sèche-cheveux, oui ; au fer, non, annonce Fadia.

Marie-Thérèse s'installe dans la causeuse, dans la même position que Hannah et à l'endroit où Hannah s'asseyait il y a si longtemps. C'est là qu'elle s'asseyait. C'est là qu'elle tricota un foulard rouge et rose pour son neveu, une écharpe qu'elle ne le vit jamais porter, ce qui ne l'irrita pas qu'un peu. C'est là qu'elle m'écoutait lire Beauvoir à voix haute. Calée au fond de cette causeuse, elle m'a fait part de ses histoires. Toujours coquette, toujours impeccable, mais ses robes n'étaient jamais tout à fait ajustées et les cardigans qu'elle aimait n'allaient que rarement avec. C'est là qu'elle écrivait dans son journal. Combien d'années s'est-elle assise là ? Tout ce que j'ai à présent ce sont ses écrits et mes souvenirs. Qui conservera ses journaux quand je ne serai plus de ce monde ?

— Ça me plaît, ça. Tu écris bien, dit Marie-Thérèse en tenant une page en l'air à hauteur de ses lunettes.

— Je ne l'ai pas écrit, dis-je. C'est une traduction.

— Tu écris petit, dit Fadia. Je n'arrive pas à lire un seul mot.

— Lunettes, dit Marie-Thérèse.

Fadia est la seule d'entre nous qui n'a pas de lunettes. Je n'ai pas souvenir de l'avoir déjà vue en porter une paire.

— Quelqu'un a-t-il lu ces traductions ? demande Joumana.

Je ne sais que lui dire. Personne ne les a lues, bien entendu. Je la vois hésiter ; elle a beau vouloir faire preuve de tact, sa curiosité n'est pas facile à masquer. Fadia est nerveuse comme un cheval à quelques secondes du début de la course.

Joumana essaye sous un angle différent.

— As-tu envisagé de publier tout ça ?

— Non, dis-je.

L'expression sur son visage me déroute. J'attends qu'elle dise quelque chose ou pose une autre question, mais elle en reste là. Elle ne cesse de me regarder, ce qui me décontenance. Puis elle hoche lentement la tête, une petite secousse vers le bas et en avant, et je comprends. Elle veut que je continue.

— Je ne suis pas si forte, dis-je, et je ne suis pas sûre que quiconque aurait envie de lire mes traductions.

— Tu n'es pas sûre que quelqu'un ait envie de lire *Anna Karénine* ? demande Joumana.

Ce regard d'incrédulité, je peux le décrypter.

— Anna est une de mes premières. Il a été traduit en arabe. Je ne suis pas sûre que ma traduction ajouterait quelque chose, pas sûre qu'elle ait le moindre sens. J'ai créé un système pour passer le temps. Tout cela est une lubie.

— Une lubie ? fait Joumana en secouant la tête.

— Une lubie ? demande Marie-Thérèse.

— Une lubie.

Fadia sourit. Je persiste :

— Une lubie.

Joumana avise chaque carton par terre ; son regard s'immobilise une seconde ou deux avant de passer au suivant.

— Ne veux-tu pas que les gens lisent tes écrits ?

— Mes écrits ?

Je dois dire que je n'avais jamais considéré mes projets comme des écrits.

— Je traduis. L'auteur est Tolstoï. C'est Sebald, pas moi.

— Ton travail, alors ? Ne veux-tu pas que ton travail soit lu ? demande Joumana en me parlant comme j'imagine qu'elle parle à ses étudiants, avec patience, à la manière d'un guide spirituel.

— Je ne sais pas, dis-je, ce qui est la réponse la plus honnête que je puisse fournir.

Je veux qu'elle comprenne, je veux comprendre.

— Ne souhaites-tu pas garder une trace de tout ce que tu as traduit ? demande Joumana en montrant du doigt tous les cartons. Ces écrivains, je ne les ai jamais lus. Pessoa ? Hamsum ? Cortázar ? Hedayat ? Karasu ? Nooteboom ? Kertész ?

— Des écrivains merveilleux, dis-je, et même deux prix Nobel.

— Sans y aller par quatre chemins, dit-elle, j'aimerais les lire. Et je ne suis pas la seule dans ce cas.

— Tu peux les lire en traduction anglaise, dis-je. Ne serait-ce pas mieux ? La traduction à partir de la version originale peut parfois apporter les subtilités de la langue de l'auteur, sa diction, sa rythmique, sa cadence. Ma version est une traduction à partir de traductions. Tout se perd doublement. Ma version n'est rien.

— Je peux demander à quelques étudiants de troisième cycle de retranscrire tout ça.

— Pourquoi le feraient-ils ?

Plus aucune ne travaille. Les sèche-cheveux demeurent silencieux, à croire qu'ils ne veulent rien louper de la conversation.

— Parce que les serfs font ce que je leur demande de faire, dit Joumana. Je plaisante, ajoute-t-elle en se rendant compte que la blague m'échappe. Ils le feront parce que c'est de la recherche. Des étudiants en bibliothéconomie, ou du département d'arabe. Peu importe. Je les trouverai.

— Je ne suis pas sûre d'être prête, dis-je.

— Tu fais cela depuis combien de temps ? demande Fadia.

— Cinquante ans.

— Et en cinquante ans tu n'as pas songé à modifier ton système ?

Je ne suis pas sûre de comprendre sa question et je le lui dis.

— Tu as fait la même chose pendant cinquante ans, exactement la même chose. N'as-tu pas une seule fois envisagé d'ajuster quelque chose ?

— Je n'ai pas fait la même chose. Je traduis un livre différent chaque année, des auteurs différents, originaires de différentes parties de ce monde qui est le nôtre. Je m'attache à traduire des types de romans qui ne se ressemblent pas. J'aime les romans originaux, ayant une voix atypique. Chaque projet a été unique. Je pense…

— Mais n'as-tu pas envisagé d'essayer une méthodologie nouvelle ? De changer de tactique ? insiste-t-elle.

— Elle est en train de t'expliquer, dit Marie-Thérèse à Fadia. Chaque projet est différent. Laisse-la s'exprimer sans l'interrompre.

— Moi, j'ai l'impression que c'est du pareil au même, dit Fadia.

— Laisse-moi traduire ce qu'elle est en train de dire, réplique Marie-Thérèse. Tu changes régulièrement la couleur de ton vernis à ongles, mais tu ne modifies pas la manière dont tu l'appliques. Tu as un système mais tu n'utilises pas la même couleur.

— Je n'ai pas de système, dit Fadia. J'ai une esthéticienne.

— Ne fais pas semblant de ne pas comprendre ce dont je parle, dit Marie-Thérèse.

— Regarde, dit Fadia. Je n'ai pas tout le temps la même manucure. Il n'y a pas que la couleur du vernis que je modifie. Je change de marque, je change de produit. J'ai une manucure du matin, parfois une manucure du soir. Parfois la manucure vient chez moi, parfois c'est moi qui me déplace. Hé, de temps en temps, je change même de manucure.

— Je devrais avoir une manucure, c'est ça ? dis-je.

— Seigneur, oh oui, dit Fadia. Je vais tâcher d'y aller en douceur, là. Oui, tu as besoin d'une manucure. Je ne vois personne qui en aurait davantage besoin, à part peut-être les lutteuses russes ou les nageuses est-allemandes. Maintenant, ne me dis pas, je t'en prie, que tu te moques de ton allure et que, pour toi, il n'y a pas que l'apparence qui compte. Il existe deux sortes de gens en ce monde : ceux qui veulent être désirés et ceux qui veulent tellement être désirés qu'ils font semblant de ne pas s'en soucier.

— Je ne suis pas certaine qu'une manucure me rende désirable.

Nous travaillons toute la matinée. Je m'active avec le fer à repasser dans un coin de ma pièce de lecture. Fadia et Marie-Thérèse sont aux sèche-cheveux. Nous formons toutes les trois un triangle, ou trois points inscrits dans un cercle, à l'intérieur duquel Joumana se déplace. Elle s'occupe du tri : elle organise les tas, décide de ce qui doit être ramené à la vie en priorité, quelle page pour le repassage et quelle page pour l'air chaud.

Je mets au point un système : un coup de fer en avant et un coup de fer en arrière, deux fois, puis je soulève la serviette bleue pour voir si la page est sèche. La plupart du temps, il faut que je repasse une fois de plus. Naturellement, je n'ai pas besoin d'utiliser les fonctions vapeur du fer.

Nous nous installons dans une routine silencieuse. Fadia parle toute seule, mais, avec le vacarme des sèche-cheveux, personne ne peut l'entendre. Marie-Thérèse se concentre sur la tâche devant elle, mais Fadia fait comme s'il s'agissait d'une sorte de jeu. Joumana lui demande de faire plus attention à chaque page, et elle se concentre pendant une minute environ. Il n'empêche, les sœurs bizarres sont coordonnées. Oui, comme si elles avaient ressuscité des manuscrits toute leur vie. Sans m'en rendre compte, je commence à fonctionner en phase avec leur cycle. Je lève la tête après avoir fini chaque page, pour m'assurer que je peux passer à la suivante.

J'envisage de leur dire d'arrêter, de laisser tomber, mais je ne peux m'y résoudre. Je culpabilise de les voir travailler dur comme ça pour moi ; j'abuse de leur gentillesse. Et puis aussi, je me sens mal à l'aise en leur présence ; elles abusent de ma gentillesse. Quelque chose cloche dans cette situation.

Il faut que je leur demande d'arrêter. Mon dos me fait mal. Deux nœuds au moins me tiraillent à côté de l'omoplate gauche. La planche à repasser n'est pas assez haute, évidemment, ce qui m'oblige à voûter un peu le dos, et je ne suis jamais restée debout à ma planche aussi longtemps. J'ouvre la bouche pour parler, mais Fadia est plus prompte que moi. Elle et Marie-Thérèse ont toutes les deux éteint leurs sèche-cheveux au même instant.

— Il va falloir qu'on déjeune, dit-elle. Est-ce que je m'en occupe ?

Le ton qu'elle emploie implique à la fois que le choix est infini et en même temps qu'aucun autre n'est possible. Elle se relève et s'étire.

J'arrête de déplacer le fer à repasser d'avant en arrière, le pose sur le côté. Je suis épuisée, vidée de toute énergie.

— Laisse-moi jeter un œil dans ta cuisine, voir ce que tu as, dit Fadia.

L'expression de panique sur mon visage doit être tout à fait disproportionnée, car les trois femmes éclatent de rire.

— Elle te taquine, ma chère, dit Marie-Thérèse.

— Elle est incapable de cuisiner ailleurs que dans sa cuisine, dit Joumana.

— En tout cas, certainement pas dans ta cuisine, dit Fadia. Depuis cinquante ans que tu habites ici, je n'ai jamais senti une seule odeur appétissante en sortir. Pas une. Une sorte de record, certainement.

Je me suis dit que tu ne devais manger que du riz bouilli. Ou alors que c'était une Anglaise qui t'avait appris à cuisiner, ou je ne sais quoi.

— Je suis désolée, dit Marie-Thérèse. Nous ne devrions probablement pas plaisanter à une période comme celle-ci.

— À une période comme quoi ? demande Fadia. Que s'est-il passé ?

— Tu souris ? me demande Joumana. Qu'est-ce qui t'amuse ?

— Pas grand-chose, je réponds. Ce que Fadia a dit m'a fait penser à mon ex-mari décédé. Il m'accusait de sentir l'oignon quand il rentrait à la maison. Presque chaque soir, oignon, oignon. C'était son prétexte pour ne pas m'approcher.

— Tu ne faisais pas de cuisine à base d'oignons, si ? dit Fadia.

— Je n'en ai jamais coupé un de ma vie.

Je suis seule à nouveau. C'est silencieux chez moi, comme j'aime. Mes voisines sont parties, elles font une pause pour le déjeuner. Nous allons toutes nous y remettre, a insisté Joumana. Après déjeuner, pensait Marie-Thérèse. Probablement après une sieste, a ajouté Fadia. J'ai essayé de me faire porter pâle pour le déjeuner, mais elles n'ont rien voulu entendre. Marie-Thérèse s'assurera que je l'accompagne jusque chez Fadia quand le déjeuner sera prêt.

Nous n'avons pas avancé des masses dans le processus de séchage. En trois heures et demie, nous avons à peine fini deux manuscrits, *Anna Karénine* et *Le Livre des mémoires* – deux manuscrits assez longs, certes. Certaines pages seulement sont lisibles du début à la fin. Lorsque nous nous y remettrons, nous ferons *Le Livre de l'intranquillité*.

Il faut que ce soit celui que je sauverai ensuite, s'il y a moyen de le sauver. Cela va prendre une éternité. Je devrais peut-être accepter la proposition de Joumana, qu'une ribambelle d'étudiants sèchent ces pages, mettre en place une chaîne de montage composée de serfs pour que l'entreprise avance plus rapidement. Tolstoï ne serait pas content que j'utilise le terme « serf ». Ou alors je pourrais simplement me débarrasser de tout, me délester du poids des ans, d'un haussement d'épaules faire fuir l'albatros. Une question de choix.

Mon appartement est dans un bazar infernal, des cartons détrempés et des feuilles de papier volantes dans la cuisine, dans la salle de séjour, dans la pièce de lecture. Seule Joumana sait s'y retrouver. C'est son système à elle. Comment ferai-je pour nettoyer chez moi une fois que nous aurons terminé ? Comment vais-je pouvoir nettoyer le désastre que sont la chambre de bonne et la salle d'eau attenante ? Je vais avoir besoin de quelqu'un pour remplacer l'ampoule. Un serf ?

J'en perds mes bonnes manières. Il faut que je demande à Joumana si elle a d'autres nouvelles de sa fille. Joumana a été gentille, tout comme Marie-Thérèse ; même Fadia, Fadia la folle.

La sorcière folle a raison, en un sens. Cette destruction est l'occasion de m'affranchir des règles que je me suis imposées pour traduire, ou du moins de certaines règles. Telle une adolescente, je peux moi aussi me rebeller. Peut-être puis-je traduire un livre écrit en anglais, pour une fois. Miss Spark – je vais traduire *Les Belles Années de mademoiselle Brodie* de Muriel Spark, ou, encore mieux, la crème de la crème parmi les auteurs de nouvelles,

Alice Munro. Je peux vivre un certain temps dans la peau d'Alice.

Oublions les pays industrialisés ; je peux travailler sur des auteurs du tiers-monde, l'Irlande ! Edna O'Brien, Colm Tóibín ou Anne Enright.

Le sous-continent indien et ses diasporas : *Une maison pour Monsieur Biswas* ou *Les Enfants de minuit.*

Un méli-mélo de possibilités.

Coetzee ! J'adorerais travailler Coetzee ; oui, j'adorerais.

Je peux traduire *Mrs Dalloway*. Je peux, si je veux. Je vais passer cette fameuse journée dans la tête de Clarissa tandis qu'elle prépare la soirée qu'elle organise. Ou travailler sur *Une chambre à soi* dans un appartement trempé à moi. Je devrais peut-être traduire *Pour qui sonne le glas* d'Hemingway. La douleur déclenchera peut-être une extase religieuse.

Non, je peux traduire un livre français. Je peux passer un an avec Emma Bovary, ma chérie.

Si l'anglais et le français sont les limites de ma langue, les limites de mon monde, mon monde n'en reste pas moins infini. Je n'ai plus besoin de traduire une traduction. Tout ne doit pas nécessairement être doublement perdu. J'ai étudié l'eau, tout en étant douillettement blottie à l'abri dans un bateau, mais désormais je vais nager dans les eaux troubles du français de Flaubert. Je ne suis pas obligée de travailler dans une langue décalée d'un cran par rapport à la version originale ; je ne suis pas obligée de traduire à distance. Aaliya, celle au-dessus, la séparée, peut s'avancer dans la boue.

Suis-je en train de vivre une épiphanie ?

Oublions Emma. Je vais traduire ma Marguerite. *Mémoires d'Hadrien*, mon roman préféré. Marie-Thérèse a peut-être rêvé d'avoir Vronski pour mari, mais moi je voulais Hadrien. Je voulais quelqu'un pour ériger des monuments à ma mémoire, pour construire des statues. Je voulais quelqu'un qui bâtisse des villes en mon nom.

Où est Aaliyopolis ?

Hadrien ou Emma, Emma ou Hadrien, une ménagère française ou un César romain ? Des choix, des choix sans limites – enfin, presque sans limites.

Si je traduis Yourcenar, je peux être mon propre Hadrien. Je peux bâtir ma propre ville. Je peux être empereur pendant un an, gouverner l'univers, être l'arbitre de la vie et de la mort. Je vais faire *En attendant les barbares*. Après tout, je ne suis plus une vierge qui nettoie les pieds. Le livre est magnifique, un joyau parfait.

Je peux essayer de capter l'anglais lapidaire de Coetzee en arabe. Puis-je trouver un moyen de rendre sa précision et sa perspicacité ? Ou le français de Yourcenar, qu'elle a apprivoisé, le faisant sonner encore plus latin, comme si c'était la vieille main tremblante d'Hadrien qui l'avait écrit avec une plume ? J'ignore si je peux arriver à partager le vaste formalisme de sa langue ou les séduisantes subtilités de Coetzee, bien que je sois meilleure traductrice qu'il y a cinquante ans. Je peux essayer.

Faudrait-il que je sois Hadrien ou le Magistrat ?

J'utiliserai de l'encre waterproof – permanente, qui ne se dissout pas dans l'eau.

Qu'avec l'encre noire mon amour puisse resplendir.

J'entends Marie-Thérèse qui monte l'escalier – c'est l'heure du déjeuner avec les sorcières. Elle a promis de s'arrêter à ma porte.

Devrais-je traduire Yourcenar ou Coetzee ?

Marie-Thérèse arrive sur mon palier. Si elle sonne à ma porte, mon prochain projet sera Hadrien, si elle frappe, ce sera *Les Barbares*.

Je prends une longue inspiration, la bouffée de l'impatience.

REMERCIEMENTS

Je tiens à remercier
– pour leurs lectures et relectures : Asa DeMatteo, William Zimmerman, Madeleine Thien, Joy Johannessen et Elisabeth Schmitz ;
– pour leur générosité et les lieux formidables qu'ils ont mis à ma disposition pour écrire : Beatrice Monti della Corte et l'équipe de la fondation Santa Maddalena ;
– pour leur foi inestimable et leurs encouragements : Nicole Aragi, Christie Hauser, Duvall Osteen, Amay Tan, Colm Tóibín, Silvia Querini, John Freeman, Tony Chakar, Andrea Laguni, Teri Boyd, Sasha Hemon ;
– pour la traduction des poèmes d'Antar : Fady Joudah ;
et Randa, Rania et Raya, bien sûr.
Merci.

NOTE DU TRADUCTEUR

Le traducteur tient à remercier pour leur aide précieuse Nihad Jnaid et Jim Carroll, de la librairie San Francisco Books, à Paris.

Les citations qui émaillent le roman de Rabih Alameddine figurent dans la version originale systématiquement sans mention de traducteur. Le plus souvent, j'ai choisi, dans la version française, de faire figurer en note le nom du traducteur ou de la traductrice. Pour ce qui est des citations en anglais, que l'auteur reproduit donc dans leur version originale, il y a certains cas où aucun nom de traducteur (traductrice) ne figure dans ma version : ce sont les cas où j'ai pris l'initiative de retraduire le passage, soit parce qu'il n'existait pas de traduction en français, soit parce que la traduction existante m'a paru fautive, erronée ou trop éloignée de la version originale. En outre, Rabih Alameddine ne signale pas systématiquement de quelles œuvres sont extraites ses citations ; il semble donc logique que le lecteur français se lance lui aussi dans ce jeu de piste, non ?

Nicolas RICHARD

NOTES

1. Traduction d'Armand Guibert.
2. Traduction de Delphine et Jean-Louis Chevalier.
3. Traduction d'Alain Keruzoré.
4. Traduction de Nihad Jnaid.
5. Traduction de Nihad Jnaid.
6. Traduction d'Alexis Philonenko.
7. Traduction de Françoise Laye.
8. Traduction de Françoise Laye.
9. Traduction de Patrick Charbonneau.
10. Traduction de Georges Sidre.
11. Traduction de Romana Altdorf et René Jouglet.
12. Traduction de Louis Cazamian.
13. Traduction de Maurice Couturier.
14. Traduction de Maurice Betz.
15. Traduction de Philippe Bataillon.
16. Traduction de Natalia Zaremba-Huzsvai et Charles Zaremba.
17. Traduction de Léon Morel.
18. Traduction de Maurice de Gardillac. In *Œuvres* I, Gallimard, Paris, 2000, page 249.
19. Traduction de Françoise Laye.
20. Traduction de Jean et Marie-Noëlle Pastureau.
21. Traduction de Patrick Charbonneau.
22. In *Le Livre de l'intranquillité*, de Bernardo Soares/Fernando Pessoa, traduction de Françoise Laye.
23. In « *Ode sur une urne grecque* », in *Poèmes et poésies*, traduction de Paul Gallimard.

24. Traduction de Françoise Laye.
25. *Malcolm Lowry / Retardataire de Bowery / Sa prose fut fleurie / Et souvent en furie / Il vécut la nuit, et but le jour / Et mourut en jouant du ukulélé.*
26. Traduction de Françoise Laye.
27. Traduction d'Armand Guibert.
28. Traduction de François-René de Chateaubriand.
29. Traduction de Maurice Betz.
30. Traduction de Jacques Darras.
31. Traduction de Charles-Marie Garnier.
32. Traduction de Jacques Darras.
33. Traduction de Jean et Marie-Noëlle Pastureau.
34. Traduction de François-René de Chateaubriand.
35. Traduction de Claude Salomon.
36. Traduction de Louis Cazanian.
37. Traduction de Romana Altdorf et René Jouglet.
38. Traduction de Patrick Quillier en collaboration avec Maria Antónia Cámara Manuel.

FSC
www.fsc.org
MIXTE
Papier issu de sources responsables
FSC® C003309

10/18, une marque d'Univers Poche, est un éditeur qui s'engage pour la préservation de son environnement et qui utilise du papier fabriqué à partir de bois provenant de forêts gérées de manière responsable.

Imprimé en France par CPI

N° d'impression : 3021013
Dépôt légal : août 2017
X06996/01